MYSTIC CITY

L'auteur

Theo Lawrence est un jeune auteur américain. Il est né en 1984 à côté de New York, où il a passé son enfance avant d'intégrer la prestigieuse université Columbia puis la célèbre Juilliard School qui forme artistes, musiciens et acteurs. Il s'est produit dans plusieurs festivals de théâtre importants aux États-Unis tout en travaillant l'écriture. L'histoire de *Mystic City*, son premier roman, lui est venue à l'esprit après un voyage à Venise, mais il était depuis longtemps passionné par les histoires d'amour tragiques comme *Roméo et Juliette*.

À paraître :

Mystic City, Livre Deux (2015)

THEO LAWRENCE

MYSTIC CITY

Livre Un

Traduit de l'anglais (États-Unis)
par Guillaume Fournier

POCKET JEUNESSE
PKJ·

Directeur de collection :
Xavier d'Almeida

Titre original :
Mystic City
Publié pour la première fois en 2012
par The Inkhouse, un éditeur de Random House, New York

Loi n° 49-956 du 16 juillet 1949 sur les publications
destinées à la jeunesse : janvier 2014.

ISBN : 978-2-266-23192-3

Pour ma grand-mère, Eileen Honigman, et à la mémoire de mon oncle bien-aimé, Mark Honigman, qui, par l'étendue de ses connaissances littéraires et son amour du savoir, m'a inspiré, et qui nous manque à tous.

PROLOGUE

Il nous reste si peu de temps.

— Prends ça.

Il referme mes doigts sur le médaillon. Celui-ci palpite, comme s'il avait un pouls, en émettant une lueur blanche.

— Désolé de t'avoir entraînée là-dedans.

— Si c'était à refaire, je le referais, lui dis-je sans hésitation.

Il m'embrasse, d'abord doucement, puis avec une telle force que j'en ai le souffle coupé. La pluie tombe à verse, sur nous, sur les canaux qui serpentent à travers la ville sombre et chaude. Son torse frémit contre le mien. Des sirènes et des coups de feu résonnent entre les immeubles ruisselants et délabrés.

Ma famille se rapproche.

— Va-t'en, Aria, implore-t-il. Avant qu'ils arrivent.

Mais j'entends déjà des bruits de pas derrière moi. Des éclats de voix. On m'empoigne par les bras pour m'arracher à lui.

— Je t'aime, dit-il à voix basse.

Et ils l'emmènent. Je pousse un cri rageur, mais il est trop tard.

Mon père surgit de l'ombre. Il braque sur moi le canon d'un énorme pistolet.

Quelque chose se brise en moi.

Je savais bien que cette histoire me fendrait le cœur.

Première partie

Mais qui craint d'empoigner les épines
Ne devrait jamais convoiter la rose.
— Anne Brontë

CHAPITRE
1

La fête a commencé sans moi.

Je descends lentement l'escalier qui s'incurve avec élégance au-dessus du grand salon, où se presse une foule d'invités de marque. De grands vases en céramique ornent la pièce, débordant de roses de toutes les variétés : albas blanches d'Afrique, centifolias roses des Pays-Bas, roses thé jaune pâle de Chine et roses modifiées par des teintures mystiques ici même, à Manhattan, afin de produire des couleurs si frappantes qu'elles en paraissent irréelles. Partout où je me tourne je vois des roses, des roses, des roses – plus de roses que de personnes.

Je tâtonne derrière moi en quête de soutien. Mon amie Kiki me prend la main, et ensemble nous nous mêlons à la foule. Je cherche Thomas du regard. Où est-il ?

— J'espère que ta mère ne va pas remarquer qu'on est en retard, s'inquiète Kiki, attentive à ne pas marcher sur sa robe.

Dorée, mais sans être trop voyante, celle-ci tombe jusqu'au sol en plis onctueux. Les boucles brunes de Kiki ruissèlent délicatement sur ses épaules ; ses paupières sont fardées d'un rose luisant qui fait pétiller ses yeux noisette.

— Elle est bien trop occupée à faire des ronds de jambe pour s'en soucier, dis-je. Tu es vraiment belle, au fait.

— Toi aussi ! Dommage que tu sois déjà prise, répond Kiki en parcourant la salle du regard. Sinon, ce serait moi qui demanderais ta main.

Pratiquement tous les membres du Sénat et de l'Assemblée de New York sont présents, ainsi que nos juges les plus en vue. Sans parler des hommes d'affaires et des gens de la haute société qui doivent leur succès à mon père, Johnny Rose, ou à son ancien rival politique, George Foster. Mais cette soirée n'est pas pour eux. Ce soir, les feux de la rampe sont braqués sur moi.

— Aria !

Je me tourne vers la voix.

— Bonsoir, juge Desmond, dis-je, avec un hochement de tête à l'adresse d'une grande blonde aux cheveux érigés en tornade.

Elle me sourit.

— Toutes mes félicitations !

— Merci.

Depuis l'annonce du mariage, il paraît que la ville entière célèbre la fin de la guerre entre ma famille et celle de Thomas. Le *Time* prépare un reportage dans lequel ils comptent me présenter comme l'enfant chérie de la politique et la championne de l'accord bipartite – Kiki n'arrête pas de se moquer de moi depuis que je lui en ai parlé. « Ma meilleure amie, l'enfant chérie de la politique », claironne-t-elle avec des accents de présentatrice de journal télévisé. Je suis obligée de lever les yeux au ciel et de lui donner une tape pour la faire taire.

Accompagnée de Kiki, je continue mes politesses auprès des invités, voguant à travers la foule comme si j'étais en pilotage automatique.

— Merci d'être venus, dis-je au maire Greenlorn et à nos sénateurs de l'État, Trick Jellyton et Marishka Reynolds, ainsi qu'à leurs familles.

— Une sacrée réception ! me complimente le sénateur

Jellyton en levant son verre. Il est vrai que vous êtes une sacrée jeune fille.

— Vous êtes trop aimable.

— Nous sommes tous tombés de notre chaise en apprenant la nouvelle, pour Thomas Foster et vous, ajoute Greenlorn.

— Eh oui, je suis pleine de surprises ! dis-je en riant, comme si je venais de lâcher une bonne plaisanterie.

Et ils s'esclaffent poliment avec moi.

Depuis le jour de ma naissance j'ai été préparée pour ce genre de situation : faire la conversation, mémoriser les noms, inviter gracieusement les filles des sénateurs à mes fêtes d'anniversaire ou à dormir à la maison, et garder le sourire, même quand leurs frères boutonneux me bousculent comme par mégarde histoire de s'offrir des sensations. Je soupire. Cela fait partie de la vie d'une enfant chérie de la politique...

Nous parvenons ainsi de l'autre côté de la foule, en esquivant les invités et les serveurs en livrée blanche qui déambulent avec des plateaux chargés de hors-d'œuvre et de coupes de champagne. Je cherche Thomas mais je ne le vois nulle part.

— Comment te sens-tu ? me demande Kiki, prélevant au passage un mini-burger d'agneau dont elle ne fait qu'une bouchée. Excitée ?

— Si tu veux dire « sur le point de vomir », alors oui.

Kiki glousse, mais je suis sérieuse – je tremble comme une feuille tant je suis nerveuse. Je n'ai pas revu mon fiancé depuis mon réveil à l'hôpital deux semaines plus tôt, avec une perte de mémoire partielle, séquelle de mon accident.

Vu de loin, les gens ont l'air contents et les amis des Rose se mêlent sans problème aux partisans des Foster. En y regardant de plus près, cependant, je constate que tout le monde se jette des regards en coin, comme si le vernis social allait se fissurer d'une seconde à l'autre et nos deux familles recommencer à se traiter comme elles l'ont toujours fait.

En ennemis jurés.

Notre inimitié avec les Foster est antérieure à la naissance de mon arrière-grand-père. La haine de tout ce qu'ils représentent est pratiquement dans nos gènes.

Ou plutôt, c'était le cas jusqu'à maintenant.

Une jeune fille bondit devant moi. Elle a environ treize ans, des cheveux roux frisés et des taches de son sur le front.

— Aria ? Je voulais juste te dire que c'est *trop* génial, pour Thomas et toi.

— Oh, heu… merci.

Elle se rapproche.

— Comment vous avez fait pour tous ces rendez-vous secrets ? C'est vrai qu'il va emménager dans le West Side ? Est-ce que vous…

— Allez, ça suffit, l'interrompt Kiki en la repoussant sur le côté. Tu poses plus de questions que tu as de taches de rousseur.

Après le départ de la gamine, je demande à Kiki :

— C'était qui ?

— Aucune idée. (Elle fait la grimace.) En tout cas, c'est fou comme ils les font de plus en plus petites. Et rondes. On aurait dit une grosse pomme de terre. C'était sûrement une amie des Foster.

La frustration me fait froncer les sourcils et serrer les poings. De parfaits inconnus semblent au courant des moindres détails de ma relation torride avec Thomas Foster, alors que je ne me rappelle même pas l'avoir rencontré, et encore moins en être tombée amoureuse.

À ma sortie de l'hôpital, quand je suis rentrée à la maison, on m'a parlé de nos fiançailles. J'ai demandé à ma mère pourquoi Thomas n'était pas venu me rendre visite à l'hôpital. « Tu le verras à la fête, avait-elle répondu. Les médecins disent que tu peux encore recouvrer la mémoire – peut-être que tout te reviendra en bloc quand tu le verras. »

Et me voilà en train d'attendre. De guetter Thomas, dans l'espoir de me souvenir.

Kiki doit sentir ma nervosité.

— Donne-toi juste un peu de temps, Aria. Tu aimais Thomas au point de tout envoyer promener pour lui – contente-toi de ça pour l'instant.

J'accepte ce sage conseil en hochant la tête. Mais le temps est ce dont je manque le plus. Notre mariage est prévu pour la fin de l'été. Et nous sommes presque en juillet.

Les invités se brassent autour de moi, les femmes drapées de couleurs vives, affichant leurs bijoux, leurs tatouages et leurs décalcomanies mystiques. Les hommes sont presque tous grands et larges d'épaules, les traits rudes et les cheveux gominés.

Un gentleman distingué que je ne connais pas s'approche et me tend la main. Ses doigts sont rêches, calleux.

— Art Sackroni, fait-il.

J'incline la tête et je souris.

— Aria Rose.

Il est dans la force de l'âge, avec un visage séduisant, buriné et les entrelacs noirs d'un tatouage qui lui grimpent dans le cou. Il porte l'emblème familial des Foster – une étoile à cinq branches – à l'encre bleu marine au-dessus de l'œil gauche.

— Aria, j'espère que vous aurez beaucoup de bonheur, Thomas et toi.

— Moi aussi, dis-je, en n'y croyant qu'à moitié.

Deux individus à la carrure impressionnante – l'un noir, l'autre blanc – l'encadrent en bombant le torse; leurs nœuds papillon semblent sur le point d'exploser. Eux aussi ont des tatouages qui dépassent de leur col.

— Ce n'est pas tous les jours qu'une jeune princesse a la chance de trouver son prince, déclare Sackroni.

Ça paraît bête, dit comme ça, mais j'espère qu'il a raison – qu'en revoyant Thomas, je retrouverai subitement la mémoire et que l'idée de notre mariage me remplira d'excitation et non de terreur.

Je repense à mon overdose de stic, cette drogue illégale à base d'énergie mystique distillée. On en prend pour connaître les sensations d'un Mystique, jouir d'une vitesse surhumaine, d'une force incroyable, et se sentir en plus grande harmonie avec le monde pendant un instant.

On m'a raconté que mes parents m'ont retrouvée inconsciente sur le sol de ma chambre, en train de vibrer comme si mon corps était rempli d'abeilles. Je ne sais même pas comment j'ai mis la main sur ces comprimés. Je ne connais personne qui en prenne. J'ai pourtant réussi à m'en procurer, et naturellement, ça a tourné au désastre. C'est tellement humiliant ! La jeunesse dorée des Hauteurs consomme du stic à toutes les soirées. Je n'en reviens pas d'avoir été assez bête pour tout flanquer en l'air dès ma première prise.

Je me souviens de presque tout le reste, par exemple de ce que j'ai mangé au déjeuner le mois dernier (des huîtres, que mon père avait fait venir de la côte ouest par avion) et de l'effet que ça a eu sur moi le lendemain matin (deux heures penchée sur les toilettes à vomir). Alors pourquoi je n'arrive pas à me rappeler le moindre détail à propos de Thomas ?

Heureusement, il n'y a pas eu de mauvaise publicité. En dehors de mes parents, des Foster, de Kiki et d'une poignée de médecins et d'infirmières, personne ne sait ce qui s'est passé. Apparemment, pendant mon séjour à l'hôpital, Thomas a rendu visite à mes parents et leur a avoué qu'on se voyait secrètement depuis des mois. Et que nous avions prévu de nous marier.

Voilà où j'en suis. Je devrais être contente. Submergée de joie. Mais en fait, je me sens plutôt… perplexe, surtout devant la sérénité avec laquelle mes parents ont pris les choses.

— Te voilà ! s'exclame mon père.

Il m'entraîne vers ma mère en pleine discussion avec Kiki.

— Claudia, ma chérie, est-elle en train de lui dire, tu es très en beauté ce soir. Absolument ravissante.

— Merci, madame Rose, répond Kiki. Et vous, vous êtes à couper le souffle, comme toujours.

Ma mère lui adresse un mince sourire. Ses cheveux sont torsadés et ses mèches, d'ordinaire blondes, sont teintées d'un écarlate mystique tellement éclatant que j'en suis éblouie. Son maquillage outrancier est conçu pour attirer l'attention autant que pour inspirer le respect.

Je parais bien sage en comparaison : je me suis maquillée dans des tons neutres, et j'ai coiffé mes cheveux châtains en léger brushing ramené derrière les oreilles.

— J'aime beaucoup ta tenue, Aria, me complimente mon père. Très convenable.

Je baisse les yeux sur ma robe de soie crème, à l'encolure brodée de roses minuscules bleues et roses, qui découvre mes clavicules avant de plonger dans le dos jusqu'à la taille. *Bien sûr que j'ai l'air convenable !* ai-je envie de dire. *Je suis une Rose.* Mais comme on nous observe, je me contente de le remercier poliment. Il hoche la tête, sans sourire. Mon père ne sourit jamais.

Ma mère promène son regard à travers la pièce, passant sur le piano à queue, la série de Picasso période bleue, sur les baies vitrées dont les rideaux tirés dévoilent la ville baignée de lune. Puis son visage s'éclaire et elle s'exclame :

— Thomas ! Par ici !

Mon fiancé.

Thomas est un très beau jeune homme au teint hâlé, aux cheveux châtains coupés court, avec une raie sur le côté. Il a des yeux marron, comme moi, et des lèvres pleines et séduisantes. Je le reconnais immédiatement d'après les innombrables articles en ligne et coupures de presse qui lui sont consacrés, mais il a beaucoup plus de charisme en chair et en os que sur l'écran d'un TactilEgo. Il dégage une énergie magnétique. N'importe quelle fille des Hauteurs sauterait de joie à l'idée de l'épouser. Il vaut des milliards, et un jour, c'est peut-être bien lui qui dirigera la ville.

Mon estomac commence à gargouiller. L'espace d'un instant, je revis une sensation fugace : ma main dans celle d'un autre ; des lèvres sur les miennes ; une impression de… chaleur.

Et puis, tout s'estompe.

Thomas m'adresse un clin d'œil plein d'assurance. À le voir comme ça, j'imagine facilement comment j'ai pu être attirée par lui, comment je devrais encore être attirée par lui, malgré ma mémoire défaillante. Alors je fais semblant : je souris comme mes parents, comme Thomas, comme tous nos invités. Parce que ce garçon doit forcément représenter quelque chose pour moi – j'ai défié ma famille pour lui, après tout.

— Monsieur Rose, madame Rose.

Thomas serre la main de mon père et embrasse délicatement ma mère sur la joue.

C'est tout à fait déconcertant. Quand j'étais petite, il suffisait que je prononce le nom de Foster pour être punie et envoyée dans ma chambre. Et maintenant…

J'expire longuement. Tout ça va beaucoup trop vite pour moi.

— Aria, lance Thomas d'une voix tendre, en me posant un baiser sur les lèvres. Comment te sens-tu ?

— Très bien ! dis-je, étreignant ma pochette que je fais passer dans mon dos. (J'ai les mains qui tremblent, et je ne tiens pas à ce qu'il les prenne dans les siennes.) Et toi ?

Il plisse les yeux.

— Pareil. Mais ce n'est pas moi qui ai fait…

— Une overdose, dis-je. Je sais.

Alors c'est tout ? Et les souvenirs qui devaient me revenir ? J'étais supposée me rappeler notre rencontre, comment j'étais tombée amoureuse, et… Rien du tout. En ce qui concerne Thomas, je reste une page blanche.

Mes parents échangent un regard intrigué, en se demandant sans doute ce qui m'arrive, quand les parents de Thomas nous rejoignent.

— Erica ! George ! s'exclame mon père, comme s'il s'agissait de vieux amis.

Il donne une accolade virile au père de Thomas.

— Tout est tellement beau, ici, minaude la mère de Thomas. Absolument époustouflant !

La robe d'Erica Foster est d'un vert émeraude parfaitement assorti à la douzaine de cercles délicats tatoués le long de son cou.

— Merci, répond ma mère avec un sourire contraint.

Mon père attrape une flûte de champagne sur le plateau d'un serveur et la brandit bien haut.

— Écoutez-moi, tout le monde ! Votre attention, s'il vous plaît !

Quand mon père parle, on l'écoute. Les invités interrompent leurs conversations et se tournent vers nous. Le quatuor à cordes s'arrête de jouer. Thomas me prend par la taille, et j'ai la sensation étrange que nous sommes là en représentation ; que tout ceci n'est qu'une mise en scène destinée aux personnes les plus influentes de la ville mais aussi – et peut-être tout spécialement – à moi-même.

— Ce n'est un secret pour personne que George et moi avons eu quelques différends, comme nos deux familles depuis des générations, commence mon père. Mais la situation est sur le point de changer. Pour le meilleur ! (Brève salve d'applaudissements – les gens anticipent ce qui va suivre.) Melinda et moi sommes fiers de vous annoncer les fiançailles de notre fille Aria avec le jeune Thomas Foster. On n'a jamais vu deux personnes plus amoureuses que ces deux-là.

Cette fois les applaudissements sont nourris – au point que mon père doit finalement agiter la main pour réclamer le silence. Ce geste non plus n'a rien de naturel. Je sens la main de Thomas sur mon bras nu. Il passe le pouce au creux de mon coude et mon pouls s'accélère.

— Je suis sûr que la plupart d'entre vous ont été surpris de l'apprendre. Au départ, Aria et Thomas voulaient nous cacher leur relation. Mais leur aveu a eu un effet positif : il nous a obligés à… reconsidérer notre rivalité. Et nous avons décidé d'enterrer la hache de guerre. Fini, les querelles entre nos deux familles. Aria et Thomas nous ont réunis grâce au pouvoir le plus ancien qui soit : le pouvoir de l'amour ! Alors, Thomas, merci. Et Aria, ma très chère fille, merci à toi également.

Mon père m'embrasse sur le front. L'attention générale me donne le tournis.

Les applaudissements se prolongent, si forts qu'ils nous ébranlent comme des vagues, Thomas et moi. Nos doigts se mêlent et nous levons nos deux mains, encourageant l'assistance à nous applaudir encore plus. Thomas a la paume moite.

Le discours de mon père m'étonne. C'est un escroc et un maître chanteur, un parrain de la pègre. Le chef d'un parti politique qui contrôle la moitié de Manhattan. Pour lui, l'amour est un outil de manipulation des âmes faibles.

Alors l'entendre proclamer que l'amour triomphe de tout…

— Ce qui m'amène au point suivant, reprend mon père quand les applaudissements commencent à se calmer. Il existe d'autres adversaires plus redoutables que chacune de nos deux familles, là-dehors, et la seule manière de les affronter consiste à suivre l'exemple de ces deux tourtereaux – unir nos forces ! Je veux parler de la Mystique radicale du nom de Violet Brooks et qui prend de plus en plus d'assurance. Les non-Mystiques pauvres des Bas-fonds s'imaginent qu'elle pourra leur offrir à tous des emplois bien rémunérés, et les Mystiques déclarés la soutiennent pour une raison évidente : c'est l'une des leurs. Cette femme menace de détruire tout ce que nous avons bâti ici, dans les Hauteurs. Comme vous le savez, il n'y a jamais eu trois candidats à la mairie depuis la Conflagration. C'est pourquoi ce soir, en marge de ces fiançailles, George Foster et moi avons décidé d'annoncer notre union politique. En période de crise et de menace mystique, nous devons présenter un front uni. Maintenant que le mandat du maire Greenlorn touche à son terme, George et moi ne présenterons qu'un seul et unique candidat aux prochaines élections : Garland Foster.

Garland, le frère aîné de Thomas, se dresse à côté de nous et salue l'assistance avec confiance. Il ressemble à Thomas en plus mûr, blond, aux traits plus minces et légèrement plus sinistres. Il a vingt-huit ans, dix de plus que Thomas, mais il reste très jeune pour un homme politique. Son farfadet de femme, Francesca, est juste derrière lui, sa main gracile posée sur son épaule.

— Alors, s'il vous plaît, conclut mon père, levez vos verres et buvons tous ensemble à l'avènement d'une ère nouvelle : pour ma famille, pour les Foster, et pour cette ville formidable !

Le quatuor à cordes se remet à jouer, et mon père entraîne ma mère en tournoyant au centre de la salle. George et Erica les imitent aussitôt.

Les mots de mon père résonnent encore à mes oreilles : *menace mystique.*

Autrefois salués pour leur contribution dans le développement de notre ville, les Mystiques sont devenus un danger. Sans contrôle, un Mystique assez puissant peut tuer un homme ordinaire d'un simple contact.

Personnellement, je ne comprends pas pourquoi on en fait toute une histoire. Aujourd'hui, presque vingt ans après la Conflagration de la fête des Mères – cet attentat d'origine mystique qui a fait de si nombreuses victimes innocentes –, tous les Mystiques doivent se faire drainer leurs pouvoirs deux fois par an, ce qui les rend inoffensifs. La plupart vivent loin de nous, parmi les pauvres, dans les strates inférieures de la ville qu'on appelle les Bas-fonds – un endroit trop terrible et trop dangereux pour qu'une personne des Hauteurs s'y aventure. Les Mystiques des Hauteurs sont tous des domestiques, des serveurs ou des employés municipaux qui se fichent pas mal de la révolution ou du pouvoir. Ils songent uniquement à gagner de quoi survivre.

Mais je sais bien que tous les Mystiques ne sont pas inoffensifs. Il y en a qui préfèrent se cacher, qui refusent de se déclarer auprès des services de la ville et de renoncer à leur magie. Qui rôdent dans les Bas-fonds en guettant leur heure. Et qui complotent.

Thomas ôte son bras de ma taille.

— Je n'ai pas encore vu Kyle, observe-t-il.

— Moi non plus.

Mon frère Kyle déteste les feux de la rampe. Il est très mal à l'aise dans ce genre de soirée. Il s'est probablement enfermé quelque part avec sa petite amie Bennie.

— Tu veux danser ? me propose Thomas.

Lui a l'air d'en avoir très envie, et trop de regards sont braqués sur nous pour que je refuse. Je passe ma pochette à Kiki et m'avance au milieu de la salle.

Thomas m'enlace gauchement, comme s'il n'avait pas l'habitude de me toucher. Je me demande tout à coup si nous avons déjà été nus l'un avec l'autre, et le rouge me monte aux joues.

— Je me suis fait beaucoup de souci pour toi, me dit-il en me faisant danser avec douceur. Tu avais l'air si mal en point.

— À part quelques maux de tête, je me sens bien.

À part le fait que j'ai tout oublié de toi. Je chasse cette pensée et me laisse envahir par la musique. Peut-être que si le morceau dure assez longtemps, je me rappellerai ce que j'ai ressenti la première fois que j'ai dansé avec Thomas. Parce que nous avons sûrement déjà dansé ensemble, non ? Un frisson d'anticipation me saisit. Thomas est un bon parti, charmant, et clairement attiré par moi. Si je suis aussi amoureuse de lui que tout le monde le dit, j'ai plutôt de la chance.

— Comment s'est-on rencontrés ? je murmure, afin que personne d'autre ne puisse entendre.

Il a un mouvement de recul.

— Tu ne te rappelles vraiment rien ?

Je secoue la tête.

Depuis que je suis toute gamine, j'ai toujours rêvé du grand amour. Un amour comme on en voit à la télé, ou comme on en lit dans les livres, quand l'héroïne trouve son âme sœur – la personne avec laquelle elle va passer sa vie entière – et connaît enfin le bonheur. À en croire mes parents, c'est le genre d'amour que je partage avec Thomas. Alors pourquoi est-ce que je ne ressens rien de particulier à son contact ?

J'aurais cru que le grand amour me brûlerait comme une flamme.

Ma mère survient, et glisse un bras entre nous.

— Aria, j'ai besoin de t'emprunter ton fiancé un moment. Le gouverneur Boch aimerait discuter avec lui.

Thomas m'embrasse chastement sur le front.

— Je reviens.

Je les regarde s'éloigner. C'est ça, l'avenir qui m'attend avec Thomas – les affaires, les ronds de jambe et nos parents ? J'étouffe tout à coup, comme si ma robe était trop serrée.

J'ai besoin de prendre l'air.

Je longe le mur extérieur et presse le panneau à l'entrée du balcon. Il consulte mes données biométriques, la porte s'efface, puis réapparaît derrière moi. Dehors, la chaleur est étouffante. Mes bras, ma nuque et mes jambes sont immédiatement trempés de sueur.

On attribue généralement la canicule à la crise climatique planétaire, la fonte des neiges et des glaces partout dans le monde et la montée des eaux qui ont englouti l'Antarctique et la totalité de l'Océanie. C'est également au réchauffement climatique que l'on doit les canaux qui sillonnent les Bas-fonds, à la place des anciennes rues et avenues. Bientôt, affirment les scientifiques, la mer recouvrira toute l'île.

Personne ne sait dans combien de temps exactement.

Je m'avance sur le balcon. Les Hauteurs s'étendent devant moi, si loin au-dessus des eaux qu'elles évoquent parfois une ville suspendue en plein ciel, sans aucune attache au sol. Quelques dizaines d'étages plus bas s'entrecroisent les lignes du photorail ; les cabines blanches fuselées entrent et sortent des stations, filant comme des étoiles à l'ombre des gratte-ciel. Ce paysage vertigineux, spectaculaire, est éclairé par les transformateurs de la ville : d'immenses flèches de verre par où transite l'énergie qui alimente Manhattan – la seule bonne chose à retenir de ces saletés de Mystiques, comme dit mon père.

Ces flèches sont animées de pulsations régulières ; il me semble percevoir un rythme dans la manière dont leur lueur varie, comme une musique visuelle. Elles en paraissent presque vivantes – plus vivantes, en tout cas, que les invités présents ce soir.

Je remonte soigneusement le bas de ma robe, j'enjambe la balustrade et me tiens au-dessus du vide. Je l'ai déjà fait une bonne dizaine de fois quand j'étais plus jeune. Ça me détend. Le vent me rabat les cheveux dans la figure, je n'y vois plus grand-chose ; mes mains se crispent sur la rambarde dans mon dos. Lentement, je me penche en avant ; je distingue les canaux au-dessous de moi comme de minces rubans d'argent dans la nuit, le vent chaud me cingle le visage, et je me dis une chose : je me suis battue pour le grand amour et j'ai gagné.

Maintenant, il ne me reste plus qu'à m'en souvenir.

J'essaie de me représenter Thomas en train de me prendre la main. De me serrer fort quand je me jette dans ses bras, de m'embrasser dans un coin sombre ou dans un solarium baigné de lumière, mais il y a toujours quelque chose qui cloche. Je me retourne vers la réception. D'ici, on n'entrevoit qu'une masse de costumes sombres et de robes chatoyantes, à peine visible à travers la condensation sur les portes vitrées.

Un courant d'air chaud s'engouffre sous ma robe et je ris en sentant l'étoffe claquer autour de moi. Ça suffit. Il est temps de remonter sur le balcon, en sécurité.

C'est là que je l'aperçois – un visage dans l'ombre, qui me regarde fixement.

Je distingue mal ses traits ; l'éclairage des appliques murales ne porte pas jusqu'à lui.

— Heu, bonsoir, dis-je. Qui est là ?

Je suis en train de faire passer ma jambe par-dessus la balustrade quand mon autre pied dérape brusquement.

Et je tombe.

Une douleur violente m'embrase le genou quand je heurte la corniche, je me cogne le menton sur la rambarde et bascule en arrière. Je parviens à me retenir d'une main à la rambarde et m'y cramponne désespérément.

Mon corps percute violemment la paroi de l'immeuble et je manque lâcher prise, mais non : je reste suspendue au-dessus de la ville. Je serre les doigts de toutes mes forces. Eux seuls m'empêchent de plonger vers une mort certaine plusieurs centaines de mètres plus bas.

Je sens ma paume moite commencer à glisser sur la barre métallique ; je vais bientôt lâcher. Mon cœur bat furieusement et je me dis en silence : *Pitié, je ne veux pas mourir. Pitié, je ne veux pas mourir.*

Puis le garçon surgit au-dessus de moi. À travers les larmes qui brouillent ma vue, il semble être là sans y être, comme un fantôme.

— Attrape ma main, lance-t-il, en me tendant le bras.

— Je ne peux pas ! Je vais tomber.

— Mais non ; je suis là, m'assure-t-il.

Je cligne des paupières pour chasser mes larmes mais je n'arrive toujours pas à distinguer son visage. Je perçois son souffle rapide, son exaspération, sa peur.

— Il va falloir me faire confiance.

Toujours cramponnée à la rambarde, je lance l'autre main vers ce garçon inconnu. Il l'attrape et me hisse vers lui, cependant j'ai toujours les jambes dans le vide. Sa poigne est incroyablement chaude ; j'ai l'impression que ses doigts me brûlent la peau.

— Parfait, dit-il. L'autre, maintenant.

— Je ne suis pas sûre d'y arriver.

Mon corps entier n'est plus que souffrance.

— Tu es plus forte que tu ne le crois.

Je m'oblige à ne pas regarder en bas. Je respire un grand coup puis lâche la rambarde et lui donne ma deuxième main, remarquant au passage un tatouage en forme d'étoile filante à l'intérieur de son poignet. Puis je monte, je monte et bascule sur le balcon.

À peine mes pieds ont-ils touché la terre ferme que je me mets à pleurer – des larmes qui s'étaient accumulées en moi toute la soirée.

— Chut, c'est fini. Ça va aller maintenant, me rassure-t-il.

Bien qu'il fasse mille degrés dehors et que j'aie probablement ruiné ma plus belle robe, je le crois.

Au bout d'un moment, il finit par me lâcher et je l'entends s'éloigner. Qui est donc ce garçon qui vient de me sauver la vie ?

Je tourne la tête dans sa direction, mais il a disparu, comme par enchantement. Je ne sais même pas à quoi il ressemble. Ni comment il s'appelle.

À cet instant, une voix familière me dit :

— Aria ? C'est toi ?

Kiki.

— Qu'est-ce que tu fabriques dehors ? demande-t-elle en s'approchant. On étouffe, ici.

Je décide de garder pour moi ce qui vient de se passer.

— Je voulais juste réfléchir un peu.

— Eh bien, arrête de réfléchir et viens danser ! Thomas te cherche partout. Ils sont en train de passer votre chanson.

— Ah, parce qu'on a une chanson ?

— Apparemment. Amène-toi, me lance Kiki en me rendant ma pochette.

Nous sommes presque à la porte quand j'entends quelque chose tinter dans ma pochette. Je l'ouvre et je jette un coup d'œil à l'intérieur – c'est un médaillon. Je ne l'avais encore jamais vu. Un petit cœur en argent qui a quelque chose d'étrange. Quand je le sors, je sens une décharge d'énergie me traverser. Un souvenir, une sensation me revient en mémoire : ce médaillon m'appartient.

Je trouve aussi un bout de papier plié. Je l'ouvre. Dessus, d'une écriture que je ne reconnais pas, on a inscrit :

Souviens-toi.

CHAPITRE 2

Le lendemain matin je me réveille avant que Davida n'arrive pour m'aider à me baigner et à m'habiller. J'ai encore le menton douloureux après ma chute d'hier soir, et des bleus aux genoux, mais sinon je me sens bien. Très bien, même – c'est excitant d'éprouver autre chose que la sensation gênante d'avoir tout oublié.

Thomas.

On m'a enseigné toute ma vie à le détester, mais au fond il a plutôt l'air… gentil. Prévenant. Sensible. Même si je ne recouvre pas la mémoire, je pourrai peut-être réapprendre à l'aimer.

Je sors de mon lit et vais dans la salle de bains me passer de l'eau sur le visage. Heureusement, j'ai hérité la peau de pêche de ma mère et les grands yeux bruns de mon père. En faisant la moue devant le miroir, je dois bien admettre que j'ai plutôt bonne mine pour une fille qui a failli mourir.

J'attrape ma pochette et je fais glisser le médaillon pour l'examiner au creux de ma paume. Il n'a rien d'extraordinaire. Il est presque lisse, hormis quelques stries légères en forme de tourbillon. Pas de fermoir. On dirait qu'il est en argent massif.

Peut-être qu'il ne s'ouvre pas, que c'est juste un pendentif en forme de cœur.

Je ressors le bout de papier. Je le contemple un moment. Puis je le range avec le bijou dans ma pochette, que j'enferme dans mon placard. *Souviens-toi…*

Je m'assieds devant mon TactilEgo. Mes parents me l'avaient confisqué après mon overdose, mais ils me l'ont rendu hier soir avant la réception.

Je sélectionne mon e-mail parmi les différentes applications. Je fais une recherche sur « médaillon », sans résultat. Je relis alors mes courriers par ordre chronologique, en commençant par les plus récents. Quelques messages de félicitations pour mon diplôme et mes fiançailles, mais c'est tout – pas un mot de Thomas, de Kiki ou d'aucune des filles de l'Académie Florence qui ont décroché leur diplôme en même temps que moi, deux mois plus tôt. Et pas le moindre texto – ma boîte de réception est presque entièrement vide.

On frappe à la porte, c'est Davida. Je traverse la chambre, sentant mes pieds nus s'enfoncer dans l'épaisse moquette grise, et j'effleure le carré tactile.

— Je peux entrer ? me demande-t-elle alors que la porte se rétracte.

— Bien sûr, dis-je, en posant mon TactilEgo.

Davida, comme à son habitude, est habillée tout en noir : blouse à manches longues au col sévère, pantalon collant glissé dans des souliers vernis à talons plats, longs gants noirs.

Les gants représentent sa touche personnelle. Elle les porte depuis toujours – depuis ses onze ans, en tout cas. Suite à un accident terrible dans la cuisine de l'orphelinat où elle a grandi. Je n'ai jamais vu ses mains, mais quand j'étais plus petite, la description que Kyle m'en faisait me donnait des cauchemars : « du tissu cicatriciel jusqu'aux coudes, la peau marbrée, raide et brillante, comme les bras d'un monstre de cinéma ».

— Tu es bien matinale, observe Davida.

Ses cheveux bruns sont tirés en un chignon impeccable. À dix-sept ans, le même âge que moi, Davida possède des traits que n'importe quelle jeune fille rêverait d'avoir : de grands yeux noisette, des pommettes saillantes, une bouche pleine qui occupe presque tout le bas de son visage. Au contraire de la plupart des gens dans les Hauteurs, mes parents refusent d'employer des Mystiques ; Davida comme tous nos domestiques est issue de la classe populaire non mystique.

— Magdalena a fait du café, si ça te dit, me propose-t-elle.

Principalement attachée au service de ma mère, Magdalena prépare le café le plus fort de toute la maison – trop noir à mon goût.

— Non merci, Davida.

Je la regarde s'avancer pour faire mon lit. Elle se penche et lisse l'édredon de ses doigts gantés.

— Comment te sens-tu ?

On m'a posé cette question si souvent ces derniers temps qu'elle me donne envie de hurler. Venant de Davida, pourtant, ça ne me dérange pas. En principe, elle est à mon service, mais notre relation n'a jamais été purement formelle. Comme nous avons le même âge, nous nous sommes très vite senties proches l'une de l'autre. Nous sommes amies. Mes parents n'y voient pas d'inconvénient tant qu'elle fait son travail et reste à sa place.

— Je ne sais pas trop. Je me sens bien physiquement, mais… je n'ai pas les idées très claires.

Davida fronce les sourcils.

— Qu'est-ce que tu t'es fait au menton ?

Je suis sur le point de lui raconter ma chute quand je remarque que son gant droit a laissé des traces de suie sur mon édredon. Elle s'en aperçoit à son tour et tente de les épousseter.

C'est étrange. Davida est toujours d'une propreté irréprochable. Elle me cache quelque chose – et cette suie ne peut provenir que d'un seul endroit.

— Davida, tu ne serais pas descendue dans les Bas-fonds ?

À cet instant précis, ma mère fait son entrée.

— Bonjour, Aria, me lance-t-elle. Davida.

Cette dernière se raidit.

— Madame Rose. Belle journée, n'est-ce pas ?

— Vous trouvez ? réplique ma mère. (Sa voix est particulièrement dure aujourd'hui.) Aria, tu m'as beaucoup déçue. Heureusement que les Foster avaient bu trop de champagne pour s'offusquer de ton comportement hier au soir.

— Moi ? Qu'est-ce que j'ai fait ?

— Tu t'es isolée sur le balcon en ignorant tout le monde.

— Seulement quelques minutes...

— C'était ta fête de fiançailles ! Avec tes manières distantes, les gens vont croire que tu manques d'enthousiasme.

— J'ai eu l'impression de faire bonne figure, dis-je, mais si j'ai paru distante... c'est peut-être parce que je ne me rappelle plus Thomas ? Je t'en ai déjà parlé. Tu peux comprendre que je me sente un peu mal à l'aise.

Ma mère s'assied au bord du lit et me dévisage avec attention. J'en ai assez d'être constamment obligée de prouver ma valeur, ma dévotion à la famille et à nos ambitions politiques. Je ne suis jamais à la hauteur.

— Comment puis-je épouser Thomas alors que je ne sais rien de lui ?

Ma mère balaye cette protestation d'un revers de main.

— Ne dis pas de bêtises, Aria. Tu es folle de lui. Tu allais le retrouver en cachette dans les Bas-fonds, au mépris de tout ce que ta famille a toujours défendu, au risque d'encourir la colère de ton père – et de causer notre perte. C'est triste de voir que tes choix malheureux entraînent une telle confusion de sentiments, qui paraissaient si forts.

Je me sens honteuse, tout à coup. Mon amour pour Thomas devait être très puissant. Les Bas-fonds sont un endroit sinistre, inquiétant. On n'y descend pas sans danger. Je n'y aurais pas risqué ma vie pour n'importe qui.

Je demande timidement :

— Sincèrement, quel mal y aurait-il à repousser le mariage, ne serait-ce que d'un mois ? J'aurai peut-être recouvré la mémoire d'ici là.

Ma mère pince les lèvres puis articule soigneusement sa réponse.

— Ton père et moi avons fait l'impossible pour t'aider à te rappeler – consulter des spécialistes, obtenir des médicaments sur le marché parallèle. Je sais que ça ne remonte qu'à deux semaines, mais nous faisons beaucoup d'efforts ; et il n'y a pas que tes sentiments en jeu.

Deux semaines, ça ne représente pas si longtemps, ai-je envie de protester, mais à quoi bon ? Le message est clair : peu importe que les souvenirs reviennent ou pas, j'épouserai Thomas quoi qu'il arrive – et cela sonne comme une sentence de mort.

— Peut-être que si je pouvais parler avec Thomas, passer un peu de temps avec lui…

— Tu as eu du temps avec lui, Aria, me fait observer ma mère. Hier soir.

— Nous n'étions pas tout seuls ! Il y avait plein de monde.

Si j'ai pu traîner dans les Bas-fonds en sa compagnie, et si mes parents ont pu l'accepter, pourquoi ne puis-je pas le voir en tête à tête maintenant ?

— Une fois que vous serez mariés, tu pourras passer tout le temps que tu voudras avec Thomas. Mais en attendant, concentre-toi sur ton rétablissement. (Ma mère tape des mains, et un sourire radieux succède à son air renfrogné.) Tu as rendez-vous chez le médecin demain, ma chérie, annonce-t-elle d'une voix pleine de tendresse maternelle. Nous lui dirons que tes problèmes de mémoire sont loin d'être résolus. Tout le monde tient à ce que tu te souviennes de Thomas.

Elle m'embrasse sur le front puis s'en va.

Je me retiens de pleurer. Je vais me rappeler.

Davida pose sa main sur mon épaule.

— Viens, fait-elle. Il est temps de t'habiller.

***

Kiki arrive quelques heures plus tard pour m'emmener déjeuner. Nous avons prévu de retrouver la petite amie de mon frère, Bennie Badino, et d'assister à une démolition.

— Je peux venir ? demande Kyle, vautré sur le canapé du salon.

— Sûrement pas ! répond Kiki qui piaffe d'impatience dans la cuisine. (Elle porte une jupe mandarine qui s'arrête aux genoux et un petit haut beige moulant, sans manches, avec un décolleté en V.) C'est un déjeuner entre filles. Si tu venais avec nous, ce serait… un déjeuner de filles avec un garçon.

— Je pourrais faire semblant d'être une fille, suggère Kyle. Je parlerais à tort et à travers et je sangloterais sans raison.

— Ça ne m'ennuie pas qu'il vienne, dis-je, en lissant ma jupe.

Kyle et moi n'avons pas passé beaucoup de temps ensemble ces derniers temps – à vingt ans, il vit à l'université toute l'année et ne revient à la maison que pendant l'été.

Kiki lève les bras en l'air.

— Et que fais-tu de l'importance de la communion féminine autour d'une salade hors de prix ? (Elle tape du pied.) Pas question !

— D'accord, d'accord, capitule Kyle, qui se lève du sofa et se passe la main dans les cheveux.

Contrairement à moi, il a le teint très clair, avec des yeux verts et des cheveux blonds. Presque toutes les filles de l'Académie Florence ont eu le béguin pour lui à un moment ou à un autre.

— Je vais appeler Dany et lui proposer de déjeuner avec moi. Et quand vous viendrez nous supplier de vous accepter à notre table, on dira non. Réservé aux garçons. On verra bien comment vous le prendrez.

— Avec une profonde indifférence, lui assure Kiki, avant de se tourner vers moi. Allez, viens. Bennie va nous attendre si on continue à traîner. (Elle s'approche de Kyle et l'embrasse sur les deux joues.) C'est comme ça qu'on fait en Europe, explique-t-elle. Ma mère vient juste de rentrer d'Italie. Là-bas, ils passent leur temps à s'embrasser sur la joue et à manger des spaghettis. Allez, *ciao* !

***

Nous quittons l'immeuble par la passerelle qui le relie au gratte-ciel voisin, puis franchissons une autre passerelle jusqu'à la station de photorail la plus proche. Il y a des stations partout dans les Hauteurs. Elles ont la forme de grands bâtiments rectangulaires, en verre réfléchissant pour bloquer les rayons du soleil.

Kiki et moi entrons à l'intérieur – où règne un froid glacial.

— Allez, Aria. Active un peu !

L'entrée débouche sur une grande salle des pas perdus où se presse une foule de gens, venus accueillir des amis à la descente des cabines ou chercher simplement un peu de fraîcheur. Des portes d'embarquement s'alignent sur deux murs en vis-à-vis – les unes pour les cabines à destination des quartiers résidentiels, les autres pour celles qui desservent le centre-ville. Des passagers attendent en ligne devant chaque porte. Ces queues peuvent parfois être assez longues, mais le photorail est si rapide que le temps d'attente reste toujours réduit.

— Attendre n'est jamais aussi drôle que de ne pas attendre, déclare Kiki alors que nous faisons la queue et que la lumière s'allume au-dessus de la porte Quatre, indiquant une cabine libre.

Une navette se présente presque aussitôt.

Nous nous avançons puis Kiki pose sa main sur le scanner. Le nom :

CLAUDIA SHOBY

s'affiche sur l'écran mural. Les portes se rétractent pour la laisser monter.

— J'adore voir mon nom dans la lumière, me jette-t-elle.

Les portes restent ouvertes le temps que je passe au scanner à mon tour.

ARIA ROSE

s'affiche au-dessus de ma tête tandis que j'embarque dans la cabine.

— Au Cercle, annonce Kiki au pilote automatique.

Elle se laisse tomber dans un siège rembourré. Je m'assieds, moi aussi. Même si le trajet s'effectue avec une fluidité incroyable – à peine a-t-on la sensation de bouger –, j'ai parfois la nausée quand je regarde par la vitre et vois défiler la ville.

Quelques minutes plus tard, les portes s'ouvrent sur le Cercle, ce complexe de boutiques et de restaurants autour de la 59e Rue, dans le West Side, où nous aimons tellement flâner. Il est recouvert d'un immense dôme de verre isolant de la chaleur, et les immeubles sont reliés par de minuscules passerelles avec des trottoirs mystiques qui se déplacent tout seuls sous les pieds.

Quand nous étions plus jeunes, Kyle et moi venions souvent nous amuser ici, en nous laissant emporter par les trottoirs partout dans le dôme. On faisait du lèche-vitrines, on humait les odeurs de nourriture, contents d'être ensemble. Aujourd'hui, on ne fait plus que se croiser dans l'appartement, et encore. On ne s'envoie même pas de textos.

Kiki et moi passons devant les boutiques sans ralentir et nous rendons directement à l'American, le lieu idéal pour profiter d'une démolition. Construite entièrement en verre, sa salle de restaurant circulaire offre une vue panoramique sur Manhattan et, quand on s'y rend dans la soirée, on voit le ciel noir tout autour.

Juste avant d'entrer, je me tourne vers Kiki.

— Tu n'aurais pas remarqué si l'un des invités d'hier soir avait une étoile filante comme tatouage ?

— Hmm ? fait Kiki en ne m'écoutant qu'à moitié, trop occupée à rectifier sa coiffure.

— Un garçon… d'environ notre âge. Avec un tatouage au poignet. Ça ne te dit rien ?

— Non, répond Kiki. (Elle secoue la tête.) Désolée. Il était mignon ?

À l'intérieur, on vient aussitôt nous accueillir afin de nous éviter la file d'attente.

— Ah, mademoiselle Rose, s'exclame le patron, un jeune homme aux cheveux bruns hérissés. Je suis ravi de vous revoir.

— Moi aussi, Robert.

— Vous devriez venir plus souvent. Toutes mes félicitations pour vos fiançailles. (Il m'adresse un sourire radieux.) Puis-je la voir ?

— Voir quoi ? demande Kiki.

— La bague, bien sûr, répond Robert.

Je jette un œil à mes mains, complètement dépourvues de bijoux. Ma bague de fiançailles. Je ne me souviens même pas d'en avoir reçue une, et pourtant… ça paraît un détail plutôt important. Je suis surprise que ma mère ne m'ait pas reproché de ne pas la porter hier soir.

— Notre table est prête ? s'enquiert Kiki, changeant opportunément de sujet.

— Suivez-moi, dit Robert en s'inclinant. Votre amie est déjà installée.

J'entends Bennie avant même de la voir.

— Les filles ! Vous êtes trop belles !

Bennie est grande, avec des jambes interminables. Elle a des cheveux bruns qui lui descendent jusqu'aux épaules et une peau couleur caramel, comme ceux que je dévorais quand j'étais gamine. Elle a trois ans de plus que moi – l'âge de Kyle –, et sans être une beauté au sens conventionnel, elle dégage un certain charme. Une assurance impudente, un parfum d'aventure. En plus, elle aime la même musique que moi : les groupes de garçons qui chantent sur les cœurs brisés. De toutes les filles avec lesquelles est sorti mon frère, c'est elle que je préfère.

— Merci, ma chérie, répond Kiki.

Nous échangeons des baisers et prenons place autour de la table.

Deux serveurs – visiblement issus des Bas-fonds – s'empressent de nous apporter des verres d'eau. L'éthique nous interdit de leur parler. Enfant, je me sentais coupable de me faire servir par eux. Une fois, quand j'avais dix ans, j'ai remercié un serveur – ce qui nous a valu à tous les deux une bonne gifle de ma mère. Je ne m'y suis plus jamais risquée depuis.

Je lance :

— Bon, les filles, qu'est-ce que vous avez envie de manger ?

Je baisse les yeux ; chaque table comporte un écran tactile sur lequel on passe sa commande. Je me choisis rapidement une salade de poulet, et pendant que Bennie examine le menu, je change de sujet en demandant à Kiki où a bien pu passer ma bague de fiançailles.

— Chez le graveur, m'explique-t-elle. Thomas y a fait allusion hier soir. Tu n'étais pas au courant ?

— Oh. Non, mais c'est logique.

Je me sens soulagée par cette réponse toute bête.

— Si j'avais su que vous sortiez ensemble, j'aurais pu te le dire depuis un bout de temps, continue Kiki. Mais il a fallu que tu nous fasses des cachotteries.

On sent une pointe de déception dans sa voix. Elle m'en veut de lui avoir caché ma relation avec Thomas, et je comprends sa frustration.

— Je te demande pardon, Kiki. Si seulement je me rappelais pourquoi je ne t'ai rien dit, je te jure que... je te le dirais. Mais ce n'est pas le cas. Tu ne vas pas me faire la tête ?

Elle soupire, fait défiler le menu à l'écran et compose sa commande.

— Non, ce n'est rien. J'ai faim. Je prends du calamar ? C'est bon, le calamar ? (Elle confirme sa commande avec son pouce.) Ah, on va bien voir !

Parler de ma bague de fiançailles m'a fait penser à cet autre bijou : mon médaillon. Kiki sait peut-être quelque chose là-dessus également. Je croise son regard.

— Est-ce que Thomas m'avait offert un médaillon ?

— Dis donc, tu as de drôles de questions aujourd'hui. Je n'en sais rien. Peut-être.

— Réfléchis, dis-je. Bennie, m'as-tu déjà vue avec un médaillon ? À l'ancienne, en forme de cœur. Un vieux bijou...

Bennie secoue la tête.

— Je suis sûre que Thomas t'a couverte de cadeaux, lance Kiki. Pourquoi t'intéresses-tu à un vieux bijou de grand-mère ?

Je ne sais pas quoi lui dire sans trop en dévoiler. Le médaillon, le message mystérieux – ce sont sûrement les éléments d'un même puzzle, mais je ne vois pas du tout comment ils s'emboîtent.

— Laisse tomber, dis-je. Je me demandais ça comme ça.

Nos assiettes arrivent rapidement, et nous faisons toutes les trois ce que nous savons faire de mieux : manger et échanger des potins. Bennie veut tout savoir à propos de la fête, vu qu'elle en a passé la majeure partie à l'étage dans les bras de Kyle. Elle est avec lui en troisième année à l'université de West, où vont tous les partisans des Rose. Kiki et moi sommes acceptées à West, nous aussi. D'habitude, après leur diplôme de fin d'études secondaires, les habitants des Hauteurs prennent une année de césure pour découvrir le monde avant d'entrer à l'université.

Moi, je vais me marier.

Malgré tout, je trouve cette conversation agréable, familière, comme elle l'a toujours été avant mon overdose, et je passe un bon moment.

Puis vient l'heure du spectacle.

Nous repoussons nos assiettes et nous levons avec les autres pour être dirigées du côté opposé de la salle, vers un espace délimité par un cordon. Des serveurs distribuent des coupes de champagne tandis que chacun prend place devant les fenêtres.

La démolition est sur le point de commencer.

À cause du réchauffement climatique l'eau de mer inonde le sous-sol de Manhattan. Chaque année, les fondations de plusieurs gratte-ciel se détériorent dangereusement à la suite des dommages occasionnés par les eaux. Les bâtiments sont alors abandonnés et une équipe de dynamiteurs les font s'écrouler sur eux-mêmes de manière que personne ne soit blessé. Au début, ces interventions inquiétaient les habitants des Hauteurs ; aujourd'hui, elles sont une occasion de faire la fête.

C'est presque beau à voir : un angle du gratte-ciel s'enfonce d'un coup et l'immeuble entier frémit avec un grincement métallique sourd, les vitres explosent sous la pression, puis les étages s'effondrent en accordéon jusqu'au niveau de l'eau.

En général la démolition commence quand tout le monde est placé à bonne distance – mais pas toujours. Parfois, l'écroulement se déclenche sans crier gare, et les ouvriers se précipitent alors pour tenter de soutenir le bâtiment pendant que les sauveteurs évacuent les étages.

Ils n'y parviennent pas toujours à temps.

L'immeuble que nous allons perdre aujourd'hui, un immense gratte-ciel noir à la façade vitrée, existe depuis plus d'un siècle.

— À votre avis, que se passe-t-il quand l'immeuble s'écroule ? dis-je.

Kiki lève les yeux au ciel.

— Il s'enfonce dans la mer, qu'est-ce que tu crois ?

— Ce n'est pas ce que je voulais dire.

Je jette un coup d'œil à l'intérieur du restaurant. Les gens bavardent tranquillement, attendant que la fête commence. Mais que doivent ressentir ceux qui assistent d'en bas à une démolition, lorsqu'il pleut du granit et du verre ?

— Alors c'est quoi ? me demande Bennie.

Je réfléchis une seconde.

— Tout se déroule si proprement vu d'ici. Je me demande simplement à quoi ça ressemble dans les Bas-fonds. S'il n'y a pas des… dégâts.

— On s'en fiche ! riposte Kiki avec un haussement d'épaules, tandis qu'un trio de filles passe devant nous. Hé, ce n'est pas Gretchen Monasty ?

— Qu'est-ce qu'elle fiche ici ? siffle Bennie. Elle aurait dû rester dans son coin.

Je cligne des paupières. Gretchen Monasty – sa famille compte parmi les plus farouches partisans des Foster. Elle est jolie, à sa manière, avec ses longs cheveux châtains, ses yeux en amande et son nez retroussé et pointu. Il y a sa photo sur tous les blogs people ; elle adore se montrer. Je suis surprise de la voir ici, mais puisque Thomas et moi allons nous marier, les anciennes lignes de démarcation entre le West Side et l'East Side de Manhattan ne doivent plus exister.

— Du calme, dis-je. Pas de quoi en faire une histoire.

Même si ce n'est pas tout à fait vrai.

Une cloche sonne. Les conversations s'éteignent, et Kiki, Bennie et le reste de l'assistance se tournent vers l'immeuble sur le point de s'écrouler. En ce qui me concerne, je ne peux m'empêcher de continuer à fixer Gretchen. Me reviennent les paroles de ma mère, ce matin, et je sais ce qu'une Rose devrait faire.

— Excusez-moi, dis-je en me penchant devant Kiki, la main tendue, on ne s'est jamais rencontrées mais je tenais à vous dire bonjour. Voici mes amies – Bennie Badino et Kiki Shoby. (Je souris avec toute la franchise possible.) Je suis Aria Rose.

L'une des filles qui accompagne Gretchen – les cheveux filasse, les yeux laiteux – se penche en avant.

— On sait très bien qui tu es, rétorque-t-elle.

L'autre amie de Gretchen ajoute son grain de sel :

— Et franchement, ça ne nous fait ni chaud ni froid. Il y a des choses qui ne devraient jamais changer. Tu ne crois pas ? Ce n'est pas pour rien que mes parents détestent les tiens.

La cloche retentit de nouveau, et le sommet du gratte-ciel se replie sur lui-même comme du papier mouillé. Même à l'intérieur du restaurant, le fracas est épouvantable – un crissement rauque de métal et de pierre en train de se tordre, de se briser, l'onde de choc des étages qui dégringolent les uns sur les autres dans un grondement de secousse sous-marine.

Mon sourire s'efface.

— Je vous demande pardon ?

Un nuage de débris pulvérisés gonfle sous nos yeux, à l'emplacement de l'ancien bâtiment. Quand la poussière se dissipe, il ne reste plus rien. Juste un trou dans l'alignement des immeubles, comme une dent manquante.

Je m'attends à des excuses de Gretchen pour le comportement inadmissible de ses amies. Au lieu de quoi, elle me dévisage avec dégoût.

— Thomas avait raison à propos de toi.

Gretchen a touché mon point sensible : ce fiancé dont je ne me rappelle rien.

Kiki intervient, le visage rouge comme une betterave.

— Depuis dix-sept ans que je vis sur cette planète, je crois que c'est la première fois que je vois des mochetés pareilles se comporter d'une manière aussi grossière. Vous avez un sacré culot. (Elle agite un doigt menaçant sous le nez de Gretchen puis elle se tourne vers moi.) Allons-nous-en, Aria.

Bennie, qui n'a pas prononcé un mot, suit Kiki à travers la foule. Je leur emboîte le pas après un dernier regard à Gretchen, qui reste bouche bée. La démolition est terminée. Autour de moi, les gens applaudissent avec enthousiasme, heureux de constater à quelle vitesse on sait faire disparaître les choses. Suis-je la seule à regretter qu'on ne sache pas les faire revenir ?

***

Plus tard dans la soirée, je me plante devant la fenêtre de ma chambre. Il fait nuit, et les lumières de la ville scintillent comme des joyaux. Quelques traînes nuageuses s'effilochent sur la noirceur du ciel. Un soupçon de lune fait miroiter la trame arachnéenne des passerelles et des terminaux voisins.

Je n'arriverai pas à trouver le sommeil, je le sais. Je n'arrête pas de repenser à Gretchen Monasty, à son ton méprisant : *Thomas avait raison à propos de toi.*

Raison sur quoi ? Était-ce une allusion à mon overdose, ou à autre chose ?

Le médaillon. Le message. Peut-être que Thomas sait quelque chose qui pourrait m'aider, et dont il n'a pas voulu me parler en présence de mes parents, ou des siens.

Je devrais lui poser la question. J'attrape mon TactilEgo pour l'appeler quand je me rends compte que je n'ai pas son numéro. Étrange. À moins que je ne l'aie pas entré en mémoire, de peur que mes parents ne le découvrent ? Je réfléchis une minute. Il y a peu de chance qu'une de mes amies connaisse son numéro. En plus, je suis sûre qu'il est sur liste rouge, comme mes parents et moi.

J'ai envie de m'arracher les cheveux, de hurler. Mais ce n'est pas ça qui va résoudre mon problème ou me rendre mes souvenirs.

En apparence, mon histoire est plutôt simple. Je suis tombée amoureuse. J'ai pris de la drogue. J'ai fait une mauvaise réaction, avec pour conséquence une amnésie partielle temporaire.

Mais en y réfléchissant de plus près… il y a un certain nombre de détails qui ne collent pas, de nombreuses questions sans réponse – dont la plupart concernent Thomas.

Je tends l'oreille – aucun bruit dans l'appartement. Il est plus de 10 heures et demie ; mes parents doivent être couchés, et les domestiques tous partis. Je jette un coup d'œil au-dehors, sur le ciel sans étoiles. Dans l'East Side, de l'autre côté de la ville, mon fiancé doit être dans sa chambre – peut-être bien avec la clé qui m'aiderait à déverrouiller mon passé, qui sait ?

La solution s'impose à moi, limpide : il faut que j'aille le retrouver.

CHAPITRE 3

M'éclipser n'est pas si facile.

Par exemple : les scanners d'empreintes digitales qui commandent chaque porte dans les Hauteurs sont tous reliés à un réseau de surveillance électronique appelé la Grille. La partie ouest de cette Grille est supervisée par les agents de mon père. Le système suit la localisation de chaque individu, et alerte un opérateur dès qu'une personne d'un certain statut – comme moi – change de pièce.

Cette surveillance étroite de la Grille me permet d'aller et venir dans les Hauteurs sans gardes du corps. J'en avais quand j'étais petite, mais depuis mes seize ans, mon père me laisse me déplacer librement. Du moins, autant qu'on peut l'être quand le moindre de vos faits et gestes est contrôlé en permanence.

— Une vraie Rose est capable de se débrouiller toute seule, m'a-t-il dit.

Je suis sûre qu'il a regretté ces paroles quand j'ai commencé à disparaître en compagnie de Thomas. Même si je ne me rappelle plus à quand ça remonte.

Juste avant mon accident, Kyle m'avait révélé que l'ascenseur de service situé au fond de notre cuisine fonctionnait sans empreintes digitales – avec un simple mot de passe, qu'il m'a donné – et qu'il descendait directement à l'entrée inférieure de l'immeuble. Mon père et ses associés l'utilisent quand ils ont des affaires illicites à mener hors de la Grille.

Soit précisément ce que j'ai en tête ce soir.

Enveloppée dans le manteau que Davida m'a offert à mon anniversaire l'année dernière, je descends prudemment l'escalier, traverse l'étage principal de notre appartement et gagne l'ascenseur de service. Je retiens mon souffle quand la porte de la cabine se referme.

Quand elle se rouvre, je me retrouve devant une pièce nue à l'éclairage blafard – l'entrée de service. Le sol est d'un gris métal immaculé, à l'exception d'un chemin noir menant à l'extérieur. Je m'avance à pas de loup, priant pour ne pas être détectée par un capteur invisible ou une caméra cachée. Je m'attends à entendre retentir une alarme, ou à voir surgir des agents de sécurité.

Mais il ne se passe rien.

Dehors, je commence à transpirer avant même d'avoir franchi la passerelle qui relie notre gratte-ciel à l'immeuble voisin. Je me fais discrète en longeant d'un pas vif la station de photorail ; son toit de verre brille de mille feux sous le ciel bleu-noir. Je ne peux pas prendre le rail. Il enregistre les passagers. Je vais devoir me débrouiller autrement pour me rendre dans l'East Side si je ne veux pas que mon père soit au courant de mon escapade.

Il y a un Point de Descente quelques pâtés de maisons plus loin. Alors que le photorail dessert uniquement les Hauteurs, les PDD sont des sortes d'ascenseurs pour les Bas-fonds. Je ne connais personne qui s'en serve, à l'exception de la population des Bas-fonds et des Mystiques qui travaillent dans les Hauteurs. Pourquoi voudrait-on descendre au niveau des canaux à moins d'y être obligé ?

Mais je vais pouvoir utiliser ce snobisme à mon avantage : les PDD fonctionnent avec une vieille version du scanner digital – une technologie laborieuse, dépassée, qui a souvent des difficultés d'interconnexion avec les logiciels plus modernes des Hauteurs. Je risque donc moins de me faire repérer.

Je pose la main sur le scanner et le PDD s'ouvre devant moi.

L'intérieur de la cabine est beaucoup plus sale que je ne m'y attendais. Heureusement, j'ai à peine le temps de l'examiner que la descente s'amorce.

Même si j'ai passé ma vie entière à Manhattan, je n'ai visité les Bas-fonds qu'une seule fois, lors d'une excursion scolaire sous étroite surveillance avec l'Académie Florence. Je me souviens de la puanteur abominable, des pauvres gens sans un toit au-dessus de leur tête ni rien à se mettre sous la dent. Tout m'avait paru laid, répugnant. On nous avait raconté que les Bas-fonds grouillaient de désespérés prêts à nous trucider pour nous faire les poches.

En quittant le PDD, il m'apparaît que les Bas-fonds sont exactement comme dans mon souvenir : d'une moiteur poisseuse, bruyants, dangereux. Le clapotis de l'eau au pied des immeubles m'accompagne en fond sonore le long des trottoirs surélevés. Je passe devant une rangée de boutiques délabrées, aux vitrines si crasseuses que je n'y vois même pas mon reflet. Tout est plus sombre ici. Je ne sais pas exactement où je vais, mais je m'efforce de ne pas attirer l'attention. Je croise un flot d'inconnus, le visage dissimulé par la brume qui s'élève des canaux.

Dans cette atmosphère suffocante, je peux presque sentir le goût de l'eau de mer sur ma langue. Des groupes me dépassent en discutant bruyamment, indifférents à ma présence. Il y a quelque chose d'excitant dans cette situation : m'aventurer dans cet endroit interdit à la nuit tombée, voir de vrais gens mener leur vie sans même me remarquer.

C'est agréable de me fondre dans la masse.

Une femme bossue aux cheveux frisés s'approche de moi.

— T'aurais pas une p'tite pièce, ma jolie ?

Je sors un peu de monnaie que je lâche dans sa paume fripée.

Ça me fait drôle d'avoir de l'argent liquide. Dans les Hauteurs, on paye toujours par scanner digital, facturé directement à la banque. Heureusement, je me suis préparée et j'ai emporté avec moi une pile de pièces accumulées au fil des ans.

J'arrive sur une sorte de butte où les anciennes rues émergent des eaux et redeviennent praticables. J'enjambe un sac poubelle noir qui traîne sur le bitume puis m'approche du bord de l'eau où des gondoliers assis dans leurs barques fument en attendant le client.

Voilà plusieurs années, le gouvernement a mis en place des gondoles motorisées dans les canaux. Elles sont pilotées par des gondoliers ; c'est ainsi qu'on se déplace dans les Bas-fonds. En arrivant dans l'East Side, je n'aurai plus qu'à emprunter un autre PDD pour remonter chez Thomas. Je ne connais pas son numéro direct, mais l'adresse de la résidence des Foster est de notoriété publique.

La seule vraie difficulté consiste à trouver ce que je lui dirai une fois sur place. « Pourquoi as-tu parlé de moi avec Gretchen ? » sonnerait trop comme une accusation, tandis que « Raconte-moi tout ce que tu sais sur ce qui m'est arrivé » ferait trop… désespéré. Il va falloir la jouer de manière plus subtile.

Mais si Thomas sait vraiment quelque chose, et qu'il est amoureux de moi, pourquoi refuserait-il de m'aider ?

Quelques jeunes filles de mon âge me croisent en courant, avec des rires et des cris. Elles portent des robes toutes simples, grises, blanc sale ou bleu délavé. On voit à leur mine éclatante que ce ne sont pas des Mystiques – plutôt des membres de la classe populaire qui vit dans les Bas-fonds. Les pauvres et les opprimés de New York, une population de plusieurs millions dont les votes n'ont jamais intéressé mes parents et qu'aujourd'hui, grâce à Violet Brooks, ils sont en passe de perdre.

— Combien ? demande une fille à un gondolier.

— Pour aller où ?

— Dans l'East Side, répond-elle. Sur Park.

Le gondolier lève sa main et lui montre cinq doigts. La fille embarque d'un bond.

Je fais signe à un autre gondolier, puis m'approche prudemment sur le macadam craquelé. Prenant garde de ne pas tomber dans l'eau, je grimpe à bord de la gondole et m'assieds. Il fait si chaud que j'ai l'impression que ma peau va éclater ; je voudrais bien retirer mon manteau, mais j'ai trop peur qu'on me reconnaisse et qu'on me signale.

— On va où, mam'zelle ?

Le gondolier paraît jeune – pas beaucoup plus âgé que moi –, avec une tête sympathique et une tignasse rousse ébouriffée.

— Dans l'East Side, je réponds, comme la fille. À l'angle de la 77e et de Park.

Il hoche la tête et met le moteur en marche. Pas de rames ni de godille sur ces embarcations, juste une minuscule roue électronique. En quelques instants nous nous extirpons de la masse des autres gondoles pour nous enfoncer dans les canaux en zigzaguant dans les Bas-fonds. Je me penche pardessus bord et contemple les eaux sombres. Elles n'ont rien de très engageant : d'un brun verdâtre, elles exhalent une puanteur qui me retourne l'estomac.

Toutes sortes de bruits me parviennent du bord des canaux – des rires, de la musique, des cris qui m'inquiètent dans un premier temps, jusqu'à ce que je m'aperçoive qu'il s'agit simplement de deux gamins qui s'amusent dans la rue.

— Les gosses ! fait le gondolier en gloussant. Jamais tranquilles deux minutes.

Je l'entends à peine à cause du bourdonnement du moteur. Il a l'air gentil.

Au détour d'un croisement, les canyons noyés entre les immeubles s'ouvrent soudainement sur une immense trouée de ciel bleu-noir. C'est le Bloc Somptueux – nous l'avions visité lors de cette excursion scolaire, je m'en souviens. C'est là que les Mystiques déclarés sont contraints de vivre. En vérité, le Bloc n'a rien de somptueux – sombre et triste, il abrite derrière un grand mur de pierre des constructions délabrées qui s'empilent les unes sur les autres comme des châteaux de cartes.

Voilà bien des années, cet endroit s'appelait Central Park. J'ai vu des tonnes de photos datant de l'époque où il était encore vert et planté d'arbres et de buissons. Les gens y venaient des quatre coins de Manhattan pour jouer, pique-niquer et s'évader un moment. Mais c'était avant le réchauffement climatique, avant que l'élévation du niveau de la mer ne plonge le parc sous dix mètres d'eau sale. Avant qu'il ne soit réservé à l'hébergement des Mystiques et entouré d'un mur d'enceinte. Les parties encore émergées sont spectaculairement défraîchies et coupées du reste de la ville, grâce au mur de pierre et aux portes rouillées.

La séparation est très claire : les Mystiques à l'intérieur du Bloc, les autres à l'extérieur.

Passé le Bloc, les immeubles reprennent de la hauteur, et quelques rues plus loin le gondolier vient se garer au bord d'un trottoir surélevé. Il lance une amarre autour d'un poteau et amène doucement son embarcation contre le béton.

— On est arrivés, mam'zelle, dit-il.

Je lui tends quelques pièces et il m'aide à débarquer.

La nuit paraît plus noire maintenant, sauf dans la clarté crépusculaire qui se dégage des nombreuses flèches mystiques de la ville. Je reste dans l'ombre, où mon visage sera moins indentifiable. Ceux qui habitent dans les Bas-fonds détestent autant les Rose que les Foster. Beaucoup aimeraient me voir morte.

Ici, dans la partie Foster de la ville, les gens empruntent des trottoirs biscornus rehaussés au fil des ans à mesure que le niveau des eaux montait. Comme ce sont les citoyens eux-mêmes qui en ont assuré la construction, plutôt que les services municipaux, les berges sont abruptes, tout juste praticables.

Je rejoins Park Avenue et découvre que l'entrée du PDD se trouve de l'autre côté du canal. Heureusement, une passerelle permet de traverser, un bloc plus loin. Je lève la tête et j'aperçois les tours scintillantes : la résidence Foster. J'approche des marches de la passerelle quand une bande d'adolescents me barre la route.

Quatre garçons – costauds et larges d'épaules, habillés en gris et en noir – et deux filles qui se tenaient en retrait, presque invisibles à l'ombre d'un immeuble en ruines. À voir leurs traits blafards, leurs joues creuses et leur teint cireux, on dirait qu'ils n'ont rien mangé depuis des jours.

L'enseigne délavée au-dessus de leurs têtes indique BROWERS : un ancien magasin, sans doute fermé depuis des années si j'en juge par ses vitrines fracassées.

Le plus grand des garçons, aux cheveux couleur de rouille et aux yeux ternes, ricane.

— Qu'est-ce que tu regardes ?

Il s'approche, et les autres garçons viennent se placer dans mon dos. Les filles se contentent d'observer.

— Tu es muette ? me demande un des garçons.

Ils se mettent à rire. Je repense à la haine que ma famille et moi inspirons dans les Bas-fonds. Mes mains tremblent.

— J'aimerais passer, s'il vous plaît, dis-je poliment.

Je me rends compte immédiatement que me montrer polie est une mauvaise idée. La politesse trahit mes origines des Hauteurs.

— *S'il vous plaît* ? singe le premier garçon d'une voix fluette. (Il s'esclaffe.) Qu'est-ce que tu viens chercher ici ?

Du stic ? (Il sort un flacon rempli de comprimés vert fluo.) C'est du bon, je te promets. Cinquante les deux.

Du stic. Malgré moi, ces comprimés m'intriguent. Je serais curieuse de les voir de plus près ; ils pourraient peut-être m'aider à recouvrer la mémoire. Mais je n'ai aucune confiance en ces garçons.

— Non, dis-je. (Au diable la politesse. Il faut que je m'impose.) Et maintenant, poussez-vous !

L'un d'eux s'écarte. Dans ma hâte, je fais malencontreusement glisser mon capuchon à l'instant précis où la flèche voisine est parcourue d'une flambée d'énergie. La lueur éclaire mon visage, et les deux filles lâchent une exclamation de surprise.

— Aria Rose ! s'écrie l'une d'elles.

— Pas possible ! murmure l'autre. C'est dingue !

— Non, vous faites erreur, dis-je en relevant mon capuchon.

— Je te reconnaîtrais n'importe où. (Elle appelle l'un des garçons.) Darko !

Je m'élance sur les marches, mais trop tard : ils me rattrapent aussitôt. L'un d'eux m'arrache mon manteau et les garçons m'encerclent.

— Regardez un peu qui vient nous rendre visite, déclare le dénommé Darko. (Il décoche un coup de coude complice au plus grand de la bande, puis sourit.) Tu ne devrais pas être dans ton lit à cette heure-là, chérie ? Papa sait que tu traînes en bas ?

Je tends la main vers mon manteau, mais il le jette à l'une des filles, qui se drape dedans avec un petit cri de ravissement.

— Oh, regardez-moi, s'exclame-t-elle, je suis Aria Rose ! Vous ne trouvez pas que j'en jette avec mes habits de la haute ?

— À moi, dit son amie en lui prenant le manteau des mains. Oh ! là, là ! Je suis Aria Rose. Tellement jolie. Tellement importante.

Ils s'esclaffent. J'essaie de garder mon calme, mais au fond de moi une petite voix me crie que la situation est à deux doigts de dégénérer.

— Très drôle, dis-je. Je peux y aller, maintenant ? Je suis en retard. Je... il y a des gens qui m'attendent. Ils ne vont pas tarder à venir me chercher, d'ailleurs.

— *Des gens* ? ironise Darko, en montrant les dents. Comme ton fiancé, peut-être ? Sais-tu seulement quel genre de rat il est ? Quel genre d'animaux ils sont tous ?

Le grand m'attrape par le poignet.

— C'est à cause de vos familles si mes parents n'ont pas d'argent. Si on n'a presque rien à manger. (Il sort de sa chemise un objet fin et argenté.) Tu as déjà eu faim à en avoir mal aux tripes ? Tu sais à quel point ça peut être douloureux ?

J'essaie de me dégager, mais deux de ses amis viennent l'aider à me tenir. Le grand me retourne le bras lentement. Il fait passer son bout de métal effilé sur la peau tendre qui va du coude au poignet, en laissant traîner la pointe au-dessus d'une veine. Je tremble, à présent.

— Je vous en prie, dis-je.

Il s'humecte les lèvres de sa langue épaisse.

— Quoi ?

— Je vous en prie, ne me faites pas de mal.

Il incline la tête, l'air presque surpris. Puis il m'enfonce profondément le métal dans le bras.

Je pousse un cri, en regardant le sang couler le long de mon bras jusqu'au creux de ma main.

Il retire son arme et l'examine à la lumière. Mon sang paraît noir sur le tranchant.

— Oups ! fait-il en riant. On dirait que j'ai glissé.

Je ferme les yeux, priant pour que la douleur s'estompe. Je vais mourir ici. Je vais mourir à cause de ma stupidité.

Un courant d'air me frappe les joues.

Je rouvre les yeux – et découvre que tout a changé devant moi.

Le garçon qui m'a entaillé le bras s'écroule par terre, tandis que ses compagnons me lâchent. Un rayon vert, long de soixante centimètres et pas plus épais que le bout de mon doigt, me passe au ras du visage ; il fend la nuit en vrombissant, et un bruit aigu résonne à mes oreilles.

Puis je vois un deuxième rayon lumineux, identique au premier. Il frappe dans le cou l'un des garçons, celui aux cheveux couleur de rouille, qui titube et bascule en arrière sur le trottoir.

Je réalise alors que les deux rayons proviennent d'un garçon. Sans doute s'agit-il d'énergie mystique – ce qui veut dire que le nouveau venu est un Mystique rebelle. Quelqu'un qui a refusé de se déclarer auprès des autorités, et qui a conservé ses pouvoirs en toute illégalité.

Les filles battent en retraite et détalent sans demander leur reste ; je les entends s'éloigner le long du trottoir. Puis le Mystique darde encore ses rayons, si verts qu'ils en sont aveuglants. Il zèbre l'air autour de moi, me protégeant de Darko qui a ramassé le couteau de son ami et frappe dans le vide à l'aveuglette.

— Bats-toi comme un homme, pas comme un monstre ! hurle Darko.

Le Mystique se contente de rire et lève les bras en l'air. Ses rayons se dirigent vers le ciel, partant de chaque doigt pour s'entrelacer et former deux colonnes lumineuses, une dans chaque main, pareilles à deux épées de lumière, épaisses à la base et fines à leur extrémité. La couleur vacillante embrase la nuit, jetant une lueur verdâtre sur Darko, l'autre garçon encore debout et le décor silencieux des immeubles qui nous entourent.

Je reste fascinée. J'en oublie presque mon bras en sang. La scène est si belle que même Darko arrête ses moulinets et lève les yeux.

C'est là que le Mystique passe à l'attaque.

En un clin d'œil, il oriente ses rayons vers le sol. Leur

bruit me rappelle quand Kyle et moi étions petits et nous amusions à capturer des lucioles sur le toit, que nous conservions au creux de nos mains et approchions de notre oreille. Le bourdonnement est si fort qu'il semble rouler dans les Bas-fonds.

Darko est touché en plein torse. Il vole trois mètres plus loin, en agitant les bras et les jambes, puis retombe, avec un bruit écœurant d'os brisés.

Le dernier garçon affiche une expression d'horreur. Il tente de s'enfuir, mais le Mystique le frappe dans le dos – on entend comme un coup de tonnerre quand le rayon vert atteint sa cible, et le garçon s'étale de tout son long dans la rue.

Je me rends compte que je retiens ma respiration. J'expire, me remplis les poumons puis me tourne vers le Mystique qui a rétracté ses rayons et se tient tranquillement au milieu de la rue, les mains dans les poches.

Comme s'il ne s'était rien passé d'extraordinaire. Comme si tout était normal.

Les Mystiques rebelles sont des hors-la-loi. Des individus dangereux, qu'il convient de signaler immédiatement. Les spots de la sécurité civile me le serinent depuis ma plus tendre enfance. Seulement...

Celui-là vient de me sauver la vie.

Au bout d'un moment, il se tourne vers moi et me demande :

— Ça va aller ?

Sa voix est grave et onctueuse.

Il possède un charme à couper le souffle. Des yeux d'un bleu intense – pas aussi sombres que la mer, mais plus que le ciel. Des cheveux qu'on dirait caressés par le soleil, avec quelques mèches plus foncées. Des sourcils épais. Un nez droit. Une mâchoire carrée, volontaire.

— Je saigne, dis-je, soudain prise de vertige.

— Laisse-moi regarder. Donne-moi ton bras.

Il me prend la main. Une chaleur enivrante me gagne.

— Ne bouge pas.

Il pose les doigts sur ma plaie. Sa main paraît flamboyer de l'intérieur, comme une bûche incandescente. Sa lueur projette tout le reste dans l'ombre : ses os, sa peau, ses vêtements. Pendant un instant, on croirait voir un être de lumière.

J'ai la sensation que mon bras est en train de cuire. Quand il retire ses doigts, je constate que la plaie s'est refermée. On ne voit même plus de sang.

— Je… je…

Il me sourit. Il a un sourire magnifique, qui m'apaise.

— Pas de quoi, me dit-il.

Il écarte une mèche qui lui tombe dans les yeux et s'essuie le front du dos de la main. Puis j'entends des sirènes, et il fait la grimace. Les corps étendus par terre commencent à remuer.

— On a intérêt à filer avant qu'ils ne se réveillent. Viens !

Il met son bras vigoureux autour de ma taille et me soulève.

Alors, je fais ce que ferait n'importe quelle jeune fille qu'un garçon beau comme un dieu aurait sauvée dans les Bas-fonds mal famés de Manhattan : je me laisse emporter loin d'ici.

CHAPITRE 4

— Un café. Noir.

La serveuse hoche la tête à l'intention du garçon, puis me regarde. Il n'y a pas de menu dans cet établissement minuscule. C'est le genre d'endroit devant lequel je serais passée sans même le remarquer – tellement il paraît discret et sombre de l'extérieur, avec les mots JAVA RIVER inscrits sur une fenêtre.

À l'intérieur, par contre, c'est lumineux et animé. Toutes sortes de gens sont installés dans ses boxes bleus. Des familles pour la plupart, mais aussi quelques clients solitaires qui mangent des pâtisseries en buvant un café. Les murs crème sont couverts de photos encadrées de montagne.

— La même chose, dis-je.

La serveuse – une jeune fille boulotte avec des cheveux noirs frisés et un piercing sur le nez – hoche la tête et s'éloigne tranquillement.

Je reporte mon attention sur mon sauveur.

— Merci, lui dis-je. De… m'avoir portée.

Il m'adresse un regard inexpressif. Je me sens comme une idiote. Personne ne m'avait plus portée depuis que j'étais bébé. Certainement pas un garçon de mon âge. Et encore moins un Mystique.

Mais quand il m'a prise dans ses bras pour m'emporter

loin de cette terrible scène, je n'avais plus la force de résister. Je me suis contentée de fermer les yeux, de poser la tête sur son épaule et de me détendre. C'était bon de pouvoir m'en remettre à quelqu'un.

Le Mystique conserve son expression imperturbable. Sa capuche est rabattue sur ses cheveux, ce qui donne le sentiment qu'il veut rester incognito. Ses traits ne sont pas parfaits. Je le vois à présent. Son nez est légèrement tordu, comme s'il se l'était cassé dans une bagarre et ne l'avait jamais fait redresser par un médecin ; une cicatrice de trois centimètres s'étend au-dessus de son sourcil gauche. Il a un air fruste, tout l'inverse de Thomas, dont les cheveux sont toujours bien coiffés et la peau, lisse. Ce Mystique est complètement différent.

Il a un type de visage qui vous déconcerte. Tout à l'heure, dans la rue, je l'avais mal jugé : je l'avais trouvé beau au sens conventionnel, comme les porcelaines ou les diamants de couleur que ma mère conserve dans le coffre-fort familial. Je vois maintenant qu'au contraire il est trop dur pour être beau, trop mystérieux. Du genre qui vous attire à lui, vous donne envie d'oublier tout ce que vous savez, tout ce que vous êtes, rien que pour attirer son attention.

Il est dangereux, ce garçon. Et pas uniquement parce que c'est un Mystique.

Il exerce une emprise sur moi. Je ne sais pas trop s'il s'agit d'attirance ou de peur. Ou des deux.

Le Mystique paraît calme. On ne dirait pas qu'il vient de se battre. Il porte un T-shirt rouge, un jean et un gilet bleu taillé dans un sweat-shirt. Il rayonne de santé, contrairement aux autres.

D'une manière générale, les Mystiques qu'on a dépouillés de leur énergie ont un air maladif que j'ai pu voir sur des photos, à l'école, et parfois constaté de mes yeux.

— On est où, ici ? je demande.

— Au Java River, répond-il, en indiquant le mur sur lequel le nom est inscrit.

— Oui, ça, je sais.

Je regrette d'avoir perdu mon manteau. Je voudrais bien pouvoir m'envelopper dedans. Même si personne ne semble vraiment faire attention à moi, j'ai le sentiment que tous les regards sont tournés vers nous. Je suis peut-être paranoïaque.

— Je veux dire, on est où, là ? fais-je avec un geste vague en direction de l'extérieur.

Il s'adosse à son siège.

— Oh. Près du Bloc Somptueux, répond-il d'un air blasé.

J'écarquille les yeux.

— On est près du Bloc ?

— Oui mais pas à l'intérieur. Ne t'inquiète pas, tu ne risques plus rien. (Il me dévisage d'un drôle d'air.) Où croyais-tu être ?

Je suis incapable de répondre à sa question, même si j'étais loin de me douter que nous étions si près du Bloc. Je me serais attendue à ce que les environs soient plus... mal fréquentés, et curieusement, ce n'est pas le cas. Les gens autour de nous ne paraissent pas très différents de moi. Ils ont l'air normaux.

— C'est l'un des rares établissements qui nous acceptent en dehors du Bloc, m'explique-t-il. Ce n'est pas légal à strictement parler... mais les patrons sont de braves gens. Tous les autres restaurants et boutiques ont un détecteur à l'entrée pour refouler les Mystiques.

— Même les déclarés ?

Il acquiesce de la tête.

— C'est pour ça que tu m'as emmenée ici ?

— Oui. Et parce qu'ils font du bon café.

Je jette un coup d'œil autour de moi. Les clients du Java River semblent provenir de tous les horizons : je vois des filles et des garçons de mon âge qui n'ont rien de sinistre ou d'inquiétant. Un groupe de jeunes hommes aux cheveux roux, près de la fenêtre, jouent aux cartes en riant. Et au fond de la salle, une demi-douzaine d'ancêtres sirotent leur café en regardant la télé et débattent à propos de ce qu'ils y voient.

Oui, leur teint est cireux, leur peau parcheminée ; ils ont l'air affaiblis, minés par le drainage. Mais aucun ne ressemble aux individus malfaisants contre lesquels on m'a mise en garde depuis toujours – les Mystiques déviants supposés grouiller dans les rues du Bloc Somptueux. Comme on me l'a enseigné à l'Académie Florence. Comme mes parents me l'ont sans cesse répété.

Cela me paraît injuste – s'ils sont drainés, pourquoi ne peuvent-ils pas entrer où bon leur semble ?

On dirait que le garçon lit dans mes pensées.

— Ce n'est pas comme tu t'y attendais ?

— Pas exactement, non.

La serveuse revient avec deux grandes tasses de café. Le garçon boit aussitôt une gorgée ; moi, je remue le mien avec la cuillère en attendant qu'il refroidisse.

Nous restons assis là un moment. Je devrais partir car il est tard, et je dois encore retrouver Thomas. Pourtant, quelque chose chez ce garçon me retient.

Je m'éclaircis la gorge.

— Merci de m'avoir sauvée. Et, heu… pour mon bras.

Ce que je veux dire en réalité, c'est : « merci d'avoir fait appel à tes pouvoirs pour me soigner ».

Je ne le dis pas à voix haute de peur qu'on ne nous entende. Les Mystiques comme lui tombent sous le coup de la loi. Mon père leur fait la chasse tous les jours. S'il me savait dans les Bas-fonds en ce moment, assise en face d'un rebelle…

— Pas de problème.

Il se penche en avant. Ses iris sont mouchetés de taches bleues plus foncées sur le pourtour. Il sirote son café.

— Je m'appelle Aria, dis-je pour rompre le silence.

— On dirait un nom de personnage d'opéra.

Sa voix est si douce que je l'entends à peine.

— En fait, oui, ça vient de là. Ma mère est une grande fan.

— D'un opéra en particulier ?

Je plisse les paupières.

— Pourquoi, tu t'y connais en opéra ?

— Ça t'étonnerait tant que ça ?

— Non, c'est juste que…

— En tant que Mystique, il est manifestement inconcevable que je possède le moindre rudiment de culture. (Sa voix est lasse, empreinte d'amertume.) C'est ça qu'on vous apprend, là-haut ?

Il indique le plafond, mais je comprends qu'il veut parler des Hauteurs.

— Écoute, c'était stupide de ma part. Je suis sûre que tu es cultivé. C'est juste que je viens de passer quinze jours assez difficiles, et que maintenant la soirée est très bizarre. Excuse-moi. (J'avale une grande gorgée de café.) Alors, hum, lequel est ton préféré ?

Il me dévisage longuement, et je le vois s'adoucir quelque peu. Puis le coin de sa bouche frémit : il affiche un grand sourire.

— Laisse tomber, je te faisais marcher. Je déteste l'opéra. J'ai plutôt une âme de rockeur.

Il pose la main sur son cœur. Il s'esclaffe, d'un rire franc et sincère, et tout son visage s'illumine. Je me mets à rire moi aussi – en fait, je ne peux plus m'arrêter. C'est tellement bon. Je ne me souviens plus de la dernière fois où j'ai ri comme ça.

— Un rockeur, hein ?

Je fais mine de lever les yeux au ciel, pour la forme, mais il sait qu'il m'a eue. Je le lis dans son regard.

— Et, euh… tu joues d'un instrument ?

Il hoche la tête.

— De la guitare.

— J'adore la musique, dis-je, en m'efforçant de me focaliser sur n'importe quoi – le sol, la table, mon café – qui me fasse oublier son odeur, mélange de fumée, de sueur et de sel des canaux. Mes parents m'ont fait suivre des tonnes de cours quand j'étais petite : piano, flûte, hautbois… mais je n'étais pas très douée.

Le Mystique hausse les sourcils d'un air amusé.

— J'ai du mal à le croire.

— Ah bon ?

Il m'examine de la tête aux pieds, et je me sens pratiquement nue ; l'intensité de son regard me noue le ventre.

— Je t'imaginais plutôt douée dans tous les domaines.

Je sais qu'il dit ça comme un compliment, mais cela me fait repenser à mon overdose. Mon échec lamentable. Mon amnésie causée par le stic, la déception occasionnée à mes parents et à Thomas. La scène avec Gretchen devant la démolition, et les prochaines élections.

Je secoue la tête.

— Pas dans tous, non.

— Ne t'en fais pas. Moi, je suis mauvais dans un tas de trucs.

Il esquisse un sourire tout en suivant du bout du doigt le bord de sa tasse. C'est drôle de voir ses doigts aussi normaux quand on pense à ce qu'ils sont capables de faire.

— Par exemple ?

— L'école, dit-il. J'ai toujours été mauvais en maths. Ou en sciences. Dans toutes les matières, en fait. C'est pour ça que j'ai arrêté.

J'étouffe un cri de surprise.

— Tu as arrêté l'école ?

Il rit.

— Il y a d'autres choses dans la vie, tu sais ? En tout cas pour certains.

— Bien sûr, dis-je timidement. Qu'est-ce qu'il y a dans ta vie, alors ?

Il réfléchit un moment.

— Mes amis. Ma famille.

— Oui, ça, c'est bien.

Je me demande aussitôt pourquoi il est si important pour moi que nous partagions les mêmes valeurs. Ce n'est pas comme si nous allions nous revoir.

— Et l'égalité, ajoute-t-il.

Puis il soulève sa tasse et boit une longue gorgée. Je me demande si cette dernière remarque ne serait pas dirigée contre moi. Il doit sûrement savoir qui je suis, qui sont mes parents. Je vois mal un Mystique rebelle – ou n'importe quel habitant des Bas-fonds, d'ailleurs – soutenir les Rose ou les Foster. Les Mystiques des Bas-fonds nous haïssent depuis toujours – ce qui ne nous préoccupe pas outre mesure, tant que le statu quo est préservé.

Je détourne les yeux. Il doit me détester, à cause de ma richesse et de ma vie facile. Ce qui m'attriste, je ne sais pas pourquoi. Je lui jette un regard en coin. J'entends battre mon cœur. Au fond de moi, je sais pourquoi. Seulement, je n'ai pas envie de l'admettre.

Parce que je l'aime bien.

Ma gorge sèche est irritée, tout à coup. Je suis fiancée. Je n'ai pas le droit de l'apprécier. Je ne connais même pas son nom. Le visage de Thomas s'impose soudain à moi : son regard profond, sa peau couleur de miel. Pourquoi suis-je encore ici ?

— Aria ?

Je relève la tête.

— Oui ?

— Ça va ?

Non ! ai-je envie de crier, mais ce n'est pas sa faute si cette conversation est la plus agréable que j'aie eue depuis des siècles, si le seul fait de le regarder suffit à me détendre.

— Oui. Et si tu me disais comment tu t'appelles ?

Il se gratte la tête, perplexe, comme s'il s'attendait à une question plus délicate.

— Bien sûr. Hunter.

J'attends la suite, qui ne vient pas.

— Et, heu… que peux-tu me dire d'autre sur toi ? On est pratiquement des étrangers l'un pour l'autre.

On dirait que j'ai touché un point sensible. Les muscles de sa bouche se crispent ; il se raidit. Le garçon avec lequel je discutais se change brusquement en quelqu'un de plus dur, plus froid. Il sort son portefeuille, en extirpe quelques billets et les dépose sur la table.

— Ne le prends pas mal, lâche Hunter, mais je crois que c'est aussi bien comme ça.

Puis il sort son téléphone et envoie un texto.

Ce brusque changement d'attitude me désarçonne – il y a un instant, on riait tous les deux, et voilà qu'il devient distant et s'apprête à me quitter ?

— Je viens d'être agressée. Tu m'as sauvé la vie. On n'a pas besoin d'être amis ou quoi que ce soit, mais ce n'est pas la peine de te montrer aussi…

— Malpoli ?

Il me regarde, m'épingle de son regard bleu azur.

— Écoute, Aria. Je te trouve sympathique, mais maintenant que tu ne risques plus rien, je préfère qu'on en reste là. Mon ami Turk va passer te prendre et te ramener chez toi. Attends-le ici. (Il plisse les paupières.) Ne reviens pas dans le coin, d'accord ? Tu seras mieux dans les Hauteurs. Avec ceux de ton espèce.

Il se lève. Le seul fait de le regarder fait battre mon cœur plus fort. Je voudrais qu'il reste, mais il n'y a rien qui le rattache à moi. C'est vrai que nous sommes deux étrangers. Cette pensée me fait l'effet d'un coup de poignard dans le ventre.

— Au revoir, Aria, lance-t-il.

Il a beau sembler sûr de lui, je vois bien que ça lui fait de la peine.

Je reste assise, envahie par la tristesse. Même s'il s'agit d'un adieu, sa manière de prononcer mon nom ressemble à l'accueil le plus chaleureux qu'on m'ait jamais réservé.

C'est seulement quand il part que je remarque un minuscule tatouage au centre de son poignet gauche.

En forme d'étoile filante.

— Attends !

Je m'extirpe trop vite de la banquette et m'étale par terre. Tout le monde me regarde.

— Ho, petite, me lance une voix. Ça va aller ?

Je me relève et sors en hâte. Je scrute les alentours avec angoisse, mais la rue est presque déserte. Comment ai-je pu le laisser filer encore une fois ?

Je m'efforce de respirer calmement. Je n'ai donc pas rêvé – il y avait bel et bien quelqu'un sur le balcon, hier soir, autre qu'un invité.

C'était Hunter. Il m'a sauvée deux fois en deux nuits.

Je reste plantée là un moment, devant le Java River, à espérer qu'il revienne. Puis je me reprends. Je suis Aria Rose. Je vis dans les Hauteurs, et je suis fiancée.

Thomas. C'est lui que je voulais voir ce soir, et je n'ai pas pensé à lui une seule fois depuis que j'ai rencontré Hunter.

Quand je comprends que Hunter ne reviendra pas, je retourne à l'intérieur où notre table n'a pas encore été débarrassée. Derrière la caisse, une vieille dame au teint grisâtre, coiffée d'un chignon, se racle la gorge en me toisant d'un air désapprobateur. Je m'assieds pour attendre Turk.

Pourquoi Hunter m'a-t-il sauvée s'il ne veut rien avoir à faire avec moi ? Sans réfléchir, je plonge le nez dans mon café brûlant et l'avale d'un trait. J'ai la gorge en feu… et le cœur aussi.

CHAPITRE 5

Avec un nom comme Turk, je ne sais pas trop à quoi je dois m'attendre. Le voilà qui débarque : il a la peau cuivrée, des yeux en amande et sur son crâne rasé, une crête de cheveux passant du noir au niveau des racines au blond platine sur les pointes. Des piercings en argent traversent les lobes de ses oreilles ainsi que son sourcil droit. Il porte des habits noirs moulants, un pantalon long et un débardeur qui met en valeur sa musculature. Du poignet à l'épaule des tatouages lui parcourent les bras : dragons cracheurs de feu, épées fantastiques, femmes dénudées et créatures mythologiques inconnues.

Il a le même teint éclatant de santé que Hunter – un autre rebelle. Il chevauche une moto blanche à jantes chromées et à la selle noire. Je n'avais vu de moto qu'une seule fois, sur Internet, et je n'aurais jamais pensé que cela pouvait être aussi imposant. Il me repère à travers la vitre et me fait signe de le rejoindre.

Dans la rue, la moiteur estivale me donne la sensation de me trouver dans un sauna. Turk me tend un casque de couleur argent et penche la tête sur le côté.

— Bon, tu montes ou quoi ?

Il plaisante, sûrement.

— Pas question.

— Tu préfères rester là ?

Question judicieuse. Il va bien falloir que je retourne dans les Hauteurs, et je n'ai plus les moyens de m'offrir une gondole puisque j'ai perdu mon argent avec mon manteau.

Turk me tend le casque encore une fois.

— Tu m'as l'air d'une fille raisonnable, Aria. Laisse-moi te raccompagner chez toi en un seul morceau. J'ai l'impression que tu n'es pas dans ton élément, ici.

— Elle marche à quoi, ta moto ? dis-je en l'examinant d'un air sceptique. (Le moteur est deux fois plus gros que ma tête ; les tuyaux d'échappement brillent comme un miroir.) Je ne suis même pas sûre qu'elle passe dans toutes les rues.

Turk éclate de rire.

— Disons qu'elle est un peu… trafiquée, admet-il avec un clin d'œil. Pour le plaisir de ses passagères.

— D'accord, dis-je.

Je m'empare du casque et le mets. Je m'approche pour monter avec lui, mais il n'y a qu'une selle une place… et il est assis dessus.

Turk se tapote la cuisse.

— Monte là-dessus, chérie.

Je hausse les sourcils. Turk aussi. Je le préviens :

— Pas de familiarités, hein ?

— Promis, m'assure Turk en me tendant la main. Je ne me le permettrais pas.

Il me hisse sur sa moto et je m'installe entre ses cuisses. Quand il appuie sur un bouton, le guidon se déplie automatiquement.

Turk se penche en avant. Ses bras m'enveloppent de part et d'autre.

— Prête ? me demande-t-il, en me soufflant dans l'oreille son haleine douce et tiède.

— Oui.

— Tu n'as plus qu'à me dire où on va.

Je lui murmure des indications, Turk appuie sur un autre bouton, et nous décollons dans une explosion de flammes.

***

La moto de Turk est trafiquée. Magique, même.

Nous plongeons dans les rues étroites au mépris des principes les plus élémentaires de la gravité, à une telle vitesse que je n'ai pas le temps d'être malade, en basculant à gauche, à droite, en dérapant sur le béton fendu, les ordures et les tessons de bouteilles tandis que les immeubles défilent à toute vitesse de part et d'autre.

Nous dépassons en vrombissant une flottille de gondoles amarrées pour la nuit, assoupies sur l'eau noire, la proue attachée à un poteau le long du trottoir. La moto est assez légère pour bondir par-dessus un petit pont de pierre, assez agile pour prendre des virages en épingle à cheveux.

Nos seuls échanges se résument aux mouvements de nos deux corps en harmonie avec la moto. Je m'abandonne entre les bras de Turk. Je ferme les yeux en imaginant qu'il s'agit d'un autre.

Et puis, nous voilà arrivés.

Le guidon se rétracte, Turk saute de sa moto et atterrit les deux pieds sur le sol. Je descends avec moins d'élégance et retire mon casque – des cheveux moites sont collés à mon front. Je passe les doigts dans ma chevelure pendant que Turk m'observe.

— Quoi ? dis-je.

— Rien. Content de te connaître, Aria.

Il est sur le point de remonter sur sa moto quand je le retiens.

— Attends, j'ajoute, la main sur son bras. Il faut que je te demande un truc.

— À propos de quoi ?

— Hunter. (Il m'adresse un sourire entendu. Je devine à

son expression qu'il s'attendait à ma question.) Je sais que vous êtes amis, tous les deux, et…

— Et tu ne sais presque rien de lui ?

— Exactement.

— Il n'y a pas grand-chose à savoir.

— Comment ça ?

Turk hausse les épaules.

— Hunter est du genre mystérieux. S'il a envie de te dire quelque chose, il te le dira. Sinon, tu peux toujours courir. (Turk coince sous son bras le casque qu'il m'a prêté.) Tu veux un bon conseil ? Ne te complique pas la vie. Oublie-le, c'est mieux.

Oublier. C'est un peu ma spécialité, ces derniers temps.

— Eh bien, merci pour la balade, en tout cas, dis-je d'une voix douce.

— Tout le plaisir a été pour moi.

Turk enfourche sa moto, pose son casque devant lui pour avoir les mains libres, et met le contact.

— Sois prudente, reprend-il. Tu es sûre de savoir ce que tu fais ?

Je jette un coup d'œil au PDD qui m'attend à quelques mètres. À l'évidence, il sait qu'il vient de me déposer au pied de chez Thomas et non chez moi. Bon, d'accord, nous vivons chacun dans une partie différente de la ville donc il ne fallait pas être un Prix Nobel pour le comprendre, mais au moins, Turk n'essaie pas de me faire changer d'avis.

— Ça va aller. Merci. (J'indique le casque.) Tu n'as pas l'intention de le mettre ? Le grondement de la moto m'oblige à crier.

Turk se contente de sourire.

— Bien sûr que non, répond-il en indiquant sa crête, toujours impeccable malgré notre folle équipée. Je ne voudrais pas me décoiffer.

Puis il file, en semant derrière lui une nuée d'étincelles qui s'éteignent rapidement.

***

Thomas est plutôt surpris de me voir. Il faut dire qu'il est presque minuit.

— Aria ?

Il jette un regard irrité au domestique qui m'a fait entrer.

— On a annoncé Mlle Rose à l'interphone, monsieur. J'ai cru que vous étiez convenus d'un rendez-vous.

Il me rappelle Bartholomew, l'homme à tout faire de mon père – mêmes cheveux blancs, même visage passe-partout.

— Jamais de la vie, Devlin, proteste Thomas. (Ses cheveux sont ébouriffés ce soir, sans trace de gel. Je le préfère comme ça.) Vous devriez me connaître mieux que ça.

— Je suis désolé, monsieur, s'excuse Devlin en inclinant la tête.

Thomas est passablement débraillé : il porte un pyjama, sa veste est déboutonnée et il dissimule son torse nu derrière ses bras croisés. Ce n'est pas le genre de torse qu'on devrait cacher : large d'épaules, il a des pectoraux sculptés sous un léger duvet de poils. Son ventre est dur et plat. Thomas est plus musclé que je ne pensais, plus athlétique.

Je dois le lorgner avec un peu trop d'insistance, parce qu'il tend la main et me relève le menton de manière à ce que je le regarde, lui, au lieu de ses abdominaux.

— Que viens-tu faire ici, Aria ?

Il n'a pas l'air très content.

— Je… j'avais envie de te voir.

Ce qui est vrai, en partie, mais pas pour les raisons que je sous-entends. Après la chaleur étouffante que j'ai connue dehors, je suis contente de profiter de la fraîcheur de son appartement, mais mon pantalon et mon chemisier sont trempés de sueur et je commence à grelotter.

Thomas fait la moue.

— Tes parents savent que tu es là ?

— Bien sûr que non. (J'avance la main et lui touche le

biceps.) Qu'est-ce que ça change ? On ne leur a jamais demandé la permission, si ?

Je suis en train de hausser le ton, sans pouvoir m'en empêcher.

— Il faut qu'on parle, Thomas. (Je jette un coup d'œil vers Devlin.) En tête à tête. C'est important.

Thomas reste silencieux, avec une expression indéchiffrable. Puis Devlin demande :

— Dois-je la fouiller, monsieur ?

Je recule d'un pas.

— Il plaisante, j'espère ? Pourquoi aurais-je quoi que ce soit de dangereux sur moi ?

— Pas dangereux pour moi, rétorque Thomas. Pour toi.

Il me faut une seconde, mais je finis par saisir. Il a peur que j'aie du stic sur moi.

On ne me laisse pas le choix. Devlin me palpe de haut en bas, en commençant par les bras, puis le torse et les jambes. Ensuite il me passe un détecteur manuel sur tout le corps. Son bourdonnement insistant me donne envie de frapper quelqu'un. Je ne me suis jamais sentie aussi humiliée. Thomas aurait pu avoir la délicatesse de me fouiller lui-même.

Finalement, Devlin annonce :

— Elle n'a rien.

— J'aurais pu vous le dire tout de suite, dis-je en grommelant.

— C'est le protocole, Aria. N'y vois rien de personnel, se justifie Thomas. Devlin, veuillez conduire Aria dans ma chambre. J'arrive dans un instant. (Il se tourne vers moi.) Mes parents sont à un gala de charité. Je vais les appeler pour savoir à quelle heure ils comptent revenir, histoire de m'assurer qu'ils ne te trouvent pas ici. Je ne tiens pas à t'attirer des ennuis.

Devlin s'incline et m'indique le couloir.

— S'il vous plaît, mademoiselle, si vous voulez bien me suivre…

Une fois hors de portée de voix de Thomas, il me chuchote :

— Navré pour la fouille, mademoiselle.

***

L'intérieur des Foster est plus dépouillé que le nôtre : lignes simples et épurées, mobilier moderne. Je ne vois pas de moquette ; pas de parquet en bois dur non plus. Les sols sont tous en carrelage. Pour la première fois de ma vie, je me prends à regretter les tables anciennes, les vases tubulaires et les tentures de ma mère.

L'appartement est décoré de tableaux mystiques encadrés de noir ; les couleurs se brassent et se mêlent comme si les peintures étaient vivantes, juste assez pour que l'image change toutes les deux ou trois secondes.

Je m'arrête un instant devant l'un de ces tableaux – une vue aérienne de la ville à la peinture à l'huile – et je regarde le ciel s'assombrir, passer du gris au bleu, puis au noir, avant de revenir au gris. L'effet est saisissant.

Je pourrais le contempler pendant des heures, mais je me reprends.

La chambre de Thomas est presque entièrement nue – son ameublement se résume à un grand lit sur une plate-forme noire contre le mur du fond, ainsi qu'à un bureau avec un TactilEgo et un fauteuil qui m'a l'air plus impressionnant que confortable. Deux grands posters de cinéma – *Un roi à New York*, de Charlie Chaplin, et *La Chatte sur un toit brûlant* avec Paul Newman – ainsi que trois hautes fenêtres dominant l'East Side complètent le décor. Les murs sont blancs, le sol, noir. Une lampe gris métal est posée sur la table de chevet.

Devlin me laisse seule dans la chambre. Une minute après, je commence à fureter.

J'ouvre l'armoire d'une pression sur la plaque tactile et passe en revue la garde-robe de Thomas : des dizaines de pantalons, de chemises et de costumes cravate, sans la moindre prise de risque en termes de coloris ou de style. Des vêtements qui conviendraient mieux à une personne comme mon père qu'à un garçon de dix-sept ans, frais émoulu de l'école préparatoire.

Je passe ensuite dans sa salle de bains, et j'explore le contenu des placards. Rien à signaler, à l'exception d'un flacon d'anti-migraineux mystique semblable à celui que Kiki emporte toujours avec elle. Je ressors de la salle de bains et me penche sur la table de nuit : un AmusEgo, une paire d'écouteurs et un verre d'eau. On dirait bien que Thomas est irréprochable. Le genre de garçon qui n'a rien à cacher.

Je ne sais pas exactement ce que je cherchais – ma propre chambre a été entièrement nettoyée, mais il a sûrement dû conserver quelque part une preuve de notre amour.

Puis j'entends des voix qui se rapprochent. Devlin et Thomas. Je me tourne face à la porte en affichant une expression innocente.

Thomas entre et presse un panneau mural ; la porte se referme au nez de Devlin. Sans un mot, il enfile une robe de chambre en flanelle tirée de son armoire et noue la ceinture autour de sa taille. Il ne s'est pas rasé aujourd'hui, ce qui lui donne un air plus viril qu'à notre réception d'hier soir. Plus naturel. Plus dangereux.

Je m'attends à de nouveaux reproches. Au lieu de quoi, il soupire et s'écroule en arrière sur son lit. Il tapote le drap.

— Hé, toi, me dit-il doucement.

— Oui, je réponds en venant m'asseoir près de lui.

— Je suis désolé pour tout à l'heure. Tu m'as pris au dépourvu.

— Je n'ai pas mérité d'être traitée comme ça, Thomas. Je n'ai rien fait de mal.

Il pouffe.

— Non, tu as juste pris du stic sans m'en parler.

— Désolée. Sincèrement. Je ne me souviens pas pourquoi je l'ai fait, mais je devais avoir une raison. Parce que ça ne me ressemble pas. Tu dois bien le savoir… non ?

Il se rapproche de moi.

— Tu avais peut-être quelque chose sur le cœur. Je regrette que tu n'aies pas voulu le partager avec moi. J'ai besoin que tu me laisses entrer dans ta vie, Aria. Nous allons nous marier. On ne peut pas avoir des secrets l'un pour l'autre.

Il m'attire à lui. Son geste a quelque chose de forcé.

— Es-tu ami avec Gretchen Monasty ?

Je le sens se raidir contre moi.

— Pourquoi ?

— Je l'ai croisée aujourd'hui, à une démolition. Elle a mentionné ton nom, et… Eh bien, elle a dit que tu lui avais parlé de moi, et je me demandais juste ce que tu avais pu lui raconter. Est-ce que tu lui as parlé de mon overdose ?

Thomas s'offusque.

— Je ne ferais jamais une chose pareille ! Mes parents et moi avons convenu de garder ça secret, dans l'intérêt de tout le monde.

— Alors, tu lui as peut-être dit autre chose ?

— Absolument pas, proteste Thomas. Je la connais à peine.

Je repense à cet après-midi, aux insinuations de Gretchen. Pourquoi m'aurait-elle menti ? Puis je dévisage Thomas. Pourquoi *lui* me mentirait-il ?

— As-tu touché à ma pochette ? Celle que j'avais avec moi hier soir ?

Thomas écarquille les yeux et me touche l'épaule.

— Aria, tu es sûre que ça va ?

— Je crois que oui.

Je vois bien qu'il se méfie de moi, maintenant, qu'il doute de ma santé mentale. Je vais devoir essayer une autre approche.

Je pose la main sur son torse, à l'emplacement du cœur, dont je perçois le battement régulier. Il a le souffle court, rapide ; il me dévisage avec de grands yeux.

— Touche-moi, dis-je soudain.

Il s'étrangle.

— Pardon ?

— À l'endroit du cœur.

Sa main droite se lève lentement, comme prise dans la mélasse, les doigts en éventail. Il la pose avec hésitation sous ma clavicule.

— Plus bas, fais-je, en dégrafant mon chemisier pour passer sa main à l'intérieur.

Ses doigts me frôlent le haut du sein. Nous tremblons, lui et moi. J'en suis convaincue : nous n'avons jamais rien fait de semblable tous les deux.

— Là. Tu le sens ? Mon pouls.

Il se racle la gorge, sans me quitter des yeux.

— Oui.

— Raconte-moi une histoire, dis-je en fermant les yeux.

— Comment ça ?

— Un truc à propos de nous. Quelque chose de romantique. S'il te plaît.

Même si je ne me rappelle rien de notre relation, je pourrais peut-être réapprendre à l'aimer. Pour mes parents, pour Thomas et pour l'amour des Hauteurs.

J'essaie de me le représenter dans mon esprit, dans ma mémoire. Sa main est délicieusement chaude contre mon corps, comme la mienne contre le sien. Son torse se soulève et s'affaisse sous ma paume.

Il finit par dire :

— D'accord. On s'est embrassés pour la première fois dans une gondole, une nuit. Enfin, il ne faisait pas complètement nuit, c'était plutôt le soir. Au crépuscule. Tu portais, heu, une petite robe rouge qui mettait tes jambes en valeur. On s'était retrouvés à l'endroit habituel, près du Bloc

Somptueux, et on avait décidé de faire un tour en gondole. J'ai embarqué le premier, pour t'aider, mais la barque a tangué et tu as failli tomber dans l'eau. Je t'ai rattrapée de justesse, et tu t'es pratiquement… écroulée sur moi. Je me suis penché et je t'ai embrassée. C'était comme dans un film – lent, au début, mais merveilleux. Nous étions en nage, tous les deux, et le gondolier nous lorgnait d'un drôle d'air, mais ça nous a fait rire. On s'en moquait. On était juste heureux d'être ensemble. J'aurais voulu que ce baiser ne s'arrête jamais, Aria. Jamais.

Je suis à deux doigts de lui avouer que ça ne m'évoque rien quand un souvenir me revient brusquement et me fait taire. Des images de son histoire viennent colorer le trou noir dans ma tête jusqu'à redonner vie à la scène : moi, en train d'attendre au pied d'un immeuble à proximité du Bloc. Je me revois courir à la rencontre de quelqu'un – Thomas ? – et m'écrouler dans la gondole, exactement comme il l'a dit.

Ces images proviennent de nulle part, mais elles me paraissent si vives que j'ai l'impression de les voir en Technicolor. J'en suis tout éblouie. Puis mon souvenir de Thomas se trouble. Ses traits se liquéfient avant de réapparaître autrement : son nez s'allonge, ses yeux s'élargissent et se plissent, ses lèvres s'affinent en un rictus inquiétant. Quand il se déplace, il y a comme un décalage, comme si son corps bougeait quelques microsecondes après sa tête.

Je secoue la tête, fort, et tout devient confus.

Gris.

Blanc.

Puis je ne vois plus rien.

J'ouvre les yeux. Je suis de retour dans la chambre de Thomas, sur son lit. Nous nous touchons toujours, mais sa main me paraît lourde, maintenant. J'ai la paume moite, et je l'ôte de son torse.

— Bizarre.

— Quoi donc ? s'inquiète-t-il. Tu es sûre que ça va ?

— Pas vraiment, dis-je. Il vient de m'arriver un drôle de truc. Comme si…

Un bruit de verre cassé m'interrompt. Mes parents sont là, sur le seuil, affichant l'un et l'autre une mine outrée. Mon père est vêtu d'un costume sombre, son col de chemise déboutonné, sa cravate jaune et bleu desserrée. Des bouts de verre sont éparpillés sur le sol dans une flaque. J'ai dû renverser le verre d'eau.

— Aria, tu repars avec nous. Tout de suite ! gronde mon père.

Thomas s'assied au bord du lit et s'écarte de moi.

Je me tourne vers lui.

— Tu as appelé mes parents ?

En un éclair, mon père est là, qui m'empoigne par l'épaule. Ses doigts s'incrustent dans ma chair ; je pousse un petit cri, que je ravale aussitôt. Inutile de résister, je me suis fait prendre. Je fusille Thomas du regard, je l'incendie sous le feu de mes prunelles.

Je ne m'étais encore jamais sentie trahie comme ça.

***

Mon père me traîne dans le couloir et me pousse hors de l'appartement.

Je ne pose aucune question lorsque nous descendons dans les Bas-fonds au lieu d'emprunter le photorail pour rentrer. Stiggson et Klartino, deux des hommes de mon père, marchent derrière moi ; je suis mes parents dans une rue étroite jonchée de détritus jusqu'à un grand canal – Lexington Avenue – bordé de quais où des gondoliers attendent le chaland. Ils nous regardent avec curiosité, manifestement frappés par l'incongruité de notre présence.

Mon père m'adresse enfin la parole :

— Est-ce l'un d'eux qui t'a amenée ici ?

J'étudie les hommes.

— Non.

J'ignore pourquoi il tient à le savoir. Sûrement pas pour de bonnes raisons.

Nous poursuivons le long du canal. Nous nous approchons d'un autre groupe de gondoliers. Aucun n'a un air familier.

— Johnny, à quoi joues-tu ? demande ma mère.

— Tais-toi. (Il se tourne vers moi, les lèvres retroussées en un rictus.) L'un d'entre eux ?

Je secoue la tête.

Nous continuons sur plusieurs rues, de plus en plus près du Bloc Somptueux, en nous arrêtant chaque fois que nous voyons des gondoliers. Je transpire de la tête aux pieds ; la nuit est suffocante. Mes chaussures me font mal. Je ne pense plus qu'à une chose : rentrer à la maison.

Finalement, nous arrivons devant un gondolier solitaire qui fait le pied de grue au bord du canal. Mon père s'arrête, flanqué de Klartino et de Stiggson.

— C'est lui ?

J'examine l'homme. Il a les cheveux gras, les joues marquées de cicatrices d'acné. Rien à voir avec le rouquin qui m'a transportée, mais pour essuyer les remontrances de mon père, il conviendra parfaitement. Ça ne lui fera ni chaud ni froid, alors que la colère de mon père continuera d'augmenter à mesure que nous marcherons.

— Oui, c'est lui, dis-je d'une voix lasse.

Le gondolier écarquille les yeux.

— Hé, m'sieur, qu'est-ce que vous me voulez ? Je n'ai pas d'argent.

Mon père se met à rire, joyeux pour la première fois de la soirée. Les gloussements sinistres de Klartino et Stiggson lui font écho. Papa se tourne vers moi :

— Ouvre grand tes oreilles, Aria, et écoute-moi bien. Je ne sais pas à quoi tu as voulu jouer ce soir, mais la fête est finie. Il n'est pas question que tu fasses quoi que ce soit qui puisse compromettre ce mariage. Tu m'entends ?

Sa voix est grinçante, effrayante, son visage empli de colère.

— Oui, dis-je d'une petite voix. C'est compris. Je suis désolée.

Papa se détend, visiblement satisfait par mes excuses.

— C'est bien. Alors, c'est réglé.

Je pousse un soupir de soulagement.

— Oh, heu, Aria ? reprend mon père.

Il hausse les sourcils ; son front se creuse de plis profonds.

— Oui ?

Il met la main à sa ceinture, en tire un pistolet argenté, et – avant que j'aie le temps de cligner des yeux – loge une balle dans la tête du gondolier. La détonation est assourdissante. Je pousse un cri strident.

L'homme s'écroule comme une marionnette et bascule en arrière dans le canal, avant de remonter à la surface. Sans un mot, les gardes du corps de mon père attrapent une godille et le ramènent contre le quai. Ils feront disparaître son corps plus tard.

Mon père tend le pistolet à l'un de ses hommes, s'époussette les mains et me dit calmement :

— Ne sors plus jamais sans prévenir.

CHAPITRE 6

Après m'avoir prélevé six échantillons de sang, ils me font passer dans une autre pièce.

— Viens avec moi, me dit l'une des infirmières, une grosse femme ronde comme un ballon dans une blouse blanche trop étroite, aux cheveux couleur paille attachés en une austère queue-de-cheval.

Je la suis dans une grande pièce où trône une énorme machine rectangulaire. Tout est blanc et stérile. Je me sens sale en comparaison. Je ne porte qu'une tunique d'hôpital attachée dans le dos. Je suis pieds nus.

Hier encore j'ai vu mon père assassiner un homme, et nous n'avons toujours pas échangé un mot. Ma mère refuse d'aborder la question ; quant à mon père, il est allé se coucher dès notre retour à l'appartement. Il était déjà parti quand je me suis levée ce matin.

— Le docteur va venir dans un instant, m'annonce l'infirmière, avant de me laisser seule.

Avec mes pensées.

J'ai toujours su que mon père était quelqu'un de dangereux. On ne devient pas le chef d'une famille qui contrôle la moitié de Manhattan sans faire couler le sang. Mais jusqu'à présent, il avait toujours pris soin de me tenir à l'écart de sa sale besogne. Chaque fois que je ferme les yeux, je revois le gondolier basculer en arrière. Pauvre homme ! Il n'avait rien fait de mal, mais il est mort parce que j'étais lasse, en sueur, et que je l'ai accusé à tort pour en finir.

Je revois constamment son visage. Je suis responsable, et c'est un sentiment horrible. Je sais mon père tout à fait capable de tuer ; je refuse d'en être la cause. À partir de maintenant, je ferai tout mon possible pour l'empêcher de s'en prendre aux autres, même si je dois me plier à sa volonté pour cela.

— Content de te voir, Aria.

Je lève la tête. Le Dr May vient d'entrer. Il passe devant moi, avec l'infirmière qui le suit comme un toutou. Ma mère reste à l'entrée et m'observe d'un air anxieux.

Le Dr May ouvre un tiroir rempli de gants en latex dont il attrape une paire. Puis il extrait de la poche de sa blouse des lunettes à monture métallique. Les lunettes sont rares, de nos jours – la plupart des gens s'offrent une chirurgie correctrice le plus tôt possible. Mais c'est un homme d'une autre époque. À l'image de la salle d'examen, tout est blanc chez lui : les rares mèches de cheveux qui flottent encore sur son crâne, sa peau crayeuse, sa moustache, et bien sûr ses habits.

— Aria, me dit-il. Comment te sens-tu ?

Il y aurait tant de manières différentes de répondre à cette question.

— Ça va.

Le Dr May claque des doigts et l'infirmière s'empresse de lui tendre un dossier, en évitant son regard.

— Ta mère me dit que tu souffres encore de petits problèmes de mémoire ?

— Ce ne sont pas des petits problèmes. C'est très sérieux.

Ma tunique me râpe la peau. Je me demande si le Dr May a le pouvoir d'effacer l'image du visage de mon père quand il a pressé la détente. Je secoue la tête et je serre les dents.

— Tout à fait. Le fonctionnement du cerveau nous échappe encore sur bien des points. Mais il existe des moyens de le rendre moins mystérieux.

Il indique la machine imposante au fond de la pièce. Elle est de forme allongée, comme un cercueil, avec une ouverture à son extrémité. En sort une longue table, sur laquelle il me fait signe de m'étendre. Pendant que je m'exécute, il prépare une seringue ; quelques gouttes d'un liquide clair giclent au bout de l'aiguille.

Derrière lui s'étale un mur entier d'instruments médicaux, accrochés comme des trophées : scalpels de tailles diverses, seringues, dont certaines aussi épaisses que mon poignet, et d'autres si fines qu'elles en sont presque invisibles... Il y a aussi des instruments métalliques que je serais bien incapable de nommer, tout en courbes, crochets et autres pinces pour saisir, écarter, comprimer, coudre... une terrifiante collection.

— C'est pour quoi, la seringue ? dis-je.

— Détends-toi, me recommande le Dr May en me prenant le bras. (Son gant a la texture du talc contre ma peau.) Tu poses toujours autant de questions.

— Je n'ai plus le droit de poser des questions ?

Il me regarde et s'esclaffe. Ou du moins, est-ce l'impression que j'ai ; son rire a quelque chose de forcé, de grinçant. Il ne me paraît pas naturel.

— Bien sûr que si, proteste-t-il. Simplement, je ne suis pas obligé d'y répondre.

Puis il enfonce l'aiguille dans une veine au creux de mon bras.

Quand il a fini, le Dr May jette la seringue, se lisse la moustache entre deux doigts puis griffonne quelques notes dans un dossier.

Ensuite il prépare une deuxième seringue, avec un liquide bleu, cette fois, et me fait une deuxième injection. Puis une autre. Et encore une autre. Chacune plus douloureuse que la précédente.

— C'est pour accélérer ta guérison, m'explique-t-il. Et maintenant, Aria, nous allons te glisser là-dedans pour prendre quelques clichés de ton cerveau. Nous l'avons déjà fait après ton overdose, mais à présent que ton organisme a eu le temps d'éliminer le stic, les résultats seront peut-être différents. Qu'en dis-tu ?

— D'accord. (Cet examen me permettra peut-être de comprendre ce qui se passe dans ma tête.) Oh, heu, docteur ?

— Oui ?

— Hier, un souvenir de Thomas m'est revenu en mémoire, mais c'était bizarre.

— Comment ça, bizarre ?

Je le dévisage pour jauger sa réaction.

— Je me suis rappelé une scène où nous étions tous les deux, Thomas et moi, mais certains éléments – son apparence, les bruits, les odeurs – étaient… flous. Comme dans une vidéo de mauvaise qualité. Comme si c'était arrivé à quelqu'un d'autre.

Le Dr May semble troublé. Il échange un bref regard avec ma mère.

— Je suis content que tu m'en aies parlé.

Sa nervosité ne me rassure pas. S'il voulait vraiment m'aider à recouvrer la mémoire, il devrait être excité que je me sois souvenue de Thomas. Non ? Au lieu de quoi, il paraît plutôt… ennuyé. Effrayé, même.

La question est : pourquoi ?

Il retourne à sa table et prépare encore une seringue. Il lui faut un moment pour trouver un endroit où me piquer ; j'ai le bras droit qui commence à se couvrir d'ecchymoses.

Après l'injection, le Dr May remet la seringue vide à l'infirmière.

— Et maintenant, Patricia va te faire passer dans la machine. Quand ce sera fini, elle te conduira dans mon bureau où nous pourrons discuter de la suite à donner à ton traitement. Reste allongée bien sagement, Aria, et détends-toi.

Me détendre. Comme si c'était facile.

***

J'entends d'abord un bourdonnement quand je suis introduite dans la machine, puis un martèlement régulier, comme si quelqu'un cognait sur la paroi à coups de masse.

Bang bang bang. Le Dr May échange des regards avec ma mère. *Bang bang bang.* Mon père abat un homme d'une balle en pleine tête. *Bang bang bang.* Thomas, son cœur sous ma main. *Bang bang bang.* Je commence à m'assoupir. *Bang bang bang.* La moto de Turk. *Bang bang bang.* Le contact de Hunter quand il me soigne. *Bang bang bang.* Qu'est-ce qui ne va pas chez moi ? Que m'arrive-t-il ? Arriverai-je un jour à reprendre ma vie en main ?

Bang bang bang.

Bang bang bang.

Bang bang bang.

***

— Alors, ça n'était pas si terrible, hein ? me demande Patricia une fois qu'elle m'a ressortie de la machine et que j'ai rouvert les yeux.

Je reste immobile un moment ; puis je bascule les jambes dans le vide et m'assieds au bord de la table.

Je grommelle. Qu'est-ce qu'elle en sait, d'abord ?

— Je suis restée endormie longtemps ?

Elle consulte l'horloge murale.

— Presque trois heures.

Je secoue la tête. *Trois heures ?*

— C'est normal, me rassure-t-elle, c'est une procédure assez longue.

Qu'ont-ils bien pu me faire qui prenne trois heures ? Il y a quelque chose de bizarre là-dessous, mais je sais que le moment est mal choisi pour affronter mon père ou quiconque travaille pour lui. Je me sens tellement seule. Je regarde Patricia éteindre la machine.

— Viens, dit-elle en me faisant signe de la suivre. Je vais te conduire au médecin.

Nous empruntons un long couloir, en passant devant une succession de salles d'examen. Je fixe la moquette blanche devant moi.

Patricia m'indique du doigt la plaque sur une porte :

Dr Salvador May

puis elle repart. Je frappe doucement, mais il n'y a aucune réponse. Alors je colle mon oreille contre le verre opaque ; curieusement, j'entends des voix de l'autre côté. Je m'appuie contre le mur et j'écoute avec attention.

— Franchement, Melinda, il n'y a pas lieu de vous inquiéter…

— Comment pouvez-vous dire ça, proteste ma mère, après l'échec de la dernière fois ?

— Là, ce sera différent, lui assure le Dr May. Cette fois, elle…

Tout à coup, la porte s'efface et je m'écroule dans le bureau. J'ai dû effleurer la plaque tactile par inadvertance. J'atterris à quatre pattes sur la moquette. Je me relève et j'époussette ma tunique d'hôpital.

Le Dr May et ma mère me regardent comme si j'étais folle. Je hausse les épaules et dis :

— Désolée.

— Aria ! s'indigne ma mère, avec une expression horrifiée. On ne t'a donc jamais appris à frapper ? À croire que tu as grandi au milieu des loups.

Le Dr May m'indique un fauteuil vide.

— Assieds-toi, je t'en prie.

Son bureau est encombré de photos de famille et d'une pile de dossiers en équilibre instable.

— Les résultats de l'examen sont téléchargés instantanément sur mon TactilEgo, m'indique-t-il en faisant défiler les images sous son doigt. Et d'après ce que je vois, tu as un cerveau en parfait état de marche.

Il me sourit sans desserrer les lèvres. Je suppose que c'est pour me réconforter.

Que suis-je censée répondre à ça ?

— Super ! En parfait état de marche.

— Je suis convaincu que ton amnésie va s'estomper avec le temps, continue le Dr May. Les effets du stic sont encore mal connus, car l'énergie de chaque Mystique lui est propre, comme ses empreintes digitales. Savais-tu que les Mystiques ont des cœurs de différentes couleurs ?

Je le savais, mais je n'avais encore jamais réfléchi à la bizarrerie d'un cœur, disons, jaune, par exemple. Quoique ne sommes-nous pas tous constitués d'une multitude de couleurs à l'intérieur – artères rouges, veines bleues et muscles roses ? Peut-être qu'un cœur jaune n'a rien de tellement étrange, après tout.

— Le stic n'est pas autre chose qu'une énergie mystique distillée. Ses effets peuvent varier selon la personne dont elle provient, explique le Dr May. Il nous est impossible de savoir exactement ce que tu as ingéré. Heureusement, tu ne devrais pas conserver de séquelles durables. (Il coupe son écran et croise les mains sur son bureau. Je le regarde en me frottant l'intérieur du bras, douloureux après toutes ces piqûres.) Je sais que c'est pénible pour toi, Aria, mais je crois vraiment que tu devrais te sentir mieux très bientôt. Les injections d'aujourd'hui vont t'y aider.

— Merci, docteur May, dit ma mère, visiblement satisfaite.

Pour ma part, je reste dubitative.

Subitement, je lui tends la main, paume ouverte, dans l'espoir qu'elle la prenne. Même si elle ne m'a pas tenu la main depuis des années. Même si nous ne sommes pas si proches que ça.

Au lieu de quoi, elle se lève pour embrasser délicatement le Dr May sur la joue, en prenant garde de ne pas lui laisser de traces de rouge à lèvres.

— C'est quand même un soulagement, ajoute-t-elle. N'est-ce pas, Aria ?

Je serre mon poing, je hoche la tête et je grommelle :

— Oui. « Quand même ».

***

Ce soir-là, je fouille dans mon armoire à la recherche de la robe idéale. Je réfléchis rarement à toutes les tenues que je possède, mais depuis hier, je n'arrête pas de repenser aux Bas-fonds et à quel point tout ce qui se trouve dans mon appartement paraît… luxueux, en comparaison.

Je sélectionne une petite robe couleur pêche avec une taille haute et un ourlet orné de perles. Pourquoi ma famille est-elle si riche ? Je ne l'ai jamais vraiment compris : ma mère ne travaille pas, et même si mon père touche des pots-de-vin de personnalités haut placées, cela n'explique pas la richesse délirante accumulée par les Rose au fil des ans. N'est-ce pas ? En tout cas je ne me suis jamais donné la peine de creuser la question.

Je jette un coup d'œil au miroir et je remets de l'ordre dans mes cheveux. Je suis censée sortir avec Thomas. Sous la surveillance d'un chaperon. Il semble qu'en dépit du fait que

Thomas ait appelé mes parents et laissé son domestique me fouiller la nuit dernière, et malgré la culpabilité dévastatrice que j'éprouve envers le pauvre homme abattu par mon père, on attend de moi que je me montre en public avec mon fiancé à l'approche des élections. Que je joue la comédie du bonheur. J'espère seulement que la scène d'hier soir ne signifie rien. Que ma visite surprise a pris Thomas au dépourvu, et qu'il n'a pas réagi comme il l'aurait fait d'habitude. Que nous avons toujours une chance de tomber amoureux. Encore une fois.

J'ai l'impression que mon corps est contrôlé par des marionnettistes. Je suis tellement fatiguée ; même lorsque je m'habille, je crois sentir les fils au-dessus de ma tête – tirés par le Dr May, ma mère, mon père, Thomas. Aucun d'eux ne s'approche assez près pour me toucher ; ils préfèrent me manipuler d'en haut.

— N'oublie pas de sourire, me recommande ma mère alors que je suis sur le point de quitter l'appartement avec Klartino. On ne sait jamais, au cas où quelqu'un te prendrait en photo.

— Promis.

Je serre les dents et j'affiche un sourire si large que j'en ai mal aux joues. Ma mère lève les yeux au ciel avant de s'éloigner dans le couloir en direction du bureau de mon père. Je n'ai pas eu de garde du corps depuis un an, et à tout prendre ce n'est pas Klartino que j'aurais choisi comme chaperon. Il a de grosses mains noueuses et une expression renfrognée ; le côté droit de son cou est entièrement recouvert d'un tatouage à l'encre verte : un tigre tenant une rose entre ses crocs. Charmant.

Mais j'imagine qu'après mon escapade de la nuit dernière je ne suis pas exactement celle dont mes parents avaient rêvé, moi non plus. Et Klartino est plutôt intimidant, il faut le reconnaître. Je me demande ce que Stiggson et lui ont fait du corps du gondolier. S'il a ressenti quoi que ce soit en voyant l'homme mourir sous ses yeux.

Probablement rien.

Nous avons réservé une table au Purple Pussycat, un restaurant rétro qui rend hommage aux bars clandestins des années 1920. L'établissement appartient à la famille de Thomas et occupe le dernier étage d'un gratte-ciel en spirale sur la 5e Avenue. Le décor est tout en plafonds hauts et lambris sombres en acajou, parquets noirs cirés et mini bars disséminés à travers la salle. Les clients sirotent des cocktails bariolés, les hommes en costume impeccable avec chemise blanche et cravate, les femmes en robe de soirée dévoilant leurs bras et leurs jambes, avec des souliers à bouts pointus qui doivent leur comprimer les orteils.

Klartino me suit de quelques pas tandis que j'aborde l'hôtesse, une jeune femme d'une vingtaine d'années avec l'étoile à cinq branches des Foster tatouée à l'intérieur du poignet gauche. Elle me guide jusqu'à une table où Thomas est déjà installé.

Thomas se lève à mon approche. Il est très élégant : chemise blanche et pantalon sombre, complétés par une cravate en cachemire et un blazer bleu marine. Ses cheveux sont comme à notre fête de fiançailles, gominés avec une raie sur le côté. J'aperçois des flashes lumineux – des paparazzis – et me rends compte que ce rendez-vous n'est qu'une séance photo soigneusement orchestrée. Nous formons le couple idéal, apprêté jusqu'au bout des ongles pour inciter les électeurs des Bas-fonds à voter Garland Foster au lieu de la candidate mystique Violet Brooks.

Les clients baissent la tête et discutent à mi-voix des futurs époux destinés à unir l'East Side et le West Side de Manhattan contre la menace mystique.

Je souris – comme ma mère me l'a ordonné – afin de masquer mon amertume.

Je ressens plus que jamais un poids écrasant sur mes épaules (nues).

— Aria, tu es magnifique, me dit Thomas en m'embrassant sur la joue.

Je ferme les yeux, en me demandant si j'aurai la force d'endurer tout ce cirque « jusqu'à ce que la mort nous sépare ».

— Rien n'est trop beau pour une Rose, je murmure, citant le vieil adage de dévotion familiale que me répétait ma grand-mère.

— Hmm ? fait Thomas.

Tout à coup, quelque chose s'agite en moi... un souvenir, une émotion, je ne sais pas trop. On dirait presque qu'une petite voix me chuchote à l'oreille : *Tu aimes Thomas Foster.* Certes, je ne le ressens pas jusque dans mes os, mais pourquoi le penserais-je, si c'est faux ? Mon esprit et mon corps paraissent complètement désynchronisés.

Les injections de ce matin, la machine... peut-être ont-elles fonctionné, peut-être suis-je en train de recouvrer la mémoire. Je jette un coup d'œil vers Thomas. J'ai les idées tellement embrouillées que je me retrouve à lui faire une petite révérence, en tenant ma robe trop longtemps, au point que la marque des perles de l'ourlet s'est imprimée sur mes paumes.

— Non, c'est toi qui es magnifique ! je réplique.

Et tout à coup, me voilà prise de hoquets.

— Aria ? s'inquiète Thomas.

— Ça va. Je, hic ! je t'assure.

Klartino me tend un verre d'eau. J'en bois une gorgée.

— Mer, hic ! merci.

Thomas pose la main sur mon épaule, ce qui me surprend – tant mieux, d'ailleurs, parce que mon hoquet s'arrête. Sa peau est chaude. On ne peut pas nier qu'il a beaucoup de charme. Me marier avec lui serait-il si pénible ? À présent, la salle entière est tournée vers nous ; je sens des dizaines de regards peser sur moi, et plusieurs appareils me tirent le portrait.

— Et si on s'asseyait ? je suggère.

Thomas hoche la tête.

— Bonne idée.

Je fais signe à Klartino de se pencher ; il approche son oreille de mes lèvres.

— Vous pouvez nous laisser, je murmure.

Il secoue la tête.

— Votre père m'a demandé de ne pas vous quitter d'une semelle.

— Alors, allez au moins vous asseoir à une autre table.

Je tire ma chaise et déplie ma serviette sur mes genoux. S'il faut absolument que ma relation avec Thomas soit surveillée, je suppose qu'elle peut l'être à distance.

Klartino appelle l'hôtesse, qui lui trouve une table avec vue sur la nôtre.

— La bouffe a intérêt à être bonne, grogne-t-il.

Quand je reporte mon attention sur Thomas, il est en train de faire défiler le menu.

— Tu vois un truc qui te plaît ? je lui demande.

Il me jette un coup d'œil et siffle doucement :

— Oh, que oui.

Son regard s'attarde sur moi quelques secondes, comme s'il y avait chez moi quelque chose de particulièrement attirant. Je n'ai pas froid mais je frissonne. Un garçon magnifique – que je dois bientôt épouser – me fait un compliment, me fait du charme. Je peux vivre avec ça, non ? Je suis une Rose, je sais faire des sacrifices en échange de pouvoirs.

Alors pourquoi est-ce le visage de Hunter qui s'impose à moi ?

Thomas commande pour nous deux, mais je ne prête pas vraiment attention à ce qu'il dit au serveur. À la place, j'entends de nouveau cette petite voix : *Tu aimes Thomas Foster.* Elle paraît lointaine, comme si elle provenait d'en dehors de moi. Je ferme les yeux, imaginant que je m'observe de l'extérieur.

— Pourquoi as-tu appelé mes parents la nuit dernière ?

Thomas, surpris, lève les yeux de son verre.

— Pardon ?

— Mes parents. Hier soir. Tu les as appelés… pourquoi ? Tu voulais m'attirer des ennuis ?

Il secoue la tête.

— Bien sûr que non. C'est Devlin qui les a contactés, pas moi. Je ne l'ai compris qu'en les voyant débarquer.

Je le dévisage, j'examine ses traits ciselés, parfaits, et me demande s'il dit la vérité. En tout cas il a l'air sincère. Indigné, même.

— D'accord. Je te crois.

Thomas laisse échapper un soupir ; il semble soulagé.

— Comment s'est passée ta journée ? je reprends.

C'est ce que ma mère demande toujours à mon père.

Thomas se détend sur sa chaise.

— Bien. C'était une bonne journée.

— Qu'as-tu fait ?

— J'ai accompagné Garland à quelques réunions, répond-il avec désinvolture. Le maire veut faire passer le nombre de drainages des Mystiques à quatre par an, et il voulait sensibiliser Garland à la question.

— Encore plus de drainages ?

Thomas hausse les épaules.

— Pourquoi pas ?

— Deux, ce n'est pas suffisant ?

— Aucune idée, m'avoue Thomas. (On dépose quelques amuse-gueule devant nous, des coquilles Saint-Jacques enveloppées dans du bacon.) Mais il doit penser qu'un drainage plus fréquent contribuera à les maintenir dociles. Personne n'a envie de voir les Mystiques régénérer leurs forces et nous renverser avec leur saleté de magie. En plus, on envisage d'abaisser l'âge du premier drainage de treize à dix ans.

— Dix ans ? C'est un peu jeune, non ?

Thomas enfourne une coquille Saint-Jacques dans sa bouche.

— On dit toujours que les pouvoirs d'un Mystique se développent à treize ans, mais si c'était faux ? On pourrait se retrouver avec une tripotée de petits monstres bardés de magie en liberté. Mieux vaut prendre des mesures avant qu'il ne soit trop tard, tu ne crois pas ?

Il a dit ça avec une telle assurance. Je ne peux m'empêcher de revoir tous ces gens du Java River, dont la plupart étaient certainement des Mystiques. Ils avaient déjà l'air suffisamment épuisés par leurs deux drainages annuels réglementaires ; dans quel état seraient-ils s'ils en subissaient le double ? Si l'âge minimum pour la procédure était réduit ? Cela ne risque-t-il pas de les rendre malades, voire de les tuer ?

— On devrait peut-être les autoriser à conserver une partie de leurs pouvoirs, dis-je en pensant à Hunter, à la manière dont il lui a suffi de poser les doigts sur mon poignet pour soigner ma blessure. Ce serait vraiment une si mauvaise chose ?

— Tu rigoles ? proteste Thomas en reposant sa fourchette. Les Mystiques ont fait sauter une bombe qui a pratiquement rayé de la carte tout le Lower Manhattan. Ne me dis pas que tu as oublié la Conflagration ? Leurs pouvoirs sont mortels. Ils veulent nous éliminer, Aria. Et tu proposes de leur laisser cette capacité de nuire ?

Je secoue la tête.

— Ce n'est pas ce que je voulais dire.

— Que veux-tu dire, alors ?

— Eh bien, je me disais que… tous les Mystiques ne veulent peut-être pas nous éliminer.

Thomas éclate de rire.

— Ne sois pas naïve, Aria ! Ils ne rêvent que de nous voir crever jusqu'au dernier pour prendre le contrôle de la ville. (Il se penche en avant.) Surtout toi.

Notre serveur vient enlever nos assiettes d'amuse-gueule et les remplace par un sorbet à la pomme pour que nous patientions jusqu'aux entrées.

— Il ne fait pas un peu chaud, ici ? dis-je en me tamponnant le front avec ma serviette.

J'ai des démangeaisons partout – enfin, pas vraiment des démangeaisons, plutôt... des picotements, comme si on me frôlait avec un fil électrique.

— Savais-tu, me demande Thomas en s'essuyant le coin de la bouche, que les travailleurs mystiques cherchent à s'organiser en syndicat ? Mark Goldlit, un membre du conseil, a vu l'un de leurs tracts. Ils veulent des vacances – incroyable, non ? Et Violet Brooks soutient ce délire. Si on les laisse marquer des points auprès de l'électorat, les pauvres voudront bientôt avoir leur mot à dire sur la politique du gouvernement, et ensuite, quoi ? Dommage qu'on ne puisse pas dépouiller les Mystiques de leur droit de vote aussi facilement que de leurs pouvoirs. On n'aurait pas besoin de s'inquiéter à propos des élections.

Je suis à deux doigts de lâcher une réplique cinglante, mais je me retiens, et je goûte plutôt mon sorbet que je laisse descendre au fond de ma gorge, apaisée par sa fraîcheur. Thomas est comme son frère. Qui est exactement comme son père. Lequel, au fond, n'est pas différent du mien. Le moindre mot en faveur des Mystiques serait interprété comme un blasphème. J'avais confiance en Thomas, avant, au point de tomber amoureuse de lui. Qu'est-ce qui a changé ?

Ah oui... j'ai fait une overdose. Une vague de culpabilité m'envahit. C'est sans doute à cause de moi que Thomas se comporte de façon si maladroite. Parce que j'ai tout gâché et que je l'ai oublié. Que je nous ai oubliés, nous. Il ne doit pas savoir sur quel pied danser avec moi.

Thomas reprend une cuillère de sorbet.

— Délicieux, non ?

Plus il parle, plus des fragments – de quoi donc ? de souvenirs ? – me reviennent en mémoire : des lèvres sur ma joue, une main forte au creux de ma taille. Une course-poursuite. Un jeu de cache-cache. L'odeur iodée des Bas-fonds.

Serait-ce mon passé qui refait surface ? Ce que j'éprouvais auparavant pour Thomas, et qui m'a fait tout risquer rien que pour être avec lui ?

Je ne sais pas ce qu'on m'a fait chez le médecin ce matin, ce qu'il y avait dans ces injections, mais ça marche. Quand je regarde Thomas, j'en ai des frémissements sur tout le corps. J'ai envie de sauter par-dessus la table, de lui arracher sa cravate et de lui lécher le cou, d'embrasser son menton, ses lèvres. Que c'est étrange de ressentir une telle aversion pour ses mots et une telle attirance pour son corps.

— Aria ? (Thomas pousse son verre d'eau dans ma direction.) Bois un coup. Tu sembles brûlante. Tu te sens bien ?

Je vide son verre d'un trait.

— Oui, oui. Ça va.

Je jette un coup d'œil sur ma gauche où un vieux couple est assis à nous observer ; la femme a ses mains en coupe autour de sa bouche et chuchote quelque chose à son compagnon.

— Je vais me rafraîchir aux toilettes.

Un serveur m'indique le fond du restaurant, et je m'y rends le plus vite possible. La sueur me coule dans le dos ; mon cœur bat la chamade. J'ai les jambes en coton.

Serait-ce ça qu'on appelle l'amour ?

***

Penchée au-dessus du lavabo, je me passe de l'eau froide sur la figure. Que m'arrive-t-il ? Je m'essuie les joues avec une serviette douce puis j'ouvre ma pochette.

Tout au fond, j'aperçois le médaillon.

Souviens-toi.

Je le mets à mon cou en me demandant quelle sera la réaction de Thomas.

***

Le reste du repas se déroule presque entièrement en silence.

Bon.

— Thomas ? finis-je par dire.

— Hmm ?

— Et si on larguait Klartino pour une petite virée dans les Bas-fonds ? Rien que toi et moi ?

Thomas manque s'étrangler avec son morceau de viande.

— Je te demande pardon ?

— Tu m'as très bien entendue.

Thomas me dévisage avec curiosité.

— Tu es folle ? Pourquoi est-ce que je voudrais aller dans les Bas-fonds ?

Parce que c'est là qu'on se retrouvait tous les deux pour être heureux, suis-je sur le point de répondre, *et que ça pourrait peut-être ranimer nos sentiments.* Mais il a l'air tellement outré que je préfère m'abstenir.

— Laisse tomber, dis-je, en passant un doigt sous ma chaînette. Tu n'as pas fait de commentaire sur mon médaillon.

Thomas pose les yeux sur le petit cœur en argent au creux de ma clavicule.

— Tu devrais éviter ce genre de babioles, me conseille-t-il. On dirait une de ces saletés mystiques qu'on vend aux touristes.

Mon fiancé reporte son attention sur son assiette. J'ôte mon médaillon avec des gestes lents. Si ce n'est pas Thomas qui me l'a offert, alors qui ?

CHAPITRE 7

Après le dîner, Thomas offre mille dollars à Klartino pour qu'il nous laisse nous embrasser dans l'intimité.

Nous nous tenons précisément devant la station de photorail, près de la passerelle nord-est de mon immeuble. Klartino hoche la tête.

— Je vous attends dans le hall, m'annonce-t-il. Ne soyez pas trop longs.

Thomas me prend par la main et m'entraîne dans l'obscurité, au bord de la plate-forme. Je m'adosse au mur de verre de la station. Derrière moi, c'est le vide. J'ai l'impression de flotter au-dessus de la ville.

Voilà à quoi je pense – à la chute vertigineuse jusqu'aux Bas-fonds de l'autre côté de cette paroi de verre, cette mort horrible dont Hunter m'a sauvée – quand Thomas m'embrasse.

Je cherche au fond de moi si j'éprouve quoi que ce soit, pour le salut de notre mariage, mais la petite voix qui me soufflait que je l'aime semble avoir disparu. En tout cas pour l'instant. Nos lèvres se touchent, et c'est tout. Aucune étincelle.

— Il y a un problème ? s'inquiète-t-il devant mon manque d'enthousiasme.

Ses mains sont chaudes – trop chaudes – sur mes épaules.

Je me dégage d'un mouvement. Ses yeux bruns sont soucieux, ses lèvres, barbouillées de rouge. Une mèche de cheveux chocolat rebique sur son front.

— Non, dis-je.

Je lui essuie la bouche avec le pouce. Je remets sa mèche en place. Les ombres de la nuit jouent sur son visage ; il est encore plus beau qu'au restaurant.

— C'est juste que… Je ferais mieux de rentrer. Je suis épuisée.

Je m'attends à ce qu'il insiste pour que je reste dehors avec lui, dans cette chaleur suffocante, à ce qu'il me dise qu'il ne peut pas vivre un seul instant sans moi, même si je doute que ce soit vrai.

Mais il se contente d'acquiescer et de me toucher le front avec deux doigts.

— Va dormir, Aria. Tu as eu une longue journée.

Il se retourne et s'engouffre dans la station.

Je traverse la plate-forme à pas lents et m'avance sur la passerelle menant à l'appartement familial. J'entrevois une silhouette au loin, qui se faufile dehors par la porte de service que j'ai utilisée la nuit dernière. Je la reconnais tout de suite à son manteau : Davida.

Où peut-elle bien aller à cette heure ?

Davida s'éloigne en direction du centre-ville. Malgré Klartino qui m'attend dans le hall de l'immeuble, je décide de la suivre. Elle a un peu d'avance sur moi, mais j'emprunte une passerelle parallèle à la sienne et m'efforce de ne pas me faire distancer.

L'ombre des gratte-ciel la rend difficile à repérer chaque fois qu'elle passe de la lumière à la pénombre, de passerelle en passerelle. Mes pieds me font souffrir le martyre, d'autant que la courbure des passerelles rend la course plus pénible que sur le plat. Fichus talons !

Je dépasse cinq ou six immeubles, puis j'arrive sur la 72e Rue et je traverse, en direction de l'est. Davida n'a pas ralenti et creuse l'écart à chaque foulée. Ma seule chance de la rattraper, c'est de courir.

Je suis sur le point de m'y résoudre quand une lumière jaune-vert assortie d'un fracas assourdissant me fait sursauter : un transformateur à ma gauche.

Quatre hommes travaillent dessus, tenant des outils dans leurs mains sales. Le transformateur se présente comme un bâtiment en forme de prisme aux flancs luminescents – l'un des gratte-ciel triangulaires répartis dans toute la ville pour l'alimentation du réseau électrique. Il comporte une trappe ouverte sur le côté, par laquelle j'aperçois un enchevêtrement de tubes – des tuyaux de verre épais infusés d'une énergie mystique vert clair. L'énergie pulse et tourbillonne comme un organisme vivant.

L'un des hommes, un rouquin à la barbe éparse, me remarque et s'interrompt. Je recule d'un pas. Il éteint sa perceuse, et ses collègues l'imitent.

Quatre paires d'yeux me fixent sans ciller.

Ils m'ont reconnue, et leurs visages pâles, creusés, me donnent froid dans le dos. Des Mystiques drainés. Ils sont partout.

Je regarde les passerelles autour de moi sans voir personne. Il n'y a que moi ici, et ces hommes aux regards tristes. J'ai perdu Davida.

Je fais demi-tour et rentre chez moi.

***

— Alors, comment c'était, ce dîner ? demande ma mère, assise sur le canapé en cuir noir du salon.

Elle vient de se faire un gommage, et ses cheveux sont encore humides après la douche. Elle porte un peignoir rose et tient un verre à la main. Les rideaux sont tirés, les lumières tamisées.

Est-ce qu'elle m'attendait ?

Klartino a pris congé – non sans m'avoir reproché dans le hall de l'avoir fait attendre aussi longtemps – et je ne m'attendais pas à une conversation avec ma mère.

Je mens :

— Bien.

Elle hausse les sourcils.

— Seulement bien ?

— Non, c'était super, dis-je. Vraiment super.

— Parfait. (Elle croise les jambes.) Tu devrais aller dormir, Aria. N'oublie pas le tournage pour la campagne demain matin.

— Quoi ?

— Thomas ne t'a rien dit ?

— Non. (Je serre ma pochette, en pensant au médaillon à l'intérieur.) Rien du tout.

— Il y a eu une explosion un peu plus tôt dans la soirée, dans le Lower East Side. Encore un coup de ces maudits rebelles.

— Une explosion ?

Je suis sous le choc. Ma mère fait tournoyer le liquide au fond de son verre.

— Oui. Il faut profiter de l'occasion. Nous allons tourner plusieurs séquences avec toi et Thomas devant les décombres, et une autre avec Garland en train de prêter main-forte aux pompiers. Ces crétins des Bas-fonds croient peut-être améliorer leur sort en apportant leur soutien à cette… Mystique… mais ils se trompent complètement. On ne peut pas la laisser gagner.

— Il y a eu beaucoup de morts ?

Ma mère s'offre une gorgée de sa boisson.

— Quelle importance ? Ces imbéciles pensent gagner les pauvres à leur cause, mais ils ne font que rappeler au grand public à quel point les Mystiques peuvent être dangereux. Les rebelles ne s'avoueront jamais vaincus. Il faut les exterminer.

J'en reste sans voix, hébétée. Elle pourrait au moins faire semblant d'avoir de la peine pour les victimes innocentes. Je me dirige vers l'escalier qui mène à ma chambre.

— Tu n'oublies rien ? me demande ma mère.

J'incline la tête, perplexe.

Elle bat des cils.

— Et mon bisou ?

Je me force à l'embrasser sur la joue. Sa peau est froide comme de la glace.

— Bonne nuit.

— Oh, Aria, dis à Davida de descendre, tu veux bien ? J'ai plusieurs choses à lui demander.

Je ne peux pas faire ça, bien sûr, puisque Davida est sortie. Et je ne tiens surtout pas à lui attirer des ennuis.

— Heu, je l'ai envoyée faire une course.

Ma mère paraît stupéfaite.

— Ah bon ?

— Oui, je l'ai chargée de… faire réparer le fermoir de mon bracelet. (Je pince les lèvres.) Il était cassé.

Elle consulte sa montre.

— Si tard ? Il est plus de dix heures.

C'est peu plausible, je sais, mais je n'ai plus qu'à hocher la tête en espérant qu'elle me croie.

Curieusement, c'est le cas.

— Heureuse de voir que tu commences enfin à faire bon usage de tes domestiques. Il était temps. Tu auras bientôt ta maison à tenir. (Elle vide le fond de son verre en une gorgée.) Envoie-moi plutôt Magdalena. Et ne fais pas de bruit, ton père est déjà couché.

***

Kyle m'attend au sommet des marches, les bras croisés.

— Salut, dis-je. Qu'est-ce que tu fais là ?

— Je vais chez Bennie, répond-il.

J'essaie de le contourner, mais on dirait une barricade en jean et T-shirt bleu marine. Ses cheveux sont artistiquement décoiffés ; on devine qu'il a passé beaucoup de temps devant son miroir pour parvenir à cet effet. Personnellement, je trouve mignon qu'il cherche encore à faire bonne impression sur Bennie depuis le temps qu'ils sortent ensemble.

— Toi, tu as envoyé Davida faire une course ? raille-t-il. Je ne te crois pas. Raconte-moi plutôt que Kiki s'est acheté un truc d'occasion.

— Je me fiche que tu me croies ou pas, dis-je. Laisse-moi passer.

Il ne bouge pas.

— Tu ne demandes jamais rien à Davida. Même Magdalena, tu as peur de la déranger. Pourquoi maintenant ?

— Je lui demande sans arrêt des tas de trucs.

— Non. C'est faux. Allez, dis-moi où elle est ?

— Comme je l'ai dit à maman, elle s'occupe de mon bracelet.

Kyle s'approche tout près de moi.

— Quel bracelet ?

Je mets trop longtemps à lui répondre, ce qui le fait rire.

— Je t'ai à l'œil, me souffle-t-il avant de s'écarter.

Je passe devant lui sans lui accorder un regard.

***

Au lieu de me changer, j'attends le départ de Kyle. Puis je me faufile discrètement dans la chambre de Davida.

Elle dort dans l'aile des domestiques de notre penthouse, à l'autre bout de l'étage par rapport à ma chambre.

Je ne suis pas entrée dans sa chambre depuis des mois – peut-être même des années – mais sa propreté ne me surprend pas. Le mobilier est sobre et la décoration inexistante : murs blancs, moquette grise, un lit étroit et une commode. Un petit placard et une fenêtre avec vue sur l'Hudson. Seule touche personnelle, les broderies sur les rideaux. Je m'approche pour les examiner de plus près : de minuscules étoiles tissées en fil d'argent, des lunes et des planètes brodées en rouge et bleu.

Où Davida cacherait-elle ses effets personnels, par exemple un journal ?

J'inspecte les tenues rangées dans son placard. En dehors de ses uniformes, je ne trouve que quelques vêtements discrets qu'elle porte les jours de congé.

Ce n'est pas que je n'aie pas confiance en Davida. Disons simplement qu'elle a éveillé mes soupçons. D'abord ses gants qui laissent des traces de suie, et maintenant cette escapade en pleine nuit. Me cacherait-elle quelque chose ?

Je tâtonne sous son lit et m'écorche le pouce sur le coin d'une mallette en métal. Je l'empoigne de part et d'autre pour la sortir à la lumière. La mallette est assez grande pour contenir un fusil, comme ceux que mon père garde dans un casier de sa bibliothèque. Il y a deux fermoirs. Je les défais, je soulève le couvercle et jette un coup d'œil à l'intérieur.

Elle renferme plusieurs cadeaux d'anniversaire que j'ai offerts à Davida au fil des ans : l'AmusEgo sur lequel j'avais téléchargé toutes ses chansons préférées, plusieurs poupées en porcelaine au visage magnifiquement ciselé, une collection de bagues et de colliers, une liseuse électronique contenant quelques-uns de mes livres préférés.

Et des gants.

Des dizaines et des dizaines de gants, tous noirs, soigneusement empilés et rangés par paires. Ils ont l'air flambant neufs.

J'en ramasse une paire et je l'examine : les deux gants sont fixés l'un à l'autre par un minuscule fermoir en métal, que je détache. Ils sont faits d'un matériau bizarre, souple et résistant à la fois, donnant l'impression qu'on pourrait passer un couteau sur la paume sans l'entamer. Le plus étrange, toutefois, c'est le bout des doigts : chacun est orné d'une sorte de motif circulaire que je n'avais encore jamais remarqué.

J'enfile un gant – il me va à la perfection. Je plie la main et aussitôt le bout des doigts commence à chauffer ; une chaleur subtile, inexplicable, se répand dans tout mon corps.

Je tends la main devant moi. Qu'est-ce que c'est que cette histoire ?

J'arrache le gant et le rattache au deuxième. Je peux aussi bien les conserver un moment – Davida en possède tellement qu'elle ne s'apercevra jamais qu'il lui en manque une paire.

Puis je remets la mallette en place et m'en vais. De retour dans ma chambre, je range les gants avec ma pochette, en sécurité au fond de mon armoire.

Après un bain chaud, j'enfile une vieille chemise de nuit en flanelle et j'éteins la lumière dans ma chambre. J'ouvre les rideaux en appuyant sur un bouton. La ville apparaît lentement sous mes yeux. Des éclairs de couleur jaillissent des flèches mystiques. Je les fixe du regard, dans l'espoir que leurs variations m'aideront à m'endormir : du blanc au jaune, du jaune au vert.

Ce changement de couleur est si rapide qu'il est facile de le manquer. Mais j'observe ces flèches depuis des années.

Finalement, je m'enfonce sous les couvertures, ferme les yeux et attends de sombrer dans le sommeil.

***

— Viens, dit-il, en me prenant par la main pour m'entraîner au clair de lune – loin des bruits du canal principal, dans une ruelle étroite à peine assez large pour nous permettre de marcher côte à côte.

Le reflet du bâtiment danse sur l'eau. Nous franchissons une petite passerelle. Il marche devant moi, les cheveux au vent.

— Attends !

— Pas le temps. Ils sont sur nos traces.

Il se retourne vers moi. Je m'attends à voir le visage de Thomas – mais non. Je ne vois rien, sinon un cercle sombre recouvert de brouillard.

— Thomas ? C'est toi ?

— Je suis là. (Il me tend la main et m'attire contre lui.) Ne crains rien.

J'essaie frénétiquement de chasser le brouillard. Mais plus je m'efforce de distinguer son visage, plus il s'assombrit, jusqu'à ce qu'il n'en reste pratiquement rien – juste une ombre.

CHAPITRE 8

— Les Mystiques nous entraînent à la ruine ! je hurle, en me cramponnant à Thomas avec l'énergie du désespoir tout en désignant l'homme au teint basané.

— Coupez !

À peine les caméras ont-elles cessé de tourner qu'un bataillon de maquilleuses se précipite sur moi pour me tamponner les joues.

Thomas garde son bras autour de ma taille, et j'examine la scène du crime.

Le coup de force rebelle de la nuit dernière a détruit tout un gratte-ciel. Les explosifs ont détoné à l'intérieur – l'onde de choc est remontée depuis les Bas-fonds jusque dans les Hauteurs. Heureusement, il s'agissait surtout d'un immeuble de bureaux ; les seuls habitants étaient les pauvres des Bas-fonds, et il semble qu'on les ait prévenus à temps pour évacuer les lieux. À l'heure de l'explosion, tous les employés des Hauteurs étaient déjà rentrés chez eux. Le but semblait surtout de capter l'attention.

Hélas, à trente étages du sommet, les murs ont éclaté et les débris se sont retrouvés projetés sur une passerelle attenante, sectionnant plusieurs câbles et broyant une famille de cinq personnes qui rentrait du restaurant.

— Aria ! m'appelle le metteur en scène.

Il s'approche nonchalamment de l'endroit où Thomas et moi nous tenons – sur une passerelle perpendiculaire à celle endommagée.

— Oui ?

Kevan-Todd passe la main sur son crâne rasé en fronçant les sourcils.

— Je n'ai pas trouvé ta peur très crédible.

Je retire le masque que je dois porter pour me protéger des débris en suspension dans l'air. Un peu plus loin, ma mère et une poignée de fonctionnaires dressent la tête, à l'affût du moindre souci. J'ai bien envie de lui dire que tout ça est ridicule. On a cet acteur prénommé James qui joue les Mystiques, maquillé à la truelle pour lui donner un air maladif, et Kevan-Todd se préoccupe de ma crédibilité ? Mais sachant que ce clip est important pour la campagne, je me prépare à une nouvelle prise.

Thomas me presse la main pour me réconforter.

— Désolée, dis-je. Je crois que je suis un peu nerveuse.

— Fais comme si la caméra était ta meilleure amie, suggère Kevan-Todd. Avec laquelle tu aurais une conversation ordinaire.

Je hausse les sourcils.

— Une conversation ordinaire à propos d'une explosion ?

Thomas pousse un soupir.

— Aria…

— C'est bon, c'est bon, fais-je en remettant mon masque. Je vais tâcher d'être plus convaincante.

Kevan-Todd se tourne vers le reste de son équipe.

— O.K. les gars, on y va pour la neuvième prise. Et regonflez-moi un peu ces sacs, d'accord ? On veut qu'ils ressemblent à de vrais cadavres, pas à des beignets ramollis.

L'un de ses assistants se penche au-dessus d'un alignement de longs sacs en plastique noir et les frappe à coups de poing pour leur redonner un peu de volume. J'ignore ce qu'ils contiennent mais je sais que les victimes de la nuit dernière sont déjà au crématorium. Plus tard dans la journée, on dispersera leurs cendres dans les canaux, comme font la plupart des gens avec leurs proches.

— Eeeeet… action !

La caméra commence par un plan panoramique de l'immeuble en ruine et de la passerelle endommagée, puis se focalise sur Thomas.

— Je m'appelle Thomas Foster, dit ce dernier d'une voix onctueuse, et voici ma fiancée, Aria Rose. La nuit dernière, une explosion mystique a causé la mort d'une famille innocente. C'est précisément pour contrer ce genre d'attentat terroriste que nos deux familles ont décidé de s'unir. Si vous l'élisez comme maire, mon frère Garland se battra pour la sécurité des Hauteurs. Pour votre sécurité.

Il s'arrête, et j'attends la suite. Kevan-Todd m'adresse des gestes frénétiques, et je réalise que c'est à moi de sortir ma tirade.

— Les Mystiques nous entraînent à la ruine !

Puis je défaille dans les bras de Thomas.

— Coupez ! rugit Kevan-Todd. (Il m'adresse un sourire dépourvu de conviction.) Allez… c'est dans la boîte !

Thomas arrache son masque.

— Bravo, ma chérie. (Il m'embrasse sur la joue.) Je vais me chercher de l'eau. Tu en veux ?

— Oui, dis-je, distraite par les cris qui nous proviennent de la passerelle d'en face où une bande d'adolescents se sont regroupés pour assister au tournage.

Heureusement, un cordon de sécurité les empêche d'approcher plus près, mais je les entends crier :

— Aria ! On t'aime !

— Thomas est trop chou !

— Je veux vous épouser tous les deux !

Je pouffe afin de masquer mon embarras. J'ai toujours été sous les feux de la rampe, mais je ne m'étais encore jamais sentie dans la peau d'une célébrité. Deux filles agitent une banderole sur laquelle elles ont inscrit :

Vive l'amour interdit !

Je me sens flattée, mais aussi inquiète de constater que pour certains habitants des Hauteurs notre couple a plus d'importance qu'une explosion. Plus d'importance que des morts.

Je cherche Thomas du regard pour lui demander ce qu'il pense de toute cette attention, mais il est en pleine conversation avec des jeunes filles portant des badges VIP qui lui font signer des autographes sur leurs TactilEgo.

Ma mère vient me féliciter d'une tape sur l'épaule.

— Je t'ai trouvée… excellente, Aria. (Elle lâche ce compliment avec une grimace, comme si c'était physiquement douloureux pour elle.) Le clip devrait être prêt pour la diffusion d'ici la fin de la semaine. Nous allons le passer dans les Bas-fonds le plus souvent possible.

Rares sont les pauvres à posséder un téléviseur ; c'est pourquoi la ville a fait installer des écrans géants dans les secteurs les plus fréquentés, afin d'y diffuser les annonces officielles. Notre clip devrait être vu de cette manière.

— Je dois passer chez Olive & Pimentos pour un essayage, continue ma mère. Ma robe pour le dîner de répétition est quasiment prête. À ce qu'il paraît. (Elle lève les yeux au ciel.) On ne sait jamais, avec ces gens-là. Que dirais-tu de venir avec moi ?

Je jette un coup d'œil vers Thomas, toujours en train de soigner sa popularité. Garland et lui vont bientôt partir pour une réunion de stratégie de campagne, et je n'ai aucune envie de rester seule en compagnie de ma mère.

Surtout que j'ai l'intention de retourner en douce dans les Bas-fonds.

— En fait, j'avais promis à Kiki de la retrouver pour déjeuner.

— J'aimerais autant que tu annules, réplique ma mère en secouant la tête. Il n'y a personne pour te chaperonner ; Klartino et Stiggson ont dû accompagner ton père pour une affaire.

— Je n'ai pas besoin de chaperon !

— Ça, c'était avant, rétorque ma mère.

— Avant quoi ?

Elle penche la tête sur le côté.

— Tu veux vraiment que je te mette les points sur les *i*, Aria ? Avant que tu nous fasses une overdose !

— Maman, je suis désolée. Je t'assure. En plus, Kiki et moi avions prévu de parler du mariage !

Je lui adresse un regard implorant.

Curieux comme les mensonges me viennent facilement quand je discute avec ma mère.

— Elle a promis de m'aider à choisir mes demoiselles d'honneur, j'ajoute. Avec mon amnésie, je ne me rappelle même plus qui j'ai envie d'avoir à côté de moi.

Ma mère pose sa main contre ma joue.

— Pauvre chérie. C'est vrai que ça te ferait probablement du bien de discuter préparatifs de mariage avec ton amie. (Elle jette un regard autour d'elle, comme pour se convaincre qu'il n'y a pas de menace cachée, puis me sourit affectueusement.) Assure-toi juste d'être rentrée à l'heure pour le dîner avec le gouverneur. Tu sais comme ton père a horreur que ses enfants arrivent en retard !

Apparemment, feindre l'enthousiasme pour mon mariage à venir est une tactique que je devrais employer plus souvent. Je me sens mal de mentir à ma mère, mais pas trop. Je l'embrasse sur la joue, je dis au revoir à Thomas puis j'embarque dans une cabine de photorail en agitant la main jusqu'à ce qu'ils soient hors de vue.

Et maintenant, en route pour le Bloc Somptueux.

***

Le gondolier coupe le moteur devant l'un des poteaux bleu et blanc qui jalonnent les bords de chaque canal. L'embarcation s'arrête automatiquement.

— Z'êtes arrivée, ma jolie, m'annonce le vieil homme en passant une corde autour du poteau pour tirer la gondole contre le bord du trottoir surélevé.

M'a-t-il reconnue ? En tout cas, il n'en montre rien. Je me suis coiffée de manière à cacher mon visage autant que possible, mais je porte encore ma tenue de tournage : une robe en jersey jaune rehaussée de cristaux Swarovski, une large ceinture en turquoise avec une boucle en argent, et des sandales à talons hauts qui s'attachent autour des chevilles. J'ai un peu peur qu'on me suive à la trace, mais pour l'instant, tout va bien. Soit personne n'a pris la peine de vérifier récemment l'historique des PDD, soit j'ai un ange gardien qui veille sur moi dans la Grille.

Je miserais plutôt sur la première hypothèse.

Les Bas-fonds sont très différents à la lumière du jour : l'eau paraît grasse et brune, l'odeur – une puanteur de poisson pourri – est pire que dans mon souvenir, et les gens, curieusement, semblent plus enjoués. Les rues et les passages surélevés grouillent d'hommes et de femmes qui vont et viennent avec des paquets sous le bras et des enfants à la main. Je saute hors de la barque et pose le pied sur des marches crevassées. Il fait si chaud !

— Merci, dis-je en déposant quelques pièces dans la main du gondolier.

Quelques mètres plus loin, j'arrive devant le Java River et je m'engouffre à l'intérieur.

Une vieille clochette tinte quand j'ouvre la porte. Les clients se tournent vers moi avant de repiquer du nez sur leurs tasses de café et leurs assiettes de friandises. Le spectacle me fait chaud au cœur : les boxes séparés, les photos encadrées aux murs, la vitrine de pâtisseries près du comptoir, la serveuse avec son piercing à la narine qui nous a servis l'autre soir, Hunter et moi.

Je prends place dans un box vide.

— Qu'est-ce que ce sera ? s'enquiert la serveuse.

— De l'eau. (Avant qu'elle reparte, j'ajoute :) J'aurais aussi une question.

— Oui ? s'impatiente-t-elle en tapant du pied sur le carrelage. Je n'ai pas toute la journée.

Je m'éclaircis la gorge.

— Je suis venue là l'autre soir, avec un garçon. (Elle me dévisage avec indifférence.) Un certain Hunter. Heu, plutôt blond, le genre un peu fruste, mais très beau. Pas exactement un mannequin, mais enfin, vous voyez… charismatique ?

Au bout d'un moment, elle lève les yeux au plafond et dit :

— Je ne vois pas de qui vous parlez. Et je ne me souviens pas de vous non plus.

Puis elle s'éloigne.

Je me lève pour la suivre. Comme elle disparaît dans la cuisine, je me rabats sur sa collègue installée derrière la caisse, la vieille coiffée en chignon et au teint maladif, et je lui pose la même question.

— On était là l'autre soir, je répète, en m'efforçant de capter son attention.

— Sûrement pas, réplique-t-elle en frottant le comptoir avec un chiffon. Et si tu as deux sous de jugeote, tire-toi vite fait. Et ne remets plus les pieds ici, tu m'entends ?

Je proteste :

— Je ne comprends pas. Je veux simplement quelques informations sur le garçon qui était là avec moi. Hunter. Savoir où je peux le trouver.

La vieille femme grince des dents.

— Je te l'ai dit, ma petite. Je ne t'ai jamais vue, et ton Hunter non plus. C'est clair ? Maintenant, dégage. (Elle m'indique la porte.) Dégage !

***

Dehors, je me tamponne le front avec un mouchoir brodé et pars à la recherche d'une gondole libre.

Le trottoir surélevé n'est qu'à un mètre du canal. Plusieurs personnes sont assises au bord à manger des sandwiches, battant des pieds au-dessus de l'eau. Plus loin, le long du quai, des hommes et des femmes font la queue en attendant le bateau-taxi, capable d'embarquer une cinquantaine de passagers sur les canaux les plus larges. C'est moins cher qu'une gondole mais je ne peux pas prendre le risque d'être reconnue par autant de monde. Je ne suis pas là depuis longtemps ; j'ai encore largement le temps de retourner chez moi, de prendre une douche et de me préparer pour le dîner.

Pour l'instant, j'éprouve une sensation de calme – les Basfonds sont beaucoup moins effrayants dans la journée. Je remarque la couleur des immeubles : rose passé, bleu délavé, gris, brun et blanc. Certains sont ornés de colonnes, désormais anciennes et friables, ou de visages d'angelots brisés. Ils en sont presque pittoresques.

Je m'éloigne du quai, et je scrute les poteaux d'amarrage devant moi dans l'espoir de trouver un gondolier, mais je n'en vois aucun. Une ribambelle d'enfants dépenaillés me croise en courant, manquant me faire tomber.

— Hé ! Vous pourriez regarder devant vous ! je leur crie.

Mais ils ne semblent pas m'entendre. Ou alors, ils s'en moquent.

Puis je sens qu'on me touche l'épaule.

Je fais volte-face et me retrouve nez à nez avec une fille de mon âge. Elle a des cheveux châtains coupés juste au-dessus des épaules, des yeux bruns, et porte une robe bien trop grande pour elle. Elle a le teint pâle, presque livide, et les stigmates révélateurs du drainage des Mystiques : de larges cernes d'un jaune verdâtre sous les yeux.

— Tu n'es pas folle.

Me prenant par le bras, elle m'entraîne dans une ruelle déserte, un peu plus sombre et plus fraîche, à l'ombre des gratte-ciel.

— Je m'appelle Tabitha.

Elle me tend la main. Je la prends. Sa poignée de main est étonnamment légère. Frêle.

— Moi, c'est…

— Aria Rose, me coupe-t-elle. Je sais. Je travaille en cuisine au Java River. Je suis… une amie de Turk.

J'écarquille les yeux.

— Alors, tu te souviens de moi ?

— Écoute, je ne peux pas te dire grand-chose mais je peux au moins t'indiquer comment trouver Hunter.

Elle tend son bras maigre vers l'extrémité de la ruelle. Au loin, j'aperçois une flèche mystique qui s'élève au-dessus des gratte-ciel. Même en plein jour, elle brille de manière extraordinaire.

— Suis les lumières, me conseille la fille à voix basse.

J'attends une explication, mais rien ne vient.

— Comment ça ? je m'étonne. Les lumières sont fixes. Elles ne mènent nulle part.

Tabitha jette un coup d'œil nerveux autour d'elle.

— Si, à condition de savoir les déchiffrer, dit-elle. Elles ne sont pas constantes. Leurs éclats, leurs changements de couleur… Ça a une signification.

Je repense à l'autre soir, quand j'observais les lumières vacillantes depuis la fenêtre de ma chambre.

— Tu es en train de me dire qu'il y a un schéma derrière ça ? Que le mouvement des lumières… n'a rien d'aléatoire ?

Tabitha acquiesce de la tête.

— L'énergie mystique contenue dans les flèches est vivante ; elle parle à ceux qui savent l'écouter.

— Sans vouloir te vexer, je ne comprends toujours pas le rapport avec moi. Ou avec Hunter.

— Notre énergie est l'un des moyens que nous avons de communiquer entre nous, m'explique-t-elle. De nous dire des choses qu'on ne peut pas formuler à voix haute. (Elle se dévisse le cou pour vérifier que personne ne nous espionne.) Normalement, deux Mystiques peuvent communiquer en silence par simple contact. Pas moi, plus maintenant ; c'est l'une des conséquences du drainage. Ils utilisent une partie de cette énergie pour alimenter la ville et stockent le reste dans les flèches.

— Pourquoi drainer plus d'énergie que nécessaire ?

Elle hausse ses épaules osseuses.

— Question de pouvoir… et d'argent. Toujours la même histoire.

— Comment ça, d'argent ? De quoi est-ce que tu parles ?

Tabitha incline la tête.

— De stic, évidemment. La population mystique de Manhattan est l'une des plus importantes des États-Unis. On produit le stic à partir d'énergie mystique, avant de le revendre clandestinement partout dans le monde. (Elle me dévisage comme si j'étais la dernière des idiotes.) Réfléchis un peu, Aria.

Mais je n'ai pas envie de réfléchir. Quelle importance si certains revendent du stic ? On m'a toujours appris que les Mystiques étaient dangereux, les ennemis mortels des non-Mystiques, et que leur plus cher désir consistait à nous tuer, moi et tous les autres habitants des Hauteurs. On m'a enseigné qu'ils étaient responsables de la Conflagration de la fête des Mères.

Quelle part de vrai y a-t-il là-dedans ?

— Écoute, reprend Tabitha en jetant un regard nerveux dans la ruelle, oublie ça pour l'instant. Si tu comprends le message de l'énergie, elle te mènera jusqu'à Hunter.

— Sauf que je ne suis pas une Mystique. Je ne sais pas comment lire l'énergie des flèches. Tu ne peux pas simplement m'indiquer où le trouver ?

Tabitha secoue vivement la tête.

— Non, dit-elle. Les rebelles me tueraient si je te conduisais jusqu'à eux.

— Ils te tueraient ? Alors pourquoi viens-tu me raconter tout ça ?

— Parce que, répond-elle d'une voix douce, je vois bien que tu es amoureuse.

C'est à mon tour de secouer la tête.

— De Hunter ? Je n'en suis pas amoureuse. Je le connais à peine. Je suis fiancée… à quelqu'un d'autre.

— Alors pourquoi tiens-tu tellement à le retrouver ?

— C'est compliqué. (Je détourne la tête, en me demandant jusqu'où je peux me confier à elle.) J'ai eu un accident. Et maintenant, je dois me marier dans un mois et je ne me souviens même plus de mon fiancé. Je fais sans arrêt de drôles de rêves. Je me disais que Hunter pourrait peut-être m'aider.

Tabitha m'écoute sans faire de commentaire. Puis elle se penche vers moi et me glisse :

— Ce n'est pas Hunter qu'il te faut pour ça.

— Ah bon ?

— Non. Tu as besoin de Lyrica.

— Pardon, qui ça ?

— Lyrica. (Tabitha me donne une adresse.) Si quelqu'un peut t'aider, c'est bien elle.

Elle tourne les talons et me lance sans se retourner :

— On a dû remarquer mon absence, maintenant. Il faut que je te laisse. (Une quinte de toux secoue sa frêle carcasse.) Attends qu'il fasse nuit, puis suis les lumières. Fais-moi confiance. Tu trouveras tes réponses.

***

Au dîner ce soir-là, je mange avec élégance et distinction, comme toujours, comme on me l'a enseigné.

Kyle me fait des grimaces par-dessus la table et je ne glousse même pas. J'ai un comportement irréprochable. J'écoute sagement mes parents discuter politique avec le gouverneur.

— Johnny, croyez-vous vraiment que cette Mystique, cette Violet Brooks, a la moindre chance ? s'enquiert le gouverneur.

Mon père réfléchit un long moment, puis répond :

— Oui.

Ce mot sort de sa bouche avec une intensité mortelle. Qu'arriverait-il si Violet remportait les élections, si l'emprise de mon père sur la ville s'en trouvait amoindrie ? Mes parents me forceraient-ils à épouser Thomas malgré tout ?

Après le plat principal – carré d'agneau, asperges fraîches et purée de pommes de terre au wasabi –, le gouverneur Boch me demande pourquoi je reste silencieuse.

— Toi qui es tellement bavarde d'habitude, s'étonne-t-il.

Je fais semblant de bâiller.

— Excusez-moi. Je crois que c'est la fatigue.

— Aria a tourné un clip pour la campagne ce matin, intervient ma mère. C'est une excellente comédienne. (Serait-ce sa manière de se montrer gentille ?) Comment s'est passé ton déjeuner avec Kiki ?

Elle joue machinalement avec l'une de ses bagues, un anneau d'or serti d'un gros rubis. Ma mère ne fait jamais dans la discrétion – son chemisier de ce soir a de la fourrure aux manches, par exemple. Elle seule serait capable de porter de la fourrure dans l'une des villes les plus chaudes du monde.

— On s'est bien amusées. On a choisi les demoiselles d'honneur. J'en ai pris cinq.

Il faudra que je demande à Kiki de me couvrir. Et de m'aider à trouver les noms de cinq demoiselles d'honneur.

— C'est très bien, ma chérie.

Kyle envoie un texto en cachette, son téléphone sur les

genoux. Mon père se contente de me fixer d'un regard sombre.

— As-tu des questions à me poser à propos des élections ? demande le gouverneur Boch, le nez dans son verre de vin. Je serais ravi de pouvoir t'aider.

Il a presque vidé une bouteille entière à lui tout seul ; ses lèvres ont pris une couleur rouge foncé.

— En fait oui, j'en ai une, dis-je. (Mon père hausse les sourcils.) Pourquoi draine-t-on plus de Mystiques qu'il n'en faudrait pour alimenter la ville en énergie ?

Le gouverneur s'étrangle avec son vin.

Kyle se penche et lui tapote le dos.

— Ça va aller, fait Kyle à voix haute.

— Aria ! s'indigne ma mère. Qu'est-ce qui te prend de demander une chose pareille au gouverneur ?

— Je trouve que c'est une bonne question, dis-je. Non ?

Mon père pointe son couteau dans ma direction.

— Maintenant ça suffit, Aria.

Il attend un moment, puis repose brutalement son couteau en le faisant claquer sur la table.

— Qu'as-tu l'intention de faire jusqu'au mariage ? Te morfondre tout l'été en posant des questions ridicules ? Tu as une année devant toi avant d'entrer à l'université. Quels sont tes projets ?

Je choisis de ne pas lui répondre. Le silence se prolonge, assourdissant.

— Eh bien ? insiste-t-il.

— Je pourrais trouver un travail, m'entends-je dire.

Ma mère pouffe.

— Aria, sois sérieuse.

— Je suis sérieuse !

Je n'ai jamais travaillé de ma vie, bien sûr, mais tout à coup cela m'apparaît comme le meilleur moyen d'échapper à mes parents. Avec un emploi, j'aurais un prétexte pour quitter l'appartement tous les jours.

Kyle s'arrête un instant de pianoter sur son téléphone.

— La seule chose que tu sais faire, raille-t-il, c'est écumer les boutiques et traîner avec Kiki. Et aux dernières nouvelles, on ne gagne pas sa vie comme ça.

— Oh, parce que toi tu as déjà travaillé, peut-être ? dis-je en m'insurgeant.

— Ça va peut-être te surprendre, Aria, mais comme d'habitude, tu te trompes, dit Kyle. J'ai travaillé pour papa tout l'été il y a deux ans. J'étais l'assistant d'Œufs.

Papa rit, mais maman émet un petit claquement de langue désapprobateur.

— Kyle, je t'ai déjà dit de ne pas l'appeler comme ça.

Elle se tourne vers le gouverneur, qui semble un peu perdu.

— Quand Kyle était plus jeune, explique-t-elle, il adorait prendre des œufs Benedict au petit déjeuner. Et depuis, c'est comme ça qu'il surnomme Patrick Benedict. (Elle se tamponne les coins de la bouche avec sa serviette.) Ce qui est tout à fait irrespectueux, reproche-t-elle à Kyle. Nous t'avons trop bien élevé pour que tu t'abaisses à ça.

Je m'apprête à mettre en doute les bonnes manières de mon frère, puis décide plutôt de me tourner vers mon père.

— Si Kyle a eu le droit de travailler, pourquoi pas moi ? Je peux tout faire : classer le courrier, répondre au téléphone, n'importe quoi.

Je ne sais pas grand-chose au sujet de Benedict, sinon que c'est un Mystique réformé devenu l'un de nos plus fervents soutiens et qu'il travaille dans la régulation de l'énergie mystique. C'est le seul Mystique auquel j'aie jamais vu mon père adresser la parole, ou accorder sa confiance.

— Mais Aria, proteste ma mère, que vont dire les gens ? Sans compter les préparatifs du mariage, il reste encore tellement de choses à faire !

— C'est bien pour ça qu'on a engagé un organisateur, non ? je réplique. En fait, je crois bien qu'on en a pris trois…

Tu devrais le savoir mieux que moi, c'est toi qui les as choisis.

— J'en voulais quatre, mais Johnny y a mis le holà, explique ma mère au gouverneur. Les mariages demandent un tel travail, et j'ai horreur des nombres impairs.

— Je n'ai pas une grande expérience des mariages, Melinda, avoue le gouverneur en montrant sa main dépourvue d'alliance. Je suis resté célibataire toute ma vie.

Ma mère prend une petite gorgée de vin.

— Quel dommage !

— Peut-être que si je travaillais, dis-je avec une fausse mélancolie, je me tracasserais un peu moins à propos de mon mariage. Et de mon amnésie.

C'est un coup bas, j'en ai conscience, mais j'ai maintenant la certitude que mes parents seraient prêts à tout pour me convaincre de collaborer à ce mariage.

Papa fait une petite moue, ce qui veut dire qu'il réfléchit sérieusement à ma proposition.

— D'accord, décide-t-il après ce qui me paraît une éternité. J'appellerai Patrick demain matin. Ça ne te fera pas de mal de te plier à l'autorité de quelqu'un d'autre, pour changer.

Maman fronce les sourcils, mais je m'en moque. Pour la première fois depuis je ne sais combien de temps, j'adresse à mon père un sourire sincère.

Et à ma grande surprise, il me sourit à son tour.

***

Avant d'aller me coucher, je me plante une fois de plus devant ma fenêtre, en regardant cette fois les flèches mystiques d'un œil nouveau.

Elles demeurent une énigme. L'énergie les traverse à la manière d'un courant électrique. Jaune vif. Blanc incandescent. Vert fluorescent. Les couleurs s'enchaînent avec fluidité, comme un flot continu.

Je jette un coup d'œil à mon réveil, puis je me retourne vers la fenêtre et je fixe l'une des flèches. Je vois un flash jaune – quatre secondes. Une giclée de blanc – six secondes. L'ondulation verte est la plus brève – deux secondes.

Que faut-il comprendre ?

Je me tourne vers la droite, où une autre flèche se dresse entre deux gratte-ciel au bord de l'Hudson. Je la chronomètre elle aussi. Ses pulsations se succèdent à un rythme plus lent – le jaune flamboie pendant dix secondes, puis c'est le blanc, dix secondes également. Pas la moindre trace de vert.

Tabitha m'a conseillé d'écouter. Mais que suis-je censée entendre ?

Deuxième partie

Il n'est pas d'éperon qui mène l'amour à ce qu'il déteste.
— Shakespeare

FAITES L'AMOUR, PAS LA GUERRE

Il semblerait que ces temps-ci la mode soit au rapprochement avec son ennemi juré.

Tout le monde connaît l'histoire d'Aria Rose et de Thomas Foster – comment ils ont défié leurs parents pour s'aimer en secret. Mais contrairement à Roméo et Juliette, ces deux tourtereaux new-yorkais vont avoir droit à leur happy end : leur mariage est programmé pour la fin de l'été, juste après les élections municipales du 21 août qui verront le frère aîné de Thomas, Garland, se présenter face à la Mystique déclarée Violet Brooks.

Jusqu'ici, ils se sont montrés plutôt avares de détails, ce qui nous amène à nous demander : Dans quelles circonstances se sont-ils rencontrés ? Comment ont-ils réussi à convaincre leurs parents – dont la rivalité politique remonte au début du XXe siècle – d'accepter leur union ?

« Les amours interdites ont toujours existé, nous apprend le Pr Jinner de l'université de West. C'est un thème qu'on retrouve dans les plus anciennes pièces de théâtre comme dans les premiers livres. »

Alors pourquoi une telle fascination pour Aria et Thomas ?

« J'ai quatorze ans et je n'ai encore jamais mis les pieds dans l'East Side, nous avoue Talia St. John, dont la famille soutient les Rose. Mais maintenant, ma mère dit qu'on peut y aller. Il y a sûrement plein de garçons mignons là-bas, et on va pouvoir faire connaissance ! Les temps changent, c'est comme ça. »

Bien parlé, Talia.

Mais plus sérieusement : le mariage d'Aria Rose et de Thomas Foster devrait effacer cette frontière invisible qui coupe notre ville en deux depuis des années. Et la plupart des gens voient cela comme une bonne chose.

Aria et Thomas, que les flashs des paparazzis n'intimident

pas, se font souvent photographier aussi bien dans l'East Side que dans le West Side.

« Ils montrent que deux personnes suffisent parfois à faire la différence », renchérit Talia.

Et soyons clairs : le fait qu'ils soient hautement photogéniques ne gâche rien.

Thomas, avec ses airs de star de cinéma, fait se pâmer toutes les filles de la ville depuis des années. Et Aria a tout de la princesse de conte de fées.

Sans compter qu'ils ont l'air complètement fous l'un de l'autre. Il suffit de le voir la prendre par la taille pour comprendre à quel point l'ex-célibataire-le-plus-convoité-de-Manhattan est amoureux de sa promise.

Le plus remarquable, c'est peut-être le nombre de couples des Hauteurs qui ont révélé au grand jour leurs propres amours interdites – d'ex-partisans des Rose et des Foster qui se sont trouvés, mettant de côté leur antagonisme passé pour s'unir contre la menace mystique.

« Je ne pensais pas pouvoir l'épouser un jour, raconte Franklin Viofre, partisan des Rose secrètement amoureux depuis longtemps de Melissa Taylor, une partisane des Foster. Mais puisque Thomas et Aria montrent à tout le monde que c'est possible, je lui ai fait ma demande. Et elle a dit oui ! »

Ce bouleversement dans les habitudes ne réjouit pas tout le monde, bien entendu. Quelques manifestations discrètes ont rassemblé ceux des deux camps qui préféreraient voir les choses demeurer telles qu'elles sont : soigneusement séparées.

« Ce mariage n'apportera rien de bon, nous prédit une source anonyme proche des Foster. Vous verrez que j'ai raison. »

L'avenir le dira. Mais pour l'instant, profitons de ce climat de détente !

— Article tiré du *Manhattan View*,
une e-gazette des Hauteurs.

CHAPITRE 9

— La Terre appelle Aria ? Allô ?

Je lève les yeux de mon TactilEgo. Kiki et Bennie me dévisagent comme si j'étais une créature d'une autre planète.

— Tu ne peux pas t'arrêter pendant ta pause de midi ? proteste Kiki en m'indiquant sa salade à moitié mangée, puis la salle du Paolo's, le restaurant de l'immeuble gouvernemental dans lequel je travaille depuis deux semaines. Qu'est-ce qu'il y a de si important pour que tu ne puisses pas nous accorder ton attention pendant une heure ?

— Une demi-heure, dis-je. Désolée. C'est juste que le travail… demande beaucoup plus de travail que je ne pensais.

Classer des dossiers, préparer le café et d'une manière générale jouer les assistantes bénévoles de Benedict est loin d'être excitant. Et même si cela me permet de sortir de la maison tous les jours et d'échapper ainsi à la surveillance de ma mère, je dois reconnaître que je m'ennuie fermement.

— Eh bien, raconte ! s'exclame Bennie. Tu as pratiquement disparu des Hauteurs ; je n'ai aucune idée de ce que tu as fabriqué ces derniers temps, à part ces photos avec Thomas qu'on peut voir en ligne. Visiblement, vous ne vous ennuyez pas. Toujours en train de vous embrasser !

Aujourd'hui, elle me fait penser à une gamine avec ses cheveux bruns ramenés en queue-de-cheval et sa petite robe bleu-vert pastel.)

— Sérieusement, dit Kiki. Vous devriez vous prendre une chambre.

Je lève les yeux au ciel.

— C'est juste la campagne électorale, les filles.

Mes amies échangent un regard perplexe. Je m'explique :

— Je veux dire… c'est important qu'on ait l'air follement amoureux. Pour les élections.

Je repense à l'autre soir, quand Thomas et moi sommes allés dîner dans le Lower East Side et que nous nous sommes fait mitrailler par les photographes à la sortie du restaurant ; à la manière dont il m'a prise gentiment par la taille pour m'attirer contre lui, à son chewing-gum à la cannelle que j'ai senti dans son haleine quand il s'est penché pour m'embrasser sur la joue. À l'impression que j'ai eue, pendant une fraction de seconde : que tout était parfait – jusqu'à ce que l'un des paparazzis nous crie : « Sur la bouche, les amoureux ! »

— Est-ce que ça veut dire que vous êtes amoureux ? demande Kiki en piochant dans sa salade, avant de m'adresser un regard énigmatique. Que tu te souviens de tout ?

Sa question me trouble et me rend nerveuse. Je sais que Kiki attend de moi des confidences. Mais je n'ai rien à lui raconter sur Thomas ; quant à Hunter… je crois que même elle ne comprendrait pas.

— On ne pourrait pas parler d'autre chose ?

— Bien sûr, répond Bennie, qui sent que la discussion m'embarrasse. Raconte-nous ton emploi du temps – du début à la fin. On t'écoute !

— Eh bien… je me lève tous les matins…

— Sans rire ? m'interrompt Kiki.

— … je me brosse les dents, je prends une douche…

— Aria ! Passe directement aux trucs intéressants !

— D'accord, d'accord, dis-je en riant. Mon père et moi prenons le photorail ensemble…

— Ça se passe bien ?

— On ne parle pas beaucoup. Que des sujets anodins – le temps qu'il fait, le mariage… Il travaille dans le même immeuble que moi, au dernier étage, mais je le vois rarement dans la journée. En gros, je suis la bonne à tout faire au bureau. Je prépare le café, je vais chercher de l'eau quand on me le demande, je mets un peu d'ordre dans les archives et je classe les rapports de drainage. C'est plutôt ennuyeux, en fait.

Bennie sirote une gorgée de son Coca light.

— Tu t'es fait des amis ?

Je pense à mes collègues qui travaillent au même étage que moi. Ils sont tous plus âgés, et même s'ils se montrent gentils, c'est uniquement parce qu'ils savent qui je suis.

— Pas vraiment. Vous me manquez, les filles.

— Tu nous manques, toi aussi ! s'exclame Kiki. Pourquoi tu ne donnerais pas ta démission ? C'est quand même plus drôle de traîner avec nous, non ?

— Je suis en train de traîner avec vous, lui fais-je observer en indiquant la table.

Kiki balaye l'argument d'un revers de main.

— Tu devrais traîner avec nous tout le temps. Hier, on s'est offert une pédicure en centre-ville dans ce spa qu'on adore, et pendant qu'on me vernissait les ongles j'ai eu envie de pleurer parce que la seule chose à laquelle je pensais, c'était *Aria aime tellement qu'on lui fasse les ongles.* (Elle renifle.) C'est notre dernier été avant ton mariage, Aria. Après, tout sera différent.

J'ouvre la bouche pour répliquer que mon mariage ne changera rien, mais au fond de moi je sais que c'est faux.

— Je ne peux pas démissionner. Mais je vous promets de passer un peu plus de temps avec vous.

— Bon, approuve Bennie avec un sourire. Commence donc par ce week-end.

— Qu'est-ce qu'il y a ce week-end ? dis-je, sachant que Thomas voudra vraisemblablement être avec moi.

Kiki me fusille du regard.

— Tu peux bien passer une soirée loin de Thomas.

Il y a dans sa voix une dureté qui me surprend, et je me demande si elle ne m'en voudrait pas un peu pour ma liaison secrète et mon overdose. Pas tellement pour les événements en eux-mêmes, mais surtout parce que je ne l'avais pas mise dans la confidence avant tout le monde.

— Pourquoi dis-tu ça ?

— Parce que tu me manques, réplique-t-elle. Tu le vois presque tous les soirs. Et nos soirées entre filles, alors ? À bavarder de tout et de rien, à regarder des âneries à la télé. On était toujours ensemble, tu vois ? Et maintenant... j'ai l'impression qu'on ne se connaît plus.

— Très bien, dis-je. Passons une soirée entre filles.

— Non ! s'écrie Bennie. (Kiki et moi la dévisageons d'un air perplexe.) Je veux dire... j'organise une petite soirée. Mes parents sont partis en vacances au Brésil. C'est le prétexte idéal pour nous amuser. (Elle se met aussitôt à taper un texto.) Ne vous occupez pas de moi. Je note juste de trouver un traiteur, et peut-être un DJ... Oh, et il nous faudra aussi quelques serveurs...

— Holà, holà, une minute ! dis-je. Vous ne préférez pas qu'on fasse un truc tout simple ? Juste nous trois ?

— Arrête d'être aussi égoïste ! me reproche Kiki.

Elle a le visage écarlate ; elle défait le bouton du haut de son chemisier et s'évente avec sa serviette.

— Je veux m'éclater ! Rencontrer du monde ! Vous êtes en couple toutes les deux, et moi, je n'ai personne, dit-elle avec une petite moue. J'ai envie qu'on m'embrasse. Est-ce que c'est trop demander ? Qu'on m'embrasse avec la langue !

Bennie réfléchit un instant.

— Ne t'en fais pas, Kiki. Je demanderai à Kyle d'inviter quelques-uns de ses copains. Il y avait un garçon dans son cours de littérature, au dernier semestre, que j'ai toujours trouvé craquant. Il serait parfait pour toi. Les cheveux châtains, les yeux bruns…

— Oh, j'adore le brun, minaude Kiki.

— … et je crois qu'il s'appelle Don Marco, continue Bennie. Ou Paul. Je ne sais plus. Bref, on va bien s'amuser ! (Elle arrête de pianoter et lève les yeux vers moi.) Je pense inviter quelques personnes du côté des Foster. Tu n'as rien contre ?

Je repense à Gretchen Monasty, à ce qu'elle m'a dit lors de la démolition, que certaines choses ne devaient pas se mélanger. Eh bien, qu'elle aille se faire voir.

— Bien sûr, Bennie. Pas de problème.

Elle sourit.

— Ce sera la première fois que les jeunes des deux côtés auront l'occasion de se rapprocher. Il faut bien commencer un jour et cette soirée est l'occasion idéale, non ? Je compte sur toi pour danser collée à Thomas devant tout le monde. Pour leur montrer un peu ce que c'est, le grand amour ! (Elle regarde ses notes.) Hum, ma liste de choses à faire est déjà longue comme le bras. Je vais avoir besoin d'un sérieux coup de main.

— Je t'aiderai, promet Kiki, en me jetant un regard qui veut dire : *Et toi ?*

Avant que je puisse répondre, mon TactilEgo se met à vibrer. Un message de Benedict s'affiche à l'écran :

TU ES EN RETARD

— Les filles, il faut que je file.

Je hèle le serveur et lui demande de mettre l'addition sur ma note.

— Tu viendras, ce week-end, hein ? me demande Bennie.

Il y a dans sa voix une attente que je n'ai pas envie de décevoir, et je me retrouve à dire oui.

— Bon, on va devoir s'en contenter… grommelle Kiki. (Son regard vert me transperce.) Pour l'instant. Mais je te réserve un enterrement de vie de jeune fille à tout casser, et n'espère pas y couper !

***

Les bureaux où je travaille sont situés au deux centième étage du Rivington Building, juste au-dessus de la 40e Rue, dans le West Side, à une trentaine de blocs de notre appartement. Ce quartier s'appelait Hell's Kitchen avant la Conflagration. Aujourd'hui, c'est le quartier général des Rose.

Je dis au revoir à Kiki et Bennie, puis je franchis le portique de sécurité du hall d'accès et on me laisse entrer. Il est 14 heures, ce qui veut dire qu'il est temps de passer proposer du café à tout le monde.

En sortant de l'ascenseur, je passe devant les bureaux de Benedict et de quelques autres cadres, ainsi que devant une porte en acier inoxydable sans trou de serrure ni plaque tactile. J'ignore ce qu'il y a derrière, personne n'a pu me renseigner. Puis je débouche sur une grande salle cloisonnée en une multitude de boxes.

J'ôte mon cardigan et je l'accroche à la cloison de mon espace de travail. Il y a une vingtaine d'autres boxes comme le mien tout autour de moi. Les enveloppes en papier kraft s'empilent si haut sur mon bureau que je crains de les voir s'écrouler. Note intérieure : *m'y attaquer en priorité.* Ce sont des copies de rapports de drainage qui remontent à plus de dix ans, avant que l'informatisation ne vienne faciliter l'archivage. Je dois transférer toutes les données sur TactilEgo, mais cela prend beaucoup plus de temps que je ne m'y attendais.

J'espère que Benedict ne va pas me crier dessus.

— Eleanor, vous voulez un café ?

Ma voisine du box d'à côté est une femme d'une trentaine d'années, avec une chevelure d'un blond si éclatant qu'elle me donne mal aux yeux.

— Un moka, répond-elle, sans crème. (Elle me parle comme si j'étais dure d'oreille.) Je veux dire, au lait écrémé.

— D'accord. Rien d'autre ?

— C'est juste qu'hier mon moka avait de la crème dedans. Comme s'il était au lait demi-écrémé.

Derrière ses paroles, j'ai l'impression d'entendre : *Tu es stupide et je te déteste.*

J'acquiesce de la tête et je répète :

— Sans crème.

Je passe ensuite la tête dans le box suivant où un homme à la cravate rayée jaune et rose se tient assis sur un coin de son bureau, à pianoter sur son TactilEgo en lâchant des petits gloussements. Je lui demande :

— Steve, un café ?

— À la noisette. Glacé. Un grand. Avec du sucre, me répond-il d'une voix monotone sans même me regarder.

— D'aaaccord, dis-je.

Je ressors et je continue ma tournée. Je note les commandes sur un calepin pour être sûre de ne rien oublier.

Marlène, quatre boxes plus loin, me réclame un americano sans sucre.

Robert, au fond de la salle, préfère me demander un thé.

— L'acidité me donne des maux d'estomac, s'excuse-t-il.

Une fois que j'ai pris toutes les commandes, je retourne dans le couloir, où se trouvent les bureaux individuels. Je garde Benedict pour la fin, car il a tendance à me hurler dessus. C'est le seul qui ne semble pas intimidé par mon nom de famille – sans doute parce que c'est un proche collaborateur de mon père et qu'il sait à quel point papa l'apprécie.

J'inscris encore quelques commandes – deux cafés ordinaires, un muffin à la pistache et un capuccino glacé – avant de frapper timidement à la porte d'Elissa Genevieve.

— Elissa ? dis-je.

— Entrez !

La porte coulisse et je pénètre dans le bureau d'Elissa, aux murs jaune vif. Le mobilier spartiate se résume à un bureau de forme oblongue ainsi qu'une étagère étroite.

— Aria ! fait-elle, l'air sincèrement contente de me voir. Comment vas-tu ?

Elle m'indique un fauteuil vide en face de son bureau.

— Bien, merci, je réplique en m'asseyant.

J'aime bien Elissa. C'est la seule personne au bureau qui me donne l'impression d'être réelle. Elle travaille avec Benedict à la supervision de l'énergie mystique de la ville, mais ils ne se ressemblent pas du tout : autant Benedict se montre colérique, brutal, criant ses ordres à la cantonade comme un sergent instructeur, autant Elissa parle d'une voix douce, apaisante, et passe me voir une ou deux fois par jour pour vérifier comment je m'en sors.

— Bonne journée ?

— Ça va, dis-je. Et vous ?

Elissa hausse les épaules. Elle porte un tailleur bleu marine sur un chemisier crème, avec des sandales à lacets. Ses cheveux blonds sont coiffés en un chignon élégant, et malgré sa pâleur de Mystique drainée, elle parvient à conserver beaucoup d'allure. En l'examinant plus attentivement, on remarque le fond de teint qui masque ses cernes, le blush qui redonne un peu de vie à ses joues. Dans l'ensemble, c'est une femme d'une beauté remarquable – certainement l'une des plus belles quadragénaires que je connaisse.

— Oh, je me contente d'observer la Grille. (Elle fait pivoter son TactilEgo dans ma direction.) Je surveille les accès de l'ancien métro.

Elle m'indique plusieurs points sur le plan de la ville affiché à l'écran – sur la 96e Rue, la 72e, la 34e et la 14e.

— Il paraît que les rebelles vivent dans les vieux tunnels, m'explique-t-elle, mais on cherche encore une entrée qui ne soit pas murée.

— Ça a l'air autrement plus passionnant que ce que je fais, moi. (Je lui montre mon calepin.) Un café ?

— On doit tous commencer par quelque chose, Aria, dit-elle en souriant. Non, merci. J'ai vu tes amies te déposer après le déjeuner. Vous vous êtes bien amusées ?

— Oh. Oui, oui. Merci de le demander.

— Es-tu au courant de l'attentat de ce matin ?

— Non ! Encore un ?

Le clip que j'ai tourné avec Thomas est diffusé depuis la semaine dernière. Je l'ai déjà vu plus d'une dizaine de fois à la télé. C'était plutôt censé mettre un frein à ces incidents.

— Les rebelles ont fait sauter un immeuble de bureaux dans le Lower East Side. Heureusement, la firme qui l'occupait était en plein déménagement et la plupart des employés, déjà partis. On ne déplore que quelques victimes. Mais quand même.

Je toussote, en pensant aussitôt à Hunter. Serait-il capable de participer à un acte d'une telle sauvagerie ? Ou Turk ?

— Voilà pourquoi il devient urgent de découvrir leur repaire avant qu'ils puissent faire plus de mal, dit Elissa. J'admire leur volonté de changement, mais la violence n'est pas une solution.

— Je suis d'accord.

Je revois mon père en train d'abattre un innocent juste pour me donner une leçon. Que dirait Elissa si elle l'apprenait ?

— « Je m'oppose à la violence parce que lorsqu'elle semble produire le bien, le bien qui en résulte n'est que transitoire, tandis que le mal produit est permanent. » (J'ai un peu honte de citer l'un de mes manuels scolaires.) Je crois que c'est Gandhi qui a dit ça.

Elissa me jette un regard perçant.

— Intéressant.

Je ne sais plus où me mettre ; en présence d'Elissa, je me sens souvent stupide. Avec son tailleur impeccable, sa coiffure sobre et sa peau parfaite, elle a l'air du genre de femme qui sait toujours exactement quoi dire.

— Tu sais que je suis une Mystique réformée, n'est-ce pas ? Comme Patrick.

Je hoche la tête.

— Vous avez l'air… en bien meilleure forme que la plupart des Mystiques déclarés, je dois dire.

Elle rit.

— Merci, c'est gentil. C'est l'un des avantages de travailler pour ton père. Patrick et moi ne sommes drainés qu'une fois par an, ce qui nous permet de conserver une partie de nos pouvoirs et un semblant de vie normale. Sinon, nous serions incapables de tenir notre place ici. (Elle s'interrompt d'un air songeur.) Mieux vaut que ça reste entre nous, d'accord ?

— Promis.

Elissa est l'une des rares personnes à me témoigner de la considération. Je ne vais pas la trahir.

— Alors c'est pour ça que vous travaillez pour mon père ?

— Non, c'est simplement un petit plus. Je crois aux règles, Aria. Au respect de l'ordre. C'est ce qui nous épargne l'anarchie. Ton père y croit, lui aussi. C'est un grand homme. Je peux te garantir que Manhattan sombrerait dans le chaos sans des hommes comme ton père ou George Foster. Et des femmes comme toi, un jour prochain.

— Est-ce que vous vivez dans le Bloc ?

Elissa rit doucement.

— Seigneur, non. Je vis ici, dans le West Side – avec tous les autres partisans des Rose.

C'est agréable de voir Elissa aussi attachée à ma famille, mais n'est-elle pas quelque peu tiraillée de penser que la plupart de ses semblables sont parqués dans les Bas-fonds pendant que le reste d'entre nous – elle y compris – flotte librement dans les Hauteurs ?

Peut-être que quand nous nous connaîtrons mieux, je lui poserai la question. Pour l'instant, je dois rester la fille naïve de Johnny Rose pour ne pas éveiller les soupçons.

— Et une femme comme Violet Brooks ? Elle aussi défend la loi et l'ordre – d'après elle, en tout cas.

Elissa inspire profondément.

— Violet Brooks, commence-t-elle, est une femme intelligente avec d'excellentes idées.

— Ah bon ?

Ce n'est pas du tout la réponse à laquelle je m'attendais.

— Ton père ne serait pas d'accord, mais c'est vrai. Malheureusement, elle se berce d'illusions et ne comprend rien au système. Les seules choses qu'une maire mystique pourrait promettre à Manhattan, ce sont la misère et la mort. Elle représente une menace pour la ville entière. Voilà pourquoi nous sommes tous tellement contents pour Thomas et toi ! Quand vous serez mariés, aucun Mystique n'aura plus aucune chance d'être élu.

— Aria !

Je me retourne et vois Patrick Benedict marcher vers moi. C'est un petit homme aussi mince et malléable qu'une feuille d'acier et qui affiche constamment une expression d'intelligence dédaigneuse. Il porte sa tenue habituelle : un costume sombre avec une cravate de couleur pastel. Ses cheveux bruns clairsemés sont plaqués en arrière, ses sourcils broussailleux forment deux arcs de cercle. Comme Elissa, il a le teint pâle d'un Mystique drainé, sans les cernes sous les yeux ou la maigreur décharnée.

— Qu'est-ce que tu fabriques ? Tu es là pour travailler, pas pour te faire des amis. (Il adresse un regard sévère à Elissa.) Vous devriez pourtant le savoir, Genevieve.

— Calmez-vous, Patrick, tempère Elissa. Aria fait du bon travail.

— Ah, vraiment ? dit-il avec une intonation qui indique clairement son désaccord. Il y a sur son bureau une pile de dossiers qui devraient être traités depuis longtemps. Mais elle trouve quand même le temps de sortir déjeuner avec ses amies et de bavarder avec vous. (Benedict se plante devant moi.) J'ai parlé à ton père de ton manque d'implication, Aria, et il n'est pas content. Il veut te voir. En haut.

J'ai bien envie de le remettre à sa place et d'effacer son sourire plein de morgue. Mais ce n'est pas ça qui me fera gagner des points – auprès de personne.

— Tout de suite ! gronde Benedict.

***

J'attends devant la porte du bureau de mon père, qui occupe l'intégralité du dernier étage de l'immeuble. Les doubles battants sont en bronze poli, rehaussé de roses en métal dont les bords semblent coupants comme des rasoirs. Deux gardes du corps massifs avec des tatouages de roses sur les joues en barrent l'accès, les bras croisés. Catherine, la secrétaire de mon père, est assise derrière son bureau.

— Tu peux entrer maintenant, Aria, m'annonce-t-elle.

Les gardes du corps m'ouvrent la porte et s'effacent. Je leur adresse un hochement de tête et m'avance entre eux. La porte se referme derrière moi avec un déclic.

L'air conditionné me donne la chair de poule à l'instant où je passe le seuil – il fait encore plus froid ici que dans le reste du bâtiment. Au fond, une grande baie vitrée domine l'Hudson. C'est la seule touche de modernité dans la pièce. Pour le reste, ce ne sont que murs et sol en acajou, canapés de cuir brun et autres étagères chargées de livres – un pur hommage aux grands capitaines d'industrie du XIXe siècle.

— Ah, Aria, dit mon père en m'indiquant un fauteuil devant son bureau. Assieds-toi.

Il porte un costume sombre aujourd'hui, avec une cravate bleu marine à pois orange. Il est rasé de près et une lueur scintille dans ses yeux bruns, comme dans la pierre de sa chevalière, au centre du blason familial des Rose.

Derrière lui trône une peinture sur toile dans un cadre doré : un coucher de soleil orangé au-dessus de l'Hudson. Je ne me souviens pas de l'avoir déjà vu. Je me rends compte qu'il est chargé d'énergie mystique, à l'instar des tableaux que j'ai vus dans l'appartement des Foster, quand les couleurs se mettent à foncer avec des reflets roses et rouges et que de fines vaguelettes bleues parcourent le fleuve.

— Merci, dis-je, en jetant un coup d'œil à l'écran de son TactilEgo. (Papa suit mon regard et appuie sur un bouton ; l'écran devient noir.) Tu voulais me voir ?

— Et si tu commençais par me raconter pourquoi Patrick se plaint de toi ? Il dit que tu es lente, et que tu ne prends pas ton travail au sérieux.

— Je le prends très au sérieux…

— Tu as réclamé cette opportunité, Aria. Tu devrais te donner à cent cinquante pour cent. Au lieu de quoi, tu traînes des pieds, tu en fais le minimum, et encore.

— Ce n'est pas vrai, papa. C'est Benedict qui m'a dans le nez !

— Personne ne t'a dans le nez, réplique-t-il d'un ton sévère. Si j'entends encore une seule plainte, je te renvoie à la maison et nous pourrons tirer un trait sur cette expérience. Compris ?

— Oui.

Car que pourrais-je dire d'autre ?

Papa se lève et me fait signe de le rejoindre devant la baie vitrée.

— Regarde. Que vois-tu ?

Je contemple les gratte-ciel. D'ici, Manhattan paraît froide, intimidante – une métropole d'îlots en acier nu, de monstres de pierre et de verre.

— Je vois une ville, dis-je.

Il émet un claquement de langue désapprobateur.

— C'est bien le problème. Il ne s'agit pas de n'importe quelle ville, Aria. C'est ta ville. Il y a une raison pour laquelle nous ne sommes plus aussi proches qu'avant, poursuit-il. On se ressemble beaucoup, toi et moi. Ta mère et ton frère sont d'une autre étoffe… plus douce. Je me souviens, il y a des années, tu jouais avec Kiki et tu étais tombée en t'écorchant les genoux. Tu n'avais pas pleuré ni appelé au secours. Tu t'étais contentée d'essuyer le sang avec tes mains et tu avais continué à jouer. (Il me sourit, avec une affection inhabituelle.) J'ai compris ce jour-là que tu étais destinée à accomplir de grandes choses. Que, sous tes airs de jolie poupée, tu étais une coriace. Que tu saurais défendre les traditions familiales.

— Nous sommes en train de les enterrer, ces traditions, fais-je observer. En me mariant avec un Foster, je vais tirer un trait définitif sur tout.

— Eh oui.

Soudain, venue du plus profond de moi, une question fuse d'elle-même :

— Et si je n'avais pas envie d'épouser Thomas ?

Je pense au garçon de mes rêves… quel qu'il soit.

J'attends que mon père s'emporte se mette en colère. Ou me gifle. Il ne fait ni l'un ni l'autre.

Il pose plutôt les deux mains contre la baie vitrée, les doigts bien écartés.

— J'ai été jeune moi aussi, Aria, et moi aussi j'ai eu des rêves… qui ne coïncidaient pas forcément avec ce que mon père voulait pour moi. (Son visage s'adoucit brièvement.) J'ai fait passer ma famille avant tout. C'est comme ça que j'ai construit ma vie. Quand la famille est en jeu, il n'y a même pas à se poser de questions.

Il marque une pause.

— Si tu rejettes ta famille, Aria, reprend-il, nous te rejetterons. Ce sera comme si tu n'avais jamais existé.

Mes lèvres se mettent à trembler ; je suis à deux doigts de pleurer – alors que ce n'est vraiment pas le moment de montrer ma faiblesse.

— Va-t'en, maintenant, dit-il.

Je lui obéis sans hésiter. Je marche sur le parquet en direction de la porte.

— Oh, heu, Aria ? m'appelle-t-il.

Je me retourne et le regarde. Il est debout derrière son bureau, une main sur son TactilEgo.

— Oui ?

— Je t'aime.

CHAPITRE 10

Ce soir-là, en rentrant, je m'enferme aussitôt dans ma chambre.

Le parfum des roses me prend à la gorge. La chambre en est couverte : Thomas m'en envoie tous les jours depuis que je travaille. Les cartes qui les accompagnent sont pleines de déclarations bateau : « À chaque minute qui passe je pense à toi », « Je t'aime de plus en plus chaque jour ». C'est probablement son assistant qui les rédige.

Je le vois tous les soirs, également. Il vient dîner chez nous ; il parle de politique et des prochaines élections avec mon père tandis que ma mère me présente différents sets de table et menus en vue du mariage.

Il m'a emmenée au cinéma. Nous avons partagé une glace. Il s'est montré adorable.

Est-ce tellement important que j'aie oublié à quel point je l'aime ? Parfois, je le regarde et je me dis : *Qu'est-ce qu'il est beau ! Ça pourrait très bien être lui, le garçon de mes rêves – non ?*

Mais mes sentiments restent flous. *Souviens-toi,* me dis-je, comme le message me le commandait. Comme le garçon de mes rêves me l'a demandé. *Souviens-toi. Souviens-toi. Souviens-toi.*

***

J'achève de m'habiller pour le dîner. Mes cheveux sont plus longs que d'habitude, mais cela ne me dérange pas – quand je les attache avec un ruban, j'aime bien la façon dont ils me dégagent le visage tout en tombant au-dessous des épaules.

Je fouille l'un des tiroirs de mon armoire à la recherche d'un serre-tête. J'écarte quelques bracelets en vrac, quelques broches en écaille, et je remarque une déchirure dans la garniture du tiroir.

Je passe mon doigt sur le papier à rayures bleu et blanc. La déchirure suit l'une des lignes bleues ; elle est si mince qu'on la distingue à peine. J'essaie de l'aplatir du bout de l'ongle, mais je sens quelque chose sous le papier.

Avec précaution, j'attrape le bord de la déchirure et je le soulève ; la doublure se décolle sans résistance, dévoilant plusieurs feuilles rangées dessous. Je les sors : il s'agit de lettres. La première date de plus de six mois.

Que font-elles là ? Je les classe par ordre chronologique et entreprends de les lire, en commençant par la plus ancienne.

Trois jours se sont écoulés depuis notre rencontre dans les Bas-fonds. Trois jours, et je n'arrête pas un seul instant de penser à toi.

Je ne sais même pas si tu recevras cette lettre, et je ne veux rien écrire de trop personnel au cas où elle tomberait entre de mauvaises mains.

Retrouve-moi au Cercle demain soir. Je t'en prie. Je veux juste plonger mon regard dans tes yeux étoilés encore une fois, et peut-être que tu auras envie de plonger ton regard dans les miens, toi aussi. (Trop fleur bleue ?)

Mon souffle s'accélère, et je sens ma poitrine se contracter. Ce sont des lettres d'amour – celles que m'a envoyées

Thomas ! – que j'ai dû cacher là par précaution. Je passe à la suivante.

J'ai attendu, attendu, mais tu n'es pas venue. J'ai passé une semaine atroce. Je ne dors plus, je ne mange plus, je deviens fou à force de penser à toi. S'il te plaît, fais-moi une faveur et accepte de me revoir, ne serait-ce que pour mettre fin à mes souffrances ?

Demain soir, au même endroit ? Je t'attendrai jusqu'à la fermeture.

Je me jette sur la troisième lettre.

Tu es venue ! J'en étais sûr ! Ce soir, j'ai seulement envie de te dire merci.

Puis sur la quatrième.

C'est fou de voir à quel point une simple rencontre peut changer la vie. Ça fait quoi, une semaine que nous nous sommes rencontrés ? Je n'arrête pas de penser à toi. Le matin, quand je me réveille, je revois ton visage parfait, tes yeux sombres, ta peau, tes lèvres… et dans la journée, je n'entends que le son de ta voix, je sens constamment le contact de ta main sur mon épaule… et le soir, je me retourne sans cesse dans mon lit, en essayant de m'endormir le plus vite possible de façon à pouvoir rêver de toi… et de nous… ensemble.

Retrouve-moi ? Je t'indiquerai où. Et continue à guetter mes lettres sur ton balcon. Je n'ose pas signer de mon nom ou écrire mon adresse… mais nous trouverons un code rien qu'à nous, pas vrai ?

À très bientôt.

Je serre les lettres contre ma poitrine. Une relation se dévoile sous mes yeux. Même si je ne m'en rappelle rien, tout n'est peut-être pas perdu.

L'intercom grésille.

— Aria ? fait la voix de Magda. Ta mère vous attend pour dîner, ton frère et toi.

— Je viens tout de suite ! je réponds, face à l'écran.

Encore une, me dis-je.

J.

C'est une super idée de nous appeler Roméo et Juliette, pauvres amants maudits que nous sommes. Je suis tellement heureux de ne pas t'avoir fait peur. Je croyais que tu t'enfuirais en apprenant la vérité – mon nom de famille, et qui je suis… mais tu es beaucoup plus forte que je ne l'avais imaginé, et ce secret que nous partageons nous rendra plus forts, plus confiants, aussi coriaces que l'acier qui soutient notre ville. Il y a tant de choses à savoir, tant de choses à apprendre. Par où commencer ? Il faut que je te revoie. Demain ? Ou demain soir ?

R.

Roméo et Juliette ! C'est dingue ! Je n'arrive pas à croire que Thomas ait pu faire preuve d'une telle délicatesse, d'une telle sensibilité artistique, d'une…

L'intercom grésille encore une fois.

— Aria ! proteste Magda.

— J'arrive ! dis-je, en fourrant les lettres dans mon tiroir. Elles devraient y être en sécurité pour l'instant. Je quitte ma chambre d'un pas léger, en flottant sur la moquette. Je me sens heureuse pour la première fois depuis très longtemps.

***

Le dîner se déroule rapidement. Kyle ne descend pas, et ma mère nous saoule avec les préparatifs du mariage. Thomas et mon père sont absents, sortis avec Garland pour je ne sais quelle affaire en rapport avec les élections. J'entends Magdalena s'affairer dans la cuisine. J'ignore où se trouve Davida.

Mais tout cela n'a pas d'importance. Je n'arrive pas à me sortir les lettres de la tête. Elles représentent mon seul lien avec ma vie sentimentale d'avant mon overdose.

Au bout d'un délai acceptable, je fais semblant d'avoir la migraine.

— Je peux sortir de table ?

— D'accord, concède ma mère, concentrée sur des catalogues de linge de table pour le repas de noces. Dis à ton frère qu'il ira se coucher sans manger. On n'est pas dans un self-service, ici.

Je quitte la pièce calmement. Dès que je suis hors de vue, par contre, je grimpe l'escalier quatre à quatre et cours jusqu'à ma chambre. Je récupère les lettres dans mon tiroir et m'allonge sur le lit pour reprendre ma lecture où je l'avais laissée.

J.

Tu n'es pas venue hier soir. Je t'ai attendue toute la nuit. Y a-t-il quelqu'un d'autre ? Si c'est ça… autant tirer un trait sur ma vie. Tout était noir avant que je te connaisse, et maintenant, je baigne dans la lumière – je ne supporterais pas de replonger dans l'obscurité. Ou peut-être que tu n'as pas pu t'éclipser – à cause de ton père, ou de ton frère ? Dis-le-moi, que j'arrête de m'inquiéter.

À toi pour toujours,

R.

Si seulement je pouvais lire mes réponses ! Il faudra que je demande à Thomas s'il les a conservées. Il l'a sûrement fait.

J.

Merci de m'avoir rassuré. Je sais que je m'enflamme facilement à propos de nos rendez-vous. Tu es comme l'antidote à un poison – apaisante, réconfortante. Grâce à toi je me sens bien au milieu du chaos.

C'est injuste que nos deux familles se détestent à ce point. Et pour quelles raisons ? Mais oublions ça pour l'instant. Quand je t'ai vue dans les Bas-fonds la nuit dernière, que je t'ai pris la main, que je t'ai embrassée dans le cou… mon Dieu, ce que tu étais rayonnante ! La lumière mystique paraît bien terne à côté de toi. Tu brilles plus fort que n'importe quoi ou n'importe qui au monde.

Je suis à toi tout entier, aussi longtemps que tu voudras de moi.

R.

J.

J'ignore combien de temps je vais pouvoir continuer comme ça. Es-tu enfin prête à tout avouer ? Je sais que tu as peur des conséquences si nous révélons notre amour, mais que veux-tu qu'il nous arrive : que nos familles nous déshéritent, et nous condamnent à une vie de pauvreté mais pleine d'amour ? Ou que nous soyons obligés de quitter New York, et d'aller vivre ailleurs ? D'accord, nous n'avons pas un sou, mais ça ne me paraît pas grand-chose comparé à ne pas pouvoir t'aimer pour le restant de mes jours. Pourquoi attendre ? Douterais-tu de moi – de nous ? Tu n'as qu'un mot à dire, et je proclamerai mon amour pour toi depuis le sommet des Hauteurs jusqu'au dernier des canaux.

Je t'aime.

R.

J.

Ma dernière lettre t'aurait-elle effrayée ? Tes rideaux sont tirés… As-tu changé d'avis ? On peut… attendre pour parler à tes parents… je ferais n'importe quoi pour toi. Dis-moi seulement ce que j'ai fait de mal, que je puisse me racheter.

R.

J.

Ton silence est insupportable. Je ne sais plus quoi penser, sinon que tu ne veux plus de moi… ou qu'il t'est arrivé quelque chose de terrible… et dans les deux cas, je ne pourrais pas supporter de vivre un jour de plus… je passerai te voir demain soir… sois là, je t'en supplie.

R.

Après avoir lu les mots de Thomas, je ne comprends plus comment j'ai pu douter de notre amour. La relation superficielle que j'ai pu partager avec Hunter me semble bien pâle en comparaison. Je range les lettres bien à l'abri sous la doublure de mon tiroir.

Si seulement je pouvais ressentir ce que je devais éprouver pour Thomas à l'époque où il m'a écrit ces lettres. Pas étonnant qu'il se montre tellement maladroit depuis mon overdose. Que doit-on penser quand on éprouve une passion aussi brûlante pour quelqu'un, quand on a partagé un amour aussi fort, et que l'autre vous oublie complètement ?

Tout à coup je me rappelle Lyrica, la femme dont m'a parlé Tabitha derrière le salon de thé. Peut-être que si j'allais la trouver discrètement dans les Bas-fonds, elle m'aiderait à recouvrer la mémoire ? Je peux au moins essayer. Je me le dois à moi-même, ainsi qu'à Thomas. *Mon Roméo.*

Je me change, j'enfile des chaussures de course de couleur sombre, je dissimule mes traits sous une casquette, et sans trop savoir pourquoi, je glisse les gants de Davida dans la poche arrière de mon pantalon. Lyrica saura peut-être m'expliquer ce qu'ils ont de tellement particulier.

Quelques oreillers sous ma couette… si quelqu'un jette un coup d'œil dans ma chambre, et on aura l'impression que je dors dans le noir.

Je gagne la porte à pas de loup et l'ouvre d'une pression

des doigts. Avant que je fasse un pas de plus, cependant, une image s'impose : moi-même, dans les Bas-fonds…

— *Tu es venue, dit-il.*

— *Bien sûr, qu'est-ce que tu croyais ?*

Je le vois parfaitement jusqu'au cou – le col raide de son T-shirt, le hâle de ses avant-bras – mais au-dessus, tout reste enveloppé de mystère, flou et indistinct, comme un personnage à moitié effacé sur un dessin.

Je pose la main sur son épaule.

— *Regarde-moi. (Il ne réagit pas.) S'il te plaît.*

— *Te souviens-tu ? me demande-t-il doucement.*

Je secoue la tête.

— *Mais peut-être que si je pouvais voir ton visage…*

Il lève la tête dans la lumière, et je pousse un petit cri : il n'y a pas de visage, rien qu'un ovale blanc. Sa bouche se réduit à un trait rouge. Il a deux trous noirs à la place des yeux.

— *Souviens-toi, me dit le visage fantôme. Souviens-toi de moi, Aria.*

Je m'arrache à cette vision.

J'essaye, me dis-je en serrant les poings. *J'essaye de toutes mes forces.*

CHAPITRE 11

La gondole motorisée file sur les eaux ondulantes le long du canal de Broadway. C'est l'un des plus grands canaux que j'aie vus jusqu'ici dans les Bas-fonds – une foule de gondoles s'y croisent sans craindre la collision, ainsi qu'une poignée de bateaux-taxis.

Nous nous engageons dans un canal secondaire plus étroit et plus sombre. S'il y a des numéros inscrits aux murs des vieux immeubles, je ne les distingue pas sur la brique effritée et la peinture qui s'écaille. Il n'y a pas de lampadaires par ici, seulement quelques appliques à l'énergie mystique. La plupart des accès au niveau de l'eau sont fermés par des portes vermoulues, brunies par l'âge. Des algues jaunâtres s'accrochent au pied des immeubles, emmêlées comme des cheveux après la douche ou flottant par plaques au ras de l'eau.

Mon gondolier finit par se ranger le long d'un embarcadère délabré et jette une amarre autour d'un poteau. Je le paie et débarque aussitôt. Avant que je ne puisse le remercier, il a récupéré son amarre et décampé.

Il y a de la lumière à plusieurs fenêtres, et je peux voir du linge en train de sécher sur des cordes tendues de part et d'autre du canal. Des sous-vêtements se balancent dans la brise tiède. Dans le vide entre les immeubles, la lueur des flèches qui bordent le Bloc Somptueux pulse comme un signal dont la signification m'échappe.

Je repense au conseil de Tabitha – *suis les lumières* – et me demande comment je suis censée y parvenir alors que je n'arrive même pas à retrouver l'adresse qu'elle m'a donnée pour Lyrica : le 481 Columbus Avenue.

Des affiches de campagne sont placardées sur les murs de brique. Beaucoup sont barrées de graffitis haineux : les noms de Foster et de Rose sont rayés, ou couverts d'injures. Je baisse ma casquette sur mon visage, bien décidée à ne plus être reconnue.

Les sans-abri semblent faire partie intégrante du décor – toutes les tranches d'âge entre les enfants et les vieillards –, tous avec les mêmes traits ravinés, les yeux creusés, la peau striée de crasse. Ce ne sont pas des Mystiques, alors pourquoi ne nous occupons-nous pas d'eux ?

— Tu es perdue, ma jolie ? me demande une femme.

Je fais oui de la tête.

— Vous savez où se trouve Columbus Avenue ? Le 481 ?

Elle tend le doigt. Je la remercie et pars dans la direction indiquée.

Je devine que le Bloc n'est plus très loin, quand les affiches électorales commencent à changer. Celles-ci n'ont pas été vandalisées. Elles montrent une femme blonde, souriante. De l'âge de ma mère environ, elle porte un blazer bleu marine sur un chemisier blanc. Son visage rayonne d'intelligence et de bonté. VOTEZ POUR LE CHANGEMENT, proclament les affiches. VOTEZ VIOLET.

Voici donc la fameuse Violet Brooks. La Mystique qui se présente contre Garland. Je lui trouve un air familier, que je ne m'explique pas.

La rue étroite débouche enfin sur un grand canal, qu'une succession de ponts traversent pour mener à ce qui doit être le Bloc Somptueux. Ce canal encercle le Bloc comme les douves d'un château ; des immeubles lépreux pointent derrière un mur de pierre à l'aspect imposant.

Je peux à présent distinguer les numéros sur les bâtiments. Je me hâte, en m'essuyant le front. Numéro 477. Les briques qui devaient être rouges à l'origine sont brunies par la crasse. Un vieil auvent bleu et blanc miteux s'accroche encore à la façade du 479. Le 481 devrait être le suivant...

Sauf que la plaque numérotée indique 483. Qu'est-ce que c'est que cette histoire ?

Je m'approche de la porte en bois – qui semble prête à se désagréger à la moindre poussée – et je jette un coup d'œil par la fenêtre. Comme je n'y vois rien, j'essuie un petit cercle avec ma main – et me retrouve aussitôt avec les doigts tout noirs. L'intérieur est vide, noyé sous quelques centimètres d'eau. Personne n'habite ici.

Je retourne au 479. La porte est protégée par une grille en fer forgé. J'avise une sonnette sur le côté, avec un bouton de bronze. J'appuie dessus. Il y avait peut-être un numéro 481 autrefois, mais certainement plus aujourd'hui. À moins que Tabitha m'ait donné une mauvaise adresse ?

J'éprouve un sentiment d'abattement. Je suis venue de si loin, j'ai pris tellement de risques dans l'espoir que Lyrica pourrait m'aider. Et voilà que cette piste s'achève sur une impasse.

Je tourne en rond devant les deux portes, je pose les mains sur le mur à l'endroit où le 481 devrait se trouver. Les briques me râpent les doigts. Du bout de l'index je dessine une ligne de séparation imaginaire, et soupire.

Les deux immeubles commencent alors à s'écarter.

On n'entend presque aucun bruit, à part un léger grincement quand les briques se séparent en douceur, lentement, dévoilant une bâtisse beaucoup plus modeste et plus chaleureuse. Personne, pas même les sans-abri des environs, ne fait attention à moi. Je me demande s'ils voient la même chose que moi.

La maison a les murs recouverts de stuc orange et deux grandes fenêtres en façade. Des bougies rouges diffusent une lumière vacillante derrière les carreaux. La porte métallique s'ouvre en grand, et une femme qui ne peut être que Lyrica apparaît sur le seuil.

Quand elle ouvre la bouche, je remarque qu'il lui manque plusieurs dents et que ses gencives sont plus noires que roses.

— Tu as sonné ? me demande-t-elle.

***

Une délicieuse odeur de cannelle flotte dans la maison.

Je suis Lyrica. Nous passons devant un grand escalier en bois, puis le long d'un couloir sinueux, jusqu'à un petit salon sur la gauche. Je vois des tapisseries orientales aux murs et des lanternes en papier jaune et vert au plafond. Les murs sont couverts d'étranges hiéroglyphes tracés au charbon de bois.

Lyrica, dans sa robe de chambre en soie brodée, me fait signe de prendre place sur le sofa.

— C'est la première fois que tu viens, dit-elle en s'asseyant en face de moi.

Elle possède une étrange beauté : ses cheveux gris sont coiffés en tresses fines mêlées de perles de couleurs et de fils d'or. Sa peau caramel est étonnamment lisse ; elle a seulement des pattes-d'oie au coin des yeux et quelques rides d'expression autour de la bouche.

Je suis encore sous le choc de la magie à laquelle je viens d'assister.

— Comment faites-vous pour… ?

— Cet endroit est protégé, m'explique Lyrica. Contre ceux qui m'ont déjà pourchassée par le passé. Tout le monde ne peut pas venir frapper à ma porte. (Elle plonge son regard dans mes yeux.) Uniquement ceux qui sont vraiment dans le besoin.

— Je suis vraiment dans le besoin.

Elle acquiesce.

— Bien sûr que oui ! Tu es là, non ? Comment t'appelles-tu ?

— Beth, dis-je.

Je me sens gênée de lui mentir, mais j'ai besoin d'elle – et je doute qu'une habitante des Bas-fonds se montre très enthousiaste à l'idée d'aider la fille de Johnny Rose. Je retire ma casquette et la pose à côté de moi.

— Beth, répète lentement Lyrica, comme si ce nom ne lui disait rien. Et que viens-tu me demander ?

— Mes souvenirs, dis-je. Je… apparemment, je les ai perdus.

Lyrica hausse ses épais sourcils.

— Dis-moi, petite, comment est-il possible d'égarer ses souvenirs ?

Je lui raconte mon overdose, puis mon amnésie relative à tout ce qui concerne ma relation avec Thomas. Je lui parle de ma visite chez le médecin et des sensations étranges que j'ai connues ensuite – une passion soudaine pour Thomas, suivie d'un désamour tout aussi brutal. Je lui décris ce rêve que j'ai fait plusieurs fois, avec le garçon sans visage. Je lui parle des lettres d'amour.

— Je veux juste me souvenir à quel point je l'aime avant notre mariage, je conclus. Et vous êtes la seule personne à laquelle je peux m'adresser.

Lyrica, qui ne m'a pas quittée des yeux une seconde depuis le début de mon récit, se tourne un bref instant vers une boule de cristal pendue au plafond. Au bout d'un moment, ses yeux semblent s'éclairer – et une lumière s'allume à l'intérieur de l'orbe.

— Tu permets que je te touche ? me demande-t-elle en rapprochant son siège. Ce sera plus efficace.

— D'accord, si ça peut vous aider.

Elle fait craquer ses phalanges et se penche vers moi. Dès qu'elle me touche les tempes, je sens une décharge d'énergie me parcourir tout le corps. Celle-ci me descend dans les jambes, les bras, et me repousse brutalement en arrière.

— Wouah ! dis-je en me dressant d'un bond.

Lyrica paraît surprise et croise les mains sur ses genoux.

— Vous n'êtes pas drainée ! dis-je sur un ton accusateur.

Elle me dévisage comme si je venais de lâcher la plus stupide des évidences.

— Et alors ?

Je me rassieds, les genoux serrés l'un contre l'autre et un peu inquiète. Un Mystique peut tuer un homme ordinaire d'un simple contact.

— Alors allez-y doucement. S'il vous plaît.

Lyrica me demande de fermer les yeux. Une fois de plus, elle pose ses mains sur mes tempes. Je ressens la même décharge ; puis la sensation s'estompe, tandis qu'une chaleur diffuse se répand dans mes membres.

Pendant que son énergie s'écoule en moi, des bribes de souvenirs se brassent et s'entrechoquent dans ma tête : j'entrevois mes amies, ma famille, Thomas, mes parents, Hunter et Turk, les Mystiques drainés des Bas-fonds, ainsi que le garçon sans visage de mon rêve.

— Ouvre les yeux, ordonne Lyrica.

Je m'exécute.

Elle a les mains tendues devant elle ; une lueur verte émane de chacun de ses doigts. Cela me fait penser à Hunter, quand il s'est battu contre mes agresseurs, quand il a guéri ma blessure rien qu'en me touchant. La lueur semble assez solide pour être saisie à pleine main, cependant j'ai trop peur de ce qui pourrait se produire si j'essayais.

Alors même que je commençais à m'habituer à ce spectacle étrange, Lyrica claque des doigts. La lueur disparaît, et une expression de calme envahit son visage.

— Aimerais-tu une tasse de thé ? me demande-t-elle.

— Euh, je veux bien.

Elle gagne le fond de la pièce, sort par une porte masquée par des rideaux couleur champagne, et revient avec deux mugs en céramique. Elle m'en tend un. Des fragments de feuilles de thé flottent au fond, tournoyant lentement.

— Tiens, dit-elle en plongeant un doigt dans mon thé.

Sous mes yeux stupéfaits, l'eau se met à fumer et bouillonner. Puis elle fait la même chose avec son mug.

— Ne t'inquiète pas, me rassure-t-elle. Je me suis lavé les mains.

— Vous pouvez faire bouillir de l'eau avec le doigt ? dis-je.

Au fond, ça ne m'étonne pas tellement – il est bien évident qu'elle possède des pouvoirs magiques.

Lyrica rit doucement.

— Tu dois penser que ça n'est pas très utile, hein ? Ce même doigt, ma petite, pourrait te trouer la peau du crâne et te brûler la cervelle en quelques secondes. (Elle savoure mon expression choquée.) Je peux aussi me griller un panini en le pressant entre mes mains. Tu serais surprise de voir à quel point c'est pratique, ajoute-t-elle en riant.

Elle sirote son thé. Je goûte le mien. Il est bon, avec un parfum d'orange et de menthe.

— Alors, je reprends. Est-ce que vous avez vu, heu, quelque chose ? Dans ma tête ?

Lyrica pose son mug.

— Je vais être franche avec toi. C'est toujours la meilleure méthode... On a un peu trafiqué tes souvenirs. Seulement, la personne qui s'en est chargée a saboté le travail.

Trafiqué mes souvenirs ?

— Qu'est-ce que vous voulez dire ?

— Tu es allée chez le médecin et tu as subi une opération. C'est ça ?

— Pas tout à fait une opération, non. (Je repense à ma visite chez le Dr May.) Mais on m'a fait passer dans une machine, et j'ai reçu plusieurs injections. Après, je me suis souvenue de certaines choses, mais j'avais une impression… bizarre.

Je repense à ce dîner avec Thomas, à cette voix dans ma tête, à cette sensation très forte d'être amoureuse de lui, d'avoir envie de lui. Et à la manière dont tout cela a disparu d'un coup. Je me revois dans la chambre de Thomas, où je l'écoute me raconter notre premier baiser dans la gondole. Je me rappelle comment j'ai vu la scène dans ma tête – sauf que l'image semblait déformée et que rien n'avait l'air naturel.

— C'est pourtant très récent, dis-je. Il me manque encore plein de souvenirs à cause de mon overdose. Je ne comprends pas quel rapport il y a entre les deux.

— Peut-être que tu crois simplement être allée une seule fois chez le médecin, ou avoir subi une seule opération, fait Lyrica avec une petite moue. Ici, on appelle ça une altération magique. Revenons un peu sur ton overdose.

— Je ne sais pas grand-chose. J'avais pris du stic. Il paraît que j'ai failli mourir, mais les médecins ont réussi à me sauver…

Elle m'interrompt en secouant vigoureusement la tête.

— Tu n'as jamais pris de stic, déclare-t-elle. Je le vois dans chacun de tes gestes. Ton corps parle, tu comprends, et je viens de m'entretenir avec lui. Je lis dans tes organes, dans ton sang, et je peux t'affirmer qu'il n'y a aucune trace d'énergie mystique là-dedans.

— Vous êtes sûre ? Pourtant, on m'a dit que…

— On t'a menti, rétorque Lyrica. Je pense que tu as subi au moins deux opérations : la première pour effacer ta mémoire, et la deuxième pour y implanter de nouveaux souvenirs.

J'en ai le souffle coupé. Je n'ai pas fait d'overdose de stic.

C'est un protocole médical qui est à l'origine de mon amnésie.

Thomas. Voilà qui explique pourquoi je ne me rappelle rien de notre relation.

— L'élimination de tes anciens souvenirs a été un succès, mais l'implantation des nouveaux s'est soldée par un échec. Voilà pourquoi il a fallu une deuxième intervention, explique Lyrica. Sauf que, visiblement, elle non plus n'a pas fonctionné.

Qu'a dit ma mère au Dr May, déjà ? *Après l'échec de la dernière fois.*

Pourquoi s'être donné la peine d'effacer mes souvenirs si c'était pour m'implanter les mêmes quelques semaines plus tard ? Et pourquoi mes parents m'auraient-ils menti avec cette histoire d'overdose ?

— Est-il possible de récupérer ces souvenirs ? Ceux qu'on m'a retirés ?

Lyrica plisse les lèvres avec tristesse.

— Uniquement s'ils ont été sauvegardés lors de l'opération. Il existe un moyen de conserver des souvenirs, de les plier et de les ranger soigneusement quelque part au cas où on en aurait besoin plus tard. Mais il ne s'agit plus de médecine – on parle de magie, là. Et une magie complexe, qui plus est.

Elle soulève son mug et prend une gorgée de thé. En baissant les yeux, je m'aperçois que j'ai fini le mien.

— Donc c'est possible, oui, reprend-elle. Si tu parvenais à remettre la main sur tes vieux souvenirs, tu pourrais peut-être les libérer. Seulement, la procédure est délicate. Et plutôt dangereuse.

Je sens mon cœur se serrer. J'espérais qu'elle aurait un moyen plus simple à me proposer, une sorte de remède miracle.

— J'ai une question pour toi, continue Lyrica, avec une lueur surnaturelle dans ses iris sombres. Quel genre de souvenirs avais-tu pour qu'on mette ta vie en danger dans le seul but de les faire disparaître ? Et qui a pu te faire courir un risque pareil ?

Un silence pesant s'installe dans la pièce. Je connais la réponse à sa question, mais je n'ai pas envie de la formuler à voix haute. *C'est ma famille qui a risqué ma vie pour me faire oublier.*

Je lui rends mon mug vide. Combien de temps ai-je passé dans cette maison ? Quelques minutes ? Quelques heures ? Je n'en ai aucune idée.

— Merci pour votre aide.

Je pose les gants à côté de moi sur le sofa et fouille dans mes poches à la recherche d'argent.

— Je ne sais pas combien vous prenez, mais…

— Où t'es-tu procuré ces gants ? s'exclame Lyrica. (Avant que je puisse réagir, elle se penche et s'empare des gants de Davida.) Tu t'en sers pour emprunter le rail sans te faire repérer ? C'est comme ça que tu es venue ici, petite ? Qui te les a donnés ?

— Je ne sais pas de quoi vous parlez, dis-je, en récupérant mon bien.

— Ces gants, m'explique Lyrica, sont enchantés.

Pourquoi Davida posséderait-elle des gants enchantés ? Et où se les serait-elle procurés ?

— Tu vois le bout des doigts ? demande Lyrica en m'indiquant les motifs en tourbillon que j'avais déjà remarqués la première fois. Ils sont recouverts d'empreintes digitales, par milliers – les empreintes de personnes fictives, ou qui sont mortes depuis des années, peu importe. Elles sont là, cousues dans le tissu, et ne peuvent pas s'effacer. Avec ces gants, tu peux emprunter le photorail ou n'importe quel PDD au nez et à la barbe des scanners. Tu passeras pour quelqu'un d'autre, et ton identité sera modifiée à chaque contrôle. Sois prudente avec ça, ma petite. (Elle se détourne.) Il est temps que tu t'en ailles.

Elle me raccompagne à la porte et me touche l'épaule.
— Au revoir, Aria, et bonne chance.
Je quitte le 481 sans me retourner. C'est seulement quand je suis loin que je réalise que Lyrica m'avait reconnue depuis le début.

CHAPITRE 12

Je devrais retourner chez moi.

J'ai tellement de points à éclaircir. Thomas, mes parents, le Dr May… Mais j'ai la tête ailleurs : des bruits étranges résonnent devant moi, en provenance du Bloc. Je soulève ma casquette et cherche à voir au-delà du mur. Des flashs de couleurs vives zèbrent le ciel comme des feux d'artifice. Que se passe-t-il ?

Des rais de lumière bleu, rouge et rose montent jusqu'aux nuages et s'entrecroisent en un ballet éblouissant. Les couleurs rendent le quartier plus accueillant ; je m'y sens attirée. J'entends le brouhaha d'une foule, mélange de rires, de cris et d'applaudissements. On est manifestement en train de faire la fête à l'intérieur.

Mais en quel honneur ?

J'essuie mes paumes moites sur mon pantalon puis franchis l'un des ponts d'un pas résolu. Le mur qui entoure le Bloc est aussi haut qu'imposant, mais je trouve une brèche par laquelle je me faufile à l'intérieur. Ici, pas de scanner, pas d'empreintes digitales. J'imagine que les gens du coin se moquent des intrusions : il y a tant de personnes qui donneraient n'importe quoi pour s'échapper du Bloc !

Contrairement au reste des Bas-fonds, où une partie du sol reste praticable, l'intérieur du Bloc est presque entièrement inondé. Pour y permettre les déplacements sans fermer l'accès aux gondoles, on y a installé un dédale de passerelles métalliques. Bien que les rambardes soient sales et glissantes, je m'y cramponne, de peur de basculer dans l'eau.

Le passage est assez large pour y marcher à trois ou quatre de front. Je m'éloigne lentement de l'entrée du Bloc pour m'enfoncer vers… l'inconnu. J'aperçois d'autres passerelles parallèles à la mienne ; toutes semblent converger vers le centre du Bloc. Je me demande bien ce que je vais y trouver. Pour ce que j'en vois, c'est là-bas que se tient la fête, de là que partent les lumières.

Je lève le regard vers les fenêtres des habitations devant lesquelles je passe, mais elles semblent abandonnées. Les immeubles du Bloc sont construits sur pilotis, au-dessus des eaux, et se prolongent à perte de vue. Les rares personnes que je croise ne m'accordent aucune attention. Puis quelqu'un m'empoigne par le bras, et une décharge d'énergie me traverse, comme lors d'une électrocution.

— Hé ! fais-je, en me dégageant d'un bond.

Je tourne les talons pour m'enfuir mais la main me rattrape. *Oh, mon Dieu ! Je vais mourir !*

Le visage de mon agresseur est masqué par son capuchon. Je vois simplement briller ses yeux quand il se penche vers moi pour me dire :

— Tu ne devrais pas être ici.

D'un mouvement de tête, il retire son capuchon : il s'agit de Hunter.

Je pousse un soupir de soulagement. Il est encore plus beau que dans mon souvenir. Ses mèches blondes sont en bataille. Sous son manteau il porte un T-shirt bleu marine à col en V et un jean déchiré. Ses yeux bleus pétillent dans l'obscurité.

— En quoi est-ce que ça te regarde ? dis-je.

Hum. Je n'avais pas l'intention de me montrer aussi agressive.

— En rien. C'est ton problème, c'est vrai.

Il se mord la lèvre du bas et détourne le regard. Je vois bien qu'il n'est pas sincère. Mais au lieu d'être en colère, je me sens plutôt... flattée. Je repense à Turk m'avouant à quel point Hunter peut se montrer énigmatique, difficile à cerner.

Je jette un coup d'œil au Bloc, devant nous.

— Où vas-tu ?

Il hausse les sourcils.

— Non, toi, où vas-tu ?

— Chez moi.

— En passant par le Bloc ? (À son expression, on comprend clairement que ce n'est pas une bonne idée.) Laisse-moi t'accompagner. Je vais jouer les guides touristiques.

— Je peux me débrouiller toute seule.

Hunter secoue la tête.

— Je préfère ne pas courir le risque. Allez, viens.

Il rabat sa capuche, me prend par la main – j'éprouve un picotement délicieux –, et nous voilà partis.

***

Au début, je suis surprise par la discrétion de Hunter. Il est silencieux comme un chat et, avec sa capuche qui lui mange le visage et ses mains dans les poches, il se fond pratiquement dans la nuit. Mais c'est un rebelle, après tout. Habitué à se cacher, à disparaître. Pas étonnant qu'il ne se soit pas encore fait prendre et jeter en prison.

On s'enfonce dans le Bloc sans échanger un mot. Je lève les yeux ; de chaque côté se dressent des taudis mystiques dont le toit donne l'impression de pouvoir céder d'une seconde à l'autre. Une odeur iodée omniprésente s'élève des eaux vert-noir. J'ai l'impression que nous montons légèrement. Nous avons dû marcher plus d'un kilomètre, même si je ne sais pas où nous allons.

Les cris devant nous s'amplifient.

— Avance, me dit Hunter en me jetant un coup d'œil. Tu dors, ou quoi ?

— Je ne suis pas lente !

— Tu te traînes comme une limace. Allez !

— Oh, ça va.

Au moment où je m'y attends le moins, la passerelle se termine. Tout à coup, je marche sur une surface molle : une masse de terre a émergé de l'eau. J'imagine que nous sommes sur l'un des points les plus élevés du Bloc.

— Qu'est-ce que c'est ?

Hunter baisse les yeux.

— De l'herbe.

Oh ! On nous en a parlé à l'école – nous n'avons pas ça dans les Hauteurs. Je m'arrête, me penche et touche les brins verts et bruns.

— Aria ?

Je reporte mon attention sur Hunter.

— Oui ?

— Si tu aimes tellement l'herbe, tu vas adorer les arbres.

Je lève la tête : la terre s'étend aussi loin que porte mon regard, plus de terre que je n'en ai jamais vu, semée de vrais arbres, vivants. Des arbres ! Ils sont chétifs, très différents des plantes luxuriantes qui poussent en serre dans les Hauteurs, mais quand même ! Je m'étonne que personne là-haut ne semble au courant de leur existence.

— Tu sais, ça n'a pas toujours été comme ça, dit Hunter.

En sa compagnie, je me sens protégée. Je ne peux m'empêcher de remarquer les muscles qui dépassent des manches en coton de son T-shirt.

— Comment ça ? je lui demande.

— Vieux et délabré. Le Bloc était un endroit magnifique, autrefois, le cœur de la ville.

Je regarde autour de moi et fronce le nez.

— Que s'est-il passé ?

— Tu connais l'histoire d'Ezra Brooks, j'imagine, réplique Hunter.

— Qui ça ?

Hunter en reste bouche bée.

— Bon, tu as entendu parler de la Conflagration, au moins ?

Je repense à mes cours à l'Académie Florence.

— Bien sûr. Un attentat épouvantable. Aujourd'hui encore, on commémore les centaines de victimes de la bombe mystique.

— Ezra est mort dans la Conflagration. C'était le candidat choisi par les Mystiques pour se présenter contre celui de ta famille et celui des Foster. Il voulait convaincre la ville de financer la rénovation du Bloc pour lui rendre sa beauté d'antan. Après sa mort, le gouvernement a renoncé à cette idée et décidé de faire de cet endroit le seul lieu où les Mystiques auraient le droit d'habiter – le quartier le plus pourri de Manhattan.

— Pourri ? Vous avez de la terre ferme, dis-je. On n'en trouve pas dans les Hauteurs.

— Exact. Mais pense un peu à la chaleur étouffante qui règne ici. Si on nous donnait le choix, personne ne voudrait habiter dans les Bas-fonds. Par ailleurs, il n'y a pas tant de terre que ça.

Je regarde autour de moi. Je trouve dommage que tout cela doive rester secret, mais je suppose que c'est logique.

— Et ton Ezra Brooks… c'était un Mystique ?

— Oui. Un grand homme, en fait, répond Hunter en m'entraînant devant une poignée de cabanes délabrées.

Je repense aux affiches de campagne que j'ai vues en me rendant chez Lyrica.

— Il n'aurait pas un rapport avec Violet Brooks ?

— Absolument, confirme Hunter. C'était son père.

Je m'arrête. De la lumière s'échappe d'une fenêtre béante

un peu plus loin ; j'aperçois une famille – un jeune couple avec un bébé – assise à table, en train de manger.

— Il n'y a pas eu que des non-Mystiques parmi les victimes de l'explosion, tu sais ? me dit Hunter. Nous avons perdu beaucoup de monde nous aussi, des innocents qui n'avaient rien fait de mal. Après la Conflagration, la ville a commencé à drainer l'ensemble des Mystiques et nous a obligés à vivre dans le Bloc.

Hunter s'interrompt en me voyant regarder la famille.

— Ce sont les Terradill, Elly et Nic. Leur bébé a cinq mois. Nic a une gondole qu'il partage avec quelques autres, c'est comme ça qu'il ramène de l'argent.

— Des amis à toi ?

Hunter réfléchit à la question.

— Des amis ? Pas vraiment. Mais tout le monde se connaît, dans le Bloc. On forme une communauté très soudée.

Nous repartons, et Hunter m'indique d'autres maisons de familles mystiques, dont la plupart possèdent une gondole et sont à leur compte ou travaillent dans les Bas-fonds pour les services municipaux – sur les bateaux-taxis, à la collecte des ordures ou la maintenance des immeubles et autres tâches subalternes. À la façon dont il en parle, on dirait qu'il connaît très bien tous ces gens.

— Plus la maison est centrale – proche de la Grande Pelouse –, plus la famille est riche. (Il jette un regard sur ma pochette et mes chaussures.) C'est très relatif, évidemment. Rien à voir avec la richesse de ceux qui vivent dans les Hauteurs.

Je m'efforce de sourire. Hunter évite de mentionner que c'est en partie à cause de ma famille si tous ces gens souffrent, s'ils sont obligés de vivre dans ces conditions épouvantables sans avoir suffisamment à manger. Je me sens mal, tout à coup.

— Et toi, où habites-tu ? je lui demande pour changer de sujet. Plus loin, là d'où vient tout ce vacarme ?

Le brouhaha – musique, voix nombreuses et cris d'enfants qui s'amusent – n'a pas cessé d'augmenter à mesure que nous nous sommes enfoncés dans le Bloc.

Hunter ne répond pas.

— Viens, fait-il. Il y a un PDD à quelques centaines de mètres d'ici, juste à l'extérieur du Bloc.

— Attends, dis-je alors qu'il me prend la main.

Nos doigts se touchent, et une décharge d'énergie me remonte dans le bras.

Il s'écarte.

— Désolé. J'avais oublié que mon contact pouvait être dangereux pour toi. Je n'ai pas tellement l'habitude des…

— Non-Mystiques ?

Hunter sourit.

— J'allais dire des filles. Mais oui, si tu veux. Des non-Mystiques.

Je me sens rougir. Dieu merci, il fait noir et il ne peut pas s'en apercevoir.

— Eh bien, inutile d'être désolé. Fais attention, c'est tout.

J'ai beau me trouver dans un quartier étrange et mal famé, je me sens détendue. C'est la première fois depuis longtemps. Peut-être que c'est en rapport avec ce que m'a dit Lyrica, mais je crois surtout que c'est la présence de Hunter. Il sait vraiment me mettre à l'aise.

— Je n'ai pas envie de rentrer tout de suite, dis-je.

Le visage de Hunter s'éclaire :

— Vraiment ?

À cet instant, un sifflement de fusée miniature déchire le ciel.

— C'est quoi, tout ce raffut ?

— Le carnaval, répond Hunter. Ça n'arrive pas souvent, mais c'est toujours un grand moment. Tout le monde sort faire la fête en oubliant ses soucis. Enfin, le temps d'une nuit.

— C'est quoi, un carnaval ?

Hunter me dévisage avec stupéfaction.

— Vraiment, tu ne connais pas ça ? Alors, viens. On ne peut pas te laisser quitter le Bloc sans t'être amusée un peu.

***

Le carnaval est l'événement le plus animé que j'aie jamais connu. C'est un peu comme une démolition, sauf qu'au lieu de célébrer la destruction, tout le monde est là pour célébrer la vie.

Hunter m'entraîne à travers un labyrinthe de stands tenus par des Mystiques qui proposent toutes sortes de marchandises : poupées, sabots, petits pains chauds, muffins, sucreries et chocolats, robes taillées dans une étoffe légère qui flotte au vent, chapeaux, gants, ceintures et bien d'autres choses encore.

Des Mystiques me tendent des plateaux de beignets, les mains couvertes de sucre glace.

— Regarde ! dis-je en indiquant un jeune Mystique assis sous un réservoir d'eau, prêt à se faire arroser.

Il est complètement trempé, ce qui veut dire qu'il s'est déjà fait doucher à plusieurs reprises. À quelques mètres, des gosses font la queue pour jeter des balles sur un levier au bas du réservoir, dans l'espoir de l'arroser de nouveau.

— Il me donne froid, lance Hunter en se frottant les bras. Tu en veux un ?

Il m'indique un stand rempli d'animaux en peluche, de ceux que ma mère ne m'aurait jamais autorisée à avoir quand j'étais plus petite : des ours avec un nœud autour du cou, des girafes, des petits singes et autres animaux exotiques qu'on ne voit qu'au zoo.

— Je veux bien, je réponds. Seulement, mon crédit n'est pas valable ici et je ne sais pas s'il me reste assez de pièces...

Hunter s'esclaffe.

— Aria, ces peluches ne sont pas à vendre !

— Ah bon ?

— Non.

Il fait signe à la femme qui tient le stand, laquelle hoche la tête et lui donne cinq bracelets en plastique de couleurs différentes. Ils ressemblent à des bijoux fantaisie. Les lumières du carnaval illuminent son visage.

— Il faut les gagner, m'explique-t-il.

— Ah oui ?

— Eh oui. (Hunter bombe ses muscles.) Tiens, garde-moi ceux-là, dit-il en me remettant quatre bracelets. Et maintenant, recule et regarde l'artiste travailler !

Hunter fixe la rangée de bouteilles vides au fond du stand. Les bracelets doivent retomber autour du goulot. Chaque bouteille vaut un certain nombre de points, plus on gagne de points, plus la peluche gagnée est belle.

Il s'échauffe le cou, puis détend le poignet d'un coup sec : le bracelet s'envole, frappe la bouteille en plein milieu puis retombe par terre.

— Oh, non ! s'exclame Hunter en me regardant d'un air penaud. Ce n'est pas ma faute, tu sais. Ce fichu bracelet est tordu.

La femme qui tient le stand rit de bon cœur.

— Bien sûr, dis-je. Il a un défaut de fabrication. (Je fais glisser le bracelet bleu de mon poignet.) Tiens, essaie celui-là.

— Merci.

Hunter vise la bouteille centrale, d'une valeur de mille points, le gros lot.

— Attends, tu vas voir.

Il arme son bras, jette le bracelet – mais il a mis trop de force dans son geste, et le bracelet rebondit sur la bouteille avant de retomber à côté du premier.

— D'habitude, je suis excellent à ce jeu-là ! proteste Hunter. (Je me mets à pouffer, et lui aussi.) Je t'assure !

— Je te crois. Mais si tu me laissais essayer, pour changer ?

Hunter incline la tête sur le côté.

— Vraiment ?

J'enlève le bracelet vert.

— Regarde.

Je vise la bouteille centrale, moi aussi, et fais plusieurs fois le geste de lancer pour m'entraîner. Je veux un jet ni trop fort ni trop faible. J'arme le bras, puis tente ma chance – le bracelet s'envole et retombe en plein sur le goulot.

— J'ai gagné !

Je saute de joie, et Hunter me soulève dans ses bras. Je me fige aussitôt, raide comme une planche. Il s'empresse de me lâcher.

— Désolé.

— Pas grave, dis-je. Ne t'en fais pas.

Hunter ramasse les bracelets tombés par terre. Je lui rends les deux qui nous restent. La patronne du stand m'adresse un clin d'œil.

— Laquelle tu veux, ma jolie ?

J'étudie sa collection de peluches, quand je repère du coin de l'œil une petite fille – elle doit avoir sept ou huit ans – debout à quelques mètres, qui dévore des yeux une girafe orange. Son visage et ses mains sont noirs de crasse et sa robe beige est toute déchirée.

— Celle-ci, j'annonce en indiquant la girafe.

La Mystique me remet mon trophée.

Hunter tapote la girafe avec affection.

— Très bon choix, Aria. Elle a l'air en pleine forme.

Je m'approche de la petite fille, qui me fixe avec de grands yeux.

— Comment tu t'appelles ?

Elle reste muette.

— Ça va, lance Hunter à la fillette comme s'il la connaissait – ce qui est probablement le cas. Tu peux le dire à Aria. C'est mon amie.

— Julia, répond alors la gamine d'une petite voix.

Je lui tends la girafe.

— Eh bien, Julia, je l'ai gagnée pour toi.

Elle esquisse un sourire timide.

— C'est vrai ?

— Bien sûr, dis-je en lui mettant la peluche dans les mains. Tu t'occuperas bien d'elle, d'accord ?

Julia hoche vigoureusement la tête.

— Oui. C'est promis.

Hunter essuie une trace sombre sur la joue de la fillette.

— Tu devrais aller retrouver ta maman, tu ne crois pas ? Je parie qu'elle te cherche partout.

Julia nous dévisage tour à tour, Hunter et moi.

— Merci.

Elle disparaît dans la foule en serrant sa peluche entre ses bras.

— C'était adorable de ta part, me déclare Hunter.

Le regard qu'il me jette est si intense que je me sens rougir.

— Bah, ce n'est pas grand-chose, dis-je en détournant la tête. Et ça, là-bas ?

J'indique une grosse machine bruyante qui semble produire une matière rose filandreuse.

— De la barbe à papa, m'indique Hunter en me poussant du coude. Tu veux goûter ?

— Non, ça a l'air horrible !

— Tu rigoles ? C'est délicieux ! s'écrie-t-il en me prenant par la main.

La décharge est moins forte cette fois, beaucoup plus supportable. Je me demande s'il a modifié quelque chose en lui ou si c'est moi qui m'habitue.

Partout où je me tourne j'aperçois des visages réjouis. C'est la première fois que je vois des Mystiques qui ont l'air aussi heureux. Ils restent affaiblis, avec cette pâleur que j'associe désormais au drainage – même les enfants ont de gros cernes sous les yeux, avec le teint livide, crayeux. Mais cela ne semble préoccuper personne. Ils sourient, s'esclaffent et se courent après. Il y a des jeux partout, et tellement de lumières ! On se croirait dans un film, à voir la manière dont les bleus, les verts, les pourpres et les rouges dansent à l'intérieur des lampions alignés au-dessus des stands, ou dans les petites ampoules accrochées aux arbres comme des guirlandes de Noël.

— C'est la seule partie du Bloc qui n'est pas inondée, m'indique Hunter, ce qui explique pourquoi on y trouve encore de l'herbe et des arbres.

L'herbe est verte, avec quelques plaques jaunes ou brunes ; sa souplesse me donne envie d'ôter mes chaussures et de courir pieds nus sur la pelouse.

— C'est autre chose que de marcher dans les Hauteurs ! dis-je en criant pour couvrir le vacarme du carnaval.

Les arbres sont élancés, avec des branches noueuses et un feuillage qui s'étend au-dessus de la Grande Pelouse. Plus loin, l'eau s'est accumulée par endroits, formant autant de petits étangs semés de nénuphars. Un grand pont de fer recouvert de mousse et de plantes grimpantes enjambe un canal qui longe l'autre côté de la pelouse.

À l'horizon, on distingue aussi bien la ville – le pied des gratte-ciel – que des amas de rochers où des couples se prélassent, allongés sur le dos, face au ciel.

Hunter rit.

— Tu t'amuses ?

Il est beau comme un dieu dans la lumière, et pendant un instant j'en oublie de respirer.

— Aria ? Ça va ?

— Je vais bien, dis-je en le repoussant d'un geste vif.

On emprunte une allée bordée de stands, puis on tourne

au croisement. Il faut reconnaître que Hunter s'applique à m'éviter le gros de la foule.

— Je crois que j'ai besoin de souffler une minute, dis-je.

— Attends. (Il me reprend par la main.) Je connais l'endroit idéal.

Il m'entraîne à l'écart du carnaval, à travers un bosquet, vers ce qui ressemble à une montagne miniature.

— C'est quoi, cet endroit ?

Il sourit.

— Le château du Belvédère. On l'a construit il y a très longtemps, à la fin du XIXe siècle. Impressionnant, hein ?

L'édifice semble tout droit sorti d'un manuel d'histoire : sa façade est en grosses pierres de différentes nuances de gris, et il comporte une tour d'angle avec un toit conique. Gigantesque, le château domine la Grande Pelouse où se tient le carnaval. Il est presque dissimulé dans le rocher, avec des fenêtres gothiques voûtées et des parapets lumineux comme des yeux vigilants. Il dégage quelque chose d'intimidant et de majestueux à la fois – comme le rappel d'une autre époque, d'un autre siècle, enfoui au cœur du Bloc ; un joyau caché au milieu du désespoir.

— Il tombe en ruine, m'avoue Hunter. C'est très dangereux. Mais parfois, j'aime bien monter ici pour m'asseoir et réfléchir. (Il me jette un coup d'œil.) Tu dois trouver ça ridicule.

— Pas du tout.

Nous restons immobiles, à côté l'un de l'autre, à contempler le château un long moment.

— Hunter, il y a une chose que je voudrais te demander. J'aimerais bien savoir…

— Crache le morceau, Aria. (Hunter se passe la main dans les cheveux et me fixe avec ses yeux bleus irrésistibles.) Je t'écoute.

— Qu'est-ce que ça fait, d'avoir des pouvoirs mystiques ?

— C'est ça que tu veux savoir ?

Il a l'air plutôt soulagé.

Je pense à Lyrica, à Turk, à ceux qui m'ont effacé la mémoire.

— Oui, dis-je. Je sais que c'est illégal, mais je suis curieuse.

Hunter s'adosse à un arbre et enfonce les mains dans ses poches.

— Pour moi… c'est naturel, en fait. Je n'ai jamais rien connu d'autre.

— Mais qu'est-ce que ça fait ? (Je me rapproche de lui, nous ne sommes plus qu'à quelques centimètres l'un de l'autre.) Quand tu m'as guérie, et chaque fois que tu me touches, je ressens quelque chose. Est-ce que tu le ressens, toi aussi ?

Il hoche la tête.

— Chaque Mystique possède un pouvoir différent. C'est un peu comme une personnalité. Il n'y en a pas deux pareils. Ils arrivent à maturité vers treize ans à peu près.

— Et le tien, c'est quoi ? La guérison ?

— La plupart des Mystiques savent soigner, dit-il, on a ça dans le sang. Mes pouvoirs à moi ne sont pas très utiles, je dois dire. Je les ai développés à douze ans – un an avant la plupart de mes camarades. Par exemple, je peux traverser les murs.

— Tu peux traverser les murs ? Montre-moi !

— Quoi, tu me prends pour un phénomène de foire à qui on demande de faire des tours ?

Je me sens profondément honteuse.

— Non, ce n'est pas du tout ce que je voulais dire. Excuse-moi…

— Aria, je te fais marcher ! (Il sort les mains de ses poches et les frotte l'une contre l'autre.) Relax. Tu veux me voir passer à travers un truc ? No problemo.

Le tronc de l'arbre contre lequel il s'appuyait est gris, énorme, avec une écorce rugueuse et des branches griffues. Il mesure deux bons mètres de diamètre.

Il s'avance vers lui, auréolé d'une lueur verte. Et il passe directement à travers, comme si l'arbre n'était pas là. Pendant une seconde il devient translucide, presque invisible. Ensuite, j'entends un chuintement léger puis il émerge de l'autre côté. La lueur verte s'estompe, comme l'empreinte du soleil sur la rétine quand on le fixe un instant avant de fermer les yeux. Magique.

— C'est incroyable !

— Merci, merci, dit-il avec une courbette. Je suis là toute la soirée pour votre divertissement.

Puis il traverse le tronc une deuxième fois. Le processus est si rapide que je n'ai pas le temps de voir ce qui se passe exactement, ni comment ses molécules se remettent en place. Ça marche, en tout cas.

— Incroyable, je répète. C'est difficile à croire.

— Ah, ça suffit, proteste Hunter. Tu vas me faire rougir.

— Quels autres pouvoirs as-tu ?

— Ça ne t'intéresse pas vraiment, n'est-ce pas ? demande-t-il d'un air sceptique, en inclinant la tête. Tu fais semblant, pour être polie.

— Arrête, ne sois pas ridicule ! Je trouve ça fascinant.

Il part en direction du château. Je le suis en trébuchant sur les amas de feuilles, les racines et les branches mortes.

— Certains Mystiques peuvent adopter l'apparence d'autrui, raconte Hunter en gravissant une volée de marches en pierre. Si bien qu'on a l'impression de voir une autre personne. Mais le charme finit par se dissiper tôt ou tard. D'autres savent utiliser leur énergie pour modifier le temps qu'il fait, ou même l'air environnant. Je connais une fille capable de provoquer une tornade à partir d'une simple brise, et quelqu'un qui t'allume un feu en claquant des doigts !

— Et voler ? J'ai entendu dire que certains Mystiques le pouvaient.

Hunter secoue la tête.

— Ce sont des histoires. Il n'y a que les oiseaux qui savent voler. Et Superman.

— Et respirer sous l'eau ?

— Moi non, admet-il, mais j'ai un ami, Marty, qui en est capable. Seulement quelques heures, par contre.

— Quelques heures ?

Hunter rit doucement.

— Oui.

— Quoi d'autre ?

— Toutes sortes de choses, répond Hunter d'un ton désinvolte, et il se met à compter sur ses doigts. Les Mystiques peuvent soigner les blessures – mais ça, tu le savais déjà. Produire de la lumière. Manipuler l'eau. Certains savent créer des illusions, ou changer un solide en liquide. Certains possèdent une force surhumaine. D'autres peuvent déployer leurs pouvoirs pour former des barrières magiques, qu'on appelle des boucliers, afin de tenir les non-Mystiques à distance.

Je reste abasourdie devant la diversité de tous ces pouvoirs.

— L'énergie mystique peut aussi faire office d'agent renforçateur, continue Hunter en me guidant à travers les rochers qui montent vers le château. Ce qui veut dire qu'un morceau de métal enrobé d'énergie mystique devient pratiquement incassable, sauf par un autre objet métallique ayant subi le même traitement.

Il s'arrête un instant.

— Une arme de fabrication mystique est d'autant plus dangereuse.

— Y a-t-il quelque chose que les Mystiques ne peuvent pas faire ? À part voler, je veux dire.

Hunter réfléchit et se gratte le menton.

— On ne peut pas ramener quelqu'un d'entre les morts.

— J'espère bien ! Ce serait… terrifiant.

Il s'arc-boute au sommet d'un rocher, puis bondit sur un autre. Je le suis.

— La plupart d'entre nous ont des pouvoirs assez médiocres. Je connais une fille, Nelly, dont la paume fait office de fer à repasser. Super contre les faux plis, mais pour le reste... Ou alors Enrico, qui peut jongler avec des sphères lumineuses de la taille d'un œuf. Ta-daaam !

Hunter lève les yeux au ciel, et je ris.

— Pourquoi tous ces pouvoirs sont-ils si différents ?

Hunter hausse les épaules.

— En tout cas, quels que soient leurs pouvoirs, tous les Mystiques possèdent la même énergie intérieure. Chacun d'entre nous brûle comme une fournaise. (Il tire sur son T-shirt.) Sauf quand nous sommes drainés, évidemment.

Nous parvenons bientôt au pied du château, sous une gigantesque arche de pierre. D'ici on peut apercevoir l'ensemble du carnaval, ses couleurs et ses lumières, et tout le Bloc Somptueux en fête.

— C'est magnifique, ne puis-je m'empêcher de dire.

Je crois entendre Hunter murmurer « Pas autant que toi », mais il a les yeux ailleurs, en direction de la tour.

— Tu sais, toutes ces choses dont je viens de te parler – les Mystiques n'y arrivent plus. À cause du drainage. Autrefois, nous étions des gens importants qui avons aidé à bâtir cette ville. Et maintenant, regarde-nous – diminués, impuissants. Ce carnaval, cette animation... on n'a jamais été aussi heureux de toute l'année.

Ce n'est pas juste, me dis-je. *Je ne veux pas être la complice de cette situation, je veux aider à la résoudre.*

— Sauf que si les Mystiques étaient autorisés à conserver leurs pouvoirs, comment être sûr qu'ils n'iraient pas se révolter contre les Hauteurs et tuer tout le monde ? Je veux dire, rappelle-toi la Conflagration : les Mystiques ont posé une bombe dans un immeuble et causé la mort de centaines de personnes.

Hunter m'adresse un regard perplexe.

— Aria, tu crois vraiment que c'est ce qui s'est passé ?

— Évidemment. Non ?

— La bombe était constituée d'énergie mystique, reconnaît Hunter, mais ce sont quelques Mystiques traîtres à leur race qui l'ont posée… pour le compte du gouvernement. Les Hauteurs ont saisi l'occasion de tomber à bras raccourcis sur tous les Mystiques. Ce sont eux les coupables – cette poignée d'individus. Pas l'ensemble de la population mystique.

J'ai l'impression d'avoir pris un coup sur la tête.

— Quel genre de personnes iraient commettre un truc aussi abominable ?

Je pense à mes parents. À ce que m'a dit Lyrica. S'ils m'ont vraiment effacé la mémoire… valent-ils mieux que les Mystiques qui ont trahi leurs semblables ?

Je touche mes joues mouillées, et je m'aperçois que je suis en train de pleurer.

— Aria, ne pleure pas.

Hunter me prend la main pour me consoler, et une décharge d'énergie me traverse. Je me dégage brusquement.

— Désolé. Laisse-moi encore essayer, dit-il. Il faut que je trouve un moyen de te toucher sans te faire mal.

Il avance sa main, paume vers le haut. Il attend que je lui donne la mienne, mais j'ai peur. Puis je plonge mon regard dans ses yeux, et je sais : Hunter ne me fera jamais de mal. Je place ma main juste au-dessus de la sienne, afin qu'il sache qu'il peut y aller. Un souffle de vent nous enveloppe, faisant se dresser le fin duvet blond de mes bras.

Il me touche de nouveau, très doucement – d'abord avec un doigt, en dessinant le contour de ma main. La décharge initiale se change en sensation de chaleur, me donnant l'impression d'être une assiette de cookies qu'on vient de sortir du four. Hunter est très concentré ; les lèvres pincées, il presse le bout de ses doigts contre les miens, l'un après l'autre, jusqu'à ce que nos deux mains soient plaquées l'une contre l'autre.

J'étudie les lignes de son visage, la courbure de son cou, et je prends conscience que je n'ai encore jamais éprouvé de contact aussi intime avec qui que ce soit. C'est comme si j'étais complètement nue.

Hunter pose sa main libre contre ma joue. Je sens son haleine me réchauffer le cou.

— C'est mieux comme ça, non ?

J'essaie de répondre mais aucun son ne sort de ma bouche. Je suis prise de panique ; je bous intérieurement.

Il retire sa main avant de s'écarter.

— Parle-moi de ta famille.

— Ma famille ? Comment ça ?

— Tes parents. C'est quel genre ?

Hunter m'entraîne de l'autre côté du château, derrière les colonnes en ruine. On s'assied contre un mur et on contemple la nuit. Les lumières du carnaval et des tours voisines se reflètent en scintillant sur l'un des étangs en contrebas.

— Il n'y a pas grand-chose à dire. En ce moment, ils sont obnubilés par les élections. Ils ont tellement peur que Violet Brooks puisse gagner qu'ils me mènent une vie infernale. C'est à peine si je peux encore quitter ma chambre sans subir un interrogatoire. Et Thomas…

Ce nom m'arrache la gorge. Au début, je me reprochais mon overdose et mon amnésie. Certes, certains éléments m'échappaient – ces bribes de souvenirs fugaces, ce médaillon qui ne me venait pas de lui –, mais pas au point de remettre notre amour en question. Mais maintenant que je sais que je n'ai pas fait d'overdose, que je n'ai jamais pris de stic, comment puis-je croire un mot de tout ce qu'on m'a raconté sur Thomas ?

Et pourtant, il y a ces lettres. La passion qu'elles renferment est bien réelle. Comment les faire coller avec ce que j'ai appris chez Lyrica ?

— Eh bien, quoi, Thomas ?

La voix de Hunter est rauque, comme chargée d'une émotion contenue.

— Nous sommes fiancés. Il n'y a rien d'autre à dire.

Le silence s'éternise, à tel point que je me demande s'il m'a entendue.

— Tu l'aimes ? finit par demander Hunter.

— C'est quoi, cette question ? Ça ne te regarde pas !

— Tu vas l'épouser, fait valoir Hunter, en se rapprochant au point que nos jambes se touchent presque. La réponse devrait être facile. Tu l'aimes, oui ou non ?

Je soupire.

— C'est… compliqué.

— Alors aide-moi à comprendre.

J'essaie de trouver quelque chose à dire, mais je suis déconcentrée par la vision de son genou juste à côté du mien.

— Impossible. Je ne comprends pas moi-même.

Mon regard se perd sur la Grande Pelouse. Je me sens comme chez moi ici, avec Hunter, même si le Bloc, les Basfonds, sont aussi différents des Hauteurs que tout ce que je pourrais imaginer.

— Et ta famille à toi ? dis-je.

Hunter s'adosse au mur du château.

— Eh bien quoi ?

— Tu sais plein de choses sur mes parents, mais je ne sais absolument rien sur les tiens. Pourquoi autant de mystère ?

Hunter s'apprête à me répondre quand un craquement de branche résonne dans la nuit. Il se redresse et regarde autour de lui d'un air méfiant.

— Viens, dit-il en me tendant la main. Ne restons pas là.

On traverse le château dans l'autre sens et on se dirige vers l'escalier de pierre quand une silhouette se découpe devant nous, contrastant avec les lumières du carnaval.

— Hunter, mais qu'est-ce que tu fabriques ? demande une voix féminine et forte à la fois. Je pensais bien t'avoir reconnu au carnaval, alors je t'ai suivi jusqu'ici. Si on t'aperçoit dans le coin…

La femme se fige sur place. Je la reconnais sur-le-champ : Violet Brooks, la Mystique qui se présente aux élections.

Il lui suffit d'un seul regard pour me reconnaître également.

Hunter se tourne vers moi et se racle la gorge.

— Aria Rose, annonce-t-il, je te présente ma mère.

CHAPITRE 13

Mon petit doigt me souffle : *Sauve-toi !*

— Il faut que j'y aille, je déclare à Hunter.

— Aria, attends !

Mais je le plante là et redescends vers le carnaval, la Grande Pelouse et la sortie du Bloc. Vers ce PDD auquel Hunter avait promis de me conduire. Je ne me retourne même pas vers sa mère et lui pour voir leur expression stupéfaite.

Non seulement Hunter est un Mystique non déclaré, mais en plus c'est le fils de Violet Brooks. Qui se présente aux élections et s'en prend à ma famille.

Qu'est-ce que je suis en train de faire ?

Si je raconte à mes parents que Violet Brooks a un fils rebelle – détail qu'elle a réussi à cacher aux médias jusqu'ici –, ils s'en serviront pour salir son image et garantir la victoire de Garland. Or est-ce vraiment ce que je veux ? Que les Rose et les Foster continuent à régner sur la ville, maintenant les Mystiques dans l'esclavage et la misère ?

Je ne crois pas que ce soit bien. Ni juste. Mais ce sont tout de même mes parents.

Je ne suis pas sûre de pouvoir leur cacher un secret de cette importance.

***

De retour au pied de mon immeuble, je tape le mot de passe et prends l'ascenseur de service jusqu'au penthouse, puis je débouche dans la cuisine. L'appartement est plongé dans le noir ; toutes les lumières sont éteintes. La porte de l'ascenseur se referme avec un bruit discret, et je tends l'oreille un moment pour vérifier que personne n'a été réveillé.

Une fois rassurée, je monte l'escalier le plus silencieusement possible en veillant à ne pas déranger Kyle ou l'un des domestiques. Mes parents sont sûrement couchés et endormis à cette heure-ci.

Même si elle doit probablement dormir, je me rends droit à la chambre de Davida. J'ai besoin de lui parler sans attendre, et je ne veux pas courir le risque que ma mère l'envoie faire je ne sais quelle commission demain avant que j'aie eu le temps de la voir. Je frappe doucement à sa porte. Quelques instants plus tard, celle-ci coulisse.

— Aria ? chuchote Davida.

Elle porte une chemise de nuit toute simple en coton blanc. Ses cheveux bruns flottent sur ses épaules.

J'entre dans la pièce et j'attends que la porte se soit refermée derrière moi. J'ai le dos trempé de transpiration, les jambes flageolantes après ma course éperdue hors du Bloc. Le trajet de retour jusqu'aux Hauteurs m'a épuisée, et pourtant, je me sens pleinement réveillée.

— Qu'y a-t-il ? me demande Davida en se frottant les yeux.

Je me dirige vers son lit et m'assieds au bord. Puis je sors sa paire de gants. Davida écarquille ses yeux marron. Je pose les gants sur le dessus-de-lit ivoire et lui lance un regard interrogateur.

— Bon, je suppose que tu sais tout, maintenant, dit Davida.

Je lève les mains.

— Je ne sais rien du tout !

— Chut ! fait Davida, en s'empressant de venir s'asseoir à côté de moi. Tu vas réveiller Magdalena et les autres.

— Je veux la vérité, Davida. Et dis-la-moi maintenant. D'où sors-tu tous ces trucs magiques ? (J'indique les gants.) Qui es-tu ?

Davida se recroqueville et détourne la tête. Je n'ai pas envie de la bousculer, mais il me faut des explications.

— D'accord, dit-elle, sans me regarder. (Je fais mine de poser la main sur son épaule, mais elle s'écarte avant que je ne puisse la toucher.) Je suis une Mystique, déclare-t-elle face au mur.

— Quoi ?

— Tu as très bien entendu. Je suis une Mystique.

C'est impossible.

— Davida, on se connaît depuis qu'on est gamines. Tu viens d'un orphelinat des Bas-fonds. Tu es pauvre, mais tu n'es pas une Mystique. Tes parents sont morts quand…

— Mes parents ne sont pas morts, Aria. Ils sont bien vivants.

Davida se lève et commence à faire les cent pas.

— Personne n'est au courant, reprend-elle. Les Mystiques – même déclarés – sont des citoyens de seconde zone. Mes parents voulaient m'offrir la chance d'avoir une vie meilleure. Alors ils ont menti et m'ont placée dans un orphelinat. Il y avait une Mystique là-bas, une certaine Shelly, qui m'a appris à cacher mes pouvoirs pour que je n'aie pas à me déclarer. Les gants m'aident : quand je touche quelqu'un, il ne peut pas percevoir mon énergie. Je préfère qu'on me prenne pour une orpheline couverte de cicatrices que pour une saleté de Mystique. Quand tes parents m'ont accueillie, j'étais si heureuse d'avoir un foyer que j'ai juré de ne jamais révéler à personne ma véritable identité. Et puis, on s'entend tellement bien toutes les deux ; je ne voulais pas te décevoir. Je n'ai pas eu beaucoup de contacts avec ma famille ces dernières années, mais il y a quelques semaines, j'ai reçu une lettre pour m'annoncer que ma mère était mourante. Comme elle n'a pas les moyens de payer le médecin, je lui apporte de la nourriture et des médicaments.

Je suis tellement sous le choc que mon cœur bat au ralenti.

— Je suis désolée.

— Aria, je ne t'ai rien dit parce que j'avais peur que tu me détestes. Je suis désolée de t'avoir menti, mais tes parents, ton frère et toi, vous êtes ce qui se rapproche le plus d'une famille pour moi. J'avais peur qu'en apprenant la vérité vous ne décidiez de me jeter dehors.

Je suis aussitôt tentée de lui assurer que ma famille l'adore, et que rien ne pourra jamais changer ça. Mais je sais que c'est faux – si mes parents découvrent le pot aux roses, ils auront le sentiment d'avoir été trompés et Davida se retrouvera sans travail, drainée de ses pouvoirs.

S'ils ne la font pas mettre en prison.

Davida s'agenouille devant moi.

— Tu me détestes ? Je t'en prie, dis-moi que tu ne m'en veux pas.

Sa voix se brise, et elle se met à pleurer. J'attrape un mouchoir en papier sur sa table de nuit et je le lui passe.

— Bien sûr que je ne t'en veux pas, dis-je. Je suis désolée que tu te sois sentie obligée de me cacher ton histoire. J'aimerais qu'il n'y ait plus de secrets entre nous. À partir de maintenant, on se dit tout, d'accord ? Et je t'aiderai autant que je le pourrai.

Davida s'essuie les yeux.

— Je t'aime, Aria, tu sais ? Je ne devrais pas le dire, ça ne se fait pas, mais…

— Je me fiche de ce qui se fait ou pas, Davida. Je t'aime, moi aussi. (Elle me serre fort contre elle.) Je ne dirai rien à mes parents.

***

De retour dans ma chambre, je retire mes vêtements sales et ma casquette et je prends une douche. Je me démêle les cheveux avec les doigts et les attache au moyen d'un ruban. Puis j'enfile une chemise de nuit que ma mère m'a rapportée de Paris l'année dernière, en soie bleue avec un ourlet en dentelle.

Je suis sur le point de me glisser sous la couette quand j'entends un léger frappement à la fenêtre. Le vent, me dis-je, mais le bruit se répète, plus insistant.

J'écarte les rideaux. Et là, se découpant dans le ciel nocturne, je découvre Hunter.

Je cille. Suis-je en train de rêver?

Mais quand je rouvre les paupières, il est toujours là, le sourire aux lèvres, à m'indiquer la poignée de la fenêtre. Je soulève le loquet et fais coulisser le panneau. Une bouffée d'air chaud s'engouffre aussitôt dans ma chambre.

— Qu'est-ce que tu fais là? Tu es fou!

— Je voulais te voir, répond-il, les deux mains en appui sur le rebord pour garder l'équilibre. Et oui, je suis un peu fou. Mais on s'y fait, tu verras. Pourquoi t'es-tu sauvée comme ça tout à l'heure?

Je jette un coup d'œil vers la porte de ma chambre.

— Tu ne peux pas rester ici.. Tu risques de réveiller quelqu'un. Je doute que mes parents soient ravis de découvrir un Mystique en train de forcer ma fenêtre.

Hunter lève les mains.

— Je ne force rien. C'est toi qui m'as ouvert. Ça compte comme une invitation, non?

— Non, dis-je. Pas du tout.

— Écoute, plaide Hunter, il faut que je t'explique. Accorde-moi deux minutes et après je m'en vais. Je te le promets.

Je le dévisage, surprise de constater à quel point son visage me paraît familier. Il y a quelque chose chez lui – sa décontraction, peut-être, ou sa façon de me regarder – qui m'inspire confiance.

— Très bien. (Je remonte les manches de ma chemise de nuit.) Deux minutes et c'est tout.

— Merci, dit Hunter en s'éventant avec son T-shirt. Qu'est-ce qu'il fait chaud !

Pendant une seconde, j'entrevois les muscles de son ventre, sa peau bronzée. Puis il me tend la main – je lui donne la mienne, et il m'attire sur le balcon.

— Tes deux minutes sont déjà entamées.

— On ne va pas discuter ici, proteste-t-il. On risquerait de nous entendre.

Je jette un regard sur la ville – la vue depuis mon balcon est spectaculaire. Le réseau de ponts suspendus et de galeries couvertes qui relie les gratte-ciel est souligné par la lueur blanc-jaune des flèches ; le ciel est d'un bleu obscur, strié de nuages gris qui m'évoquent les filaments de barbe à papa du carnaval.

— Où veux-tu aller ? Sur la Lune ?

— Non, répond Hunter en me lâchant. J'ai une meilleure idée.

D'un geste mesuré, il lève sa main. Le bout de ses doigts commence à diffuser la même lueur verte que lorsqu'il est venu à mon secours dans les Bas-fonds. Cette lueur se change bientôt en rais de lumière électrique, presque aveuglants, qui partent de chacun de ses doigts.

Au début il y a cinq rayons distincts, qui font penser à des sabres. Puis Hunter bouge les doigts et ces rayons forment une seule et même barre lumineuse qui transperce le ciel. Il lance le bras en arrière comme tout à l'heure au carnaval, sauf que cette fois il canalise son énergie et la projette vers le toit de mon immeuble.

La lumière qui part de sa main est resplendissante. Hunter l'enroule autour d'un pilier de soutènement à la manière d'un lasso ; on croirait une sorte de cow-boy surnaturel.

Ses traits sont crispés par la concentration, sa peau baignée de la lueur mystique.

Il me tend sa main libre.

— Tu es prête ?

— Prête à quoi ?

Il m'adresse un clin d'œil et me fait signe d'approcher.

— Allez, Aria, m'encourage-t-il. Fais-moi un peu confiance.

— Tu es cinglé ? Je ne vais pas me… balancer là-haut avec toi, ou je ne sais quoi.

— Pourquoi pas ?

Son rayon lumineux paraît bien accroché au pilier. Mais sérieusement, comment croire qu'il pourra supporter notre poids ? Avec Hunter on est toujours dans l'improbable. Cela dit, il faut reconnaître qu'il ne m'a encore jamais déçue.

— D'accord, dis-je.

À peine nos doigts se touchent-ils que je sens un choc électrique me traverser, me chauffer le sang et parcourir mes membres comme si j'avais été frappée par la foudre.

— Hunter !

Ses yeux sont deux fentes, il est entièrement concentré sur ma main. Très vite, la décharge d'électricité s'atténue ; il n'en reste plus qu'une sorte de vibration chaude qui me fait frissonner.

— Je fais de mon mieux, s'excuse-t-il. Je veux que tu sois en sécurité avec moi. Toujours.

Il me prend dans ses bras ; nos torses s'emboîtent comme les pièces d'un puzzle. Je passe les bras autour de son cou et me cramponne à ses épaules.

— Accroche-toi bien, me recommande-t-il.

— Oh, je vais le faire. Tu peux compter là-dessus.

Puis je nous sens partir.

D'un bond puissant, Hunter nous éjecte du balcon. Un bref instant, nous restons suspendus dans les airs, comme si le temps s'était arrêté.

Puis nous tombons.

J'ai l'impression que mon estomac me remonte dans la gorge. J'essaie de respirer mais je ne parviens qu'à tousser. Je ferme les yeux de toutes mes forces… si je dois m'écraser dans les Bas-fonds, je préfère ne pas voir ça.

Tout à coup il me semble que nous reprenons de l'altitude, que nous nous balançons dans le ciel comme si nous chevauchions les nuages. Je rouvre les yeux. Mon cœur bat à tout rompre.

— Aria, chuchote Hunter. Regarde!

Je contemple les Hauteurs: nous flottons en plein ciel, enveloppés par le vent.

— Wouah, je souffle.

Nous sommes entourés de bleu nuit. Les façades de verre des gratte-ciel scintillent comme des joyaux. Les flèches pulsent majestueusement, et le maillage argenté des passerelles évoque une toile d'araignée tendue sur la ville.

Le toit de mon immeuble se rapproche. Hunter crie:

— Saute!

J'obéis, le lâche et me réceptionne sur le toit. Je fléchis les genoux mais réussis à rester debout. Je me redresse, en regrettant de ne pas porter autre chose qu'une chemise de nuit légère.

Aussitôt, la lumière se dissipe et Hunter s'écroule à son tour sur le toit.

Il lui faut une minute pour récupérer. Il reste plié en deux, le souffle coupé.

— C'était incroyable, dis-je, à peine capable de parler.

— Ça? fait Hunter en s'essuyant les mains sur son jean. Tu parles, juste un petit tour de magie. (Il hausse les épaules.) Mais je suis content que ça t'ait plu.

— J'ai adoré.

Le toit est désert. On n'y voit que quelques brumisateurs pour rafraîchir l'atmosphère ainsi que les panneaux de verre fumé qui protègent le patio. Quelques chaises de jardin sont laissées à l'intention de ceux qui supportent la chaleur, et on trouve une serre minuscule tout au fond, où ma mère fait pousser des roses.

— Bon, dit Hunter.

L'espace d'un instant, il semble perdu dans ses pensées. J'aime la manière dont l'obscurité renforce ses traits et sculpte sa mâchoire. Son T-shirt bleu souligne la couleur de ses yeux. Son nez, ses lèvres et ses dents s'harmonisent à la perfection.

Et puis, il m'attire contre lui et me reprend dans ses bras. Même à travers ma chemise de nuit, son contact me donne le frisson. Je n'ai jamais rien ressenti de tel en présence de Thomas.

Je me souviens alors de ces lettres splendides que m'a écrites Thomas, et une bouffée de culpabilité m'envahit.

— Pourquoi es-tu venu ?

Je baisse les yeux, et je vois son tatouage. Une étoile filante. Soulignée à l'encre noire. À la manière dont elle est dessinée, elle ressemble à une boule de feu.

Je me recule légèrement pour mieux le regarder dans les yeux.

— C'était toi, sur mon balcon, le soir de mes fiançailles, pas vrai ?

Il ne répond pas.

— Est-ce que tu m'espionnes ?

— Quel vilain mot, grogne Hunter en me passant doucement une main dans le dos. Et si on disait plutôt que je veille sur toi ?

Nous sommes si proches que je sens battre son cœur. Ce que j'éprouve entre ses bras, ce sentiment de sécurité, de confiance, je n'ai jamais rien connu de semblable.

— Pourquoi ne m'avoir rien dit sur ta mère – m'avoir caché qui elle est ? C'est pour ça que tu « veilles sur moi » ? Pour garder un œil sur la concurrence ?

— Non. Enfin, peut-être. J'avais peur que tu ne veuilles plus me parler quand tu serais au courant.

— Ta mère défend l'inverse de tout ce à quoi croient mes parents. Mais je ne suis pas comme eux.

— Aria, me souffle Hunter à l'oreille.

— Oui.

— Tais-toi, et embrasse-moi.

Nos lèvres se touchent, et tout à coup je me sens vivante, comme si je brûlais, capable de soulever des montagnes. C'est un Mystique, je sais, mais ce n'est pas uniquement pour ça. J'éprouve quelque chose d'agréable et de familier, à la fois rassurant, sexy et irrésistible, dans le contact de ses lèvres, dans la manière dont sa langue se glisse doucement contre la mienne. Cet élan passionné ressemble à mes lettres d'amour : j'ai l'impression de retourner chez moi, enfin, sans même avoir eu conscience d'en être partie.

Il dénoue mon ruban, le laisse tomber par terre et passe les doigts dans mes cheveux encore humides de la douche. J'ai le sentiment que nous nous connaissons depuis toujours… Ce pourrait être notre premier baiser comme le centième. Tout ça me donne le tournis, et je m'arrache à son étreinte afin de reprendre mon souffle.

— Wouah, fait Hunter en respirant profondément. Je…

J'avance jusqu'au bord du toit et plonge mon regard dans le vide vertigineux. J'ai comme des papillons dans l'estomac. Je me reprends, et j'avise le balcon devant ma chambre.

— Question, dis-je à Hunter. Comment es-tu arrivé sur mon balcon ? On ne peut pas y accéder par l'extérieur.

— Il existe une brèche, m'avoue Hunter. Qui mène de chez moi à chez toi – enfin, à ton balcon.

Sa voix est douce mais ferme, comme s'il avait peur de m'effrayer avec ses histoires de magie, d'énergie et de brèches – ce en quoi il a tout à fait raison.

— C'est quoi, une brèche ?

Hunter fait la grimace.

— Une sorte de… raccourci. Comme sur l'écran de ton TactilEgo, tu sais, ces icônes qui te permettent d'accéder rapidement aux applications dont tu te sers le plus ? Eh bien, c'est pareil, mais pour se rendre d'un endroit à un autre. Des endroits auxquels on ne pourrait pas accéder normalement, sinon.

— C'est comme ça que tu es arrivé sur le balcon à mes fiançailles ?

Le mot fiançailles le fait tiquer, mais il hoche la tête.

— Et n'importe qui peut emprunter cette… brèche ?

— Non, m'assure Hunter en s'essuyant le front d'un revers de main. Il est protégé par un bouclier mystique. Je suis le seul à la connaître. Avec Turk.

Je suis sur le point de lui demander pourquoi il existe une brèche entre chez lui et mon balcon quand Davida surgit sur le toit. Elle débouche près du solarium, nous repère et fonce droit sur nous.

— Aria, me dit-elle, je te cherche partout ! Tes parents viennent de rentrer de leur soirée. Ils veulent te voir.

— Ah, fais-je, ne sachant pas quoi dire d'autre.

Je les croyais endormis dans leur lit. Davida croise le regard de Hunter – et je vois un changement s'opérer en elle ; on lit un mélange d'émotions confuses sur son visage.

Ces deux-là se connaissent.

Hunter étend la main : la lumière verte réapparaît. Il tisse une sorte de plate-forme, avec des petits gestes circulaires, rapides et précis. Cet éclairage donne un teint verdâtre et maladif à Davida.

Hunter saute sur la plate-forme et se laisse descendre en douceur jusqu'à mon balcon. Là, il lève le bras et un cercle vert étincelant se dessine, juste assez grand pour qu'il passe dedans. Le cercle a surgi de nulle part ; à croire qu'il était caché dans un pli du ciel.

Voilà donc cette fameuse brèche.

Hunter me jette un dernier regard désespéré. J'ouvre la bouche pour lui dire crier de ne pas s'en aller, quand il bondit à travers le cercle. Celui-ci se rétracte avec un bruit sec et s'évanouit en fumée.

CHAPITRE 14

— À ton avis, je mets ce collier ? me demande Kiki le lendemain, en brandissant une rivière de perles de culture. Ou bien celui-là ?

Le collier qu'elle tient dans l'autre main comporte un gros rubis serti de diamants roses et blancs.

— Celui que tu veux, dis-je. Je les aime tous les deux.

— Bah, normal, ce sont les tiens. (Kiki lâche un petit gloussement, puis se décide pour les perles.) Tu n'es pas excitée ?

Excitée ? Pas vraiment. Je me sens surtout coupable.

Je suis fiancée à Thomas, et pourtant je me suis laissé embrasser par un autre garçon. Je lui ai même rendu son baiser. Et le pire ? Ce n'est pas n'importe quel garçon, mais un Mystique rebelle ! Si Davida en parle à qui que ce soit, je suis morte. Je n'ose pas imaginer la réaction de mon père, ni les conséquences pour les élections. J'ai trahi ma famille, j'ai trahi Thomas, et c'était… merveilleux. Je ne me suis pas souciée un seul instant de mes souvenirs, de la situation politique ou de ce qu'on pouvait bien attendre de moi.

Alors je mens :

— Si, un peu, bien sûr.

La fête de Bennie aura lieu ce soir ; je regrette déjà d'avoir accepté d'y aller. Je n'ai aucune envie de sortir m'amuser en compagnie d'une bande de jeunes des Hauteurs.

Ou de Thomas.

— Toi, tu es nerveuse parce que tous les photographes seront là, croit deviner Kiki. Ne t'en fais pas, si tu ne veux pas sourire à l'objectif, tu n'auras qu'à me les envoyer. Les amies sont là pour ça, non ?

Elle virevolte au milieu de ma chambre. Sa robe serrée à la taille et évasée vers le bas scintille de tous les sequins et cristaux cousus sur le corsage.

— J'avais envie de porter quelque chose qui fasse grosse impression, dit-elle. C'est pour ça que j'ai choisi du jaune. Quand je débarquerai à la soirée, je veux que tout le monde en soit bouche bée !

Je pouffe.

— Tu as toujours su soigner ton entrée. Tu te rappelles ma fête d'anniversaire, il y a deux ans…

— Quand j'étais arrivée déguisée en bébé ? s'écrie Kiki. Les gens ont failli faire une attaque. Il n'y a que moi pour avoir autant d'allure avec une couche de grand couturier.

— Tu es folle.

Je lui fais signe d'approcher pour m'aider à boutonner ma robe dans le dos. Ce soir, j'ai choisi de porter une robe bain-de-soleil bleu lavande serrée à la taille par un cordon.

— Tiens, c'est quoi, ça ? s'étonne Kiki.

Elle tient à la main le médaillon que je croyais avoir enfoui au fond de mon coffret à bijoux.

— Pas touche ! dis-je en le lui arrachant des mains. (Je contemple le petit cœur en argent, puis referme mon poing dessus.) Ça me vient de… heu… ma grand-mère.

— Ooh, s'extasie Kiki. Pourquoi tu ne le mettrais pas ? Il est joli. Il y a quelque chose à l'intérieur ?

— Rien du tout. Mais je n'ai pas envie de le porter.

Je déteste continuer à mentir à Kiki, mais je ne me vois

pas lui répondre : « Je ne sais pas d'où il sort et je n'ai aucune idée de comment l'ouvrir. »

Kiki hausse les sourcils.

— Je peux te l'emprunter, alors ? Je le trouve trop mignon.

Impossible de lui dire oui – et si elle était sensible à sa magie ? Je ne vois pas quelle explication je pourrais lui donner.

— Tu sais, je crois que je vais le mettre, finalement.

Je fixe la chaîne autour de mon cou et glisse le cœur dans mon corsage.

— D'accord, dit Kiki en rectifiant son mascara devant le miroir. Comme tu voudras.

On frappe à la porte. Je presse le panneau mural et la porte coulisse. Davida s'avance sur le seuil, les mains sur les hanches. Nous n'avons pas échangé un mot de toute la journée, et je me demande ce qu'elle pense de moi.

— Je voulais m'assurer que tu n'avais pas oublié l'heure, Aria.

Je jette un coup d'œil à mon réveil. La soirée a commencé depuis dix minutes.

— Tout va bien, Davida, intervient Kiki avec un petit geste négligent. Nous aurons un petit peu de retard. Comme toutes les célébrités.

— Kiki, dit Davida avec une courbette.

— D'accord, dis-je en m'efforçant de paraître naturelle. On arrive dans une minute.

Davida hoche la tête, puis s'éloigne dans le couloir.

— Toujours aussi glaciale et bizarre, cette fille, commente Kiki en sortant son poudrier de son sac à main pour se tamponner le front. Je sais que tu l'aimes bien, mais elle a autant de personnalité qu'un portemanteau. Autant de chaleur humaine.

— Allez, ça suffit comme ça, dis-je en poussant Kiki hors de ma chambre. Tu ne l'as jamais aimée de toute façon, même quand on était plus jeunes.

Kiki renifle avec dédain.

— J'avais mes raisons.

— Ah oui, on peut savoir lesquelles ?

— Elle m'a toujours regardée de haut. Elle est trop familière avec toi, comme si vous étiez amies…

— C'est mon amie.

Kiki paraît choquée.

— Non, Aria. Pas du tout. C'est ta domestique, déclare-t-elle d'un ton ferme et assuré. Et tu devrais savoir faire la différence.

Elle sort de ma chambre. Je réfléchis à ce qu'elle vient de me dire, puis j'attrape ma pochette, sors en éteignant la lumière et laisse la porte se refermer derrière moi.

***

À peine sortie du photorail, je suis tout de suite aveuglée par les flashes des paparazzis.

— Aria ! Par ici !

— Un petit sourire, mademoiselle Rose !

— Qui a dessiné votre robe ?

— Où est Thomas ?

Le crépitement des appareils photos et les cris des gens qui hurlent mon nom sont assourdissants. Dieu merci, Kiki, qui se tient juste à côté de moi, détourne un peu l'attention.

— Ravie, dit-elle, enchantée !

Elle me prend la main et m'entraîne sur le tapis rouge – lequel débute à la sortie de la station de photorail et se poursuit jusque dans l'immeuble de Bennie.

— Ça, c'est du tapis rouge ! approuve Kiki. On a probablement dû déshabiller des pays entiers juste pour nous éviter d'avoir à toucher le sol.

— Bennie s'est surpassée, dis-je. Je m'attendais à une soirée plus… modeste.

— La modestie, c'est pour ceux des Bas-fonds, déclare Kiki, en me retenant par le bras le temps qu'on nous prenne en photo. Nous, on doit faire les choses en grand ou en très grand – pas le choix.

J'aurais dû me douter que cette soirée serait un événement. C'est la première fois depuis quatre-vingts ans que toute la jeunesse dorée de Manhattan est invitée à la même fête.

— Amène-toi, dis-je en me frayant un chemin au milieu d'un groupe de paparazzis.

— Aria, fais-moi un sourire ! me crie l'un d'entre eux. Tu es ravissante !

— Et moi, je suis du mou de veau ? rétorque Kiki. Les gens sont d'une grossièreté, me confie-t-elle. On peut y aller, maintenant.

Nous passons entre les vigiles et pénétrons à l'intérieur, où Thomas est censé m'attendre.

***

L'appartement de Bennie est décoré de manière outrancière, à la façon d'une boîte de nuit. De longues guirlandes d'ampoules sont suspendues au plafond, baignant tout le premier étage de différentes couleurs – rouge, bleu, vert et jaune – qui se reflètent sur les murs blancs.

Kiki et moi traversons le vestibule et débouchons dans un salon plein à craquer – les filles en robe du soir, les garçons en costume sombre et cravate, ou légèrement plus décontractés pour certains, en blazer et T-shirt aux motifs flamboyants.

— Wouah ! s'exclame Kiki.

Les rideaux richement ornés de cristaux mettent en valeur la vue imprenable sur la ville. Au plafond, on a démonté le lustre pour le remplacer par une boule disco scintillante ; sa lumière éclabousse les cristaux et se diffuse dans toutes les directions.

Des serveurs en tenue funky – combinaison rouge et noir percée de trous ici et là, dévoilant la peau nue – passent en portant des plateaux de boissons et d'amuse-gueule. Malgré la climatisation qui tourne à plein régime, je commence à transpirer. La musique semble provenir de partout. Les basses font trembler le sol si fort que je les perçois jusque dans mes os.

Je reconnais plusieurs anciens élèves de l'Académie Layton, l'école préparatoire pour garçons qu'a faite Kyle. Mais je vois surtout beaucoup de visages inconnus : des partisans des Foster, ou des étudiants que je n'ai jamais rencontrés.

— Aria !

Quelques filles de l'Académie Florence m'entourent et m'embrassent sur la joue, mais je ne reste pas discuter longtemps. Thomas avait dit qu'il viendrait avec quelques-uns de ses camarades de classe. Où est-il ?

— Viens, me dit Kiki.

Elle saisit deux verres sur un plateau et m'en passe un. Je flaire le contenu et fais la grimace.

Nullement impressionnée par la quantité d'alcool dans son verre, Kiki boit une grande gorgée.

— Allons voir qui d'autre est là.

Le salon donne sur une grande salle à manger rectangulaire où le DJ s'est installé. La table croule sous le matériel stéréo, au point qu'on ne la voit quasiment plus ; le mur avec les portraits de famille a disparu derrière les baffles.

— Mets le paquet ! crie Kiki au DJ en passant devant lui.

Plus on s'enfonce dans l'appartement, plus les odeurs de sueur et d'alcool sont omniprésentes. Il y a tant de monde qu'il est presque impossible d'avancer.

— Poussez-vous un peu ! crie Kiki, en bousculant quelqu'un dans le dos avant de m'entraîner à travers la foule.

Je me sens prise en sandwich, écrasée de part et d'autre par des gens en train de rire et de chanter sur la musique.

L'escalier qui mène au premier n'est plus qu'à quelques pas. Il est gardé par un vigile à la carrure imposante – avec un peu de chance, ça veut dire qu'il y aura un peu moins de monde à l'étage.

Je repère Kyle un peu plus loin, un verre à la main, avec son ami Danny. Ils sont en pleine conversation.

— Où est Bennie ? me crie Kiki par-dessus la musique.

— Aucune idée, dis-je, en me demandant pourquoi elle n'est pas avec mon frère. Et où est Thomas ?

On s'écarte laborieusement de la masse des danseurs. Je sors mon téléphone et j'envoie un texto à Thomas :

Où es-tu ?

— Voilà le problème, constate Kiki.

Elle indique un groupe de garçons qui bloquent le passage. Ils ne vont nulle part, ils se contentent de rester là en cercle, à boire et à s'esclaffer. Deux d'entre eux se renvoient l'un des vases égyptiens de la mère de Bennie.

— Allez, les garçons ! crie Kiki, mais sa voix est noyée par la musique.

Je me sers de ma main libre pour me boucher une oreille – j'ai déjà les tympans qui bourdonnent.

— Vous voulez bien vous écarter ? je crie. (Quelques filles debout à côté de moi essaient de passer aussi, mais sans succès.) Les gars ! Bougez-vous !

— On vous a dit de vous casser ! hurle Kiki en leur jetant son verre à la figure.

Soit c'est la douche au gin, soit elle a enfin réussi à se faire entendre ; en tout cas, la marée humaine commence à s'ouvrir devant nous. Plusieurs personnes s'engouffrent dans la brèche en direction de la chambre de Bennie et des chambres d'amis attenantes. D'autres nous croisent pour rejoindre la piste de danse.

Kiki et moi nous dirigeons vers l'escalier. Je ne peux m'empêcher de noter que tous ces garçons n'ont pas l'air en grande forme. Trempés de sueur, ils ont la mâchoire molle et le teint gris, presque verdâtre. Ils sont tellement fiévreux qu'ils donnent l'impression de briller.

— Il n'y a rien qui te semble bizarre ?

— Bizarre ? Non. Triste ? Absolument, répond Kiki en contemplant son gobelet vide. Je n'en reviens pas d'avoir dû gaspiller mon verre à cause de ces crétins. Il m'en faut un autre. Tu en veux un ?

Je secoue la tête.

— Non merci. Je crois que je vais aller voir en haut.

— D'accord. (Kiki jette un coup d'œil vers la piste de danse.) Je te retrouve dans la chambre de Bennie. Si j'arrive à me procurer un autre verre avant mes soixante-cinq ans.

Elle fait bouffer ses cheveux et s'éloigne.

Au pied de l'escalier, je donne mon nom au vigile qui consulte une liste et me laisse monter. À l'étage, je débouche dans un couloir où s'alignent des portes. La chambre de Bennie est tout au fond à gauche, mais la première porte est entrebâillée et des voix s'en échappent. Je jette un coup d'œil à l'intérieur : un groupe de lycéens est assis en cercle.

L'un d'eux m'aperçoit.

— Qui est là ?

Une fille aux cheveux violets avec des lentilles de contact d'un rouge sinistre ouvre la porte en grand.

— Oui ? dit-elle froidement.

Elle est habillée tout en noir – même ses tennis sont noires.

J'esquisse un petit geste de la main.

— Salut. Bennie est là ?

— Stacy, qui c'est ? lance une voix de garçon.

Stacy s'écarte, et tous les membres du cercle me dévisagent avec de grands yeux.

— Aria Rose, dit le garçon. (Il a des cheveux blonds et des yeux verts.) Entre donc ! Qu'est-ce qui t'amène ?

Ils ne sont pas nombreux. Je ne reconnais personne et me demande comment ils ont pu se retrouver sur la liste VIP de Bennie. Ils forment un curieux mélange de BCBG et de style alternatif. Le garçon qui m'a reconnue porte une chemise rose au col relevé et un pantalon moulant. Mais Stacy est plutôt gothique, et plusieurs de leurs camarades portent des piercings et des tatouages. Tous ont la même mine malsaine que les garçons que j'ai vus au pied de l'escalier. Qu'est-ce qui ne va pas chez tous ces gens ?

— Je cherche Bennie, dis-je. Vous savez où elle est ?

Le garçon boit une rasade au goulot d'une flasque.

— Non, dit-il en grimaçant. Pas vue. Je m'appelle Frank. (Il me fait une place sur le tapis.) Viens t'asseoir.

Son voisin, un garçon aux cheveux décolorés, fume une cigarette ; il me jette un regard blasé et se pousse à son tour.

— On sait à quel point tu aimes faire la fête, raille un autre garçon, avec tellement de piercings sur le visage qu'il tinte et cliquette quand il parle.

Que veut-il insinuer ?

Les autres gloussent. Un AmusEgo diffuse une chanson rock psychédélique que je ne reconnais pas. Une poignée de comprimés vert fluo s'empilent sur le tapis au centre du cercle, à côté d'un miroir de poche sur lequel se dresse un petit monticule de poudre blanche.

Une rouquine avec un collier hérissé de pointes se penche sur le miroir et renifle un peu de poudre. Derrière moi, un garçon et une fille sont allongés à l'écart sur un canapé et s'embrassent goulûment sans faire attention à nous. La télé à écran plat est allumée, son coupé, et d'autres garçons jacassent à toute vitesse – on croirait entendre des acteurs dans un film en accéléré.

— Non, mec, tu n'y es pas du tout, proteste l'un des garçons en secouant la tête. Je l'aime. Je l'aime vraiment. C'est juste qu'elle ne veut pas le comprendre.

— Parce que tu ne l'appelles jamais, rétorque l'un de ses camarades, en prenant un peu de poudre au bout de son doigt pour s'en frotter les gencives.

Frank s'applique à broyer l'un des comprimés et à tracer de fines lignes avec la poudre. Je me rends à l'évidence : ils sont tous en train de se défoncer au stic.

— Où t'es-tu procuré ça ? je demande à Frank.

L'une des filles me dévisage comme si j'étais un flic sur le point de l'arrêter.

Frank glousse et continue d'écraser le comprimé avec son doigt.

— Pourquoi tu veux le savoir ? Thomas t'a mise au régime sec ?

Il me tend le reste du comprimé sur un miroir triangulaire. Puis il me jette un drôle de regard.

— Ooh, c'est joli, dit-il en tendant la main vers mon médaillon, sorti de mon corsage.

Il referme le poing sur le cœur en argent.

J'écarte sa main ; à peine l'ai-je touché que je pousse un cri de douleur. La peau me brûle, comme si j'avais mis les doigts dans une prise. Mes muscles se contractent ; je tressaille, je me raidis d'un coup et je claque des dents. Tous les autres éclatent de rire.

Ça ne dure qu'un instant, heureusement. Je sens bientôt mes muscles se détendre.

Riant toujours, Frank s'enfile une ligne de stic.

— C'est de la bonne !

Il passe le miroir à Stacy, qui rassemble toutes les lignes de poudre en un gros tas qu'elle renifle d'un coup.

Survolté, Frank se lève et empoigne une lampe métallique à portée de main. Il la soulève, puis la plie en deux comme un vulgaire fil de cuivre. La lampe se casse, et il jette les morceaux par terre. Certains de ses camarades l'applaudissent. Malgré moi, je suis impressionnée par la puissance de cette drogue.

— Que veux-tu dire par « Thomas t'a mise au régime sec » ?

Franck s'essuie le nez.

— C'est plutôt à lui que tu devrais poser la question, non ?

— Ne me dis pas que Thomas aussi…

Je suis interrompu par le bruit de Stacy qui s'écroule au sol. Sa tête heurte le plancher, et elle se met à convulser.

— Bébé ? lui demande Frank prudemment.

Des gouttes de sueur perlent sur le front de Stacy ; elle est tout de suite trempée. Et sa peau vire à l'écarlate. Il se passe quelque chose d'anormal.

Stacy ne dit pas un mot, elle se contente de gémir. Elle se met à frémir, et en quelques secondes elle tremble de tous ses membres, le dos complètement arqué, les talons plantés dans le tapis. Elle nous fait une attaque. La bave aux lèvres lui coule sur le menton.

Frank se précipite, écarte ses camarades d'un geste brutal.

— Faites-lui de la place !

Tout le monde se met à crier en même temps. Les deux qui se bécotaient sur le canapé de Bennie se serrent l'un contre l'autre, et plusieurs filles s'échappent dans le couloir en hurlant. Stacy devient de plus en plus rouge, si rouge que c'en est douloureux à regarder, comme le pire coup de soleil que j'aie jamais vu ; à croire qu'on est en train de l'ébouillanter.

Une odeur de brûlé se fait sentir. Je regarde autour de moi pour m'assurer que personne n'a mis accidentellement le feu au tapis avec son mégot – puis je réalise que la fumée provient de Stacy elle-même. Elle se consume de l'intérieur.

Elle tressaute comme un poisson hors de l'eau, en se déplaçant de quelques dizaines de centimètres à chaque fois, décollant du sol avant de retomber lourdement. La fumée s'épaissit, noircit, et tout à coup…

Stacy prend feu.

— Merde! s'écrie Frank en jetant des regards affolés autour de lui. Venez m'aider, vite! Au secours!

Sans réfléchir, je jette le contenu de mon verre sur Stacy.

Mon voisin fait la même chose et vide son gobelet sur Stacy. L'eau fait brièvement retomber les flammes, mais elles ne tardent pas à repartir de plus belle.

Je me précipite vers une commode et fouille dans les tiroirs jusqu'à trouver une couverture. Je la déplie et en recouvre Stacy pour étouffer les flammes pendant que Frank s'efforce de la maintenir au sol.

Je bats en retraite. La fumée me pique les yeux, et j'ai du mal à y voir clair. Soudain, une équipe de pompiers fait irruption dans la pièce. Je ne crois pas qu'aucun d'entre nous les ait appelés, mais ce n'est jamais nécessaire dans les Hauteurs: je suis sûre qu'il doit exister un dispositif d'alerte incendie sur la Grille. L'un des avantages de vivre dans une ville sous surveillance électronique permanente.

Tout le monde se replie dans le couloir pour laisser travailler les pompiers.

Ils déploient une efficacité très professionnelle. Deux d'entre eux attachent Stacy sur un brancard tandis qu'un troisième passe un coup d'extincteur dans la pièce. Quand ils repartent, Frank accompagne le brancard. Je me demande si Stacy va s'en sortir.

— C'était complètement dingue! s'extasie un garçon à côté de moi.

Je le plaque contre le mur.

— Ferme-la, espèce d'abruti! dis-je.

Il est trop stupéfait pour réagir.

***

En bas, la fête continue de battre son plein. Apparemment, personne ne s'est rendu compte de ce qui vient de se dérouler. Je ressens une telle haine pour tous ces gens que j'en étouffe. Ne trouvant pas Kiki dans la cuisine, j'entreprends d'ouvrir une à une toutes les portes de l'appartement pour la chercher. À ce stade, j'ai renoncé à mettre la main sur mon fiancé.

La première porte donne sur un bureau ; un couple s'y est assoupi à même le sol, à moitié allongé sous le bureau. Puis c'est le tour de la bibliothèque du père de Bennie, chargée de livres, où trois garçons sont en train de fumer. La pièce suivante est aménagée en salle de gym – avec toutes sortes d'appareils de musculation dont personne ne doit jamais se servir. J'ouvre la porte, j'allume la lumière.

Et je tombe sur mon fiancé en train d'embrasser une autre fille que moi.

Thomas est debout au centre de la pièce, vêtu d'une chemise bleu ciel déboutonnée. Sa ceinture est défaite, et Gretchen Monasty a la main dans son pantalon. Le haut de sa robe est roulé vers le bas, dévoilant son soutien-gorge en dentelle rose.

Thomas se tourne vers moi, le menton barbouillé de rouge à lèvres. Ses cheveux bruns sont tirés en arrière, comme si Gretchen y avait passé les doigts pendant une heure. Son expression vaut son pesant d'or : un mélange de surprise, de crainte, de gêne et d'excitation sexuelle.

Il repousse Gretchen si brusquement qu'elle manque se casser la figure en arrière.

— Aria ! Ce n'est pas ce que tu crois, me lance-t-il.

Je suis déjà loin dans le couloir, fonçant vers la sortie, aussi vite que mes hauts talons me le permettent.

CHAPITRE 15

Il n'y a qu'une personne avec qui je peux parler, une seule personne avec qui j'ai envie de parler.

Hunter.

L'étrave de la gondole fend les eaux du canal sur Broadway en provoquant de minuscules vaguelettes de part et d'autre. Il fait une chaleur suffocante, et j'ai encore la tête qui résonne du vacarme de la fête de Bennie. Étonnant que Thomas ait réussi à me faire oublier la fille qui s'est littéralement embrasée sous mes yeux – et pourtant, il l'a fait.

Je voudrais me sentir blessée, dévastée par cette tromperie, mais au fond, je peux difficilement en vouloir à Thomas d'avoir embrassé quelqu'un d'autre alors que j'ai fait exactement la même chose.

Je suis surprise par la facilité avec laquelle je me suis éclipsée, et encore plus que personne n'ait repéré mes déplacements sur la Grille, mais je ne vais pas me plaindre. Je n'ai pas de destination en tête, je suis descendue dans les Basfonds pour retrouver Hunter, sauf que je n'ai aucun moyen de le contacter. Alors j'ai demandé au gondolier de me conduire au Bloc, en me disant que je n'aurais qu'à improviser à partir de là.

Nous passons devant de grands immeubles plongés dans la pénombre, sous des ponts voûtés, en croisant d'autres gondoles et des bateaux-taxis. J'ignore depuis combien de temps nous sommes partis quand j'observe un étrange détail sur les flèches qui bordent le canal. Je n'ai jamais vu l'énergie qu'elles renferment se comporter de cette manière, augmenter et diminuer par pulsations régulières, comme au rythme d'une musique inaudible. Je jette un coup d'œil au gondolier pour voir s'il l'a remarqué, lui aussi, mais il regarde droit devant lui, la main sur le gouvernail.

Tout à coup, je sens mon médaillon chauffer contre ma peau. Je le sors de mon corsage. Il brille.

Une lumière dorée en émane. Je le prends dans ma main et tente de l'ouvrir, mais sans plus de succès qu'auparavant. Je finis par le remettre sous ma robe avant qu'il n'attire l'attention du gondolier ; il est tout chaud au creux de ma poitrine.

D'où sort ce bijou ? Et pourquoi réagit-il comme ça maintenant ? Quand Frank l'a touché, il venait de s'envoyer une dose de stic. Je me demande si l'énergie qui courait dans ses veines n'aurait pas activé quelque chose.

Certaines flèches s'illuminent à notre approche tandis que d'autres s'assombrissent ; et le médaillon palpite comme un cœur humain. Je me revois dans ma chambre, en train de chronométrer les changements de couleur dans les flèches que je voyais depuis ma fenêtre. J'avais remarqué que les couleurs – blanc, jaune et vert – s'enchaînaient différemment d'une flèche à l'autre, mais sur le moment je n'avais perçu aucune logique sous-jacente.

Sauf que maintenant, à voir la façon dont se comporte le médaillon…

Suis les lumières, m'a conseillé Tabitha.

D'accord, Tabitha. Je vais t'écouter.

— Hum, excusez-moi ? dis-je au gondolier.

Il redresse la tête.

— On pourrait aller tout droit, s'il vous plaît ?

Il indique la gauche.

— Mais le Bloc est par là, mam'zelle.

— Je sais, mais j'ai changé d'avis. Continuez tout droit, s'il vous plaît.

Il obéit, et la gondole poursuit sur sa lancée. Devant nous, le canal se scinde en deux : à droite, les flèches diffusent des flashes de lumière vert clair. Le médaillon s'échauffe et ses palpitations se renforcent. À gauche, les flèches sont plus ternes, avec une lumière blanc pâle.

— Prenez à droite, dis-je.

Le gondolier obéit sans dire un mot.

Nous longeons une enfilade d'immeubles délabrés devant des quais crasseux. Un groupe de gondoliers attendent le client près de leurs embarcations amarrées, fumant des cigarettes.

Devant nous, je vois une flèche pulser, tandis que mon médaillon se met à ronronner.

— Par ici, j'indique au gondolier. À gauche, s'il vous plaît.

Il tourne dans un canal secondaire. Ici, le niveau de l'eau atteint presque les portes et les fenêtres du rez-de-chaussée. Plus haut, des appliques mystiques éclairent les bâtiments.

Je les regarde clignoter d'une manière que je ne comprends pas mais qui me pousse à les suivre. Je donne quelques indications au gondolier – à gauche, à droite, puis à gauche de nouveau – et nous débouchons sur un canal plus important. La gondole accélère ; bientôt, nous filons à toute vitesse. Le vent fait voler mes cheveux dans tous les sens, et le médaillon tambourine contre ma poitrine.

Les flèches nous entraînent de plus en plus loin au sud, jusqu'à ce que le médaillon finisse par s'apaiser et qu'une sensation de soulagement s'empare de moi.

— On est arrivés, dis-je, sans savoir où nous sommes.

Je donne au gondolier quelques pièces tirées de ma pochette.

Il se range contre le quai le plus proche, je débarque, et me voilà partie.

Je n'ai aucune idée de l'endroit où je vais. Je foule le béton fissuré, passe sur un pont étroit – ça paraît incroyable mais cette partie de la ville est encore plus misérable que les quartiers qui entourent le Bloc. Les vitrines des boutiques sont condamnées par des planches, et je ne vois pas beaucoup d'immeubles d'habitation. Des trous béants s'ouvrent entre les gratte-ciel – sans doute les emplacements d'anciens immeubles qui ont dû s'écrouler et s'enfoncer sous les eaux. Et puis, je réalise que l'étendue d'eau devant moi n'est pas un canal, mais l'océan.

Les ponts de Manhattan et de Brooklyn se devinent à travers la brume.

Je dois me trouver à l'extrémité sud de la ville, dans le quartier qu'on appelait autrefois South Street Seaport. Je cherche une flèche et j'en vois une à un demi-bloc de distance. Sa pointe luit dans la nuit, diffusant une lueur blanc argenté.

Quand je me dirige vers elle, le médaillon semble se réveiller.

Je dois être sur la bonne voie.

Il n'y a pas grand monde dans les rues, et personne d'aussi chic que moi, alors j'essaie de rester dans l'ombre, rasant les devantures fermées. J'avance d'un pas résolu, comme si j'habitais dans le coin. Je croise un couple, quelques sans-abri assoupis, à côté de leurs chapeaux retournés où brille un peu de monnaie. Un garçon à peine plus âgé que moi me chuchote « stic ? stic ? » quand je passe devant lui.

Puis une silhouette capte mon attention.

Une femme enveloppée dans un manteau sombre à capuchon marche d'un pas vif à une trentaine de mètres devant, dans la même direction que moi. Elle jette des regards furtifs autour d'elle, en passant sous une flèche que j'ai vue tourbillonner quelques instants plus tôt.

Quand la lumière tombe sur son visage, je lâche une exclamation étouffée.

C'est Davida.

Je me dis d'abord qu'elle est venue apporter à manger à sa mère. Mais non – si c'était le cas, elle ne serait pas dans ce coin-là. Sa mère vit sans doute dans le Bloc avec les autres Mystiques déclarés.

Qu'est-ce qui peut bien amener Davida si loin au sud ?

Je suis tentée de l'appeler, mais j'ai peur qu'elle s'enfuie en courant. Je préfère donc la suivre discrètement jusqu'à une ancienne bouche de métro décorée de fer forgé. Des globes verts à la peinture écaillée sont montés sur des poteaux de part et d'autre. À une époque, il devait y avoir un escalier à cet endroit, mais, après l'inondation des tunnels, la ville a fait condamner les accès pour empêcher quiconque d'y descendre.

Sauf que… Elissa Genevieve m'a raconté que son équipe cherchait un moyen de pénétrer dans les anciens tunnels de métro pour en chasser les rebelles. Que tous les accès étaient bloqués par des boucliers mystiques. Sont-ils vraiment impénétrables ?

Davida se glisse d'ombre en ombre et s'arrête pile devant la bouche de métro. Elle se place sous l'un des globes, puis baisse la tête. Avec ses vêtements noirs elle est presque invisible. Elle lève la main, touche le poteau, et le globe émet un seul éclat de couleur verte.

Ensuite, Davida commence à s'enfoncer dans le sol.

Tout se déroule très vite : je vois d'abord disparaître ses jambes, puis son torse et enfin son visage, engloutis par le béton comme si ce dernier était liquide et que des mains géantes avaient happé Davida sous la surface.

J'attends une seconde, le temps de voir si quelqu'un d'autre a remarqué ce tour de magie extraordinaire. Mais apparemment je suis la seule. La rue est calme – presque trop.

Je m'approche de la bouche de métro et j'examine le trottoir. Je frappe du pied l'endroit où Davida a disparu. Sans résultat. J'empoigne le poteau qu'elle a touché, mais le globe ne s'allume pas.

La bouche a été entièrement bétonnée et scellée au moyen d'une plaque en métal. Je donne un coup de pied dedans et le regrette aussitôt. La plaque est solidement accrochée ; mes orteils me font un mal de chien. *Bien joué, Aria. Tu sais combien coûtent ces chaussures ?*

Je réfléchis un moment. J'ai vu Davida allumer le globe rien qu'en le touchant. Pourquoi cela ne marche-t-il pas avec moi ? *Parce que c'est une Mystique,* me dis-je. *Et pas moi.*

J'essuie mon cou trempé de sueur. Je ne suis peut-être pas une Mystique, mais je possède un médaillon qui contient certainement du pouvoir. Et si…

Je me plante à l'endroit exact où s'est tenue Davida, sous le globe vert. Je détache mon médaillon. Je me sens nerveuse, l'estomac noué, mais j'applique néanmoins le médaillon contre le poteau : à peine les deux sont-ils en contact que le globe se met à flamboyer.

Puis le béton et la plaque en métal se liquéfient sous mes pieds.

La chute est rapide. J'ai l'impression d'avoir les jambes prises dans un étau ; je me sens oppressée ; j'ai mal aux bras et tout mon corps est brûlant. Je lève les yeux et vois disparaître les Bas-fonds. Et si je tombais dans le vide – ou si je restais coincée ? J'ai du béton jusqu'au cou, maintenant, et je prends une grande inspiration avant de fermer les yeux.

Puis je m'enfonce.

Lorsque je touche un sol dur, je rouvre les yeux. J'ai atterri sur une volée de marches. Au-dessus de moi, le plafond de béton dessine des rides, comme une flaque dans laquelle on vient de jeter une pierre. Je le touche prudemment. Au début, il paraît dur mais ensuite mes doigts passent au travers.

Je descends les marches, puis j'avance sur un quai jusqu'à l'entrée d'un tunnel plongé dans le noir. Les murs qui m'entourent sont couverts de carrelage multicolore, éclairé par des appliques mystiques. Cette station n'est pas du tout abandonnée ; à l'évidence, c'est un repaire pour des gens qui n'ont pas envie qu'on les trouve.

Pas des gens, me dis-je. *Des Mystiques rebelles.*

Cette idée me donne le frisson. Je me rappelle le clip que j'ai tourné devant les ruines de leur dernier attentat. Je serais naïve de croire qu'ils sont tous aussi gentils que Hunter. À supposer que Hunter soit gentil. Qui sait ce qu'il me veut au juste ?

Dans quel sac de nœuds me suis-je encore fourrée ? Trop tard pour faire machine arrière, je suis obligée de continuer. Je vais rattraper Davida et la forcer à tout m'expliquer.

Je jette un coup d'œil autour de moi. C'était là que les usagers devaient attendre le métro. Le sol est gras, glissant, rongé par l'érosion à l'endroit où les eaux ont dû le recouvrir autrefois. Je m'avance au bord du quai. Les rails du métro disparaissent sous une eau brunâtre. Les tunnels semblent se poursuivre en ligne droite des deux côtés de la station, mais la seule manière de les emprunter serait de nager.

Je repère alors une corniche en béton à quelques centimètres au-dessus du niveau de l'eau. Il fait trop sombre pour voir jusqu'où elle se prolonge, mais je ne vois aucune autre issue. Je m'engage donc dans le tunnel noir comme un four.

Je ne vois pas Davida mais j'entends un bruit de pas devant moi. Ce doit être elle.

Je mets le pied dans une eau tiède, provoquant un léger clapotis. La corniche s'enfonce vers le bas, et l'eau devient de plus en plus profonde. Au pas suivant, je m'enfonce jusqu'aux chevilles. Si ça continue comme ça, je vais bientôt devoir poursuivre à la brasse.

Non merci. Je tâtonne le long du mur et je lève les yeux : il y a tout juste assez de lumière pour me permettre de distinguer des barreaux scellés dans le béton – une échelle métallique. Je patauge jusqu'à eux, je grimpe, et j'atteins un palier qui surplombe le tunnel. Mes chaussures sont fichues ;

je m'en débarrasserais bien, mais qui sait dans quoi je risque de mettre le pied la prochaine fois.

Je fais un pas. Une ampoule fixée dans le mur s'allume en grésillant. Je découvre alors que le palier se prolonge par une succession de passerelles métalliques. Ce ne sont pas les tunnels de métro abandonnés qu'on nous a décrits au lycée. Quelqu'un s'est donné beaucoup de mal pour aménager cet endroit – les Mystiques. Personne d'autre n'aurait pu accomplir ce genre de travaux.

J'avance un peu. Une autre ampoule s'allume devant moi, tandis que la première s'éteint derrière moi. Il doit y en avoir toute une série, déclenchée par le détecteur de mouvement. Ce qui veut dire que chacun de mes pas risque aussi de donner l'alerte.

Loin devant, je vois d'autres ampoules s'allumer et s'éteindre – sans doute sont-elles activées par Davida.

Je presse le pas le long de la passerelle au-dessus du tunnel inondé et finis par atteindre une arche. L'autre côté est très éclairé. Il y a beaucoup d'appliques ici, bien plus que dans les tunnels, et elles diffusent une lumière verte assez douce, presque tamisée.

On dirait que je me trouve à une sorte de carrefour. Une bande de terre émergée s'étend devant moi, en contrebas des passerelles.

Les tunnels se poursuivent de part et d'autre en lignes parallèles – mais à ma droite et à ma gauche, des passages ont été creusés pour permettre de changer de tunnel sans être obligé de remonter à la surface. Il y a de fortes chances que cet endroit serve de repaire à un certain nombre de rebelles. Ce qui veut dire qu'il y en a peut-être dans les parages, en train de m'espionner. Prêts à me tomber dessus.

Je suis trop exposée ici.

J'enjambe la rambarde, avec dans l'idée de me laisser glisser au sol où il fait un peu plus sombre, mais ma robe s'accroche et je reste coincée. Le tissu s'est pris dans un boulon – je tire dessus, le secoue, finis par remonter sur la passerelle pour tâcher de me dégager sans abîmer ma robe, et... j'échoue lamentablement.

Ma jupe se déchire depuis l'ourlet jusqu'à la hanche. J'arrive même à m'entailler la jambe.

Je laisse échapper un cri de douleur avant de plaquer la main sur la bouche, priant pour que personne ne m'ait entendue.

Je sens un filet de sang s'écouler sur mon mollet.

Décidément, ce n'est pas ma soirée.

Soudain, des bruits de pas précipités résonnent dans l'ombre devant moi, sur la passerelle. On dirait un troupeau d'éléphants.

Quelqu'un m'a entendue.

Les ampoules s'allument et s'éteignent si vite que je ne distingue pas clairement qui s'approche. Et puis la lumière accroche des cheveux blonds familiers.

Hunter.

— Aria ?

Il porte un T-shirt noir qui met ses muscles en valeur et un jean gris moulant.

— Mais qu'est-ce que tu fiches ici ?

— Moi aussi, je suis contente de te voir.

Il cille.

— Désolé. Je voulais dire... heu... salut.

— Salut.

Il esquisse un sourire hésitant.

— Sérieusement, qu'est-ce que tu fais là ?

— Je te cherchais, dis-je sans réfléchir.

Il m'attrape par les épaules et m'attire contre lui.

— Tu n'es pas en sécurité ici, chuchote-t-il. Viens avec moi.

Hunter recule et me prend la main. Cette fois, son contact n'éveille en moi qu'un léger frisson – délicieux, certes, mais sans commune mesure avec la décharge qui m'a parcourue la première fois qu'il m'a touchée. Cela ressemble plus à une sensation de chaleur, de réconfort. Apparemment, il a appris à mieux maîtriser son énergie.

Il m'entraîne le long de la passerelle. Nous tournons à droite, dans un autre tunnel.

— C'est quoi, c'est endroit ? je lui demande.

— Après la Conflagration, m'explique Hunter, les Mystiques ont dû se déclarer auprès de l'administration pour passer au drainage. Certains ont refusé et se sont réfugiés dans ces tunnels, qui étaient encore inondés et dangereux. (Hunter sourit, et je ressens une autre sorte de chaleur.) Je dis « étaient » parce que les Mystiques ont vidangé la plupart des tunnels. Ça leur a pris des dizaines d'années, et beaucoup en sont morts. Mais grâce à leur travail, les tunnels sont là maintenant pour ceux d'entre nous qui veulent échapper au drainage. Nous autres « rebelles », on s'y cache depuis tout ce temps.

L'éclairage se renforce à mesure qu'il me parle, et tout à coup nous débouchons dans une autre station de métro. Elle ressemble à celle où j'ai atterri après avoir traversé le sol, mais elle est en bien meilleur état. On sent que des gens vivent là. Les murs sont ornés de mosaïques. On voit des sièges sur les quais où les gens attendaient leur rame, des tourniquets impeccables – et même une rame entière, avec plusieurs wagons.

— Wouah ! dis-je, tandis que Hunter m'aide à monter sur le quai.

Je passe ma main le long d'un wagon argenté. Le métal est froid au toucher. Les fenêtres sont noircies, et même si le métro paraît vieux et sans grâce, surtout comparé aux cabines de photorail modernes, je suis impressionnée. J'ai la nostalgie d'une époque plus simple, où il n'y avait pas encore de Mystiques, ni de Foster, ni de Rose.

— C'est là-dedans que les gens se déplaçaient, m'explique Hunter avec un grand sourire.

Il semble très heureux de me montrer cette pièce de musée.

— Où sont les scanners digitaux ?

Hunter rit en m'indiquant les tourniquets.

— Il n'y en avait pas. On utilisait des tickets qu'on glissait dans une fente, et ça débloquait le tourniquet.

Je ris, moi aussi.

— Quoi, tu veux dire que le métro était payant ? Tu te moques de moi.

— Je t'assure que c'est vrai.

Il pose sa main au creux de mon dos. Je fonds pratiquement sous son contact, et le pouvoir de ses doigts m'apaise. Il n'y a rien de dangereux là-dedans.

— Tu te rappelles, au carnaval, quand tu m'as demandé où j'habitais ? Bienvenue dans mon humble demeure, mademoiselle Rose, dit-il en saluant comme un comédien à la fin d'une représentation.

— Merci, dis-je en l'imitant.

Je glousse, ce qui le fait rire de plus belle. Il est tellement craquant dans ces moments-là que c'en est presque insupportable. Il actionne un mécanisme sur la porte d'un wagon, qui s'ouvre devant nous.

— Puis-je t'inviter à entrer pour t'offrir une tasse de thé ? me propose-t-il en imitant l'accent britannique.

— Avec plaisir.

Je pénètre dans la rame. Je manque m'évanouir de surprise.

Je ne sais pas à quoi je m'attendais, mais certainement pas à ça. Le wagon de métro est un véritable appartement. Je me représentais les rebelles vivant dans des conditions précaires, dormant sous la tente à même le sol ou pelotonnés près d'un brasero, dans la crasse et la misère.

L'intérieur du wagon a été entièrement aménagé. Ce n'est pas le grand luxe comme l'appartement de mes parents, certes, mais ça paraît tout à fait confortable. Il y a même une kitchenette avec une cuisinière et des placards. On a installé un grand sofa couvert de coussins contre l'un des murs et monté plusieurs étagères métalliques chargées de livres. Une guitare bleu turquoise repose sur un trépied à côté du canapé ; je me souviens que Hunter m'avait dit adorer la musique ce premier soir, au Java River.

— Et voilà ma garçonnière, déclare Hunter.

— Elle est super.

Je m'approche d'une photo de lui en compagnie de sa mère. Hunter a l'air d'avoir dix ans ; ils sourient tous les deux, comme si tout allait bien dans le meilleur des mondes. Voilà ce qui me plaît dans les photos : cette faculté de figer l'instant, même si on sait qu'il ne reviendra jamais.

— Aria, tu saignes ! s'inquiète Hunter.

Je regarde ma jambe : il a raison. L'entaille semble plus profonde que je ne le pensais ; il y a plein de sang sur ma jupe et sur mon mollet.

— Ne bouge pas, me recommande Hunter.

Il pose la main sur ma jambe. Je regarde la lueur verte qui s'échappe de ses doigts – j'ai l'impression qu'il m'applique une lampe chaude sur la plaie. J'ai la sensation que ma peau est en train de cuire, et j'éprouve une douleur fulgurante un bref instant, puis la lumière s'éteint et tout redevient normal. Plus d'entaille.

Hunter va jusqu'à l'évier et passe un torchon sous l'eau froide. Il l'essore, puis s'agenouille devant moi pour nettoyer le sang que j'ai sur la jambe. Il procède avec beaucoup de délicatesse, frottant par petits cercles, de la cheville au mollet. J'en ai le souffle coupé.

Il retire alors son torchon et m'embrasse à l'endroit où se trouvait la plaie. Ses yeux ne me quittent pas – bleu océan, pétillants de plaisir.

— C'est mieux, déclare-t-il en se relevant, avant de jeter le torchon dans l'évier.

Je suis toujours plantée au milieu du wagon quand il me demande :

— Comment as-tu fait pour venir, Aria ? Tous les accès sont défendus par des sceaux mystiques.

— J'ai suivi quelqu'un, dis-je. J'ai vu la personne ouvrir un passage, et j'ai fait comme elle. J'avais très, très envie de te parler.

Il hausse les sourcils.

— Est-ce que tout va bien ?

Je m'assieds au bord du sofa. Par où commencer ? La fille et son overdose de stic à la soirée ? Thomas et son petit numéro avec Gretchen ? Ou Davida se faufilant comme une espionne dans South Street Seaport ?

Je préfère attaquer bille en tête.

— Pourquoi refuses-tu de te déclarer ? Ce ne serait pas... plus facile pour toi ?

Hunter se raidit.

— Plus facile ? Écoute, Aria, si je me déclarais je devrais passer au drainage. (Il marque une pause.) Tu sais à quel point c'est douloureux ?

Je pense à Tabitha, qui m'a donné le truc des lumières, et à la mère de Hunter – Mystiques déclarées toutes les deux.

— Pas vraiment. Enfin, un peu.

Il se lève.

— On t'installe dans une espèce de machine et on te colle des fils partout. Et là, on t'aspire ton énergie vitale – toute ta force, tout ce qui fait de toi la personne que tu es – pour la recueillir dans des tubes en verre. Il paraît que c'est comme si on te découpait la peau au scalpel.

— Je ne savais pas, dis-je, envahie par un effroyable sentiment de culpabilité.

C'est ma famille qui est responsable de ça.

— Le drainage te laisse épuisé pendant des mois, au point que tu as à peine la force de marcher au début. (Il me fixe avec une intensité qui me met mal à l'aise.) Mais ce n'est pas tellement la douleur qui me dérange. C'est le principe. Nos pouvoirs, c'est notre âme. Ce que nous font subir tes parents et votre gouvernement nous tue à petit feu. Je ne me déclarerai jamais, Aria. Jamais.

— Je comprends. Je t'assure, je comprends.

Hunter vient se placer devant l'une des fenêtres noircies.

— En plus, je dois conserver mes pouvoirs au cas où j'en aurais besoin.

— Besoin pour quoi faire ?

— Pour te soigner la jambe, par exemple, réplique-t-il. Ou si ma mère perdait les élections.

Il vient s'accroupir devant moi et pose la main sur mon genou. Son contact ne ressemble à rien de ce que j'ai pu connaître ; chaque fois que nos peaux se touchent, je n'ai qu'une envie : que ça se poursuive, encore et encore.

— Tu te demandes probablement pourquoi on n'habite pas ensemble, reprend Hunter. Ma mère et moi.

— Eh bien, oui, mais…

— Les Mystiques n'ont pas toujours vécu au grand jour. Mon grand-père a été l'un des premiers à faire son coming-out.

— Ah bon ?

Hunter hoche la tête.

— Nos ancêtres ont été persécutés depuis la nuit des temps. On les appelait de tous les noms – sorcières, magiciens, démons – et on les tuait sans pitié. On les brûlait sur le bûcher.

— Alors que s'est-il passé ? Qu'est-ce qui a changé ?

— Avant la Première Guerre mondiale, beaucoup de gens ont émigré aux États-Unis dans l'espoir d'avoir une vie meilleure… et les Mystiques sont arrivés par centaines. Ellis Island les a reçus à bras ouverts. Au début, ils sont restés discrets, le temps de s'installer, mais au bout d'un moment personne n'avait plus envie de se cacher. (Hunter serre les poings.) Se faire passer pour autre chose que ce qu'on est, ça finit par être épuisant. Encore plus que le drainage.

Il se décontracte les mains, fait craquer ses doigts.

— Il y a eu quelques… démonstrations de force ici, aux États-Unis, et le mot est remonté jusqu'au président Truman. Il a prononcé un grand discours pour accueillir les Mystiques en échange de leur aide pour construire les villes. Et avec le réchauffement climatique, eh bien, nous sommes devenus indispensables.

— Et puis, il y a eu la Conflagration, j'ajoute.

Cela s'est produit avant ma naissance. L'événement – l'explosion – a fait prendre conscience à la population de la puissance des Mystiques, et de ce qui pourrait se produire s'ils employaient leurs pouvoirs pour faire le mal plutôt que le bien.

Hunter hoche de la tête.

— Mon grand-père est mort dans l'explosion. Ma mère a décidé de marcher sur ses traces, de vivre à découvert, déclarée, pour essayer de changer le système – mais moi, j'ai refusé le drainage. Comme je ne voulais pas ruiner ses chances sur le plan politique, j'ai disparu dans la nature avant la date prévue pour mon premier drainage. Quand on l'interrogeait à mon sujet dans les Hauteurs, ma mère répondait simplement qu'elle ignorait où j'étais. Avec le temps, tout le monde a fini par oublier mon existence.

— Et ça ne lui pose pas de problème ?

— Elle se fait du souci pour moi, reconnaît Hunter. Elle aimerait bien qu'on puisse habiter ensemble. Mais il y a des choses plus importantes.

— Comme les élections ?

Hunter fronce les sourcils.

— Tu n'y es pas, Aria. Avec ces élections, c'est la première fois qu'on nous prend au sérieux. Les classes populaires, les non-Mystiques pauvres, ils croient en ma mère et nous soutiennent. Personne n'avait jamais osé se présenter contre les candidats des Hauteurs depuis la Conflagration, et voilà que… nous avons une chance de gagner. Tu as vu comment les gens vivent ici, en bas – tu ne crois pas qu'il serait temps que ça change ?

— Je, je...

Je détourne les yeux. Comment dire à Hunter que je suis de son côté, alors que ça signifierait la ruine de ma famille ?

— Écoute, laisse tomber. Je n'aurais pas dû te poser la question, s'excuse Hunter d'un ton radouci. Je sais pourquoi tu es venue, Aria.

— Ah oui ?

— Tu veux m'interroger à propos de la brèche sur ton balcon.

— Oh, dis-je, curieusement soulagée.

Il ne sait pas que mes sentiments à son égard sont comme une drogue interdite – des sentiments que j'ose à peine reconnaître, et que je pourrais encore moins lui avouer.

— Seulement, je ne peux rien te dire, continue Hunter. Il y a des choses qu'il vaut mieux que tu ignores, pour ta propre sécurité. Il va falloir que tu me fasses confiance.

— Mais on se connaît à peine !

— Ça n'empêche pas de se faire confiance. (Nous avons beau être seuls, il baisse la voix.) Les rebelles sont aussi désunis que ces imbéciles de Rose et de Foster, tu sais ? Désolé, je ne te mets pas dans le lot. Ne te vexe pas.

— Pas de problème, dis-je en murmurant.

— Bref, ma mère dirige une coalition pacifique, mais d'autres rebelles se préparent à la guerre. Tu es probablement au courant des attentats – ce bâtiment qui a explosé, tuant une famille –, mais ce n'est rien comparé à ce qui se passera si ma mère perd les élections. Il y aura une révolte. Et je me battrai avec eux.

J'en reste sans voix. Une guerre ? Où Hunter combattrait contre mes parents ?

— Si on te trouve ici, ça risque de barder, me prévient Hunter. Ce qui veut dire que, même si ça me plairait beaucoup, tu ne peux pas rester.

Il se penche sur moi, comme pour m'embrasser sur les lèvres. Je ferme les yeux, et j'attends, mais je dois me contenter d'un petit baiser sur le front.

— Tu es une fille incroyable, Aria, mais ce serait dangereux pour nous deux d'être ensemble. Tu as un fiancé, et nos vies sont trop différentes. Retourne dans les Hauteurs, dit-il en se redressant. Tu seras en sécurité là-haut.

Ses paroles me transpercent comme un coup de poignard – comment peut-on passer d'une telle gentillesse à une telle froideur en quelques secondes ?

— Ça ne te dérangeait pas d'être avec moi quand tu m'embrassais sur mon toit, dis-je, en m'efforçant de garder un ton ferme. Que s'est-il passé depuis ? Tu as changé d'avis parce que la situation est compliquée ?

Hunter me dévisage en silence.

Je me lève.

— Les garçons sont tellement nuls. Je te croyais différent, mais au fond tu es exactement comme Thomas. Ou comme mon père.

— Ce qui veut dire ?

— Que tu ne te préoccupes que de toi-même.

Hunter s'approche tout près, à quelques centimètres de mon visage.

— Tu ne sais pas de quoi tu parles, Aria. Tu es tellement loin de la vérité, c'est un truc de fou.

— Alors, prouve-le.

Pendant une seconde, je crois qu'il va me prendre dans ses bras et m'embrasser. Puis son expression devient mélancolique.

— Il faut vraiment que tu partes.

Il recule et lève sa main en l'air. Il se concentre un instant. Un cercle vert flamboyant, semblable à celui dans lequel il a disparu l'autre nuit, s'ouvre au milieu du wagon. Un tourbillon d'énergie pulse à l'intérieur.

La brèche qui me ramènera dans les Hauteurs, sur mon balcon.

D'accord, je m'en vais, me dis-je. *Mais pas sans dire au revoir.*

Je me jette à son cou et écrase mes lèvres contre les siennes. Je l'embrasse avec fougue, comme si c'était la fin du monde et qu'il ne restait plus que nous deux, ensemble, et cette ultime manifestation de désir.

Le médaillon s'embrase contre ma poitrine, me brûle la peau. Je m'approche de la brèche enflammée et j'enfonce la main à l'intérieur. Des picotements, des fourmillements me parcourent les doigts ; je sens une traction de l'autre côté. Je tourne la tête et jette un dernier regard à Hunter.

— Viens me retrouver sur mon balcon lundi soir, dis-je. Je t'attendrai.

CHAPITRE 16

— Cette fille s'est carrément enflammée comme une torche ! me raconte Kiki.

Nous sommes attablées dans la cuisine, lundi matin, devant le petit déjeuner. Le dimanche a filé comme un rêve. Heureusement, je suis rentrée sans problème par la brèche samedi soir. J'ai dû forcer ma fenêtre à coups de pied et j'ai cassé accidentellement le verrou, mais à part ça ? Pas une égratignure.

Davida m'a évitée toute la journée. J'ai frappé à la porte de sa chambre, je l'ai cherchée partout pour lui demander ce qu'elle allait faire dans le métro : impossible de lui mettre la main dessus. Ma mère et moi avons discuté du plan de table pour le mariage et décidé de la décoration florale pour les tables (des roses, sans surprise). Garland et sa femme, Francesca, ont dîné avec nous et nous avons parlé des élections, qui auront lieu dans un mois. Thomas n'est pas venu – sans doute était-il trop gêné après l'incident de l'autre soir.

Le repas s'est déroulé dans une ambiance lugubre. Mes parents craignent de voir Violet Brooks remporter les élections. Que se passerait-il alors ? Garland et Francesca se sont montrés gentils, mais c'est bien tout ce qu'on peut leur reconnaître.

— Je suis impatient d'être à la noce, Aria, m'a confié Garland avec un sourire radieux, en prenant la main de sa femme. Notre mariage, avec Franny, a été le plus beau jour de ma vie.

— Oh, Garland, c'est trop mignon, a minaudé Francesca.

Ce matin – lundi 18 juillet – Kiki a débarqué sans crier gare, juste après le départ de mon père qui avait une réunion dans le centre. Je suis déjà prête à partir au travail, avec ma jupe étroite bleu marine et mon chemisier blanc à boutons de nacre. Je porte encore mon médaillon ; je n'ose plus le retirer depuis que je connais le pouvoir qu'il recèle. Kyle se trouve dans la pièce voisine, en train d'avaler une omelette devant la télé.

— Sérieux ? dis-je. Comme une torche ?

— Bon, d'accord, disons plutôt qu'elle a… grillé comme un cochon. (Kiki mord dans une pomme.) J'étais là, tu sais ? J'ai tout vu. Je n'en reviens toujours pas d'avoir assisté à une overdose en direct. Je suis encore sous le choc.

Elle pose sa main sur son front.

J'ignore pourquoi Kiki prétend avoir vu la scène, mais je sais qu'elle adore être au centre de l'attention. À quoi bon lui avouer que j'étais là ? Elle ne fait de mal à personne.

L'image de cette pauvre fille en train de prendre feu n'est pas de celles qu'on oublie facilement : son corps secoué de spasmes sous l'effet de la drogue, sa peau cramoisie en proie à une combustion spontanée…

— Bref, tout ça pour dire qu'elle est morte sous mes yeux, conclut Kiki. Je me demande si je ne devrais pas commencer une thérapie.

Je lui jette un regard en coin.

— Oui, enfin, une deuxième thérapie, précise-t-elle. Je suis tombée sur Thomas, aussi. (Elle hausse les sourcils.) Il m'a dit que tu étais partie de bonne heure parce que tu ne te sentais pas très bien. Ça va mieux, au moins ?

Hum. Pas étonnant que Thomas n'ait pas eu envie de lui parler de Gretchen. Moi, j'ai bien envie de la mettre au courant, mais je n'ai pas encore décidé ce que j'allais faire. Informer mes parents et annuler le mariage ? Faire comme s'il ne s'était rien passé ?

En attendant d'y voir plus clair, je préfère encore ne rien dire.

— Oui, ça va. Quelle heure est-il ? Je n'ai pas envie d'être en retard.

Je pose ma cuillère sans terminer mes céréales. Cette discussion m'a coupé l'appétit.

— Il est huit heures et demie, répond une voix depuis le couloir.

Davida s'avance vers moi, le visage sévère. Elle a tiré ses cheveux en arrière ; elle porte son uniforme noir, et ses gants, naturellement.

— Aria, est-ce que je pourrais te dire un mot ?

Avant que je puisse répondre, Kiki réplique sèchement :

— Non, Davida, tu ne peux pas.

J'en rirais si Kiki n'avait pas dit cela avec un tel sérieux.

— Qu'est-ce qui te prend, Kiki ? dis-je.

Kiki tire sur l'ourlet de sa robe à rayures.

— Quand j'ai croisé ton père ce matin, je lui ai promis de t'accompagner au travail et de m'assurer que tu serais à l'heure, explique-t-elle, et je n'ai pas envie de le décevoir.

Elle mord une dernière fois dans sa pomme, puis m'entraîne dans le vestibule. Le temps de prendre ma pochette, et je me retrouve devant la porte.

— Je déteste sa façon de s'adresser à toi, peste Kiki, tapant du pied en attendant l'ascenseur. Tu devrais la renvoyer une bonne fois pour toutes.

Je ne sais pas pourquoi, mais son animosité envers Davida m'énerve tout particulièrement ce matin. En plus, ça m'agace qu'elle m'ait empêchée de parler à Davida alors que je brûle de l'interroger à propos de l'autre soir.

— Tu sais, la manière dont mes domestiques se comportent avec moi, ça ne te regarde pas.

Kiki tressaille comme si je venais de la gifler. L'ascenseur tinte, et la porte coulisse.

— Viens, dit-elle. Certains d'entre nous sont attendus ailleurs.

***

Au travail, on dirait que je rate tout ce que j'entreprends.

Je renverse du café sur mon chemisier et je dois courir aux toilettes pour essayer de nettoyer la tache avant qu'elle ne s'incruste. J'en ressors avec une grande auréole sous le sein droit. C'est très embarrassant.

Ensuite, sans doute contrariée par cette mésaventure, je fais une mauvaise manipulation sur le TactilEgo de mon bureau – j'ai dû me tromper de bouton – et le moniteur se bloque. Je suis obligée de faire venir quelqu'un du service technique pour relancer tout le système.

— Ne vous tracassez pas, mademoiselle Rose, me rassure le technicien – un certain Robert, qui doit avoir mon âge, ou quelques années de plus. Je vais vous remettre tout ça en ordre dans une minute.

Mon téléphone sonne pendant que Robert termine sa tâche. C'est encore Thomas qui m'appelle. Pour la cinquième ou sixième fois depuis samedi soir. Je renvoie l'appel vers mon répondeur. Je ne suis pas d'humeur à lui parler, pas après ce qui s'est passé à la soirée.

Gretchen Monasty…

Je repense à notre rencontre lors de la démolition, où elle s'était montrée si grossière. Thomas sortait-il déjà avec elle à ce moment-là, ou bien s'agit-il de quelque chose de plus récent ?

Mon téléphone bipe : Thomas m'a laissé un message.

Le son de sa voix me hérisse.

Aria, c'est moi. Il faut qu'on parle. Je tiens beaucoup à toi, et je ne voudrais surtout pas que tu te fasses des idées. Rappelle-moi, s'il te plaît. Tu me manques.

Fin du message. Je le réécoute. *Je ne voudrais surtout pas que tu te fasses des idées.* Et comment suis-je censée interpréter ce que j'ai vu ?

J'appuie sur la touche « supprimer » et je fixe mon téléphone avec incrédulité. J'ai surpris mon fiancé en train de me tromper. En principe, je devrais m'effondrer, pleurer toutes les larmes de mon corps et m'enfermer dans ma chambre sans plus pouvoir bouger. Non ?

Or, curieusement, je n'éprouve qu'une sensation de... soulagement.

— Mademoiselle Rose ? dit une voix, qui me ramène à l'instant présent.

Robert, debout devant moi avec un sourire timide.

— Oui ?

— C'est réparé. Bonne journée.

Je le regarde gagner l'ascenseur, passer au scanner corporel et pénétrer dans la cabine. La porte se referme sur lui. *Super. Je n'ai plus qu'à me remettre au travail.*

À peine me suis-je assise que je suis agressée par Patrick Benedict, qui frappe du poing sur mon bureau. Son regard marron est plus sombre que d'habitude ; son visage paraît anguleux, la peau presque translucide, au point que l'on peut distinguer les veines bleues sur son front. Il se tient voûté, les yeux injectés de sang comme s'il n'avait pas dormi de la nuit. Ses cheveux sont plaqués en arrière avec une raie sur le côté, et il a les babines retroussées, comme un chien prêt à mordre, dévoilant ses dents blanches.

— Alors, on s'est bien amusée, ce week-end ? gronde-t-il.

Au ton de sa voix je comprends tout de suite que c'est une question purement rhétorique. Je jette un coup d'œil autour de nous et me rends compte que tout l'étage nous observe. Des têtes dépassent au-dessus des cloisons de séparation.

— Comment ça ?

Benedict patiente un moment, puis se penche au-dessus de mon bureau et accède à son e-mail sur mon TactilEgo. Quelques secondes plus tard, il est en mesure de me sortir toute une série de photos de l'overdose de Stacy samedi soir. Quelqu'un dans la chambre a dû les prendre sur son téléphone. On m'y voit penchée au-dessus de la malheureuse en pleine crise, avec à l'arrière-plan le miroir barbouillé de poudre.

— Ces clichés m'ont été envoyés ce matin par une citoyenne indignée, m'apprend Benedict. As-tu la moindre idée de l'effet qu'elles pourraient avoir sur la campagne si elles devaient être rendues publiques ? À cause de ta stupidité, ta famille pourrait perdre le bénéfice de plusieurs années de travail.

— Mais je n'ai rien fait de mal !

Benedict secoue la tête.

— Une photo est toujours plus parlante qu'un démenti. Tu n'as toujours pas compris qu'il y a des gens qui seraient prêts à tout pour gagner ?

Des gens comme vous ? suis-je tentée de répliquer, mais je me contiens.

— Ta famille est au centre de toutes les attentions, Aria. Nous avons réussi à étouffer le scandale de ta première overdose. (Il pince les lèvres.) Je doute que nous parvenions à le refaire si tu t'en offrais une deuxième.

Je serre les poings derrière le dos. Je sais bien que je n'ai jamais pris de stic – Lyrica me l'a confirmé. Cette histoire cache quelque chose ; j'ignore quoi, c'est tout.

Pour l'instant.

— Alors, que fait-on ? dis-je en indiquant l'écran. On pourrait peut-être publier un communiqué de presse expliquant que j'essayais de la secourir, que je n'étais pas du tout en train de consommer de la drogue.

Benedict ferme sa messagerie.

— Je m'en suis déjà occupé. Nous avons pu remonter l'e-mail jusqu'à une adolescente de l'East Side. Nous avons trouvé ses photos et les avons effacées avant qu'elles n'échouent à la rédaction d'un tabloïd.

Je me sens aussitôt soulagée.

— Oh, eh bien… merci.

— Je ne l'ai pas fait pour toi, Aria.

Benedict plisse les paupières, ce qui lui donne l'air encore plus dur.

— Je l'ai fait pour ton père. Je n'ai d'ailleurs aucune intention de lui parler de cet incident ; avec les élections qui approchent, il a d'autres soucis en tête. (Il se penche sur moi.) Et ça devrait être pareil pour toi, dit-il, avant de se redresser. Voilà bien la dernière chose que je devrais être en train de faire – perdre mon temps à rattraper les boulettes d'une enfant gâtée au lieu de travailler, au lieu de…

— Ça suffit, Patrick, le coupe une voix de femme.

Je relève la tête, et je vois Elissa Genevieve. Ses cheveux blonds tombent en cascade sur ses épaules, et elle porte un pantalon gris impeccable, des escarpins noirs et un chemisier lavande ouvert au col.

— Aria vous a compris. N'est-ce pas ? me demande-t-elle.

Je confirme d'un hochement de tête.

— Franchement, Patrick, il n'est pas utile d'accabler cette pauvre fille.

Benedict semble choqué de voir Elissa venir à mon secours. Il la dévisage un long moment, puis moi, avant de se frotter les yeux.

— Très bien, fait-il.

Et il s'en va.

Une fois qu'il a disparu dans son bureau, Elissa se tourne vers moi.

— Merci, je bafouille.

— Pas de quoi, m'assure Elissa en me posant une main amicale sur l'épaule. Il a raison, tu sais, Aria. Il y a beaucoup de gens qui comptent sur toi dans cette ville. Je sais que ça peut parfois t'imposer beaucoup de pression, mais c'est ainsi.

Je vois bien qu'Elissa veut m'aider, mais elle ignore ce que je traverse en ce moment.

— Je comprends, dis-je simplement.

Et je reprends mon travail.

***

Ce soir-là, je guette Hunter.

Comme je ne veux pas lui donner l'impression de l'avoir attendu avec trop d'impatience, j'enfile une petite robe orange sans manches avec une paire de chaussures plates toutes simples.

J'ai l'impression d'être assise au bord de mon lit depuis des heures quand on frappe enfin à ma fenêtre.

Je m'empresse d'appuyer sur le panneau de contrôle mural. Les rideaux s'écartent, et j'aperçois une silhouette sur le balcon. J'ouvre la fenêtre en grand, me prends une bouffée d'air brûlant en pleine figure et me retrouve nez à nez avec…

— Turk ?

Les lumières de la ville se reflètent sur sa crête. Une lueur presque métallique brille dans ses yeux sombres, et un sourire traverse son visage anguleux. Avec son débardeur jaune, les tatouages qui s'enroulent autour de ses bras comme des serpents soulignent sa musculature.

— Je t'ai manqué ? me demande-t-il.

Je secoue la tête en reculant d'un pas.

— Que… qu'est-ce que tu fabriques ici ?

Il entre et referme la fenêtre.

— On étouffe, dehors, dit-il en s'essuyant le front. C'est gentil de m'avoir invité à entrer.

— Je ne t'ai pas invité.

Turk s'affale dans le fauteuil devant mon bureau. Il jette un regard circulaire sur la chambre et siffle doucement.

— Sympa, l'appart', approuve-t-il.

— Sérieusement, je reprends en croisant les bras. Où est Hunter ?

— C'est l'histoire de ma vie, se désole Turk. Toujours Hunter, Hunter, Hunter. Tu sais, j'ai toutes sortes de talents, moi aussi.

— On dirait, dis-je en indiquant la fenêtre. Tu es arrivé par la brèche ? Comment ça marche ? Tu as réussi à court-circuiter les mesures de sécurité des Hauteurs ? (Je pense au personnel de surveillance qui garde un œil sur la Grille toute la nuit.) Est-ce que la brèche est vraiment indétectable ?

Turk se gratte le menton.

— Tu poses beaucoup de questions.

— Je ne plaisante pas, dis-je.

— À ton avis, qui a élaboré ces prétendues mesures de sécurité ? raille Turk, qui se lève et fait les cent pas dans ma chambre. Qui a construit les Hauteurs ? Les Mystiques. Nous avons bâti cette foutue ville.

Il indique ma fenêtre, et les immeubles environnants.

— Vos mesures de sécurité ? La Grille ? Ne me fais pas rire. Si on voulait, on pourrait couper toute la Grille.

— Alors, pourquoi vous ne le faites pas ?

— On ne veut pas la guerre, Aria. On cherche à remporter les élections de manière honnête.

— Qui ça, « on » ? Hunter et toi ?

Turk secoue la tête.

— Tout le monde. Tous les Mystiques, les déclarés du Bloc comme les rebelles des souterrains. On ne veut rien de plus que vous, Aria. On demande simplement à être traités en égaux, comme des êtres humains.

Mais sont-ils vraiment humains ? Cette magie qu'ils détiennent, ces choses dont ils sont capables, ça n'a rien de naturel. Après avoir vu ce qui est arrivé à Stacy, ce que le stic a infligé à son corps, savoir que Turk ou Hunter ont le pouvoir de tuer instantanément d'un simple contact…

— À quoi tu penses ? me demande Turk d'une voix douce.

Non, me dis-je. *C'est horrible de raisonner comme ça. Je ne suis pas mes parents.* Je pense à Davida, à Hunter. Je voudrais que tout le monde soit traité en égal.

— Ça m'embrouille. Je ne sais plus quoi penser.

— Tu n'as pas besoin de prendre une décision là, tout de suite, me dit Turk avec un sourire, mais un jour ou l'autre, tu devras choisir ton camp. J'espère que ce sera le bon.

— Je l'espère aussi.

Turk met les mains dans les poches de son jean.

— Hunter n'a pas pu venir. Alors il m'a envoyé à sa place – pour pas que tu t'imagines qu'il te pose un lapin.

— Oh. Merci.

Je suis déçue. Jusqu'à cet instant, je ne m'étais pas rendu compte à quel point j'avais envie – besoin – de voir Hunter.

— Pas de problème, m'assure Turk.

— Pourquoi est-ce qu'il n'a pas pu venir ?

Ma voix se fêle ; j'ai peur que Turk ne me dise ce que je n'ai pas envie d'entendre – que Hunter me trouve agaçante, puérile.

Turk est sur le point de répondre quand la porte de ma chambre s'ouvre.

— Aria ? À qui parles-tu ?

Turk et moi nous figeons aussitôt.

Kyle s'arrête au milieu de la pièce en voyant Turk. Il se raidit ; les veines de son cou et de son front gonflent, et ses joues virent au rouge écarlate. On dirait qu'il vient de voir un fantôme. Je ne l'ai jamais vu aussi en colère.

— Qu'est-ce que… ? (Kyle se tourne vers moi, puis vers Turk.) Qui es-tu ? Et qu'est-ce que tu fabriques dans la chambre de ma sœur ?

Turk bondit sur le balcon et rouvre la brèche – le cercle

vert se déploie. Turk jette un dernier regard en arrière, m'adresse un clin d'œil, puis plonge dans le cercle. Avec un claquement d'élastique, la brèche se referme et disparaît en fumée, comme si elle n'avait jamais existé.

Kyle se rue à travers ma chambre et sort sur le balcon. Il tend les bras, comme pour saisir quelque chose, mais bien sûr il n'y a que du vide – un air chaud, lourd et chargé d'humidité.

Il pousse un hurlement sauvage, qui me glace le sang.

— Je te retrouverai !

J'ai peur. Kyle est tellement calme d'habitude. Pourquoi réagit-il de cette manière, comme si c'était la fin du monde ?

— Explique-toi, exige-t-il, revenant dans ma chambre en refermant la fenêtre. Qu'est-ce que tu fais, Aria ?

— Rien du tout, dis-je.

Je suis consciente du ridicule de cette réponse. Mon frère m'a surprise dans ma chambre en compagnie d'un garçon à l'air dangereux – lequel a disparu dans un cercle mystique. Il ne va pas se satisfaire d'un simple « rien du tout ».

— Tu fréquentes un Mystique en cachette ? demande Kyle, crachant les mots comme s'ils étaient empoisonnés. En cachette de ton fiancé ? Comment peux-tu... ?

— Non, Kyle. (Je tremble de tout mon corps.) Ce n'est pas du tout ça...

— Explique-toi, alors ! As-tu la moindre idée de ce que diraient maman et papa ? Tu es folle ou quoi ? Tu joues avec le feu.

— Ce garçon ne compte pas.

Comment lui expliquer que Turk ne représente rien pour moi ? Que c'est Hunter que... j'aime ? Cette idée me donne presque envie de rire. Je connais à peine Hunter. Kyle a peut-être raison. Je suis folle.

— Kyle, tu ne...

— Comprends pas ? me coupe-t-il, en me fusillant du regard. Ces gens-là ne sont pas comme nous, Aria. Ils sont à peine humains. Ils se servent de toi, et tu es trop bête pour t'en apercevoir. Ce que tu fais est dangereux, et pire que ça – c'est répugnant. Je n'arrive pas à croire que tu puisses être aussi irresponsable. Encore une fois.

Fait-il référence à mon overdose ? Kyle paraît tellement hors de lui que je ne sais pas s'il va me crier dessus ou se mettre à pleurer. Je suis sur le point de lui dire qu'il ne sait pas de quoi il parle, que je n'ai jamais consommé de stic, quand il reprend :

— Tu n'as donc aucun respect pour Thomas ? Pour moi, pour ta famille ? (Il manque s'étrangler.) Pour toi-même ? Un Mystique comme celui-là – qui n'a pas été drainé – pourrait te tuer.

— Ne me balance pas la « famille » à la figure ! Ma famille se fiche pas mal de moi – elle veut m'obliger à épouser quelqu'un dont je n'ai aucun souvenir !

— À qui la faute ? s'emporte Kyle. Personne ne t'a forcée à devenir une junkie.

— Je n'en suis pas une.

— Prouve-le, réplique Kyle en haussant les sourcils. Oh, c'est vrai... tu ne peux pas.

J'ignore pourquoi, mais en cet instant je repense à mon frère quand il était petit garçon. Nous jouions ensemble quand nos parents étaient sortis, et parfois nous restions debout très tard et nous faufilions dans la cuisine pour voler des glaçons parfumés dans le congélateur. Et quand papa l'avait grondé et qu'il pleurait, je me glissais dans sa chambre pour le consoler, même si c'était lui le plus grand.

Mais tout ça remonte à très longtemps, maintenant.

— Tu es bien comme papa ! Tu t'intéresses plus à l'argent et à la politique qu'à moi. Tu es trop occupé à jouer les lèche-bottes pour voir plus loin que le bout de ton nez.

En une fraction de seconde, la colère de Kyle se change en une profonde tristesse. Il me tourne le dos et s'en va.

La porte de ma chambre se referme.

Toutes ces choses qu'il m'a dites, ces insultes horribles – les pensait-il vraiment, ou était-il seulement furieux de découvrir que je lui avais caché tout un pan de ma vie ?

Et qu'entendait-il par « encore une fois » ?

CHAPITRE 17

Quand je me réveille le lendemain matin, je m'attends à être bouclée à double tour dans l'appartement.

Magdalena débarque dans ma chambre de bonne heure pour m'aider à me préparer. D'habitude, elle s'occupe de ma mère, mais depuis ce week-end c'est elle qui vient m'assister le matin ; je me demande si c'est une décision de ma mère ou si Davida m'évite. Je ne sais pas trop pourquoi elle ferait ça, car il faut qu'on parle.

Je scrute le visage de Magdalena à la recherche d'un signe révélateur – un froncement de sourcils, une lueur de réprobation dans le regard –, mais elle ne semble pas au courant de ce qui s'est passé hier soir.

En bas, ma mère grignote des quartiers de pomme en lisant.

— Tu as bien dormi, ma chérie ?

J'acquiesce de la tête.

— Où est Kyle ?

— Il est sorti de bonne heure avec Danny pour faire prendre les mesures de son smoking, me répond-elle. Et puisqu'on en parle, tu as rendez-vous ce week-end pour essayer ta robe.

J'en ai l'estomac tout retourné. Je n'ai vraiment aucune

envie d'enfiler ma robe de mariée et de m'imaginer en train de marcher jusqu'à l'autel.

Pour y retrouver ce salaud de Thomas.

— Je sais, dis-je, pas encore prête à révéler l'infidélité de Thomas.

C'est un trop gros secret pour le lâcher comme ça ; qui peut en prévoir les conséquences ? En plus, si j'en parle, j'ai peur que cela ne se retourne contre moi : mes parents risquent de croire que je rechigne à me marier et de me surveiller d'encore plus près, peut-être même m'assigner un garde du corps. Et je n'y tiens pas du tout.

Malgré l'heure matinale, le maquillage de ma mère est impeccable et ses cheveux sont coiffés avec goût.

— Alors, c'est parfait. Je pourrais peut-être réserver une séance de spa juste après, et on passerait une vraie journée de filles !

Je me rends compte qu'elle n'est pas au courant pour Turk. Ce qui veut dire que Kyle n'a pas mouchardé. Je me sens soulagée, mais pas rassurée pour autant – s'il n'a rien dit à mes parents, c'est qu'il a l'intention de régler le problème lui-même.

— Où est Davida ? je demande.

— Je l'ai envoyée faire une course. (Ma mère consulte son bracelet-montre à l'ancienne.) Tu devrais filer au bureau, Aria. Une Rose ne doit jamais éclore en retard.

***

Au travail, je m'efforce de ne pas attirer l'attention.

Je passe le plus clair de mon temps cachée dans mon bureau, en faisant de mon mieux pour ne pas croiser Benedict. Thomas m'appelle deux fois, sans que je décroche. Il m'envoie *Réponds-moi, s'il te plaît* sur mon TactilEgo. Je voudrais bien continuer à l'ignorer, mais sachant ce que ce mariage représente pour nos deux familles, je lui réponds simplement *Trop occupée pour te parler maintenant* en espérant être tranquille pour le restant de la journée.

Puis je mène quelques recherches sur Internet à propos de Violet Brooks.

Quarante-neuf ans, fille de feu Ezra Brooks, Violet ressemble à la candidate mystique idéale. Militante des droits des Mystiques depuis des années, elle a participé à plusieurs commissions gouvernementales, que ce soit à New York ou à Washington.

Mais l'Amérique a peur de ses Mystiques – on n'en trouve que dans les grandes villes, au point que dans le Midwest peu de gens ont déjà eu l'occasion d'en voir. Depuis la Conflagration, ils sont considérés comme des terroristes dans leur propre pays.

Violet Brooks s'efforce désespérément de changer cette image. Détail intéressant, aucun des articles que je trouve sur elle ne mentionne l'existence de son fils.

Après avoir épuisé les reportages consacrés à Violet Brooks, je me penche sur la question du drainage. Mais personne ne décrit en détail le processus. Le seul article qui l'aborde explicitement parle d'une expérience « euphorique » pour les Mystiques, « qui ne demandent qu'à céder leurs pouvoirs dans l'intérêt général de la communauté – Mystiques et non-Mystiques confondus ». Je n'en crois pas un mot.

D'habitude, je descends déjeuner à la cafétéria quelques étages plus bas, mais aujourd'hui je reste à mon bureau grignoter un sandwich préparé par Magdalena. La plupart des autres boxes sont vides – l'étage paraît désert, en proie à un silence presque inquiétant.

Je me dirige vers les toilettes quand j'aperçois Benedict qui sort de son bureau en compagnie de mon père. Je plonge dans un box, puis jette un coup d'œil discret par-dessus la cloison. Je les vois gagner la porte en acier et l'ouvrir. On entend un chuintement aigu. Ils s'engouffrent à l'intérieur, et la porte se referme sur eux avec un déclic.

C'est la première fois que je vois quelqu'un emprunter cette porte. Je n'étais même pas sûre qu'il y ait quelque chose au-delà.

Je me rends aux toilettes, puis je reviens terminer mon sandwich. Environ une demi-heure plus tard, je vois Benedict de retour dans son bureau, entouré de plusieurs assistants. Je me dis que mon père a dû ressortir lui aussi. Alors je m'avance à pas de loup dans le couloir, en m'assurant que personne ne regarde dans ma direction, et m'approche de la porte.

Je ne vois aucun scanner, aucune fente dans laquelle insérer une carte magnétique. Comment l'ont-ils ouverte ?

Je fixe la porte pour tâcher de comprendre comment elle fonctionne, mais au bout d'un moment j'entends quelqu'un arriver et m'empresse de regagner mon bureau.

Cependant, je n'arrive pas à me concentrer sur mon travail. Je n'arrête pas de penser à Hunter.

Au début, j'ai cru qu'il m'avait envoyé Turk hier soir parce qu'il n'avait pas envie de me voir. Et si ce n'était pas le cas – s'il avait eu un empêchement ? Si les visites lui valaient des ennuis avec sa famille, lui aussi ?

***

En sortant du travail, je prends le photorail jusqu'à mon immeuble. Au lieu de rentrer directement, j'emprunte une passerelle jusqu'au PDD le plus proche en priant pour que personne ne m'espionne. J'attends dans l'ombre que l'heure de pointe soit passée ; puis je m'approche du scanner, prête à descendre.

Seulement, quand je pose ma main sur la plaque, le signal au-dessus de la porte s'allume en rouge et non en vert.

ACCÈS REFUSÉ

peut-on lire sur l'écran minuscule à côté du scanner. C'est bien la première fois que ça m'arrive. Un pressentiment funeste me tord les entrailles. On m'a coupé l'accès à la Grille.

Faut-il y voir la main de mon père ? Ou celle de Benedict, à cause des photos ? Ou l'intervention d'un opérateur de la Grille, alerté par mes incursions fréquentes dans les Bas-fonds ? Quel que soit le responsable, il devient encore plus impératif de contacter Hunter. Je dois l'avertir : si quelqu'un est au courant de mes allées et venues, il sait sûrement qui je descends voir.

Je me dépêche de rentrer chez moi, en gardant la tête baissée. Je suis sur le point de pénétrer dans mon immeuble quand je prends conscience que j'ai toujours les gants de Davida dans ma pochette. S'ils fonctionnent comme Lyrica le prétend, ils devraient me permettre de prendre le photorail incognito. Je pourrais me rendre au Seaport et retrouver Hunter. Mes parents avaient des billets pour l'Opéra ce soir, ils ne seront donc pas là au dîner et personne ne m'attendra.

Je sors les gants et les enfile. Aussitôt, je sens le bout de mes doigts s'échauffer. Je rebrousse chemin en direction du photorail.

À l'intérieur de la station, une bouffée d'air froid m'enveloppe. Les dimensions de la salle des pas perdus ne peuvent pas dépasser celles d'un bloc d'immeubles dans les Bas-fonds, et je la traverse rapidement, pour rejoindre la queue des passagers en direction du centre-ville.

J'arrive devant les terminaux en quelques instants. Au moment de présenter ma main devant le scanner, j'hésite. C'est forcément illégal. Et si je me fais prendre ? *Oh, tant pis,* me dis-je, *on verra bien.*

Je pose la main sur le scanner et je regarde le laser déchiffrer les empreintes sur mes gants. Un nom s'affiche à l'écran au-dessus de ma tête :

REBECCA GEMINI

Et on me dirige vers le terminal 3. Les portes coulissent, m'invitant à entrer.

Je manque pousser un petit cri de soulagement. Ça marche !

Je me glisse avec nervosité dans la cabine. Alors que les portes se referment, cependant, je vois deux costauds en costume noir fendre la foule en me pointant du doigt. On a dû les envoyer me chercher après ma tentative d'accès au PDD. Ils ont des insignes, qu'ils brandissent devant eux pour se frayer un chemin vers le scanner.

Ils font valider leur identité et embarquent dans la cabine juste après la mienne.

— Quelle est votre destination, s'il vous plaît ? me demande la voix électronique de la cabine.

Si je réponds « South Street Seaport », mes anges gardiens me suivront à tous les coups. Il faut d'abord que je les sème.

— 72e Rue, dis-je.

Puis ma cabine file dans la nuit.

Les immeubles défilent à toute vitesse, se brouillent, puis retrouvent leur netteté à chaque ralentissement. La cabine s'arrête à la 72e et les portes s'ouvrent. Alors que je sors dans la station, une autre cabine vient s'arrêter juste derrière la mienne. Les portes s'ouvrent, et les hommes en noir en émergent.

Voilà qui confirme ce que je pensais. Ils sont chargés de me suivre.

Avant que les portes n'aient le temps de se refermer, je m'engouffre dans la cabine que je viens de quitter.

— Hé ! glapit une grosse femme chargée de sacs d'épicerie. J'ai fait la queue, c'est ma cabine !

— Désolée ! Plus maintenant ! Rectification, dis-je dans la cabine. 42e Rue.

Les gorilles se précipitent pour bloquer les portes. L'un d'eux glisse ses doigts entre les battants. J'entends un craquement d'os ; puis les portes se rouvrent. Je reconnais les deux hommes à travers la vitre : Franklin et Montgomery, deux assistants de mon père.

Franklin lâche un juron ; il retire brutalement sa main, et les portes se referment. La cabine repart, et après plusieurs saccades me voilà arrivée.

Je descends à la station 42e Rue, sachant que les deux hommes sont sans doute juste derrière moi. Je traverse la salle d'attente au pas de charge, bousculant les gens sans ménagement. Je fais tomber une vieille dame, j'en ai bien peur ; je suis tellement pressée que je ne prends pas le temps de vérifier. On me crie « Attention ! », « Hé ! », « Regarde un peu où tu vas ! ».

Je coupe toute la file des passagers qui remontent vers le nord et me rue vers une cabine qui part dans la direction opposée.

— Fais la queue comme tout le monde, chérie ! me crie une voix.

Mais je l'ignore et je présente mes empreintes ; cette fois, le scanner déchiffre les gants, et le nom

STEPHANIE MONTELL

s'allume au-dessus de moi.

Les portes de ma cabine s'ouvrent tout juste quand j'entends une voix d'homme s'écrier :

— Elle est là ! Arrêtez-la !

C'est Montgomery, qui se précipite vers moi. Franklin le suit de près.

Ils bousculent des enfants, escaladent des bancs, mais trop tard : je fonce dans la cabine et j'écrase le bouton de fermeture des portes en annonçant :

— 96e Rue.

Montgomery reste dans le terminal, à marteler la cloison de verre avec le poing tandis que je disparais dans la nuit.

J'ai le cœur qui bat à toute vitesse. Où aller ? Que faire ?

Je descends à la 96e Rue, puis je reviens sur mes pas, en traversant la salle des pas perdus pour reprendre une cabine vers le centre-ville, court-circuitant la queue une fois de plus pour parvenir au scanner. Je saute dans une cabine. Heureusement que j'ai les gants de Davida.

Je vois une cabine s'arrêter à l'autre bout de la station avec Franklin et Montgomery à bord. Franklin jaillit dans ma direction comme s'il voulait me tordre le cou.

Je déclenche la fermeture des portes et file vers le centre-ville.

Je dois serrer les poings pour m'empêcher de trembler.

À la station suivante, je bondis encore une fois hors de la cabine et cours coller ma main sur un scanner de l'autre côté de la salle. Cette fois, je suis un certain Gustav Larsson. Ma nouvelle cabine m'emmène silencieusement vers la banlieue tandis qu'une autre se matérialise à l'autre bout. Les hommes de mon père sont-ils à bord ? Impossible à dire.

Je change de cabine à Canal Street, sous le nom de Terri-Lynn Postlewait. À l'intérieur, je m'accroupis hors de vue jusqu'au départ. Peut-être ne prendront-ils pas le temps de se demander pourquoi une cabine vide est partie pour Battery Park. Peut-être se diront-ils que j'ai quitté la station pour gagner un PDD. Peut-être en auront-ils assez de cette course-poursuite, tout comme moi.

Je finis par atteindre Battery Park. Ma cabine est la seule disponible, et quand les portes s'ouvrent, je dis : « Union Square ! » puis je bondis au-dehors avant qu'elles n'aient le temps de se refermer. Après quoi je fonce comme une dératée vers l'escalier qui descend à une dizaine de mètres.

Si les hommes de mon père me suivent toujours, je veux être hors de vue quand ils seront là.

J'ai toujours cru être rapide, mais j'ai l'impression que l'escalier ne se rapproche pas. Il est encore à plusieurs mètres quand un chuintement m'annonce l'arrivée imminente d'une cabine.

En désespoir de cause, je plonge à plat ventre et glisse tête la première dans l'escalier à l'instant précis où une cabine débarque dans la station en provoquant un courant d'air.

Peut-être qu'ils regarderont plus haut, à hauteur d'homme, et ne me verront pas. Ils ont dû comprendre le coup des gants, maintenant.

Je descends quelques marches, sans faire de bruit mais pas trop lentement non plus, et je suis bientôt hors de vue.

J'entends un sifflement strident – le chuintement de ma cabine en phase d'accélération – puis le claquement léger de son départ vers la banlieue. Viennent ensuite des bruits de course à travers la salle d'attente, un « Nom de Dieu ! » exaspéré, puis le glissement des portes qui s'ouvrent, le grondement du moteur qui monte en régime et le claquement du départ d'une cabine vers Union Square.

Je pousse un soupir de soulagement. Je voudrais me rouler en boule sur les marches le temps de reprendre mon souffle, mais je n'ose pas : si Franklin et Montgomery comprennent que je les ai semés, ils risquent de rebrousser chemin. Je dois retourner chez moi. Vite. J'avertirai Hunter plus tard.

***

Une fois rentrée, je prends une douche brûlante et me frictionne à m'en arracher la peau. Je serre mon médaillon entre mes doigts en m'interrogeant sur ses pouvoirs. Comment vais-je faire pour joindre Hunter ?

Je sors de ma douche, j'enfile un peignoir en éponge blanc et j'enroule une serviette autour de mes cheveux.

C'est là que mon père fait irruption dans ma chambre.

Il est là, en smoking, bien que l'opéra ne se termine que dans une heure. Je ne les attendais pas avant minuit, ma mère et lui. Avec ses cheveux gominés et sa mâchoire rasée de près, il est très séduisant ce soir – à l'exception de ses yeux, flamboyants de colère.

Il est flanqué de Franklin, la chemise trempée de sueur, qui souffle comme un bœuf et pointe son doigt dans ma direction.

— Elle peut se vanter de nous avoir fait courir ! m'accuse-t-il. Montgomery et moi l'avons suivie dans toute la ville, en sautant d'un photorail à l'autre. Et Dieu sait comment elle a fait, mais son nom n'apparaissait nulle part. Elle a dû avoir recours à je ne sais quelle… magie.

Franklin en rajoute beaucoup. À l'entendre, j'aurais emprunté une dizaine de cabines, quadrillé toute la ville et me serais mise en danger en courant sur les quais. Je ne peux m'empêcher de sourire, ce qui met mon père hors de lui.

— Je te laisse la bride sur le cou, et tu en profites pour t'amuser à tes petits jeux ?

— Des petits jeux ? dis-je, avec une colère qui m'étonne moi-même. C'est toi qui joues à des petits jeux !

Mon père me gifle. Ça fait mal, mais je suis surtout outrée qu'il ait levé la main sur moi.

— Arrête de mentir et dis-moi où tu allais. Est-ce que tu utilises une espèce de gri-gri mystique ?

Je me masse le bas du visage, puis je resserre le cordon de mon peignoir. Les gants sont cachés sous mon lit ; j'espère qu'il ne pensera pas à les chercher là-dessous.

— Je ne comprends rien à ce que raconte ton gorille. Je suis restée là toute la soirée. Et je n'ai aucun gri-gri.

— Conneries ! explose Franklin. Je vous ai vue. Et Montgomery aussi !

Vas-y au culot, me dis-je.

— Vous avez dû me confondre avec quelqu'un d'autre, j'affirme en indiquant la serviette autour de ma tête. Je sors à peine de ma douche.

Papa jette un regard en coin à son assistant ; je vois que j'ai réussi à introduire un embryon de doute dans son esprit.

— Regarde-le, papa, dis-je en indiquant Franklin. Il est tout rouge, en sueur, et il raconte n'importe quoi. Je te parie qu'il a pris du stic. C'est à lui que tu devrais demander s'il utilise des gris-gris.

Mon père ne sait plus quoi dire.

On frappe à la porte. Tout le monde se retourne et nous découvrons Davida sur le seuil, vêtue de son uniforme.

— Si je peux me permettre, monsieur Rose, intervient-elle, Aria n'a pas bougé d'ici de toute la soirée. Mme Rose m'avait demandé de garder un œil sur elle, et c'est ce que j'ai fait.

Une vague de soulagement s'empare de moi. Davida n'est pas fâchée contre moi après l'incident du toit avec Hunter. Elle est prête à mentir pour moi.

Mon père semble plus perplexe qu'autre chose. Il secoue la tête et finit par lâcher :

— Vous avez plutôt intérêt à m'avoir dit la vérité toutes les deux. Bonne nuit, Aria.

Puis il entraîne Franklin hors de ma chambre en le tenant par le cou.

CHAPITRE 18

La porte coulisse et se referme sur mon père et Franklin.

Davida s'adosse contre le mur, l'air préoccupée.

— Aria, il faut qu'on parle, maintenant.

Je m'assieds au bord du lit, et Davida vient s'installer à côté de moi. Je dénoue la serviette que j'ai sur la tête et la laisse tomber par terre.

Nous restons assises là un long moment, à nous dévisager sans un mot. Puis nous éclatons en sanglots et tombons dans les bras l'une de l'autre.

Davida bredouille :

— Est-ce que tu l'aimes ?

— Thomas ? Je ne sais pas… je ne crois pas.

Les yeux bruns de Davida sont mouillés de larmes.

— Non, pas Thomas. Hunter.

Je repense à cette nuit sur le toit. À ce qu'a dû penser Davida – que je trompais mon fiancé ? Bien sûr, elle n'est pas au courant pour Thomas et Gretchen, mais ça n'excuse pas mon comportement.

— Il y a tellement de choses que je ne peux pas expliquer, dis-je, en m'efforçant de faire le tri dans mes sentiments. Pour Hunter, je le connais à peine – et pourtant il y a quelque chose entre nous, qui me donne l'impression de le connaître depuis toujours. Ça doit te sembler ridicule, mais… mes sentiments pour Hunter sont bien réels. Je suis sûre de ça.

J'essuie les larmes au coin de mes yeux.

— Est-ce que c'est de l'amour ? Je n'en sais rien. Peut-être. En tout cas j'aimerais bien.

Je suis moi-même surprise et légèrement gênée, par cette confession. Je guette la réaction de Davida, attendant qu'elle me dise que je ne suis pas folle. Ou alors que je le suis et que je dois cesser de voir Hunter, éclaircir les choses avec Thomas et…

— Alors, je vous protégerai tous les deux, décide Davida. Aussi longtemps que je le pourrai.

Elle ne pleure plus, mais ses yeux sont emplis de tristesse – un chagrin indélébile, ou je ne sais quelle émotion encore plus sombre. Elle paraît sur le point d'ajouter quelque chose mais se contente de cligner des paupières, de coincer une mèche brune derrière son oreille et de détourner le regard.

Je lui touche l'épaule.

— Ça va ?

Davida se racle la gorge.

— Oui. Ça va aller. Tant que tu ne risques rien et que tu es heureuse.

Elle prend ma main sur son épaule et la pose sur ses genoux, en la serrant fort. Ses gants, lisses et doux au toucher, me rappellent ce qui s'est passé ce soir, ainsi que l'autre fois, quand je l'ai suivie dans les Bas-fonds.

— Je dois te demander un truc, dis-je en lui étreignant les mains, et je veux que tu me dises la vérité. Qu'est-ce tu allais faire au Seaport ? Rendre visite à tes parents ?

Davida évite mon regard, les yeux rivés au tapis. Au bout d'un moment, elle hoche la tête.

— Je croyais que tes parents habitaient dans le Bloc ? (La lèvre de Davida commence à trembler.) Tu peux tout me dire. Tu le sais, non ?

Fébrile, Davida inspire, et tout à coup elle me paraît très jeune – comme l'amie que j'ai toujours connue. Je la revois à onze ans quand nous jouions à nous courir après dans l'appartement, quand elle me tressait des roses et des gypsophiles dans les cheveux, ou quand elle me lisait des histoires le soir lorsque ma mère était trop occupée.

— Je sais que je peux compter sur toi, dis-je, et tu peux compter sur moi. Quoi qu'il arrive.

Là-dessus, Davida ôte ses mains des miennes et entreprend de retirer ses gants.

Elle tire lentement sur le satin noir, enroulant son gant droit jusqu'à ce qu'il se détache, avant de s'occuper du gauche.

J'en reste bouche bée.

Elle n'a aucune cicatrice. La peau de ses avant-bras est parfaitement lisse et veloutée.

Elle m'adresse un sourire pincé en haussant les épaules.

— Personne ne m'a jamais vue sans mes gants, dans les Hauteurs, me fait-elle remarquer.

Sa nervosité se devine au tremblement de sa voix.

— Comme je te l'ai dit, reprend-elle, l'épaisseur du tissu bloque la transmission de mes pouvoirs, ce qui me permet de garder mon secret. Mais je ne suis pas seule à ne pas être déclarée. C'est vrai aussi pour mes parents. Ils ne vivent pas dans le Bloc, Aria. Ils vivent sous terre.

C'était une chose d'apprendre que Davida n'était pas une orpheline mais une Mystique dont les parents étaient malades. Maintenant, savoir que sa famille s'oppose activement à la mienne est beaucoup plus troublant. Je vais jusqu'à la fenêtre, j'écarte les rideaux et je contemple la nuit. Je repense à Hunter, au carnaval, me décrivant les différents pouvoirs que possèdent les Mystiques.

— Quels sont tes pouvoirs ? dis-je. Qu'est-ce que tu peux faire, exactement ?

Davida se lève.

— Il vaut mieux que tu ne le saches pas.

— Tu me dois au moins ça, fais-je observer.

Davida baisse la tête.

— Donne-moi tes mains, dit-elle, et ferme les yeux.

Je m'approche, les mains tendues, paumes vers le haut. Puis je ferme les yeux. Les doigts de Davida frôlent les miens, et ma peau commence à me picoter. Je ressens comme une aspiration, comme si on m'arrachait quelque chose – mon sang, mes organes, mon âme – par tous les pores.

Cette impression s'atténue bientôt, remplacée par une sorte de chaleur palpitante qui n'est pas entièrement désagréable. Juste… bizarre. J'ai l'impression que mon corps entier frémit, comme s'il baignait dans de l'électricité statique.

— Tu peux ouvrir les yeux, me dit Davida.

En m'exécutant, je me retrouve face à mon double : même cheveux châtains ondulés encore humides après la douche, même yeux noisette aux iris parsemés de points verts, même nez, mêmes pommettes saillantes, même menton et mêmes lèvres, et jusqu'à mes dents à la blancheur éclatante.

Davida est mon portrait craché.

— Je peux prendre l'apparence de quelqu'un, m'explique-t-elle. (Seule sa voix la distingue de moi.) M'envelopper dans une illusion qui trompe les observateurs. C'est ça, mon talent.

Je lève une main timide et je l'effleure, de la tempe au menton, tout doucement, puis dans le cou jusqu'à la clavicule. Elle a mon corps. Quelle sensation étrange !

On entend un froissement discret sur le balcon. En un clin d'œil, Davida retrouve son apparence habituelle ; la transformation est si rapide que c'en est incroyable. Elle court jusqu'à mon lit et remet ses gants.

Je me rends jusqu'à la fenêtre, je l'ouvre et je sors pieds nus sur le balcon. Il n'y a personne.

— Fausse alerte. Trop de visiteurs mystiques ces derniers temps ; ça doit me rendre un peu parano.

Davida sort me rejoindre et inspecte le balcon. Elle m'indique un comprimé vert coincé entre deux dalles.

— Un Mystique ne prendrait pas de stic.

Elle examine le comprimé à la lumière, puis le glisse dans sa poche.

— Ça fait plutôt penser à quelqu'un qui a besoin d'un coup de fouet pour se hisser jusqu'à ton balcon. On t'espionne, Aria. Ou on essaie, en tout cas.

Elle me reconduit à l'intérieur et referme la fenêtre.

— N'ouvre plus jamais à personne, me recommande-t-elle en tournant le loquet. Je suis sérieuse.

***

Le lendemain matin, Thomas débarque inopinément pour m'accompagner au bureau.

— Pas besoin de te donner cette peine, tu sais, dis-je en sortant de mon immeuble.

C'est la première fois que je le revois depuis la soirée chez Bennie. Stiggson, l'un des hommes de mon père, me suit comme mon ombre. Klartino et mon père sont partis quelques minutes plus tôt.

— Ne sois pas ridicule. Ça fait un moment que j'attends l'occasion de pouvoir te parler en tête à tête.

Il m'offre un bouquet de roses blanches qu'il tenait dans son dos.

— Jolies, non ?

J'étudie ses fleurs.

— Savais-tu que pendant la guerre des Deux-Roses, offrir une rose blanche à quelqu'un était le signe d'une trahison imminente, la promesse que bientôt la personne se ferait tuer ? Tu n'essaierais pas de me faire passer un message, dis-moi ?

— Enfin, Aria, bien sûr que non ! proteste Thomas. (Son sourire s'efface, tandis qu'il jette son bouquet par terre.) Qu'est-ce que tu as ?

— Qu'est-ce que j'ai, moi ?

Il cherche à me prendre la main, mais je m'éloigne et je m'engage sur l'une des passerelles qui scintillent au soleil du matin. Il fait une chaleur étouffante. Nous marchons en silence un moment, puis il m'arrête devant la station de photorail.

Il sort de sa poche un écrin en velours.

— Tiens. Ça va peut-être te rendre le sourire.

Je lui prends l'écrin des mains et je l'ouvre. Il contient la plus belle bague de fiançailles que j'aie jamais vue. La pierre centrale, un diamant rose taillé en ovale, est entourée de rubis et de diamants blancs.

Elle me fait de l'œil dans son écrin, comme pour se moquer de moi.

— Ça a pris plus de temps que je ne pensais, mais le bijoutier a terminé la gravure.

Il sort la bague et me la montre : on lit *Aria & Thomas* en lettres délicates à l'intérieur de l'anneau. Il me la passe au doigt. Je voudrais m'y opposer, mais Stiggson nous observe.

— Je suis désolé pour l'autre soir, souffle-t-il. Ce n'était pas ce que tu crois. J'espère que tu n'en as parlé à personne.

Je ris.

— Qu'est-ce que c'était, alors ? je chuchote. Je n'ai rien dit. Oh, pas pour toi : je me fiche pas mal de ce que tu peux faire, Thomas.

— C'est elle qui m'a sauté dessus, se défend Thomas. Il faut que tu me croies, Aria. Je ne pourrais jamais te tromper. Je t'aime…

— Arrête, fais-je en levant la main. Ne dis pas ça. Tu n'en penses pas un mot.

— Je t'assure que si, insiste-t-il. Je t'aime, Aria.

— Tu ne m'aurais pas trompée si c'était vrai. On ne fait pas ça quand on est amoureux.

Thomas baisse les bras, vaincu.

— Comment te convaincre que je dis la vérité ?

Je réfléchis un moment.

— Mes lettres.

— Pardon ? s'étonne Thomas, confus.

— Apporte-moi les lettres que je t'ai écrites. Je veux les voir.

Thomas se frotte le front.

— Aria, de quoi est-ce que tu parles ?

— De tes lettres d'amour. Je les ai retrouvées dans ma chambre.

J'attends sa réaction. Est-il au courant de l'existence de ces lettres ? S'il était capable de me les montrer, eh bien… ça changerait certaines choses. Mais dans le cas contraire, ça ne ferait que confirmer mon soupçon : notre amour est une pure fabrication de nos parents. Nous ne nous étions jamais rencontrés avant notre fête de fiançailles.

Thomas me regarde en fronçant les sourcils.

— Je… je ne les ai plus. Je ne les ai pas gardées.

— Oh. (Je décide de lui laisser une dernière chance.) Comment m'appelais-tu, dans tes lettres ? Quel petit nom me donnais-tu ?

Thomas me touche le front.

— Aria, tu te sens bien ? Tu as de la fièvre ?

— Non, dis-je en repoussant son bras.

Même s'il n'a plus mes lettres, si c'était lui qui m'avait écrit, il se serait souvenu de Juliette.

— Est-ce que tu es un dealer ?

Je n'en reviens pas d'avoir posé la question – mais c'est fait, maintenant.

— Quoi ? s'exclame-t-il, les yeux écarquillés. Mais qu'est-ce que tu racontes ?

— Un dealer de drogue. Est-ce que tu revends du stic ou autre chose ?

Il secoue violemment la tête.

— Bien sûr que non !

— Alors pourquoi est-ce qu'on m'a dit le contraire à la soirée de Bennie ?

Thomas ouvre la bouche, mais dans un premier temps rien n'en sort.

— Aucune idée, finit-il par répondre. Je ne sais pas qui t'a raconté ça, mais on t'a menti.

Je serre le poing.

— Pourquoi m'aurait-on menti à ce sujet ?

On se dévisage en silence. Thomas, les deux pouces accrochés à sa ceinture, reste immobile, l'air complètement perdu. Je secoue la tête, je le contourne et pénètre dans la station, suivie de Stiggson. Je lance à Thomas :

— Pas la peine de me rappeler tant que tu n'auras pas la réponse.

Dès que Stiggson a le dos tourné, je retire ma bague et la glisse dans ma pochette.

***

Ce soir-là, après le dîner et une séance d'essayage avec un couturier qui m'enveloppe dans différentes étoffes en notant mes mensurations, alors que je n'ai toujours aucune nouvelle de Hunter et que je commence à être malade d'inquiétude, je décide de descendre dans les Bas-fonds.

Kyle est de sortie avec Bennie, mes parents ont une réunion de stratégie politique chez les Foster et je suis seule à l'appartement. Thomas n'a pas essayé de me joindre. Ce soir, Violet Brooks doit s'adresser à la foule de ses sympathisants au Bloc Somptueux. J'ai vu la nouvelle aux infos pendant mon travail ; tout le monde ne parlait que de ça. Me rendre sur place sera dangereux, mais Hunter sera sûrement présent. Si je veux le trouver, c'est l'occasion ou jamais.

J'enfile des vêtements amples et sombres, avec mon manteau à capuche malgré la chaleur. Je cache mon visage avec mes cheveux en espérant qu'on ne me reconnaîtra pas. Je suis sur le point de me faufiler dans l'ascenseur de service quand je sens une main sur mon épaule.

Je me retourne. C'est Davida. Elle porte son uniforme, plus un manteau léger – similaire à celui qu'elle m'avait offert, et que j'ai perdu lors de ma première escapade dans les Bas-fonds.

— Où vas-tu comme ça ?

— Je t'accompagne.

— Hein ? Pas question. C'est trop dangereux.

— Je sais où tu vas, Aria. Et tu seras plus en sécurité avec moi. (Elle se tait un instant.) Plus de secrets, tu te rappelles ?

J'acquiesce de la tête. Davida est au courant pour Hunter et moi, et je connais la vérité à son sujet.

— D'accord, dis-je avec un petit sourire. Comme ça, j'aurai moins de chances de me perdre.

***

Nous utilisons chacune une paire de gants pour tromper le scanner du PDD, puis nous prenons une gondole jusqu'au Bloc Somptueux. Nous débarquons à proximité de chez Lyrica, puis, après avoir franchi une succession de ponts au-dessus des canaux, nous pénétrons dans le Bloc proprement dit.

— Par ici, m'indique Davida.

C'est tellement plus facile de circuler dans les rues avec elle. Elle veille à ce que nous soyons toujours dans l'ombre, loin des lumières et des regards. Si quelqu'un me reconnaît, surtout ce soir, eh bien… qui sait ce qui pourrait se passer.

Dans le Bloc, je suis frappée par la beauté des lieux : plusieurs dizaines d'hommes et de femmes nous précèdent sur les passerelles, portant des lumières mystiques dans des récipients tubulaires.

— Tiens, me dit Davida, en me tendant un tube offert par son voisin, qui en avait plusieurs.

Elle le fait passer devant son visage ; le tube diffuse une lumière blanche et douce sur ses traits. Je jette un coup d'œil devant moi, sur la masse de gens et de lumières qui se dirige vers la Grande Pelouse. La lueur des tubes illumine le ciel nocturne, se reflète sur les passerelles métalliques et scintille à la surface des eaux huileuses en contrebas.

Nous progressons pas à pas dans la foule de plus en plus dense. Finalement, nous arrivons sur l'esplanade où se tenait le carnaval et où se dresse désormais une estrade au milieu d'une foule de plusieurs milliers de personnes.

— Il n'y a pas que des Mystiques, explique Davida en m'entraînant vers un coin de pelouse d'où nous devrions avoir une bonne vue sur Violet. Les pauvres sont venus aussi, des quatre coins des Bas-fonds. En fait, la plupart de ces gens sont des non-Mystiques, ce qui est très bien. Leur soutien ne sera pas de trop.

Je cherche Hunter ou Turk, mais je ne les vois pas. Je me demande si la famille de Davida est présente. Je resserre les pans de mon manteau, en veillant à dissimuler mon visage sous ma capuche en arrière.

La voix amplifiée de Violet Brooks résonne dans la nuit.

— Il est temps que nous soyons enfin libres, déclare-t-elle, que nous soyons traités à l'égal des autres.

Une clameur approbatrice monte de la foule.

— On ne devrait pas nous priver de notre force vitale. Au contraire, on devrait nous remercier de l'avoir ! Car c'est nous, les Mystiques, qui avons aidé à bâtir Manhattan et ses villes sœurs, Los Angeles, Chicago, Austin, et permis à la société de prospérer malgré la montée des eaux et les conséquences catastrophiques du réchauffement climatique. Nous avons construit les Hauteurs. Nous avons soigné les malades. Nous avons forgé le fer et l'acier, les métaux qui soutiennent le poids de nos élites.

« Et quelle a été notre récompense ? Le drainage obligatoire – qui sera encore renforcé si Garland Foster se fait élire. Les habitants des Hauteurs nous considèrent comme de vulgaires batteries : des piles de rechange pour leur ville. Quand ils nous regardent, ils ne voient qu'une source d'énergie à bon marché. Mais nous ne sommes pas des batteries ! Nous sommes des personnes !

Davida brandit son tube lumineux ; d'autres personnes font de même.

— Elle essaie de convaincre les Mystiques d'aller voter, m'explique Davida. Légalement, il suffit d'être déclaré pour avoir le droit de le faire. Si elle obtient le vote des pauvres et celui des Mystiques, nous l'emporterons sur les Hauteurs. Mais d'habitude, personne ne se donne la peine de voter parce que les seuls candidats possibles sont, eh bien…

Je hausse les épaules.

— Ne t'en fais pas. J'ai compris.

Violet Brooks continue :

— Vous êtes confrontés aujourd'hui à un vrai choix : allez-vous élire une autre de ces sangsues qui laissent la ville exsangue ? Ou bien une Mystique, qui comprend votre souffrance et votre sacrifice ?

Elle lève ses mains au-dessus de la tête et recueille un tonnerre d'applaudissements. Dans son tailleur-pantalon noir et son chemisier blanc, elle a l'air minuscule. Comment peut-elle espérer barrer la route aux Rose et aux Foster ? Mais la clameur de la foule indique clairement son pouvoir : aussi petite soit-elle, elle a des milliers de partisans derrière elle.

— Quand vous m'aurez élue, je mettrai fin au drainage ! Ils ont déjà suffisamment d'énergie en réserve pour tenir au moins un siècle – ils nous drainent uniquement pour nous affaiblir. Parce qu'ils ont peur de nous.

« Manhattan, l'heure du changement a sonné ! Quand vous m'aurez élue, les Mystiques ne seront plus des citoyens de seconde zone. Finie, la séparation entre les riches tout en haut et les pauvres tout en bas. Nous ne formerons plus qu'une seule et même ville – unie par notre amour et l'amour de New York !

La foule l'applaudit et l'ovationne. Plusieurs garçons de notre âge, perchés sur les épaules les uns des autres, agitent leurs lumières vers le ciel. À côté de moi, une femme et son mari s'étreignent en souriant.

À cet instant précis, au milieu de ces inconnus, en écoutant Violet nous parler d'un Manhattan où tous les citoyens bénéficieraient des mêmes droits, je prends conscience que j'ai envie de la voir vaincre Garland et remporter les élections – quelles qu'en soient les conséquences pour ma famille. Je me surprends à m'enthousiasmer avec les autres.

— Sacrée oratrice, hein ? me lance Davida.

— Oh oui. (Je me serre contre elle.) Je suis contente que tu sois venue. Ça prend encore plus de valeur, d'écouter ça avec toi.

Davida me sourit. Tout son visage rayonne de bonheur. C'est là que je mesure la distance qui s'est creusée entre nous au fil des années. À quel point j'aimerais qu'on redevienne amies comme avant.

— Moi aussi, je suis contente d'être venue, m'avoue-t-elle.

Sur l'estrade, Violet se tient bien droite, les deux poings dressés vers le ciel.

Puis soudain elle s'écroule.

Le vacarme de la foule est tel qu'au début ce n'est pas facile de comprendre ce qui vient de se passer, mais ensuite, je les entends distinctement : des coups de feu déchirent la nuit.

— Couchez-vous ! hurle-t-on.

Et une panique épouvantable se propage autour de moi tandis que chacun cherche à évacuer la pelouse. Ceux qui acclamaient joyeusement leur candidate quelques instants plus tôt se transforment en une horde sauvage. Je suis emportée par le mouvement, pressée de toutes parts ; mes pieds ne touchent plus le sol.

— Davida ! je hurle. Davida !

On porte Violet Brooks au bas de l'estrade, probablement pour la conduire en sécurité. C'est la dernière chose que je vois avant que ma capuche ne me revienne dans la figure et me couvre les yeux. Des hurlements terrifiants fendent l'air ; des malheureux doivent être en train de se faire piétiner sous la marée humaine.

Je tombe à la renverse et me mets à ramper. Je jette des regards affolés autour de moi à la recherche de Davida. Où est-elle passée ?

La bousculade est d'une brutalité inouïe – hommes et femmes sont écartés à coups de coude dans le ventre, à coups de poing dans la figure, renversés sans ménagement. Au lieu d'essayer de quitter la pelouse, je décide de battre en retraite en direction d'un bosquet.

— Davida !

Je viens de l'apercevoir à quelques pas : elle est indemne, et semble avoir eu la même idée que moi. Un homme la dépasse en la poussant violemment sur le côté. Elle trébuche vers moi, les bras tendus. Je l'attrape par la main et la tire à l'abri entre les arbres.

La foule s'écoule autour de nous comme un troupeau pris de folie. C'est étrange de l'observer de l'extérieur, de voir comme les visages et les corps paraissent se fondre en une masse liquide.

Le temps que nous reprenions notre souffle, la foule commence à s'éclaircir. Ceux qui étaient tombés se relèvent et s'éloignent en titubant. On n'entend plus de cris ni de hurlements. Des tubes lumineux jonchent la pelouse au milieu des éclats de verre.

— Rien de cassé ? me demande Davida, s'essuyant les gants sur les jambes de son pantalon avant de battre son manteau.

J'ai mal aux poignets et aux coudes, mais sinon, ça va.

— Non, et toi ?

Elle secoue la tête.

— Tu as vu ce qui est arrivé à Violet ? Tu crois qu'elle est… ?

— Je ne sais pas, dis-je. J'espère qu'elle va s'en tirer.

J'aurais pu mourir ici ce soir. Et Violet Brooks aussi, à supposer que ce ne soit pas déjà fait. Les seules personnes qui auraient pu vouloir l'assassiner sont mes parents et les Foster.

Ce constat me dégoûte. Mes parents sont-ils vraiment prêts à tout pour parvenir à leurs fins ? Sans reculer devant rien, quitte à semer Dieu sait combien de cadavres dans leur sillage ?

Je suis dévorée par la culpabilité. Et par la colère. Si mes parents ont effectivement tenté d'éliminer Violet Brooks ce soir, alors Hunter sera en danger s'ils découvrent qui il est. Ils s'en sont déjà pris à moi, leur propre fille. Mon père n'hésitera pas à tuer Hunter de ses propres mains.

Hunter a l'habitude d'effacer ses traces, de mener sa vie de rebelle sans se faire prendre, y compris dans les Hauteurs. De se fondre dans la Grille sans faire de bruit. Mais si cela ne suffisait pas ? Je le protégerai. Et si je le peux, je protégerai également les habitants des Bas-fonds, ces pauvres gens qui n'aspirent qu'à une vie meilleure, ces Mystiques qui revendiquent l'égalité.

Et par-dessus tout, me dis-je en quittant la Grande Pelouse au bras de Davida, je me protégerai moi-même.

CHAPITRE 19

Au bureau le lendemain, je suis à mon poste de travail quand je vois les gros bonnets – une vingtaine d'hommes et de femmes – défiler devant mon box et gagner la salle de conférence de mon père à l'étage supérieur. Cela sent la réunion de crise ; sans doute pour discuter de la tentative d'assassinat. Patrick Benedict surgit de la porte en acier, et nos regards se croisent brièvement à son passage.

Je guette un son familier sans même m'en rendre compte : le déclic de la porte se refermant derrière lui. En vain.

L'attentat contre Violet Brooks fait les gros titres : on a confirmé dans la matinée qu'un de ses gardes du corps était mort ; elle-même et le reste de son équipe sont indemnes.

Je me lève de mon bureau à l'instant où mon TactilEgo sonne : c'est Kiki. Je la laisse parler à mon répondeur. Je lui dois déjà une demi-douzaine de coups de fil. Un de plus ou un de moins, quelle importance ?

Les rares personnes qui n'ont pas le nez collé à leur TactilEgo sont occupées à l'étage. C'est le moment ou jamais.

Le plus nonchalamment possible, je marche jusqu'à la fontaine et bois un peu d'eau. Puis, après un moment, je m'avance vers la porte en acier qui est restée entrebâillée. Je pose la main dessus et suis sur le point de la pousser quand…

Je sens une tape sur mon épaule.

Je me retourne vivement et me retrouve nez à nez avec Elissa Genevieve.

— Attends, me dit-elle. Laisse-moi faire.

Elle tend le bras devant moi, ouvre grand la porte, et nous entrons.

***

Je ne sais vraiment pas à quoi m'attendre.

Un bureau secret dans lequel Patrick cache des dossiers sur moi, Hunter ou même Violet Brooks et son père Ezra ? Des plans d'assassinat épinglés aux murs ? Une pièce entière remplie d'armes mystiques longue distance ? Des écrans vidéo reliés à toutes les caméras des Hauteurs et des Basfonds, suivant chaque citoyen à toutes les étapes de la journée ?

Ce que je découvre à l'intérieur ne ressemble à rien de tout cela.

Je suis Elissa dans un long couloir. Nos talons claquent sur le carrelage, et je respire si fort que je peux m'entendre. Au bout du couloir une porte blanche ouvre sur un escalier. Nous descendons à l'étage inférieur, jusqu'à une autre porte équipée cette fois d'un scanner rétinien. Elissa colle son œil à la machine ; la porte se déverrouille, et Elissa s'empresse de me faire entrer avant qu'elle ne se referme.

De l'autre côté, la lumière est si vive que je plisse les yeux. Trois des murs sont tendus de rideaux blancs. Le quatrième est en métal d'un noir bleuté. Une porte assez semblable à celle que nous venons de franchir se découpe au milieu.

Elissa s'avance jusqu'au mur du fond et écarte les rideaux. Je pousse un sifflement : des dizaines de tubes en verre s'alignent derrière. Épais comme mon poignet, ils couvrent tout le mur et disparaissent dans le sol et dans le plafond, si bien qu'il est impossible de voir où ils commencent et où ils finissent. Font-ils trois mètres de long, ou trois cents ?

Je m'approche d'un autre mur voilé et j'écarte les rideaux : encore des tubes. Le sol est en marbre blanc, et au centre de la pièce se dresse une sorte de trône en métal qui ressemble beaucoup aux anciennes chaises électriques, comme on en utilisait pour l'exécution des criminels. Avec des sangles sur le dossier, les accoudoirs et les pieds. Je ne veux même pas savoir pourquoi ceux qu'on assoie là-dessus ont besoin d'être attachés.

— C'est quoi, cet endroit ?

— Ça, répond Elissa en indiquant la pièce d'un geste vague, c'est l'une des salles dans lesquelles Patrick, conformément aux instructions de ton père et de George Foster, draine le pouvoir des Mystiques du Bloc Somptueux.

— Oh.

Les tubes en verre prennent tout à coup un aspect plus sinistre, plus cruel. Je m'approche de l'un d'eux et je le touche du bout des doigts. Je remarque qu'ils sont doublés d'un fin revêtement gris métallisé.

— Du vif-argent, m'explique Elissa en pointant le matériau argenté. C'est l'autre nom du mercure. Le seul élément suffisamment résistant pour contenir l'énergie mystique.

Le vif-argent scintille sous l'éclairage.

— C'est très beau.

— Très beau, oui, mais aussi explosif, ajoute Elissa. Très dangereux à manier.

— Où vont tous ces tubes ?

— Oh, dans différents endroits. Certains mènent aux transformateurs, où l'énergie brute est convertie et infiltrée directement dans le réseau électrique de la ville. Les flèches que tu vois un peu partout, c'est là que les résidus de transformation sont dispersés dans le ciel.

J'observe le liquide vert qui s'écoule dans les tubes – le même que dans les flèches de la ville. De l'énergie mystique.

— Mais ça ne représente qu'un faible pourcentage du drainage. Le gros de l'énergie récupérée est envoyé ailleurs.

Je repense à ce qu'affirmait Violet Brooks, que la ville possède assez de réserves d'énergie pour tourner pendant des années, mais que les drainages se poursuivent néanmoins tous les jours.

Je sais désormais que le véritable objectif du drainage est de contrôler des Mystiques. Mais une autre raison m'apparaît soudain : leur énergie sert aussi à produire – et à vendre – le stic.

Les paroles de Tabitha me reviennent en mémoire : Manhattan possède l'une des plus importantes populations mystiques au monde, et le commerce illégal du stic y est prospère. Combien rapporte-t-il à mes parents et aux Foster ? Serait-ce à cause de ça qu'ils sont prêts à tout pour garder la mainmise sur la ville – la source de leurs profits ? Conserver la ferme dans laquelle ils pratiquent l'élevage et l'exploitation des Mystiques ?

C'est immonde. Cette pièce me dégoûte. Ce n'est rien d'autre qu'une salle de torture.

— Pourquoi m'avez-vous amenée ici ? Pourquoi ne pas me dénoncer ?

— Je ne vais pas te raconter d'histoires, Aria. Tu es une fille intelligente. Tu aurais fini par comprendre. (Elle gagne le centre de la pièce et pose les mains sur le dossier du fauteuil.) Tu sais déjà que je suis une Mystique réformée. Ce que tu ignores, c'est que je suis un agent double. Je travaille avec les rebelles. Si Violet Brooks perd les élections, je compte participer au renversement de tes parents et faire tout ce que je pourrai pour détruire ces lieux. Il faut que ça cesse.

Elissa, un agent double ?

— C'est pour ça que vous avez toujours été si gentille avec moi ?

Elle soupire.

— Tu n'as rien à voir avec ta famille, Aria. Tu n'es pas avide ni cruelle. Tu veux ce qu'il y a de mieux pour cette ville – je le vois bien. Et j'ai besoin de ton aide.

— Mon aide ? Que voulez-vous que je fasse ?

— Je sais que tu es en contact avec certains rebelles, me dit-elle. J'ai mes sources. Je ne t'ai pas signalée – en fait, je t'ai même couverte, en effaçant les alertes informatiques qui s'allumaient chaque fois que tu accédais à un PDD dans les Hauteurs. J'ai protégé ton secret, Aria.

Je comprends mieux, maintenant, pourquoi personne ne s'apercevait jamais de mes escapades dans les Bas-fonds. J'avais effectivement un ange gardien sur la Grille : Elissa.

— Mais ces derniers temps, continue-t-elle, Patrick a commencé à avoir des soupçons. Il a affecté quelqu'un d'autre – un certain Micah – à la surveillance de la Grille, sans m'en parler, et révoqué ton autorisation d'accès aux PDD. C'est Micah qui a envoyé les hommes de ton père à ta poursuite, l'autre soir, quand tu les as semés dans le photorail. (Quoique étonnée qu'elle soit au courant, je m'abstiens de l'interrompre.) Et depuis, Patrick t'espionne personnellement, pour découvrir si tu as réussi à accéder au repaire souterrain des rebelles.

— Il sait, pour les souterrains ?

Elle s'assied dans le fauteuil.

— Bien sûr. Ton père et les Foster connaissent la cachette des rebelles depuis des années, mais ils n'ont jamais réussi à en localiser l'entrée. Il faut des pouvoirs mystiques pour franchir les protections mises en place par les rebelles, et les Mystiques déclarés qui vivent au grand jour sont tous drainés.

— Même vous ? Même Patrick ? Il vous reste bien quelques pouvoirs, non ?

Elle soupire.

— Pas assez pour descendre dans l'ancien métro. Il ne suffit pas d'être un Mystique pour obtenir le passage, il faut aussi une clé, ou je ne sais quoi. Si bien que les rebelles sont à l'abri de Patrick, de ton père… ou de moi. Sans la totalité de mes pouvoirs, je n'ai aucun moyen de les prévenir de ce qui les attend. (Elle se tait un instant.) Ton père prépare une opération destinée à nettoyer entièrement les souterrains. Ce sera un massacre, et la fin des rêves de Violet Brooks.

J'ai envie de croire Elissa, mais y a-t-il une seule personne qui m'ait dit la vérité dans cette histoire ? Davida, Hunter, Thomas – et maintenant, ça ?

— Pourquoi j'aurais confiance en vous ?

Elissa baisse les yeux sur sa montre.

— Viens. Tu vas voir.

Elle se lève et va fermer les rideaux. Puis elle me fait signe de me cacher derrière les rideaux face au fauteuil. Nous disparaissons juste avant que Benedict ne fasse son entrée dans la salle. On entend un bip aigu quand il ouvre la porte, puis le déclic du loquet qui se referme derrière lui. Il a dû quitter la réunion de crise organisée par mon père. Je jette un coup d'œil entre les rideaux. Je le vois attraper une blouse blanche de laborantin accrochée à une patère et l'enfiler par-dessus son costume.

Un instant plus tard, la deuxième porte s'ouvre. Stiggson apparaît dans ses habits noirs habituels. Il traîne derrière lui une femme aux mains menottées.

— Que se passe-t-il ?

Sans répondre, Elissa pose un doigt sur ses lèvres et me fait signe de continuer à regarder.

Benedict appuie sur quelques interrupteurs tandis que Stiggson pousse sa prisonnière dans le fauteuil. Elle a des cheveux blond filasse ; ses yeux ont la couleur de l'eau de vaisselle.

— Non ! proteste-t-elle d'une voix faible, la bouche tordue de désespoir.

Indifférent, Stiggson l'attache sur le fauteuil. Il lui enfonce un chiffon dans la bouche et lui immobilise la tête au moyen de courroies qui lui bloquent le menton et le front. Ensuite, il lui retire les menottes, qu'il range dans une boîte.

Benedict écarte les rideaux les plus proches de lui. Après avoir examiné le mur, il manipule une succession de tubes et de manettes. Enfin, il appuie sur un gros bouton vert. Le grondement d'une énorme machine emplit la pièce. Contre toute attente, l'éclairage devient encore plus vif.

Benedict enfile des lunettes de protection puis en passe une autre paire à Stiggson, qui les met et se recule contre le mur.

Deux grands disques noirs émergent du sol de part et d'autre du fauteuil. Benedict actionne un autre bouton, et le processus s'enclenche.

La femme se met à briller, comme si elle brûlait de l'intérieur. De minces filaments de lumière verte – comme ceux que j'ai vus sortir des doigts de Hunter – s'échappent de sa poitrine. Ils se déroulent, se tordent et ondulent, deviennent presque jolis. Ils s'entrecroisent jusqu'à tisser une sorte de sphère autour de la femme, une cage de lumière éclatante.

Ce serait magnifique, sans les gémissements de douleur de la malheureuse. Elle grogne derrière son bâillon. Je me bouche les oreilles, sans pour autant cesser de l'entendre. C'est le cri de quelqu'un que l'on assassine à petit feu.

Des couleurs vives flamboient dans la pièce. La sphère lumineuse commence à se disloquer, des rayons s'en détachent avant de s'écouler sur les disques noirs, puis dans deux tubes de verre renforcés au vif-argent.

Stiggson sourit – à croire qu'il apprécie le spectacle. L'expression de Benedict est moins facile à déchiffrer. Terrorisée, je me cramponne au bras d'Elissa pour m'empêcher de crier.

Après ce qui me paraît une éternité, Benedict manipule des boutons qui font taire la machine.

La femme s'affaisse sur le fauteuil.

Stiggson la ramasse, la jette sur son épaule comme un sac de pommes de terre. Il l'allonge sur une table roulante à proximité, la recouvre d'un tissu noir, puis pousse la table hors de la pièce par la porte du fond. Voilà pourquoi je n'ai jamais vu aucun Mystique entrer ou sortir de là : cette pièce a une porte secrète dont j'ignorais l'existence.

Benedict jette un dernier regard autour de lui, s'époussette les mains puis s'en va à son tour par la même porte. Après son départ, Elissa et moi sortons de notre cachette.

Je tremble tant que je peux à peine marcher et que je dois penser à respirer.

— Qui peut-on prévenir ? Il faut arrêter ça tout de suite !

Elissa pose la main sur mon épaule.

— Il n'y a personne à prévenir, Aria. La procédure à laquelle tu viens d'assister, c'est légal, et ça se produit tous les jours.

— Ce n'est pas possible. C'est horrible !

— Je le sais, crois-moi.

Je me sens stupide, tout à coup – bien sûr qu'elle le sait. Elle aussi se fait drainer.

— Je suis désolée, Elissa. Pour ce que ma famille vous fait subir. À vous et à tous les Mystiques.

— Ce n'est pas ta faute, Aria, m'assure-t-elle. Le plus important, c'est ce que nous allons faire pour mettre un terme à ce carnage.

— Qu'est-ce que je peux faire ? dis-je, d'une voix qui tremble non pas de peur mais de colère.

— Nous aider, me répond Elissa. Servir la cause. Le moment venu, je te demanderai de transmettre un message. Ce sera pour bientôt, Aria. Mais en attendant, il va falloir me faire confiance. Et garder le secret.

— Je ne dirai rien à personne, promis, dis-je, en fixant le fauteuil métallique. Je ne vous trahirai pas.

CHAPITRE 20

J.

Mon amour, ma vie. Chaque seconde passée loin de toi est une seconde de plus à vivre dans la souffrance la plus noire. Je viens à peine de te quitter, et maintenant que je suis chez moi, je sens le fantôme de tes baisers sur mes lèvres, mes joues, et au fond de mon cœur. Quand nous enfuirons-nous tous les deux ? Quand trouverons-nous un endroit où nous n'aurons plus à nous cacher et à mentir ? Nous en avons déjà parlé, mais j'en ai besoin maintenant, comme de l'air que je respire – l'heure approche où nous allons enfin pouvoir quitter cette maudite ville. Je le sens. Je te verrai dans trois nuits, mon amour, comme convenu. En attendant…

R.

Je repose la lettre sur mon lit, à côté des autres. Je suis en train de les relire une par une à la recherche d'un détail – du moindre indice – que j'aurais pu rater.

En bas, mes parents et les Foster tiennent une réunion ; je me suis retirée dans ma chambre en prétextant des « préparatifs pour le mariage ». Heureusement, ils avaient tous la tête ailleurs – même Thomas –, parce que Garland prépare ses arguments pour une émission à laquelle il est invité demain matin.

Je fouille dans ma pochette, où j'ai rangé la bague offerte par Thomas. Elle est splendide, c'est indéniable. Mais Thomas peut-il vraiment être l'auteur de ces lettres d'amour, l'étoile de mes souvenirs perdus, le ravisseur de mon cœur ?

Aucune chance.

J'entends un petit bruit à la fenêtre. Je fais disparaître la bague dans ma pochette et cache mes lettres. Puis je me précipite à la fenêtre et j'écarte les rideaux.

Hunter est là, sur le balcon – séparé de moi par un mince panneau de verre.

Voilà près d'une semaine que je ne l'ai pas vu. Je lui ouvre et le fais entrer à l'intérieur. Je bois littéralement sa présence. Pourquoi me fait-il autant d'effet ? C'est peut-être son assurance, sa manière de bouger, la façon dont son T-shirt noir moule son torse. Ou la légère courbure de ses sourcils, le bleu de ses yeux, les ombres qui se creusent au coin de sa bouche quand il sourit. Je suis sensible à chaque détail de sa personne. Est-il l'auteur des lettres ? Non, il m'en aurait sûrement parlé si c'était le cas.

Sans dire un mot, il m'attire contre lui et me prend dans ses bras. Il sent la cannelle et la fumée. Je me niche au creux de son épaule, et l'embrasse doucement dans le cou.

— Je ne savais même pas si je te reverrais. Tu étais au meeting ? Tu as disparu sans laisser de trace, je n'avais aucun moyen de te contacter, et…

— Chut, me souffle-t-il. Tout va bien. Je suis là.

Notre étreinte me paraît si parfaite que je ne peux m'empêcher de penser que nos corps sont faits l'un pour l'autre.

Je savoure l'instant le plus longtemps possible. Puis, lentement, je me détache de lui.

— Tu es là maintenant, dis-je. Mais où étais-tu passé ? Je t'avais demandé de me retrouver ici et tu m'as envoyé Turk à la place, et mon frère l'a vu. Il t'a raconté ? Et ensuite, tu t'es évaporé.

Hunter lève les mains en signe de capitulation.

— D'accord, je me rends. J'ai essayé de garder mes distances parce que je croyais que c'était mieux comme ça, moins risqué. Mais je n'arrête pas de penser à toi. Et je ne peux pas te laisser déambuler dans les Bas-fonds à ma recherche. C'est dangereux, Aria. Beaucoup plus que tu ne l'imagines.

Même si j'ai parfaitement entendu, je veux qu'il le répète.

— Tu… tu as pensé à moi ?

Il me serre contre lui et m'embrasse sur le front.

— Tous les jours, à chaque instant. (Il m'embrasse sur la joue gauche.) Je sais que les choses sont compliquées, reconnaît-il avant de m'embrasser sur la droite, mais j'ai pensé que… eh bien, j'ai pensé…

— Pas ici, je m'interromps en le prenant par la main pour l'entraîner vers la fenêtre ouverte, sur le balcon. C'est trop risqué.

Je pense au drainage, à ce que mes parents infligeraient à Hunter s'ils nous surprenaient ensemble.

— Emmène-moi sur le toit, dis-je.

Hunter me lâche la main, ferme les yeux. Je regarde les rais de lumière jaillir de ses doigts et s'entrelacer comme la fois précédente. Il lève le bras, puis le jette en avant – la lumière cingle l'air et s'accroche au bord du toit comme un lasso. Il me prend dans ses bras.

Et on saute.

Je me cramponne à lui de toutes mes forces. Ses muscles sont durs sous son T-shirt. Je ne me suis jamais sentie aussi… vivante.

Sur le toit, un vent chaud nous enveloppe et je regarde le ciel. Les derniers rayons roses du crépuscule clignotent à l'horizon, avalés par la nuit. Je sens le cœur de Hunter battre dans sa poitrine, pompant le sang et l'énergie mystique à travers son corps – une énergie qui pourrait facilement me tuer.

Sauf que Hunter ne me ferait jamais de mal.

Contrairement à mon père.

Ensemble, on contemple les façades en verre des gratte-ciel. On pourrait presque se croire dans un autre monde, perdu en plein ciel. Une ville de tours oniriques.

— Pourquoi est-ce que tu me fais ça ? je souffle, en respirant son odeur.

Il rit.

— De quoi est-ce que tu parles ?

— Eh bien, ma vie était parfaitement réglée. Enfin, plus ou moins. Et puis tu as débarqué.

— Et puis j'ai débarqué, répète-t-il à voix basse.

— Et tu as tout changé. (Je lui fais face.) Ce que je ressens pour toi… j'ai l'impression que je vais mourir si je ne peux pas te voir. Et puis, quand on est ensemble, j'ai l'impression que je vais mourir si tu t'en vas. C'est… on dirait que… enfin, ça ressemble à…

— De l'amour ? suggère Hunter, les yeux grands ouverts. Tu crois que ça pourrait être de l'amour ?

Je me racle la gorge tout en hochant la tête.

— Je crois que oui. Je l'espère.

— Moi aussi, dit-il. Je l'espère plus que tout.

Puis il se penche sur moi et m'embrasse. Pas sur le front, cette fois, ni sur la joue, mais sur les lèvres. Un vrai baiser.

Presque aussitôt, le médaillon que je porte autour du cou commence à pulser, à se chauffer contre ma peau. Hunter représente tout ce que j'ai toujours désiré sans jamais le savoir. Rien ne compte plus en dehors de nous deux.

— C'est de la folie, je lui murmure à l'oreille. Je te connais à peine, mais j'ai l'impression que… c'est comme si je t'avais attendu toute ma vie.

— Aïe ! s'exclame-t-il, s'écartant de moi en se frottant le torse. Qu'est-ce que c'est ?

Il indique ma gorge, où le médaillon a dû le piquer à travers son T-shirt.

— Oh, dis-je avec nervosité, rien. Je veux dire… c'est mon médaillon.

Je le sors de mon chemisier pour le lui montrer. Une lueur dorée s'en dégage ; il brille au creux de ma paume, en palpitant comme une chose vivante.

Hunter l'examine avec un drôle d'air.

— Pourquoi tu ne me l'as jamais montré ?

— Je ne sais pas, je lui réponds, en lui avouant que je l'ai trouvé dans ma pochette. Je voulais garder ça secret jusqu'à ce que je sache comment l'ouvrir.

— Tu ne peux pas l'ouvrir ?

Hunter avance son doigt vers le médaillon. L'objet fait des bonds dans ma main et devient encore plus chaud. Si ça continue, je ne pourrai plus le tenir.

Je secoue la tête.

— J'ai tout essayé, je n'y arrive pas. (Plus Hunter s'en rapproche, plus les vibrations du médaillon se renforcent.) Mais c'est la première fois que je le vois faire ça. C'est peut-être en rapport avec toi – avec ton énergie ? Regarde comme il réagit à ton contact.

Je détache mon médaillon et le lâche dans la main de Hunter. Il s'embrase comme un soleil miniature.

— Wouah ! Tu crois qu'il possède des pouvoirs ? dis-je.

Hunter prend une grande respiration.

— Eh bien…

Avant qu'il ne puisse poursuivre, il est interrompu par des bruits de pas et la voix de mon père qui claque dans la nuit.

— Plus un geste ! crie mon père.

Hunter se retourne, et il le voit : papa, dans un costume bleu marine, les cheveux au vent. Il est suivi de Stiggson qui braque un pistolet en direction de Hunter. Klartino se tient juste à côté.

— Écarte-toi, Aria, m'ordonne Stiggson de sa voix rocailleuse, tandis que Klartino approuve d'un hochement de tête.

Deux hommes encore plus imposants se tiennent derrière eux, l'un habillé en blanc, l'autre en noir, couverts de tatouages tous les deux.

— Ce n'est pas toi qu'on veut, m'assure Klartino. C'est le Mystique. Donne-le-nous et personne ne sera blessé.

J'entends d'autres bruits de pas et Patrick Benedict sort à son tour sur le toit. Il a l'air sous le choc ; son regard passe de mon père à moi, et il lâche une exclamation étouffée en découvrant Hunter. Kyle est avec lui, un bout de tuyau métallique à la main, comme s'il avait l'intention de frapper quelqu'un.

— Je n'irai nulle part, dis-je, plus fort que je n'en avais l'intention.

Je m'interpose entre Hunter et les hommes de mon père. Ça me vient presque naturellement, comme si je l'avais déjà fait auparavant.

— Aria, pousse-toi, me souffle Hunter à l'oreille. (Il glisse le médaillon dans la poche arrière de son jean.) C'est moi qu'ils veulent, pas toi.

— Pas question que je te laisse.

— Tout le monde est là, Aria, m'annonce mon père en reprenant son sang-froid. Les Foster, Thomas, ils sont tous en bas. Tu te couvres de ridicule.

— Tu trouves que je me comporte de façon ridicule ? (Stiggson a son pistolet pointé sur ma tête. Si je m'écarte il tire sur Hunter, c'est une certitude.) Tu ne sais rien, dis-je, en fixant mon père droit dans les yeux.

— J'en sais plus que tu ne crois, rétorque-t-il. Tu t'imagines être amoureuse de ce… Mystique. De cette chose. Mais tu ignores la vérité à son sujet, Aria. Tu ignores de quoi il est capable.

— J'ai davantage confiance en lui qu'en toi !

— Arrête de faire l'idiote, Aria ! crie Kyle.

Il lève son tuyau et le casse en deux sans effort, un exploit impossible, même pour le plus fort des hommes. Je repense à Frank avec la lampe, à la soirée de Bennie. Kyle doit être chargé au stic. Puis je revois le comprimé de stic que j'ai trouvé sur mon balcon. C'est Kyle qui m'espionnait.

— Aria, c'est trop dangereux, insiste Hunter. Laisse-moi les affronter, je suis de taille à me défendre.

— Non, dis-je à voix basse. Je n'ai pas envie de te perdre.

— Comment veux-tu qu'on procède, Aria? demande Stiggson. Je ne voudrais surtout pas te blesser. J'aimerais mieux régler ça en douceur.

Pourtant, je l'entends ôter le cran de sûreté de son arme.

— Aria, ne bouge plus, murmure Hunter.

J'ai les bras en croix, pour lui faire un rempart de mon corps.

— Oui, dis-je.

— Oh, la plaisanterie a assez duré, s'exclame mon père, arrachant son pistolet à Stiggson pour le braquer sur nous.

Et il me tire dessus.

Enfin, il essaie – parce qu'avant qu'il ait le temps de presser la détente, Hunter s'embrase et m'attrape à bras le corps, me donnant l'impression d'être en feu, et nous dégringolons au travers du toit.

CHAPITRE 21

Hunter est capable de traverser les murs.

Et les plafonds, apparemment.

Voilà ce que je me dis alors qu'on s'enfonce tous les deux sous le toit de mon immeuble.

La chute s'effectue sans heurt, comme à l'entrée de l'ancien métro au Seaport. J'éprouve un picotement, un léger changement dans la pression de l'air, mais je n'ai pas le sentiment d'accomplir quelque chose de physiquement impossible – comme de pénétrer une couche épaisse de métal, de plâtre et de béton.

C'est pourtant bien ce qui se produit. De la magie.

On tombe comme des plumes et on retrouve notre consistance en plein vol.

Quand mes pieds touchent le sol, je rouvre les yeux : nous sommes au milieu de mon salon. Hunter s'accroche à moi comme un désespéré.

Ma mère est assise sur la causeuse, les jambes croisées, bouche bée. Erica Foster est à côté d'elle, et Thomas se tient près du placard aux alcools, en train de boire un bourbon avec des glaçons, semble-t-il. Garland, en pleine discussion avec sa femme, la main sur son épaule, s'interrompt pour nous dévisager avec stupéfaction, Hunter et moi.

— Aria ! s'écrie ma mère en renversant son Martini sur sa robe. Au nom des Hauteurs, mais qu'est-ce que… ?

Avant qu'elle puisse ajouter un mot, mon père, Klartino et Stiggson font irruption dans le salon. Benedict les suit de près.

— Tuez-le ! hurle mon père.

L'un de ses gorilles vise Hunter.

Celui-ci réagit en une fraction de seconde et nous tombons de nouveau, passant à travers le sol du penthouse.

L'étage inférieur nous appartient également.

— Il y a des hommes armés juste à côté, dis-je à Hunter, indiquant l'une des chambres qui donnent sur le living-room spartiate où nous avons atterri ; je sais que ses gardes du corps y dorment parfois.

— Où est la sortie ? me demande-t-il.

— En haut. Ça fait partie du même appartement. Mon père possède les deux étages.

Une cavalcade résonne au-dessus de nos têtes, à croire qu'une armée entière se rue dans les couloirs.

— Viens, dit Hunter en me prenant par la main. Ils vont devoir prendre l'ascenseur. On peut les semer.

— C'est n'importe quoi !

On entend le bruit de l'ascenseur. Hunter m'embrasse fougueusement.

— On peut s'arrêter quand tu veux, Aria. Et je me rendrai. Tu n'as qu'un mot à dire.

— Jamais, dis-je, en lui pressant la main encore plus fort. Je te suis.

Dans un flamboiement d'énergie, Hunter m'entraîne à travers le mur. Pendant un instant, j'ai l'impression d'être écrasée comme dans un étau. Puis la pression s'allège et je me retrouve libre, dans le couloir, en train de courir derrière Hunter vers un autre appartement.

Il a la main moite, mais je n'envisage pas une seconde de le lâcher.

Au bout du couloir, il me prend de nouveau dans ses bras et nous passons à travers le plancher, comme si nous étions dans un immeuble en pleine démolition contrôlée – boum !

Puis à travers un autre, et encore un autre, jusqu'à nous retrouver dans un appartement vide.

Nous atterrissons en douceur. Apparemment, Hunter arrive à contrôler notre densité.

Le mur le plus proche, peint en vert foncé, est orné de tableaux dans des cadres dorés. Le mur du fond est une immense baie vitrée dont les rideaux gris métallisé semblent encadrer le ciel.

— Viens, me dit Hunter.

Il m'entraîne dans un couloir, ouvre la porte d'entrée et regarde à droite et à gauche.

Au-dessus de l'ascenseur, les chiffres lumineux s'allument par ordre décroissant.

— Ils viennent ici, dis-je. Ces ascenseurs desservent uniquement les étages qui appartiennent à ma famille.

— Où sont les ascenseurs express ? demande Hunter.

J'indique le mur d'en face, décoré sur toute sa longueur d'une fresque gigantesque de Manhattan.

— Là-dedans. Ils descendent directement du penthouse jusqu'au niveau un.

— Bonne idée, commente Hunter.

Il me soulève dans ses bras.

— Hunter ? dis-je, en surveillant les chiffres lumineux. Ils sont là.

L'ascenseur émet un tintement.

— C'est parti ! fait-il, en passant la tête dans le mur.

À l'instant où les portes de la cabine s'ouvrent, il bondit à travers le mur…

… et on se retrouve dans l'ascenseur express.

On se cogne contre la cloison opposée de la cabine, en faisant sursauter le seul passager – un homme de mon père, du nom de Bizwick. Il tente maladroitement de dégainer le pistolet qu'il porte à la ceinture.

Hunter l'assomme d'un coup de poing. Sa tête heurte la paroi et il s'écroule sans connaissance sur la moquette.

J'embrasse Hunter sur la joue.

Nous arrivons au niveau un et sortons dans le hall. Personne ne s'attend à nous voir surgir de l'ascenseur express. Par contre, une vingtaine d'hommes armés tiennent la cage d'escalier en joue.

Avant que quiconque ne puisse pousser un cri, Hunter me fait traverser le mur de l'immeuble. Nous débouchons dans un couloir de service derrière les ascenseurs. Il se penche à travers le mur suivant, puis m'attrape et m'entraîne avec lui, et nous émergeons à l'extérieur, sur le trottoir qui fait le tour de mon immeuble.

Nous sommes seuls.

— Cours ! me crie Hunter, en me poussant vers le pont qui relie mon immeuble à celui d'en face.

Il me prend la main et on franchit le pont au pas de course, avant de tourner et de passer devant la station de photorail.

Nous nous cachons dans l'ombre de l'autre côté, le temps de reprendre notre souffle.

— Je ne peux plus courir, dis-je en haletant.

Mon chemisier est trempé de sueur, et j'ai les yeux qui piquent.

De là où je suis, je peux voir les hommes de mon père jaillir de l'immeuble et se ruer dans notre direction, l'arme à la main. À l'intérieur de la station, quelques badauds observent la scène en se demandant ce qui se passe. Nous n'arriverons jamais à monter dans une cabine.

— Arrêtez-vous ! crient les hommes de mon père. Ou on tire !

— Et maintenant ? je demande.

Il n'y a plus aucune issue.

— On va devoir se mouiller un peu, m'avoue Hunter.

Il bondit sur la rambarde de l'un des quais, me hisse jusqu'à lui et me prend dans ses bras.

Et on saute.

Je connais des gens qui s'adonnent au parachutisme. Ils sautent d'un avion en plein ciel, harnachés de pied en cap. Ils se laissent tomber sur une centaine de mètres ; puis ils ouvrent leur parachute et terminent la descente en douceur. Il paraît que c'est génial. Mais je n'ai jamais eu envie d'essayer. J'aurais bien trop peur.

Cette chute avec Hunter ressemble assez au parachutisme tel qu'on me l'a décrit – mais sans équipement.

Je hurle sans interruption jusqu'en bas.

Le vent me coupe le souffle et remonte ma jupe jusqu'à la taille. Je sens les doigts de Hunter s'enfoncer dans mes épaules ; il me tient si serré que nous ne sommes plus qu'une seule et même personne en chute libre vers une mort certaine. Tout se déroule si vite que je n'ai même pas le temps de lui crier « Je t'aime ! ».

Et puis, comme quand il me fait passer les murs, nous devenons plus légers, moins denses, et l'air semble nous traverser sans résistance.

Quand nous atteignons le canal en contrebas, nous ne descendons pas plus vite qu'un ballon ayant perdu presque tout son gaz.

On s'enfonce dans l'eau avec une telle douceur qu'il n'y a même pas d'éclaboussures.

Elle est plus froide que je ne m'y attendais. Et nous plongeons plus profond que je ne l'aurais cru. Il me faut un moment pour me rappeler que je ne sais pas nager. L'eau s'engouffre dans mon nez, ma bouche, et je n'arrive plus à respirer.

Puis Hunter me propulse vers le haut, et nous remontons à la surface. Il nous ramène vers le quai, me pousse hors de l'eau comme si je ne pesais rien, puis se hisse au sec à côté de moi.

— Ça va ? s'inquiète-t-il.

— Tu avais dit : « se mouiller un peu », dis-je en crachant et en toussant. Je suis complètement trempée !

— Je t'ai menti. (Il se met à rire.) On n'a pas beaucoup de temps. Ton père et ses hommes doivent déjà être dans un PDD en ce moment.

Je hoche la tête et je me lève. J'ai la gorge en feu, je vois flou, mais sinon ça va. Un peu plus loin, quelques gondoliers discutent tranquillement devant un vendeur de saucisses, la cigarette à la main, sans faire attention à nous.

Hunter avise leurs gondoles et m'aide à embarquer dans la plus proche. Je ne cherche pas à discuter. Il monte ensuite à bord, détache l'amarre, allume le moteur, et nous voilà partis. Nous avons à peine quitté le quai que les gondoliers se rendent compte de ce qui se passe.

— Hé ! nous hurle l'un d'eux en nous courant après, le poing tendu. Revenez ici !

— Désolée ! je lui crie. Je vous en achèterai une autre quand tout ça sera fini !

Puis je lui adresse un petit signe d'adieu et je me tourne vers Hunter. Nous nous esclaffons – c'est plus fort que nous. Passer à travers les murs, faire une chute de plusieurs centaines d'étages jusqu'aux Bas-fonds...

— C'était dingue ! lui dis-je, en essorant mon chemisier.

Il fait nuit maintenant. Je ne vois plus ni mon père ni ses hommes, mais ils ne sont sûrement pas loin.

Nous filons vers le sud, en multipliant les détours pour nous perdre dans les petits canaux qui bordent Broadway.

Au moment où je commence à croire qu'on les a semés, j'entends des canots derrière nous.

— Des vedettes de la police, commente Hunter. (Il indique le moteur de la gondole.) Ce n'est pas avec ça qu'on va les distancer. Ils vont nous tomber dessus dans une minute.

J'indique un quai devant nous.

— Je te ralentis. Descends là-bas et file. Tu iras plus vite sans moi.

Hunter secoue la tête.

— Je t'ai déjà perdue une fois. Pas question que ça recommence.

— Hein ? De quoi est-ce que tu parles ?

Hunter se range le long du quai et enroule l'amarre de la gondole autour d'un poteau. Il me fait monter sur le trottoir surélevé puis grimpe me rejoindre. Après quoi il sort mon médaillon de la poche de son jean.

Au même instant, les gros nuages d'orage au-dessus de nos têtes se mettent à gronder. La foudre zèbre le ciel, et en un clin d'œil, une pluie torrentielle nous tombe dessus.

Hunter m'entraîne dans une ruelle mal éclairée. Les vedettes de la police ont allumé leurs sirènes qui hululent dans la nuit, de plus en plus fort, de plus en plus près.

Elles sont assourdissantes à présent.

— Je l'ai reconnu dès que tu me l'as montré. C'est un médaillon de capture, me confie Hunter. Ce sont des objets très rares et extrêmement puissants. Sers-t'en avec prudence, et uniquement quand tu es seule.

— Mais comment ?

Je cherche une explication sur son visage que je distingue à peine. Ses traits sont cachés dans l'obscurité. Je voudrais l'entraîner dans la lumière, sous un lampadaire, mais on dirait que j'ai les pieds collés au bitume.

— Je ne sais pas, répond-il. Chacun s'ouvre d'une manière différente en fonction de ce qu'il contient.

Il nous reste si peu de temps.

— Prends-le.

Il referme mes doigts sur le médaillon. Le petit cœur en argent palpite au creux de ma main en diffusant une lueur blafarde.

— Désolé de t'avoir mise en danger.

— Si c'était à refaire, je le referais, dis-je. Sans hésiter.

Il m'embrasse, d'abord doucement, puis avec tant de fougue que j'en ai le souffle coupé. La pluie s'abat, faisant bouillonner les canaux qui serpentent à travers la ville brûlante et sombre. Son torse frémit contre le mien. Des sirènes et plusieurs coups de feu résonnent entre les immeubles ruisselants et délabrés.

Ma famille se rapproche.

— Va-t'en, Aria, m'implore-t-il. Avant qu'ils arrivent.

Mais j'entends déjà des bruits de pas derrière moi. Des éclats de voix. On m'empoigne par les bras pour m'arracher à lui.

— Je t'aime, dit-il à voix basse.

Et ils l'emmènent. Je pousse un cri rageur, mais il est trop tard.

Des hommes en armes font cercle autour de nous. On me tord les deux bras dans le dos. Je donne des coups de pied, je hurle, je me débats tant et plus, mais sans parvenir à me libérer.

— Hunter !

— Aria, me répond-il.

Mais sa voix me parvient étouffée. On lui a enfoncé un morceau de tissu dans la bouche, et je vois Stiggson et Klartino lui parler. Plus loin, j'aperçois Davida de l'autre côté de la rue, à proximité des embarcations. Je me demande si quelqu'un d'autre l'a vue – mais les gorilles de mon père sont plus proches de moi, et se focalisent uniquement sur Hunter.

L'un d'eux enfonce un sac sur la tête de Hunter et lui attache les mains dans le dos avec des menottes métalliques. Puis on l'emporte à bord d'une des vedettes rapides qui nous ont suivis, avant de le jeter sous le pont de l'embarcation comme un ballot.

— Hunter ! je hurle encore.

Mais cette fois, mon appel reste sans réponse.

On referme la trappe et la vedette s'éloigne du quai, vers des eaux plus profondes. Un craquement s'élève derrière moi, comme si quelqu'un venait de marcher sur une branche ou un fragment de dalle.

Je tourne la tête.

Mon père sort de l'ombre. Il braque sur ma tête le canon de son énorme pistolet.

Au fond de moi, une vanne cède.

— Je te déteste, lui dis-je.

Il s'approche.

— Tu vas regarder. Ça te servira de leçon.

Je secoue la tête et je ferme les yeux.

— Ouvre les yeux, Aria.

Je m'exécute à contrecœur.

La vedette ralentit. Mon père lance quelques ordres ; ses hommes font sortir Hunter de la cale et le forcent à se mettre debout. On arrache le sac qui lui recouvrait la tête, et je vois son visage – ce beau, ce merveilleux visage – me chercher en vain. L'un des hommes pose son arme sur la nuque de Hunter.

— Tu peux te vanter de nous avoir fait courir, grogne mon père, mais c'est fini maintenant. Tu vas épouser Thomas, notre famille et celle des Foster vont s'unir, et Garland va remporter les élections. C'est comme ça que l'histoire se termine.

Il lève la main en l'air – un signal.

Une langue de feu troue la nuit, suivie d'une détonation sèche.

Le corps de Hunter tombe à la renverse, frappe le pont de la vedette, bascule par-dessus bord et tombe à l'eau dans une gerbe d'écume.

Je veux hurler mais je n'ai plus de voix. Ma vue se trouble, puis je glisse dans les mains de mes ravisseurs et sombre dans le néant.

Troisième partie

Le cœur a ses raisons
que la raison ne connaît point.
— Blaise Pascal

CHAPITRE
22

Je reprends connaissance dans ma chambre, en proie à une migraine terrible.

La douleur est cuisante, déchirante, comme si on me cognait sur le crâne à coups de marteau. Et elle ne se limite pas uniquement à la tête ; elle se prolonge dans les bras, dans les jambes. Elle me râpe la peau, me donnant l'impression d'être à vif, épuisée, à bout de forces.

Pourtant, tout paraît normal. Je porte mon pyjama préféré, et mes rideaux entrouverts laissent passer un filet de lumière. J'essaie d'avaler ma salive, mais j'ai la bouche sèche ; alors je tends la main vers le verre d'eau que je laisse d'habitude sur ma table de nuit.

C'est là que je m'aperçois que je suis menottée à mon lit.

Et pour couronner le tout, ma mère se tient debout à mon chevet.

— Dieu merci, dit-elle, en se penchant pour appuyer sur un bouton mural. Je vais demander à Magdalena de t'apporter une orange pressée.

Je demande d'une voix pâteuse :

— J'ai dormi combien de temps ?

J'essaie de me redresser, mais les menottes m'en empêchent. J'ai un bleu au creux du bras, probablement causé par un goutte-à-goutte.

— Pas longtemps, répond ma mère en s'asseyant dans l'un des énormes fauteuils à côté de la commode. Juste quelques jours. Nous avons dû t'administrer un sédatif.

Je suis sous le choc.

— Vous avez dû quoi ?

Ma mère lisse son tailleur Chanel rose.

— Tu es trop mélodramatique, Aria. (Elle fait la moue.) On peut dire que tu nous en as fait voir. Après tous les efforts que nous avons faits, ton père et moi… tous les sacrifices de tes grands-parents… Dieu merci, ils ne sont plus là pour voir ça.

On frappe à la porte. Maman ouvre d'une pression sur un bouton, et Magdalena entre, apportant un plateau qu'elle dépose au pied de mon lit.

— Et voilà, madame, dit-elle à l'adresse de ma mère, avant de se retirer.

Maman hausse les sourcils.

— Tu ne manges pas ? Tu dois mourir de faim.

— Comment veux-tu que je fasse ? je rétorque, en levant les bras.

Les menottes tintent contre le montant métallique de mon lit.

— On te détachera bientôt.

Ma mère attrape le verre de jus d'orange, glisse une paille dedans et l'approche de mes lèvres. J'en bois une gorgée à contrecœur – le liquide frais et sucré m'adoucit la gorge.

— Là, là, dit-elle en passant sa main libre sur ma tête.

Son alliance s'accroche dans mes cheveux.

— Aïe ! dis-je, avec un sursaut.

Elle lâche le verre ; le jus se répand sur l'oreiller et sur les draps.

— Regarde ce que tu me fais faire ! s'exclame ma mère. Magdalena !

— Je ne veux pas voir Magdalena ! et je ne veux plus te voir non plus ! Laisse-moi tranquille, espèce de harpie !

Des souvenirs me reviennent en force – moi, obligée de regarder pendant que mon père fait exécuter Hunter. Je toise ma mère avec toute la froideur dont je suis capable.

— Tu étais là et tu n'as rien fait. Tu l'as tué.

— Tu délires, proteste ma mère. Je n'ai tué personne.

Je vois bien à son expression que mon accusation la touche : elle a les mâchoires crispées, et des rides apparaissent malgré toutes les opérations qu'elle a subies.

Je baisse le ton et continue le plus calmement possible :

— Tu n'es plus ma mère. Je préférerais encore causer la ruine de la famille que d'épouser Thomas.

Pendant une seconde, sa lèvre frémit. Puis elle se domine et se tourne vers ma table de nuit. Elle y ramasse une longue seringue argentée ainsi qu'un flacon de liquide incolore. Elle remplit la seringue dans le flacon, puis m'attrape le bras.

J'essaie de m'écarter.

— Qu'est-ce que tu fais ?

— Tiens-toi tranquille, me recommande-t-elle en cherchant une veine.

Puis elle me pique.

Je sens une vague de calme me submerger. Mon sang s'épaissit, mes paupières s'alourdissent. Le visage de ma mère est la dernière chose que je vois avant de perdre connaissance. J'ai l'impression de la voir rire.

***

Je rêve.

Du blanc. Du blanc partout. Comme si on avait jeté un drap tout propre sur la ville entière.

Mes rêves s'étalent sur le tissu aux couleurs éclatantes, pleins de scènes flamboyantes et d'images confuses – carrousels et barbe à papa ; minces rayons de lumière verte ; jantes chromées de la moto de Turk ; algues noirâtres accrochées au flanc d'une gondole ; reflets du vif-argent sur les tubes dans la salle de drainage; ondulations liquides de l'énergie dans les flèches; colère et déception dans les yeux de mon père; et le bruit d'un coup de feu.

Mais en fait, je rêve surtout de Hunter.

Je retrouve la sensation de ses bras autour de moi, de ses baisers au creux de mon cou.

Puis je me souviens qu'il est mort et je me réveille en larmes, criant dans la nuit.

***

Deux semaines ont passé. On finit par me retirer les menottes et m'autoriser à me lever à condition de ne pas sortir de l'appartement. On a fait croire à mes amies – Kiki, Bennie et mes autres demoiselles d'honneur – que j'étais très malade et que je les contacterais dès que je me sentirais mieux. Kyle m'évite et reste le plus souvent enfermé dans sa chambre, quand il ne dort pas chez Bennie.

On m'a confisqué mon TactilEgo. Les seules visites autorisées sont celles des organisateurs du mariage. Ils me posent des questions auxquelles je refuse de répondre, dans l'espoir que mon manque de coopération retardera l'inévitable. Alors, c'est ma mère qui répond à ma place. Elle choisit le gâteau (une pièce montée à trois étages avec de la ganache au chocolat, décorée de roses rouges en sucre), et on prend mes mesures une dernière fois pour la robe. Ma mère fournit la liste de ses chansons préférées au chef d'orchestre, qui les répétera avec ses musiciens.

Il n'y aura pas de cérémonie des cadeaux – ce qui fait partie de ma punition, je suppose, même si ça me laisse complètement indifférente. Le mariage aura lieu le week-end de la fête du Travail, près de deux semaines après les élections municipales.

Thomas ne vient pas me voir – ce que j'apprécie. Il m'appelle à plusieurs reprises, mais je fais semblant de dormir pour éviter de lui parler. Sa bague prend la poussière sur ma table de nuit.

Un jour, je surprends une conversation entre ma mère et Magdalena.

— Je n'en reviens pas qu'elle soit partie comme ça, ronchonne ma mère en se massant les tempes. (Elle parle de Davida, qui a disparu la nuit où Hunter a été tué.) Nous l'avons pratiquement recueillie au berceau, et voilà qu'elle se volatilise sans un mot ? Les gens sont d'une ingratitude !

Moi aussi, je me demande où est passée Davida, et si elle a informé les rebelles de ce qui est arrivé à Hunter. J'espère que oui et qu'ils feront ce qu'il faut pour le venger.

Un soir, Kyle vient s'asseoir à côté de moi sur le canapé du salon. Je pioche des morceaux de fruits dans un bol avec une fourchette. La télévision est allumée, mais je n'y prête pas attention.

Il s'installe et se frotte les mains. Je l'étudie du coin de l'œil : il porte un T-shirt bleu marine et un short à carreaux. Je ne lui dis pas un mot.

Nous restons assis comme ça, en silence, jusqu'à ce qu'il se décide à prendre la parole.

— Je suis désolé, tu sais ?

Je ne réponds rien.

— Aria ? J'ai dit que j'étais désolé.

Je secoue la tête.

— Je ne t'entends pas. Je ne parle pas aux assassins.

— Écoute, reprend-il en posant les mains sur ses genoux. À propos de ton Mystique…

— Hunter, je corrige, la poitrine serrée. Il s'appelait Hunter.

Kyle ignore mon interruption.

— Je suis ton frère, je ne veux que ton bonheur. Même si tu ne vois pas les choses comme ça pour l'instant, je crois qu'avec le temps tu finiras par comprendre que j'ai fait ce qu'il fallait.

— La seule chose que je risque de comprendre avec le temps, c'est l'étendue de ta trahison, dis-je, et vu ce que j'en sais déjà, ça promet.

Je me tourne et lui fais face. Malgré son discours plein d'assurance, il a l'air gêné, honteux.

— Tu prends du stic, je lui déclare en me levant. Tu t'en es servi pour sauter de ton balcon jusqu'au mien et m'espionner. C'est comme ça que papa a su qu'on était sur le toit. (Je le regarde droit dans les yeux.) Tu as le sang de Hunter sur les mains. Ne m'adresse plus la parole. Plus jamais.

Kyle me dévisage, éberlué.

— Aria…, commence-t-il.

Mais je ne lui laisse pas le temps de finir. Je grimpe l'escalier quatre à quatre et cours m'enfermer dans ma chambre, où je me jette sur le lit et m'abîme dans la contemplation du plafond.

On frappe à ma porte.

— Va te faire voir, Kyle, je marmonne.

On frappe encore.

— J'ai dit : va te faire voir !

Mais il insiste. Je me lève de mon lit, et je presse le panneau tactile mural. La porte s'efface.

— Kyle, tu vas me faire le plaisir de…

— Ce n'est pas Kyle, me coupe Thomas, qui se tient devant moi, un bouquet de roses à la main.

Il porte une belle chemise rouge, col ouvert, et un pantalon en lin. Il a mis du gel dans ses cheveux qu'il a coiffés en arrière ; j'aperçois près de sa tempe un minuscule grain de beauté que je n'avais encore jamais remarqué.

— Je peux entrer ? me demande-t-il.

— Non.

Je croise les bras. J'ai beau détester Thomas, je regrette de ne pas m'être lavé les cheveux ces derniers jours. Bah, tant pis.

Thomas sourit.

— Je suis venu m'excuser. Encore une fois.

Il passe devant moi, s'avance tranquillement dans ma chambre et pose ses fleurs sur mon bureau.

— Elles sont pour toi.

— Très original, dis-je, en m'asseyant au bord de mon lit. Bon, eh bien, je t'écoute. Plus vite tu auras craché le morceau, plus vite tu pourras t'en aller.

— Aria, dit Thomas en venant s'asseoir près de moi. Tu prends ça de la pire des manières. Je ne suis pas ton ennemi, tu sais ?

— Tu m'as menti. Et tu m'as trompée avec Gretchen Monasty.

Thomas secoue la tête.

— Gretchen ? Elle ne représente rien pour moi.

— N'empêche que… Oh, et puis tu sais quoi ? Je m'en fiche. Je ne suis pas amoureuse de toi, Thomas. J'ai tout oublié et tu en as bien profité. Je n'ai jamais pris de stic. Contrairement à toi. La seule raison pour laquelle on va se marier, c'est le projet politique de nos parents.

Thomas se penche en arrière.

— Et alors ?

— Comment ça, « et alors » ? dis-je en haussant les sourcils.

— C'est simple pourtant, réplique Thomas, quelle importance de savoir pourquoi on va se marier ? D'accord, peut-être qu'on n'est pas tombés amoureux comme tu l'avais cru. Est-ce que tu es heureuse ici, enfermée comme une prisonnière ? Tu es sans cesse en train de t'opposer à tes parents, Aria, mais ce n'est pas un hasard s'ils sont devenus les maîtres de la ville. Ils sont très malins.

— Où veux-tu en venir ?

— Je veux dire, m'explique Thomas, qu'on pourrait essayer d'être plus malins qu'eux. Bon, peut-être que tu étais amoureuse de ton Mystique. Tu ne t'es jamais dit que j'étais peut-être amoureux moi aussi de quelqu'un d'autre ?

J'ai aussitôt en tête l'image de Gretchen, ses lèvres collées à celles de Thomas.

— Notre rencontre, notre premier baiser, rien de tout ça n'était vrai, hein ? Je ne t'en veux même pas pour Gretchen. Tu es un menteur, Thomas.

Il hausse les épaules.

— Il y a pire que le mensonge dans la vie, tu sais, Aria. Surtout quand on ment pour protéger quelqu'un.

— Et tu voulais protéger qui, exactement ?

Il secoue la tête.

— Tu n'as toujours pas compris, hein ? J'essayais de te protéger toi.

— Moi ? Plutôt toi, oui.

— Disons toi et moi, en convient-il. Tu n'es pas la seule à devoir te plier aux volontés de tes parents. Pourquoi lutter ? Épouse-moi, et ensuite tu feras ce que tu voudras. Je ne suis pas un geôlier comme ton père. Tu veux t'offrir une petite aventure avec un Mystique ? Vas-y. Je m'en moque. Considère notre mariage comme une transaction entre nous. Le moyen pour nous deux d'accéder à la richesse et au pouvoir, d'obtenir tout ce qu'on veut. Bientôt, Garland sera à la tête de la ville, et après ce sera mon tour. Tu n'as pas envie d'être la femme de l'homme le plus puissant de Manhattan ?

Je détourne les yeux. Comment ai-je pu imaginer un jour que ces lettres enflammées, ces déclarations d'amour, pouvaient provenir de quelqu'un comme lui ? Thomas ne se préoccupe que de l'argent, du prestige et de l'image. Seul quelqu'un de vraiment amoureux a pu me les écrire – pas quelqu'un qui se résigne à un mariage de convenance. À moins que ces lettres n'aient été qu'un élément de la supercherie, glissées dans ma chambre pour me faire croire à l'amour de Thomas ?

Ces souvenirs de nous deux dans les Bas-fonds, de notre rencontre… concernent-ils vraiment Thomas ? Ou m'en suis-je convaincue toute seule ? Ne serait-ce pas une conséquence de ce que m'a dit Lyrica, à propos de l'altération de ma mémoire ?

— Je compte me marier quand je serai amoureuse, dis-je enfin. Je veux passer le reste de mes jours avec quelqu'un parce que j'en ai envie, pas parce que j'y suis obligée.

— On ne fait pas toujours ce qu'on veut, Aria. (Thomas hausse les épaules.) Demande donc à Hunter.

Je le gifle.

— Je refuse de t'épouser.

Thomas met la main à sa joue et gronde :

— Tu n'as pas le choix. Tes parents ne t'ont pas dit ? La date du mariage a été avancée. On va se marier avant les élections. Alors montre-toi intelligente et joue le jeu. Sinon tu risques de nous faire tuer tous les deux.

CHAPITRE 23

Le lendemain, Kiki et Bennie passent me voir pour me remonter le moral.

J'ignore pourquoi ma mère a levé son interdiction de visites, mais je ne m'en plains pas. Apparemment, j'ai connu une guérison miraculeuse et ne suis plus malade. Allez comprendre.

Ma famille a réussi à étouffer le meurtre de Hunter dans les journaux. Ceux-ci ont publié la date du mariage. Thomas ne mentait pas : nous devons nous marier le samedi 11 août, plus de deux semaines avant les élections du mardi 21. Je n'en reviens pas d'être la dernière à l'apprendre.

— On vient juste d'essayer nos robes de demoiselles d'honneur, m'annonce Kiki en se tamponnant le front avec un mouchoir. Ta mère a choisi un modèle splendide.

— Divin, renchérit Bennie, en indiquant sa poitrine puis ses hanches. Serré en haut, cintré à la taille, et ensuite… Waouh ! jusqu'en bas !

Kiki glousse.

— Mais ne t'en fais pas. On ne te volera pas la vedette, promis.

Je lève les yeux au plafond.

— Crois-moi, ça ne m'inquiète pas.

— Tu sais, ce n'est pas parce que tu étais malade que tu ne pouvais pas nous envoyer de textos, me reproche Kiki en écartant les rideaux. Ou que tu devais te sentir obligée de transformer ta chambre en mausolée. Sérieusement, Aria.

Je me protège les yeux de la lumière. Ces derniers jours, je suis d'humeur si sombre que j'ai voulu une chambre à l'avenant.

Je n'arrive pas à croire que Hunter soit mort. Je me sens complètement vide, hantée par une tristesse qui refuse de s'en aller. J'ai mal partout, j'ai le nez et les yeux rougis à force d'avoir pleuré. En un sens, ça ne me paraît même pas réel… pourtant je sais bien qu'il est mort. Ils l'ont abattu sous mes yeux.

La seule manière de donner un semblant de signification à sa mort serait de prévenir sa famille, me glisser dans les souterrains et alerter Violet Brooks et les rebelles que mes parents sont sur leurs traces. Mais vu la surveillance dont je fais l'objet en ce moment, ce n'est même pas la peine d'y penser.

— Bon, assez parlé de ça, s'exclame Kiki en se laissant tomber à côté de moi sur le lit. Pourquoi as-tu avancé la date du mariage… surtout avec ta maladie ? Qu'est-ce qui ne tourne pas rond chez toi ? Tu es tellement amoureuse de Thomas que tu ne pouvais pas attendre quelques semaines de plus ? (Elle s'esclaffe.) Aria Rose, victime de la maladie d'amour !

Bennie rit avec elle, et je me demande comment elles peuvent être aussi naïves. Je regrette de ne pas les avoir mises dans la confidence depuis le début ; maintenant, il est trop tard. Je pense à l'avertissement de Thomas : le moindre faux pas risque de nous coûter la vie.

Mes parents iraient-ils jusqu'à me faire assassiner si je leur désobéissais ? Quoi qu'il arrive, je reste quand même leur fille. Mais avec les élections dans la balance, eh bien… je ne suis plus sûre de rien.

Et ça me fait peur.

— Aria, tu n'es pas obligée de nous le dire si tu n'en as pas envie, intervient Bennie qui est habillée en marin aujourd'hui, dans une jolie robe blanche bordée de bleu. Mais si tu préfères tout nous raconter, on ne t'en voudra pas.

Je me demande si Bennie se doute de ce qui l'attend en restant avec Kyle. Une vie entière au service de la cause politique des Rose.

— C'est ma mère qui a voulu modifier la date, dis-je. Elle trouve que c'est mieux, par rapport aux élections.

Les filles hochent la tête.

— Pas bête, approuve Kiki. Et moi qui n'ai même pas encore trouvé mon cavalier ! Je veux un garçon mignon pour me faire danser les slows et me peloter dans les toilettes.

— L'heure tourne ! s'écrie Bennie en battant des mains. Tic, tac, tic, tac, tic, tac !

— Pfff! fait Kiki en se levant pour s'observer dans mon miroir. Personne ne fait jamais attention à moi de toute façon, pas quand je suis prise en sandwich entre vous deux. (Elle soupire.) Ah ! Je suis jalouse.

Bennie se tourne vers moi, la main sur mon poignet.

— Kiki et moi, on a pensé à un truc : pourquoi on ne débarquerait pas vendredi soir avec quelques filles de Florence ? On regarderait des films, on mangerait du pop-corn et on dirait du mal de plein de gens. Ce serait drôle ! Une sorte de mini enterrement de vie de jeune fille, puisque ta mère dit que tu n'as pas envie qu'on fasse les choses en grand.

Elle a dit ça ? Ça ne m'étonne pas.

— Il faudra que je demande à maman, dis-je, et je doute que…

— Elle nous a déjà donné son accord ! s'exclame Bennie. Oh, ça va être super ! Ne t'en fais pas, Aria, on s'occupe de tout.

— Tu auras juste à être là, conclut Kiki en me pressant gentiment l'épaule.

Même si ce genre de soirée est bien la dernière chose dont

j'aie envie en ce moment – à l'exception d'un mariage –, je hoche la tête. Kiki et Bennie poussent des cris d'excitation.

Bon, me dis-je, *au moins il y en a qui s'amusent.*

***

Quelques heures après leur départ, une grosse activité se déploie dans l'appartement. À l'oreille, je dirais quatre ou cinq femmes qui discutent et multiplient les allées et venues devant ma chambre.

J'entends un aspirateur se mettre en marche, puis ma mère vient frapper à ma porte. Elle l'ouvre et s'adresse à moi depuis le seuil. Je reste allongée sur mon lit, au-dessus des couvertures.

— Aria, me dit-elle, juste pour que tu le saches, je descends dans le centre avec Erica Foster.

— D'accord. C'est quoi, tout ce raffut ?

Elle jette un coup d'œil dans le couloir.

— Oh, nous avons engagé une équipe de nettoyage pour débarrasser la chambre de Davida. (Elle redresse son pendentif en diamant.) De toute manière, je serai de retour à quatre heures. Elles devraient avoir terminé d'ici là.

Je la regarde s'en aller, puis je repose la tête sur mon oreiller. Je me demande où est passée Davida. Sans doute a-t-elle été tellement traumatisée par les agissements de ma famille qu'elle est retournée vivre auprès de sa mère. Je suis sur le point de fermer les yeux quand un détail me revient en mémoire. Je m'assieds sur mon lit.

Les gants de Davida. Je ne peux pas les laisser partir à la poubelle.

Je saute de mon lit, sors dans le couloir et me glisse devant la chambre de Kyle pour accéder à l'aile des domestiques.

La chambre de Davida est grande ouverte. Je passe la tête à l'intérieur et je découvre plusieurs dizaines de sacs-poubelle pleins à craquer. Trois femmes en uniforme blanc s'activent au milieu du chantier. Ce spectacle me désole à un point incroyable. Non seulement j'ai perdu Hunter, mais je suis aussi en train de perdre Davida.

— Heu, excusez-moi ?

Les femmes s'interrompent et relèvent la tête.

— J'aurais juste besoin d'un petit moment seule ici. Vous voulez bien revenir dans cinq minutes ?

Elles échangent un regard, haussent les épaules puis quittent la pièce. Je referme la porte et fonce droit où j'ai vu les gants la dernière fois, sous le lit de Davida. Je me mets à quatre pattes sur le sol, tends la main et cherche à tâtons la mallette métallique.

Elle n'est plus là.

Je retire ma main et regarde autour de moi. Je compte au moins une vingtaine de sacs remplis de vêtements, de livres et de babioles accumulées par Davida. Heureusement, les sacs ne sont pas fermés. Je les fouille rapidement. Deux d'entre eux contiennent des uniformes de différentes tailles, certains si petits qu'ils doivent remonter à l'enfance de Davida. Ne jetait-elle donc jamais rien ? Un autre déborde de sous-vêtements et d'affaires de toilette ; aucun ne contient de mallette métallique. Ni de gants. Où ont-ils bien pu passer, bon sang ?

Je me lève et j'essuie mon front moite avec ma manche de pyjama. Que me reste-t-il ?

Le placard.

Il est encore ouvert, et presque vide. J'examine rapidement son contenu – des sweat-shirts, quelques robes que mes parents lui donnaient en certaines occasions, des habits qu'elle ne mettait qu'une fois. Elle était toujours en uniforme. Ces vêtements sont pratiquement neufs.

Je sors une robe rose au col décoré de strass et je fonds en larmes. J'ai offert cette robe à Davida pour son seizième anniversaire.

Je colle l'étoffe contre mon visage et je respire à fond. Ça sent l'odeur de lessive parfumée à la rose. Je revois Davida la nuit où Hunter est mort, qui nous regardait tous les deux en sanglotant.

Je range la robe dans le placard et récupère un sweat-shirt qui m'appartient. Je peux bien le garder en attendant que Davida réapparaisse. Mais au lieu de se plier en souplesse, le vêtement garde une certaine raideur et produit un… bruit de papier froissé.

Hein ?

Je l'observe à la lumière. Il a l'air normal, mais en palpant l'intérieur je sens quelque chose de lisse. Lentement, je retourne le vêtement. Je lâche une exclamation étouffée : il est entièrement doublé de papier recouvert de l'écriture de Davida et cousu dans le coton.

Je pose le sweat-shirt sur le lit puis sors un autre vêtement du placard, une fine chemise de nuit blanche. À l'intérieur, je sens la même raideur, et quand je la retourne je trouve d'autres notes cousues en doublure.

Je passe en revue le placard : une robe en laine rouge qu'elle a portée une fois à l'église, une robe en jersey, blanche avec une bande noire, un blazer noir, une jupe plissée bleu marine, un cardigan vert olive. Je trouve au moins une douzaine de vêtements truffés de notes. Je les décroche sans hésiter et les ramène dans ma chambre.

Mes parents ont désactivé le verrou de ma porte, j'ai donc intérêt à faire vite. J'attrape un coupe-papier orné de joyaux dans un tiroir et je découds le sweat-shirt. Délicatement, je défais les coutures et regarde les notes pleuvoir sur le sol comme des cartes à jouer.

Une fois que je les ai toutes récupérées, je ramasse les vêtements, les rapporte dans la chambre de Davida et les fourre dans le premier sac qui me tombe sous la main. Puis je retourne dans ma chambre, ferme la porte, rassemble les notes et commence à les lire. La première que je saisis est datée d'il y a plus d'un an.

Je ne vois aucun endroit sûr où coucher mes pensées par écrit. Mon TactilEgo a un mouchard; les hommes de monsieur R. lisent mes e-mails. Le mieux est peut-être encore de faire ça à l'ancienne – ils sont trop sûrs d'eux pour chercher des indices sous leur nez –, l'encre et le papier, des mots écrits avec le cœur.

Je serais bien incapable de dire ce qu'ils soupçonnent et ce qu'ils ignorent. Je garde les oreilles et les yeux ouverts, prête à relayer la moindre information aux autres – tout ce qui pourrait nous aider à mettre un terme à cette situation.

Il semble que je sois tombée sur une sorte de journal intime – des notes dont Davida espérait qu'elles resteraient cachées au cas où on fouillerait sa chambre. J'étale les feuilles sur mon lit ; certaines remontent à plus de six ans, à l'époque où Davida est venue s'installer chez nous. Je cherche les plus récentes et je continue ma lecture.

14/05

Me suis glissée chez moi hier. Ç'a été bon de revoir tout le monde. Je voulais rester, mais on m'a dit que j'étais plus utile ici, que je devais être patiente... D'accord, mais combien de temps encore ?

24/06

Temps particulièrement sec aujourd'hui. Aria ne se sent pas bien ; elle a encore mal à la tête à cause de l'opération. Je ne sais pas exactement ce qu'ils lui ont dit – en dehors de cette histoire d'overdose de stic. Je me demande si elle y croit. Elle est trop intelligente pour tomber dans le panneau. J'espère qu'elle va se remettre.

Ainsi donc, Davida savait que mes parents m'avaient menti à propos de mon overdose – et elle ne m'a rien dit ?

28/06

Garland Foster est candidat aux prochaines élections. Aria doit épouser Thomas Foster, qui a prévu de déménager ensuite dans le West Side où il pourra vivre sous la surveillance permanente des Rose. Grandes nouvelles, et tellement inattendues ! J'ai prévenu les autres. Il faut nous préparer sans tarder.

29/06

Gros mal de tête aujourd'hui. Voilà des semaines que je n'ai pas revu ma famille. Parfois, j'ai l'impression que les heures durent des jours et que les jours durent des années. Quand pourrai-je enfin rentrer chez moi ? Quand pourrai-je le revoir ?

08/07

J'ai parfois l'impression qu'elle me connaît mieux que je ne me connais moi-même. C'est tellement difficile de cacher mes sentiments. Surtout quand j'aurais envie d'être sincère avec elle… mais c'est impossible. Pas pour l'instant. Pourtant, quand je les ai vus ensemble, j'ai bien failli lâcher un cri de douleur. J'avais la sensation de suffoquer, je n'arrivais plus à respirer. Ce n'est pas juste.

09/07

Hier soir j'ai rêvé de mon mariage, de la robe blanche que je porterai, des vœux que je prononcerai, que j'ai rédigés il y a plus d'un an… Difficile de croire que je suis pratiquement fiancée depuis le jour de ma naissance, mais la date se rapproche… J'aurai dix-huit ans dans quelques mois, et alors je pourrai rentrer chez moi. Pour le retrouver.

Plus j'avance dans ma lecture, plus je me forme une image précise de Davida. On l'a fait entrer toute petite au service de mes parents afin qu'elle les espionne et que plus tard, devenue assez grande, elle puisse transmettre aux rebelles des renseignements de première main. L'orphelinat ? Un mensonge. Aucune femme du nom de Shelly ne lui a jamais appris à masquer ses pouvoirs. Ses gants lui sont fournis par sa famille, et son histoire de cicatrices a été concoctée par ses parents. Chaque fois qu'elle s'éclipsait mystérieusement, ces derniers temps, c'était pour descendre dans les Bas-fonds et rendre compte aux rebelles. Non seulement ça, mais elle est fiancée depuis l'enfance à un Mystique rebelle.

10/07

Aujourd'hui, pris un gâteau à la cannelle et un café en compagnie de Magdalena. Elle a demandé à voir mes cicatrices, mais j'ai refusé...

Je continue à parcourir les feuilles. Les notes de Davida s'intéressent autant à ma famille et à moi qu'à ses réflexions sur la vie ou la politique. Je m'arrête sur celle-ci :

15/07

Parfois j'ai peur qu'il ne m'aime pas comme je l'aime. Je me rappelle encore quand on jouait tous les deux, enfants. Mais ça remonte à tellement loin. Il y a tellement longtemps que je me cache ici, dans les Hauteurs... Est-ce qu'il se souvient encore de ma tête ?

Je l'ai vu ce soir. Mais son cœur appartient à une autre. Tout est fichu, maintenant. Je ne pourrai jamais lui dire la vérité. Ce n'est pas sa faute à elle, mais à lui. Et à moi, je suppose, pour avoir cru aux contes de fées.

Comment Davida a-t-elle pu me tenir à ce point éloignée de ses préoccupations ? Comment ai-je pu être aussi aveugle, pour ne me douter de rien ? J'ai vécu sous le même toit qu'elle pendant presque toute ma vie.

Je me sens trahie. Par Davida et par mes parents, qui m'ont manipulée jusqu'à plus soif.

Quand j'en arrive à la dernière note, la plus récente, mon sang se fige.

Je vais faire ce que je peux pour l'oublier. Me concentrer uniquement sur ma mission… J'ai entendu parler de représailles contre Violet. J'ai averti les autres, mais j'espère qu'il n'est pas trop tard.

Je ne prononcerai plus jamais le nom de mon bien-aimé. Il n'est pas pour moi ; il en aime une autre.

Je veux le coucher une dernière fois sur le papier – et m'en débarrasser pour toujours :

Hunter Brooks.

CHAPITRE 24

Le Dr May me lance un regard sinistre.

— Honnêtement, Aria, j'essaie juste de t'aider.

La pièce est aussi blanche que dans mon souvenir, elle sent le citron frais et l'antiseptique. Son assistante, Patricia, demeure invisible.

— Je ne vous crois pas, dis-je, avec un signe de tête en direction du plateau métallique chargé de seringues. Ça ne ressemble pas exactement à une salle de concert.

On m'a fait quitter l'appartement au prétexte d'aller écouter l'orchestre qui doit jouer à mon mariage. J'ai trouvé ça curieux, car mon père nous accompagnait alors que je l'aurais plutôt vu laisser cette corvée à ma mère. Mais à bord du photorail, j'ai tout de suite compris où on m'emmenait en réalité : au cabinet du Dr May.

Je ne détiens pas encore toutes les réponses, mais j'ai au moins compris une chose : c'est le Dr May le responsable de mon amnésie. Avant je croyais qu'il voulait me soigner, mais je sais maintenant qu'il s'efforce au contraire d'anéantir ma mémoire. Il va faire disparaître mes souvenirs de Hunter et les remplacer par de faux sentiments à l'égard de Thomas. Probablement à la demande de mes parents.

Hunter. Davida. Même maintenant, sur le point de subir une opération, je ne peux m'empêcher de penser à eux et à ce que… eh bien, qu'éprouvaient-ils exactement ? Davida était amoureuse de lui – cela transparaît clairement dans ses notes –, mais j'ignore ce que Hunter ressentait pour elle. Et je n'aurai plus l'occasion de lui poser la question.

Le Dr May m'attrape par le bras. Je me réfugie à l'autre bout de la table.

Ça le fait rire.

— Tu ne fais que retarder l'inévitable, dit-il, en indiquant la porte derrière laquelle patientent mes parents. (Il relève les manches de sa blouse blanche et choisit une seringue.) Soit tu coopères, soit il faudra t'endormir avant l'opération.

Il tend la main vers moi. Cette fois-ci, je soulève une jambe et lui décoche un coup de pied dans le ventre.

— Aïe ! grogne-t-il, plié en deux de douleur.

Il va jusqu'au mur en titubant et appuie sur un bouton rouge.

Une assistante fait son entrée.

— Administrez-lui un sédatif, ordonne le Dr May. Tout de suite !

La jeune femme se retourne pour s'exécuter quand Patrick Benedict pénètre dans la pièce. Je me recroqueville. C'est bien la dernière personne que j'aie envie de voir en ce moment.

— Je pourrais peut-être me rendre utile ? propose-t-il au Dr May.

Ils se serrent la main ; ils sont amis, bien sûr.

— Cette petite peste est impossible, se plaint le Dr May en pointant sa seringue vers moi. Je l'aurais endormie d'office, mais le produit interfère avec la procédure. Je suppose que nous allons devoir prendre le risque.

— Pourquoi ne pas me laisser un moment avec elle ? suggère Benedict. Aria et moi avons toujours été sur la même longueur d'onde.

Le Dr May hoche la tête, puis quitte la pièce sans se faire prier, en faisant signe à son assistante de le suivre. Je le vois entamer un conciliabule avec mes parents dans le couloir.

La porte coulisse derrière lui.

— Enfin seuls ! j'ironise.

Benedict ne m'a jamais appréciée ; sa présence ici est un très mauvais signe.

Il ignore mon commentaire, tout en gardant un œil sur mes parents à travers la baie vitrée. Il patiente quelques secondes, puis m'empoigne par les épaules.

— Aïe ! dis-je.

— Chut ! fait-il, en me murmurant la suite à l'oreille. Nous n'avons qu'une minute, alors écoute-moi bien, Aria. Je vais te donner un comprimé que tu vas avaler immédiatement. Après quoi, tu les laisseras t'opérer sans faire d'histoires. Le processus d'altération mémorielle va échouer ; mais quand tu ressortiras de la machine, tu feras comme s'il avait réussi. On te posera toute une série de questions. Regarde-moi bien avant de répondre. Si je cligne une fois, réponds « oui » ; et « non », si c'est deux fois. C'ompris ?

Il me lâche, en me glissant discrètement un comprimé blanc dans la main. Je la referme sans quitter Benedict des yeux. Je ne sais plus quoi penser.

— Pourquoi vous faites ça ?

— Plus tard, les explications, répond Benedict avec un regard en coin vers la porte du labo. Il faut me faire confiance, Aria. Pour Hunter.

Hunter.

La porte se rouvre, et le Dr May revient. Moi, faire confiance à Benedict ? Il s'est toujours comporté comme un ogre, brutal et grossier. En plus, c'est l'âme damnée de mon père. Pourquoi diable lui ferais-je confiance ?

Mais le nom de Hunter résonne encore à mon oreille. Davida a disparu. Il n'y a plus personne qui puisse m'aider. Je regarde mon poing, avec le comprimé caché à l'intérieur. À ce stade, qu'est-ce que j'ai à perdre ? Je porte la main à ma bouche et fais semblant de tousser.

J'avale le comprimé juste à temps.

— Eh bien ? me demande le Dr May, debout devant moi avec sa seringue.

Je respire un grand coup.

— Je suis prête.

***

Quand je sors de la machine, je me sens comme d'habitude, quoiqu'un peu hébétée. J'ai l'intérieur du coude douloureux avec toutes les injections que m'a faites le Dr May, mais pour le reste, c'est toujours moi. J'avale un verre d'eau.

— Comment te sens-tu ? me demande ma mère.

Elle tient mon père par le bras, et tous les deux ont l'air inquiets, mais pour de mauvaises raisons : ils se moquent bien de ma santé, ils veulent juste savoir si l'opération a réussi.

Benedict se tient derrière mes parents, les bras croisés. Il hoche discrètement la tête. C'est une invitation à répondre positivement.

— Bien… ça va.

— Aria, sais-tu pourquoi tu es ici ? me demande mon père.

Il hausse les sourcils, le front plissé.

Benedict cligne deux fois des paupières.

— Non, dis-je.

Papa adresse un bref sourire à Benedict – qui m'aurait probablement échappé si je n'avais pas été sur mes gardes.

— Aria, dit le Dr May en s'approchant de moi, tu as encore repris du stic. Ta mère t'a trouvée en train de convulser dans ta chambre, et… enfin, tu as failli y rester.

Ma première réaction serait de pouffer de rire, mais je me retiens de justesse. Du coin de l'œil je vois Benedict se raidir, tendu comme un câble. Tout à coup, je réalise qu'il s'agit de l'un des moments les plus importants de ma vie. Je dois absolument persuader le Dr May et mes parents que l'opération est un succès. Benedict ne pourra pas me protéger une deuxième fois. Si je ne suis pas suffisamment convaincante, je risque de perdre la mémoire – et pour de bon.

Mais que suis-je supposée me rappeler maintenant ? Comment savoir ce qu'ils ont essayé d'effacer ?

Je soupire :

— Je... je... ah bon ?

Ma mère hoche gravement la tête.

— Peut-être que l'approche du mariage t'a rendue nerveuse ? Je ne comprends pas pourquoi. Tu es tellement amoureuse de Thomas, et il t'aime, lui aussi...

Elle laisse la suite en suspens et me fixe sans ciller. Je sais que mon père et elle attendent de voir si je vais protester. Pas besoin de regarder Benedict pour savoir ce que je dois répondre.

— C'est vrai, j'aime Thomas, dis-je d'une petite voix. (Ma mère prend la main de mon père ; tous deux semblent très soulagés.) Je ne suis pas nerveuse à l'idée du mariage. Je... je ne sais pas ce qui m'a pris. Je suis désolée.

— Je vais te poser une série de questions, Aria, afin de déterminer l'étendue de ton amnésie, m'annonce le Dr May.

Il s'empare d'un TactilEgo et tape quelque chose sur l'écran.

— En fait, intervient mon père, il vaudrait peut-être mieux que ce soit Benedict qui s'en charge.

Au ton de sa voix, on sent qu'il ne s'agit pas d'une suggestion ; c'est un ordre. Il doit s'imaginer que Benedict se montrera plus sévère.

— Sans vouloir vous vexer, Salvador.

— Non, non, pas de problème, lui assure le Dr May, visiblement contrarié. Je vais noter ses réponses.

Benedict rectifie son nœud de cravate et s'avance à quelques centimètres de la table d'examen sur laquelle je suis assise. La climatisation tourne à plein régime, et j'ai la chair de poule. Je resserre la chemise d'hôpital autour de ma taille.

— Comment t'appelles-tu ? commence Benedict.

— Aria Marie Rose.

— Quelle est ta date de naissance ?

— Le 14 octobre.

— Qui sont tes parents ?

J'indique mon père et ma mère.

— John et Melinda Rose.

— Comment s'appelle ton fiancé ?

— Thomas Foster.

Benedict jette un bref coup d'œil à mon père, puis se retourne vers moi. Ses prunelles s'agrandissent légèrement, et je devine que le véritable interrogatoire est sur le point de commencer.

— Connais-tu un garçon du nom de Hunter Brooks ? me demande Benedict.

Il cligne deux fois des paupières.

— Non, dis-je.

Ma mère pousse un soupir de soulagement.

— Sais-tu où est passée ta domestique, Davida ?

Là encore, deux clignements.

— Non. Je ne savais même pas qu'elle avait disparu.

Le Dr May sourit, et je comprends que tout se passe bien pour l'instant.

— Es-tu amoureuse de Thomas Foster ?

Un clignement.

— Oui.

— As-tu la moindre inquiétude à propos de ton mariage ?

Deux clignements.

— Non, je réponds avant d'afficher mon plus beau sourire. J'espère juste faire sensation dans ma robe.

Benedict se tourne vers mes parents, qui lui font signe d'approcher. Tous trois s'entretiennent à voix basse dans un coin. Le Dr May les rejoint au bout d'un moment, et je reste dans mon coin à cogiter.

Mes parents ont essayé d'effacer Hunter Brooks de ma mémoire. Ils ont échoué.

Ils voudraient que je sois amoureuse de Thomas et que je l'épouse. Pas question.

Et Benedict est intervenu pour faire capoter la procédure. Lui, le bras droit de mon père, son plus fervent partisan. Que faut-il penser de cette trahison ?

Le Dr May se racle la gorge.

— Aria, je crois que tu vas te remettre sans problème. Tes parents voudraient t'envoyer consulter un thérapeute, quelqu'un que je te recommanderai, afin d'éradiquer les sources de ton addiction au stic. J'ai peur que si tu continues à en prendre, tu ne mettes pas uniquement ta mémoire en danger – mais aussi ta vie.

— J'ai vraiment envie d'aller mieux, dis-je, avec toute la sincérité dont je suis capable.

En apparence, mes parents n'ont pas changé – ce sont toujours ma mère et mon père, ma seule famille en dehors de Kyle. Mais je sais maintenant ce qu'ils sont : des menteurs. Des meurtriers. Je revois Hunter s'écrouler, basculer par-dessus bord et disparaître dans les eaux troubles. Je sens un pincement au fond de ma poitrine.

Il est mort. Et moi, je suis toujours là.

La meilleure façon d'honorer sa mémoire consiste à faire obstacle au plan mis en œuvre par mes parents.

— Je ferai tout ce qu'il faut pour me racheter, dis-je.

Mes imbéciles de parents m'adressent un sourire radieux.

***

Quelques heures plus tard, je suis de retour chez moi.

Le Dr May m'a prescrit des anti-douleurs par poignées, mais contrairement aux premières fois où j'ai subi cette procédure, je me sens parfaitement bien. Ça doit être en rapport avec l'inhibiteur que Benedict m'a donné.

Kiki m'appelle, et nous bavardons un moment jusqu'à l'heure du dîner. Je sors le médaillon de ma pochette et l'examine. Heureusement, mes parents n'ont rien soupçonné d'anormal en le voyant et ne l'ont pas jeté. Hunter a dit qu'il ignorait comment l'ouvrir. Si lui ne le sait pas, qui le saurait ? Le seul nom qui me vient à l'esprit est celui de Lyrica, mais inutile d'espérer me glisser dans les Bas-fonds pour aller la voir. Plus maintenant.

J'attache le médaillon autour de mon cou et le cache sous mon chemisier. C'est risqué, mais j'ai envie de me sentir proche de Hunter. C'est la seule chose en ma possession qu'il ait touchée. Je consulte mon réveil ; comme il est important que tout le monde pense que je vais bien, je descends dîner avec les autres.

En bas, je retrouve le clan Foster au grand complet attablé à la salle à manger, avec toute la clique des notables corrompus : le maire Greenlorn, le chef de la police Bayer, le gouverneur Boch. Stiggson, Klartino et les autres gardes du corps, tous en costume noir, traînent discrètement dans la pièce voisine en s'efforçant de se fondre dans les motifs complexes du papier peint.

Je prends place à côté de Thomas, craquant dans sa chemise bleu ciel.

— Comment te sens-tu ? me demande-t-il, avant de m'embrasser.

Il joue bien son rôle, c'est certain. Si j'occultais tous les mensonges, la supercherie, la tromperie… je suppose que je pourrais me convaincre qu'il est vraiment amoureux de moi.

Malheureusement, je vois clair dans son jeu. Il n'est peut-être pas responsable de ce qui m'arrive, mais il ne se fait pas prier pour profiter de la situation.

Tous les regards sont tournés vers moi ; je m'exclame donc « Super ! » en posant la main sur la table afin que tout le monde admire ma bague de fiançailles qui brille sous la lumière du lustre.

Benedict est assis en face de moi. Il porte les mêmes vêtements que cet après-midi. Je croise son regard, mais il détourne les yeux.

On nous sert d'abord une soupe légère. Je me sens incapable d'avaler quoi que ce soit ; mon estomac bouillonne d'énergie nerveuse. Je ne pense qu'au moyen de me retrouver seule avec Benedict. Pourquoi m'a-t-il aidée ? Sait-il qu'Elissa est un agent double, qui travaille en réalité pour les rebelles ? Sont-ils de mèche ? Je lui poserais bien la question, mais j'ai promis à Elissa de garder son secret.

— Aria ? me dit Erica Foster, comme si elle se répétait.

Je lui adresse un sourire d'excuse.

— Désolée.

— Ce n'est rien, ma chérie. Je faisais observer à ta mère que ta bague de fiançailles est magnifique.

— Ça, oui, dis-je, en regardant le gros diamant qui brille à mon doigt. On peut dire qu'elle est superbe !

***

Le dîner s'éternise, comme si chaque minute durait une heure. La discussion, bien sûr, s'intéresse uniquement à la politique et aux sondages, quand ce n'est pas aux détails du mariage – ce qui revient au même, pour être honnête.

— J'ai prévu un menu somptueux, explique ma mère à Erica Foster. Poulardes aux truffes…

— Excusez-moi, dis-je. Il faut que je sorte quelques instants.

— Est-ce que ça va ? s'inquiète Thomas.

— Absolument.

Ma mère hausse les sourcils.

— Aria ? Tu as besoin que je t'accompagne ?

Toutes les têtes se tournent vers moi.

— Je veux juste aller pisser ! (Kyle lève les yeux au plafond.) Je vais y arriver toute seule, merci.

Je me lève en abandonnant ma serviette devant moi. Benedict ne me regarde pas – il est en pleine discussion avec le chef de la police.

Je quitte la salle à manger et je longe le couloir jusqu'aux toilettes. Je passe devant sans m'arrêter et me faufile dans le vestiaire où nos invités ont laissé manteaux, mallettes et sacs à main.

Je cherche la serviette en cuir brun de Benedict et la reconnais immédiatement à son fermoir en or. Il vient toujours avec au bureau, et je me suis souvent demandé pourquoi. L'essentiel de notre travail étant informatisé, il ne doit pas avoir tellement de documents à transporter.

La serviette est presque vide. Elle ne renferme qu'une bouteille d'eau entamée ainsi qu'une enveloppe de papier kraft contenant une seule feuille de papier. En tête de page sont inscrits les mots *Famille Fred M. Rose.*

J'ai déjà vu cette écriture.

Où sont les informations classées top secret ? Où sont ses raisons de m'aider ? Avec un soupir, je remets la feuille dans l'enveloppe puis celle-ci dans la serviette.

Je retourne m'asseoir à table et déplie ma serviette sur les genoux.

— Tout va bien ? me demande Thomas.

Je lui souris.

— Bien sûr. Pourquoi ça n'irait pas ?

***

Une fois que nos invités ont pris congé, je me prépare à dormir. Magdalena vient me brosser les cheveux et m'aider à me démaquiller. Elle me donne un comprimé du Dr May ; je fais semblant de l'avaler, puis le recrache dans la poubelle après son départ.

J'essaie de trouver le sommeil, en vain. Des images de Hunter – son visage, ses lèvres – me reviennent en mémoire.

Je me rappelle la sensation de ses bras autour de moi. Ce n'est pas juste. Nous avons eu si peu de temps pour nous connaître. Et voilà qu'il est mort à cause de moi.

Je me demande ce que Violet Brooks fait en ce moment. Est-elle en train de penser à son fils ? Se doute-t-elle qu'elle ne le reverra plus jamais ? Et Turk ? Pauvre Turk ! Il mérite de savoir ce qui est arrivé à son ami.

Je me glisse hors de mon lit, gagne la fenêtre, écarte les rideaux et contemple la nuit. Où se trouve la brèche ? Comment pourrais-je l'ouvrir ?

Une ombre fugitive passe sur le balcon.

Le temps de cligner des yeux, elle a disparu. Je colle mon visage à la vitre. Kyle ? Davida ?

Non. C'est ridicule. Il n'y a personne dehors.

Je referme les rideaux et me dirige vers mon lit, quand je sens le poids de mon médaillon entre mes seins. Je le sors de ma chemise de nuit et l'observe, frottant l'argent poli avec le pouce, à la recherche d'un fermoir inexistant. Un médaillon de capture. Qu'est-ce que ça peut bien vouloir dire ?

La réponse se trouve peut-être dans le billet qui l'accompagnait.

Je le récupère dans sa cachette au fond de mon armoire. Je n'ai pas oublié ce qui est écrit dessus – *souviens-toi* –, mais peut-être qu'un détail m'a échappé.

Je lève le billet à la lumière d'une main tremblante. Je le retourne, mais il n'y a rien au verso. Je le savais déjà. À quoi m'attendais-je, à ce qu'il me suffise de fixer ce papier encore une fois pour que les réponses que je cherche s'y inscrivent comme par magie ?

Je suis sur le point de ranger le bout de papier dans le tiroir quand un déclic se produit, comme si deux pièces du puzzle s'emboîtaient dans ma tête.

Souviens-toi

Je fixe les mots, les lettres bien dessinées, les deux courbes du *s*, le trait nerveux du *t*.

J'ai déjà vu cette écriture. Tout à l'heure, pendant la soirée.

Dans la sacoche de Patrick Benedict.

CHAPITRE 25

— Alors, n'est-ce pas ravissant ? minaude ma mère.

Prudemment, je m'avance dans le vestibule. Thomas se tient à côté de moi ; il me prend la main, et je me laisse faire, même si mon instinct me dicterait plutôt de le repousser. Ou de le gifler. Mais je dois faire croire à tout le monde que l'intervention du Dr May a été un succès. Que j'ai oublié Hunter. Que je suis amoureuse de Thomas.

— Magnifique, approuve Thomas, en m'entraînant dans le living-room.

Nous visitons notre futur appartement. Il se situe deux étages en dessous de chez moi, dans le même immeuble. Il a été conclu avec les Foster que Thomas viendrait habiter avec nous dans le West Side, aussi longtemps que Garland resterait en fonction – à titre de précaution, pour garantir que les Foster associeront notre famille à chacune de leurs décisions politiques.

Je jette un coup d'œil au plafond blanc, puis à la baie vitrée tout au fond, qui domine l'Hudson. Y a-t-il des caméras cachées un peu partout ? Cela ne me surprendrait pas.

— Ça vient de Paris, dit ma mère, en indiquant un canapé noir.

La pièce est spartiate, moderne, avec des murs rose et coquille d'œuf.

De l'autre côté du living-room se trouve la cuisine américaine, qui évoque un bar à l'ancienne avec ses verres à vin, ses assiettes en porcelaine et ses gobelets incrustés de joyaux alignés sur une étagère. Les murs affichent un motif de briques argentées qui semble frappé dans de l'acier galvanisé.

J'ai l'impression qu'il s'agit de l'appartement de quelqu'un d'autre. Quelqu'un que je n'apprécierais pas beaucoup.

— Qu'est-ce que tu en penses, Aria ? demande Thomas, en me prenant la main.

Je contemple la moquette, la télévision, les tableaux, tous choisis par ma mère.

— C'est tellement beau ! dis-je, avec un enthousiasme forcé.

Ma mère affiche un grand sourire, comblée.

— Il reste encore beaucoup à faire, naturellement. Il manque le linge de lit et les serviettes dans la salle de bains. Oh, et puis…

Je ne l'écoute plus. Ma seule préoccupation, depuis hier soir, c'est l'écriture de Benedict. Est-ce bien lui qui a écrit le billet laissé dans ma pochette ? Ou la note que j'ai trouvée dans sa sacoche a-t-elle été rédigée par quelqu'un d'autre ? Dans les deux cas, il devrait pouvoir en identifier l'auteur, donc celui qui m'a fait parvenir le médaillon.

Le seul problème, c'est d'arriver à le joindre. Je ne suis plus autorisée à retourner au bureau, sauf si…

— Maman ? dis-je.

Elle s'interrompt au milieu de sa phrase.

— Oui ?

— Est-ce qu'on pourrait faire un crochet par le bureau de papa aujourd'hui ?

Elle cligne des paupières comme si elle me découvrait pour la première fois.

— Pour quoi faire ?

— Je viens de me souvenir, dis-je en improvisant, que j'ai

oublié une paire de boucles d'oreilles de Kiki dans mon bureau.

— J'enverrai quelqu'un les récupérer.

— Il y a un code de sécurité sur le tiroir.

— Eh bien, donne-moi le code.

Elle jette un regard soupçonneux à Thomas.

— Il faut mes empreintes digitales, dis-je.

Je ne crois pas que ma mère sache que les tiroirs de nos bureaux ne ferment pas à clef; en tout cas, j'espère qu'elle l'ignore.

— Je voudrais les porter à la répétition du dîner de mariage. Elles s'accorderont à merveille avec la robe que j'ai choisie. Tu sais, la vert émeraude avec l'ourlet en fronce de velours ?

Ma mère émet un claquement de langue contrarié.

— C'est vrai qu'elle est jolie... (Elle réfléchit un moment, puis me jauge du regard.) Tu tiens tellement à ces boucles d'oreilles ?

— Oui, dis-je avec un vigoureux hochement de tête.

Ma mère a toujours été une victime de la mode.

— D'accord, capitule-t-elle. (Je sens tout mon corps se détendre.) Je vais t'accompagner.

Impossible de cacher le soupir qui m'échappe. Comment pourrais-je m'entretenir en privé avec Benedict si j'ai ma mère sur le dos ? Et que dira-t-elle en s'apercevant que le tiroir de mon bureau n'a même pas de verrou ?

— Allons-y tout de suite, décide-t-elle. (Elle embrasse Thomas sur la joue.) À plus tard, mon cher. Aria, nous avons un dernier essayage pour ta robe à midi. Et pas question d'être en retard !

***

Dans l'immeuble des bureaux de mon père, nous sortons de l'ascenseur à l'étage où j'ai travaillé brièvement. Tout est comme je l'avais laissé : les boxes, le personnel, les fontaines à eau et les toilettes. Je vois la porte en acier inoxydable que j'ai franchie une fois en compagnie d'Elissa, celle qui mène au bout d'un long couloir dans une salle aveuglante où j'ai regardé une Mystique se faire drainer. Ce souvenir me donne froid dans le dos.

De l'autre côté de la salle se trouve le bureau de Patrick Benedict. Je suis sûre qu'il est à l'intérieur, en plein travail.

— Lequel est le tien ? me demande ma mère, en remettant en place son collier de perles.

— Celui-là, là-bas, dis-je en indiquant mon box vide. Tu n'as pas besoin d'aller aux toilettes ?

— Non, répond ma mère, qui me regarde d'un drôle d'air. Pourquoi tu me demandes ça ?

— Oh, pour rien. C'est juste que, enfin… moi, il faut que j'y aille.

Ma mère pose les mains sur ses hanches.

— Alors vas-y.

— Heu, oui. J'y vais.

Je reste figée sur place.

— Qu'est-ce que tu attends ?

À cet instant, Elissa Genevieve surgit de nulle part pour me sauver.

— Aria ! s'exclame-t-elle avec un grand sourire. Et Melinda ! Quel plaisir de vous revoir.

Maman embrasse du regard la jupe bleu marine d'Elissa, son chemisier impeccable et son collier de saphirs. Je vois bien qu'elle est impressionnée.

— Il y a tellement longtemps que nous n'avons pas eu l'occasion de discuter, continue Elissa.

— Oui, c'est vrai, répond ma mère. Comment allez-vous ?

Nos regards se croisent, avec Elissa ; même si nous n'échangeons pas un mot, elle reconnaît aussitôt la lueur implorante qui brille dans mes yeux.

— J'allais justement aux toilettes, dis-je.

— Bien sûr, fait Elissa.

Puis elle entraîne ma mère à l'écart et engage la conversation, la complimentant sur son collier, lui demandant l'adresse de son coiffeur. Ma mère tombe dans le panneau ; à vue de nez, je dois avoir cinq minutes – dix, grand maximum – avant qu'elle ne se mette à ma recherche.

Première étape, le bureau de Benedict.

Je frappe un petit coup à la porte.

— Qui c'est ? demande une voix à l'intérieur.

— Aria.

La porte s'efface dans un souffle. À peine suis-je entrée qu'elle se referme derrière moi. Benedict est là, assis à son bureau, les deux mains à plat sur l'acajou.

— Bonjour, dit-il.

Sa voix est chaleureuse ; je ne l'ai jamais connu aussi gentil.

Sans dire un mot, j'ouvre ma poche, sors le médaillon et le billet et les fais glisser devant lui.

Je ne sais pas trop à quelle réaction m'attendre. À de la surprise, peut-être, ou à une confusion totale. Au lieu de quoi, il examine brièvement le médaillon, jette un coup d'œil au billet puis me dévisage tranquillement.

— Ça fait un moment que j'attendais que tu viennes me voir avec ça.

Je suis un peu décontenancée.

— Ah bon ?

— Oui, m'assure-t-il sans me quitter des yeux. Nous n'avons pas beaucoup de temps. Je suppose que tu n'es pas venue seule ?

— Avec ma mère. Elle est en train de discuter avec Elissa.

— Avant toute chose, commence Benedict, qui se lève de son bureau et s'approche tout près de moi, personne ne doit savoir ce que j'ai fait pour toi hier, ni que la procédure n'a rien donné. Il est primordial que tu continues à faire semblant.

— Jusqu'à quand ? (Je secoue la tête.) Je ne vais quand même pas épouser Thomas. C'est impossible.

Benedict se racle la gorge.

— Ce n'est pas le moment de céder à l'hystérie, Aria. Écoute : je ne suis pas l'homme que tu crois. Même si j'ai l'air d'être au service de ta famille, en réalité je travaille pour les rebelles.

— Pourquoi ?… Si vous êtes du côté des rebelles… pourquoi m'avez-vous effacé la mémoire ?

Benedict se renfrogne.

— Je n'avais pas le choix. J'ai dû obéir aux ordres pour ne pas trahir ma couverture. Avant la procédure, par contre, j'ai sauvegardé tous les souvenirs que tes parents voulaient faire disparaître.

— Vraiment ?

Je suis abasourdie. Je ne m'attendais pas à ça.

— Je les ai cachés dans ce médaillon de capture. (Il ramasse délicatement le bijou sur son bureau.) Ce sont des objets rarissimes ; il n'en existe que quelques-uns dans le monde. Ils sont faits en argent pur et trempé d'énergie mystique.

— Mais pourquoi ? Pourquoi avez-vous fait ça ?

Benedict pousse un soupir venu du fond du cœur.

— Je n'ai pas toujours œuvré contre ton père. Je l'ai soutenu pendant des années, au détriment des miens. Il m'avait sauvé du lynchage dans la période troublée qui a suivi la Conflagration, et j'avais une dette de sang envers lui. C'est seulement récemment, depuis deux ans à peu près, quand l'éventualité que Violet Brooks puisse se présenter aux élections et gagner est devenue une réalité, que j'ai changé de camp. (Il fait un geste désinvolte.) J'ai retourné ma veste. Et depuis, je fais ce que je peux. J'ai même fait semblant de drainer Violet : elle a beau être officiellement déclarée, elle conserve tous ses pouvoirs.

Il me lance un regard désespéré.

— Personne ne doit être au courant, Aria.

— Pourtant… elle a l'air drainée.

— De la poudre aux yeux, m'affirme Benedict. Un peu de maquillage pour lui donner mauvaise mine. Les gens voient ce qu'ils ont envie de voir, Aria. Tu es bien placée pour le savoir.

— Pourquoi ne m'avoir rien dit avant ? Pourquoi avez-vous attendu que je vienne vous voir avec le médaillon ?

— Tu ne m'aurais pas cru. Tu as déjà du mal à me croire maintenant, ajoute-t-il. (Et je ne peux m'empêcher de reconnaître qu'il a raison.) Il y a un temps pour tout, Aria. Et là, c'est ton heure.

Je le dévisage et prends conscience que Patrick Benedict sait bien cacher son jeu. Même s'il ne croit pas au drainage, il adopte un profil bas, garde ses opinions pour lui et obéit à mon père en rêvant du jour où il n'aura plus à le faire. Il compte sur les prochaines élections. Pour modifier la donne. En ce sens, il est comme Elissa. En apparence, ils paraissent très différents : elle est aussi aimable que Benedict est introverti. Mais au fond, l'un et l'autre travaillent dans l'ombre pour un jour meilleur.

— Je vous dois des excuses. Je m'étais trompée à votre sujet.

— Peu importe, dit Benedict en haussant les épaules. Maintenant, nous connaissons la vérité tous les deux. (Il tend son bras et lâche le médaillon au creux de ma paume.) Tu devrais y aller. Ta mère va finir par se poser des questions.

— Montrez-moi juste comment l'ouvrir. J'ai cherché le fermoir mais je ne l'ai pas trouvé.

Benedict secoue la tête avec emphase.

— Non, non, il n'est pas fait pour être ouvert.

— Ah non ? Alors comment…

— Il est fait pour être mangé, affirme Benedict.

Ce qui me paraît tellement bizarre que je ne sais plus quoi dire.

— Le moment est venu, déclare Benedict sur un ton mystérieux. Ce soir, quand tu seras seule, avale le médaillon. Ça libérera les souvenirs piégés à l'intérieur, qui se retrouveront absorbés par ton corps. Mais attention, Aria – parce qu'après, il n'y aura plus moyen de faire marche arrière. Tu te souviendras de tout ce que tu as perdu.

Je suis sur le point de lui demander plus d'explications quand on frappe à la porte. Benedict touche un bouton sur son bureau et le battant s'efface. Ma mère se tient sur le seuil, accompagnée d'Elissa.

— Aria ! s'exclame ma mère. Pourquoi es-tu en train d'embêter Patrick pendant son travail ? (Elle s'approche et m'attrape le bras.) Elissa vient de me suggérer Bali comme destination pour votre lune de miel ! Je n'y suis jamais allée.

— C'est fabuleux, promet Elissa.

Ma mère creuse les joues.

— J'adore les îles. Désolée de vous avoir dérangé, Patrick. Nous sommes passés récupérer une paire de boucles d'oreilles. Tu les as trouvées, ma chérie ?

— Non, dis-je d'un air penaud. J'ai cherché, mais… j'ai dû les oublier dans ma chambre.

Ma mère lève les yeux au plafond.

— Franchement, Aria… (Elle adresse un sourire à Benedict.) Si elle n'avait pas de cou, elle oublierait sa tête. Allez viens, conclut ma mère en m'entraînant par la main. Au revoir, vous deux.

— Au revoir, lui fais-je écho.

Benedict a repris place derrière son bureau, mais Elissa m'observe bizarrement.

Elle me suit du regard jusqu'à ce que ma mère et moi entrions dans l'ascenseur et que la porte de la cabine se referme sur nous.

***

Le reste de l'après-midi passe en un clin d'œil.

Je procède au dernier essayage de ma robe. Le corsage blanc, incrusté de cristaux et de diamants importés d'Afrique, m'enserre la cage thoracique comme un corset ; et il est rembourré de manière à faire croire que j'ai des seins. Des rubans de soie s'entrelacent dans le dos comme un filet ; l'effet est splendide. La jupe descend au ras du sol et se prolonge par une traîne blanche vaporeuse.

— Magnifique ! applaudit ma mère en s'adressant à la couturière.

Je m'examine dans le miroir. Je vois une jeune fille – non, une femme – sur le point d'embarquer pour le voyage le plus important de toute son existence : le mariage. Au-dessous du cou, j'ai l'air parée. Mais au-dessus, je remarque des plis soucieux sur mon front et un voile pourpre sous mes yeux.

Que va-t-il m'arriver ? Même si je me décide à avaler le médaillon, à quoi pourront bien me servir mes souvenirs à présent ? Hunter est mort, et à moins d'un miracle, Garland – l'homme de paille de mes parents et des Foster – va remporter les élections. J'épouserai Thomas, qui ne m'aime pas, et j'habiterai dans le même immeuble que mes parents, qui me traitent comme une marchandise qu'on peut acheter et revendre. Quitte à lui effacer la mémoire au besoin.

— Qu'en penses-tu, Aria ? me demande ma mère avec un sourire.

Je n'ai qu'une seule envie, c'est de la frapper pour ce qu'elle a fait à Hunter et à moi.

— C'est formidable, dis-je.

***

Le temps de faire quelques dernières petites courses et de rentrer chez nous, et il est plus de seize heures.

— Madame Rose ! s'exclame Henri, le portier, en nous voyant entrer dans l'immeuble. Nous avons essayé de vous joindre sur votre TactilEgo mais vous n'avez pas répondu.

— Que se passe-t-il ? s'inquiète ma mère. Tout va bien, j'espère ?

Henri indique l'ascenseur.

— C'est votre domestique, Davida ; on a fini par la retrouver. Elle est sous bonne garde et vous attend là-haut.

CHAPITRE 26

Davida tressaille en m'apercevant.

Elle est menottée à une chaise en métal disposée contre le mur du salon.

— Elle refuse de nous parler, nous annonce mon père.

— Qui l'a retrouvée ? demande ma mère.

— Magdalena.

— Je sortais faire quelques courses, explique Magdalena d'une voix rauque, comme si elle avait un chat dans la gorge. Et je l'ai vue rôder dehors sur le pont. Je suis tout de suite rentrée pour la dénoncer.

Je fusille Magdalena du regard. Comment a-t-elle pu ?

Stiggson se tient derrière Davida, les manches retroussées, dévoilant ses tatouages multicolores. Un couteau brille dans sa main. Klartino est là aussi, un pistolet noir au poing.

Ma mère sort un minuscule sticker bleu de sa pochette, se le colle à l'intérieur du poignet et pousse un soupir. Je reconnais ce produit : un anxiolytique à forte teneur mystique. Elle doit être très contrariée.

— Elle n'a pas lâché un mot, se plaint mon père en secouant la tête. Où étais-tu passée, Davida ? Où te cachais-tu ? Hein ? Parle, bon sang !

— Je sais comment la persuader, dit Stiggson, levant son couteau dans la lumière.

Il pose la pointe sur la joue de Davida. Elle frémit au contact du métal contre sa peau. Elle a l'air hagarde, plus maigre que dans mon souvenir. Elle porte encore son sempiternel uniforme noir, avec des gants montant jusqu'aux coudes.

— Dis-nous où tu étais, ordonne Stiggson, ou je te fais une cicatrice qu'aucun gant ne pourra masquer.

Klartino se fend d'un sourire approbateur.

Davida reste muette. Stiggson enfonce légèrement le couteau ; la lame perce la peau, et un mince filet de sang coule le long du visage de Davida, dans son cou et sur son chemisier.

Je ne peux pas en supporter davantage.

— Arrêtez !

Stiggson lève les yeux vers moi, mes parents font de même.

— Ce n'est pas comme ça que vous la ferez parler, dis-je. J'ai grandi avec elle. Je la connais beaucoup mieux que vous.

Tout ce qu'il me faut, ce sont quelques minutes en privé avec Davida pour apprendre ce qui lui est arrivé.

— Laissez-moi lui parler en tête à tête.

— Certainement pas, dit ma mère.

— S'il vous plaît. (J'adresse un regard implorant à mon père.) Je suis sûre de pouvoir la convaincre de se confier. Mais vous lui avez fait peur. Laissez-moi discuter avec elle. Dix minutes, c'est tout.

Je cache mes mains dans mon dos pour que mes parents ne voient pas qu'elles tremblent.

Mon père réfléchit un instant.

— Dix minutes, concède-t-il. Mais pas plus.

Ma mère fronce les sourcils, mais je m'avance déjà vers Davida. Klartino lui retire les menottes ; puis je l'entraîne jusqu'à ma chambre avant que mon père ne change d'avis.

***

— Tu es complètement folle ? dis-je, une fois en sécurité dans ma chambre.

J'attrape un mouchoir en papier sur mon bureau et j'essuie le sang qu'elle a sur la figure.

Comme Stiggson monte la garde devant ma porte, j'essaie de parler le moins fort possible, sans masquer ma colère pour autant.

— Assieds-toi, j'ordonne à Davida en lui indiquant mon lit.

Elle s'exécute.

— Pourquoi es-tu revenue ? Tu as envie de mourir, ou quoi ? Tu comptes rester là sans rien dire encore longtemps ?

Je fais les cent pas dans la pièce, tâchant d'évacuer un peu ma frustration. Davida se tient assise au bord de mon lit sans bouger.

— Je… je ne sais pas quoi dire, s'excuse Davida d'une voix rauque, plus grave que d'habitude. Je suis désolée.

— Il va bien falloir leur raconter quelque chose. Tu connais mes parents, ils ne te laisseront pas souffler tant que tu ne leur auras pas décrit en détail tout ce que tu as fait depuis…

J'allais dire « cette nuit-là » quand je m'interromps, la gorge nouée. Les eaux noires. Le coup de feu. Ce bruit qu'il a fait en tombant…

— Aria ?

Je cligne des paupières et respire profondément, plusieurs fois, pour me ressaisir.

— Pourquoi t'es-tu sauvée ? dis-je. (Davida me jette un regard douloureux.) Quand avais-tu l'intention de m'avouer que tu étais une espionne ? Que tu étais… fiancée à Hunter ?

Pas de réponse. Davida se contente de plisser les yeux pour retenir ses larmes.

— Je te rappelle qu'on s'était promis de se dire la vérité, dis-je en venant m'asseoir à côté d'elle. (Je sens mon médaillon cogner contre mon plexus.) Toute la vérité. Tu m'as menti.

Nous sommes si proches que nos jambes se touchent, que mon bras nu frôle la manche en coton de son uniforme. Elle empeste les Bas-fonds – mélange de brouillard, de fumée et de crasse, avec des relents de sel, de sueur et de désespoir. Davida met la tête en arrière, exposant la ligne de son cou, et prend une brève respiration.

Puis je croise son regard ; ses yeux me paraissent étonnamment bleus. Bleus ? Ils n'étaient pas marron ? Ai-je perdu la mémoire à ce point ?

Ce n'est pas tout : plus je la regarde, plus je crois lire autre chose au-delà de la tristesse : une envie dévorante, teintée de regret. Face à elle, devant son expression douloureuse, je me souviens de ce que c'est qu'être amoureuse, de ressentir ces palpitations dans la poitrine, de se sentir vivante, comme si chaque pore de ma peau était une porte vers mon âme.

Je fais remonter lentement ma main le long de son bras. Je glisse mon doigt à l'intérieur de son gant pour le baisser. À peine ai-je effleuré sa peau nue que je ressens comme une décharge d'électricité – il me semble que le médaillon vient heurter ma poitrine. Une lueur blanc-jaune s'échappe de mon chemisier. Je plonge la main à l'intérieur, sors le médaillon et lâche une exclamation de surprise.

Le petit cœur en argent brille comme une minuscule boule de magie. Il palpite au creux de ma paume. La seule fois où je l'ai vu luire comme ça, c'était quand Hunter m'a touchée, sur le toit. Avant qu'il ne se fasse…

— Oh, fait Davida, les yeux écarquillés.

Puis elle relève la tête vers moi et croise mon regard. Il se produit alors une chose tout à fait stupéfiante : elle se penche en avant, laisse son nez frôler le mien et m'embrasse.

D'instinct, j'ai un mouvement de recul, mais bien que je ne sois pas attirée par Davida ses lèvres sont douces, presque familières. A-t-elle déjà embrassé Hunter ? Sûrement. Je repense à mes parents en train de me l'arracher, de le faire abattre sous mes yeux. Il me manque tellement, c'est insupportable.

Je ferme les yeux et m'imagine que c'est lui, Hunter, qui m'offre un dernier baiser. Je pose la main sur la nuque de Davida en me figurant qu'il s'agit de lui, comme s'il était encore en vie, avec moi ; comme si nous avions encore une chance.

C'est peut-être parce que mon chagrin est frais, que la douleur est forte, mais dans ma tête il est vraiment là ; nous sommes ensemble, nous ne sommes plus qu'un. Sa bouche contre la mienne est chaude et humide, d'une douceur incroyable, comme du velours.

Puis je me mets à pleurer – ma poitrine se contracte, et des larmes se mêlent à ma sueur sur mes joues, mes lèvres. Que suis-je en train de faire ? Je ne suis pas avec Hunter. Il est mort.

Je fais un bond en arrière, je rouvre les yeux. Et je manque m'évanouir.

C'est bien Hunter qui est là, devant moi.

Il me dévisage d'un air craintif, les yeux brillants, les cheveux ébouriffés, aussi beau que dans mon souvenir.

— Nom de Dieu, Davida ! Tu ne peux pas faire ça !

Je me rappelle quel est son talent : prendre le visage et le corps d'un autre.

— Tu ne comprends pas…

— Oh, je comprends suffisamment de choses, dis-je. Et bientôt, j'aurai tout compris.

Je me lève d'un bond, m'adosse à la fenêtre, arrache le médaillon de mon cou et le serre dans mon poing. Il est si chaud qu'il grésille, vaporisant la sueur sur ma main et laissant filer de minuscules volutes de vapeur entre mes doigts.

La voix de Benedict résonne à mes oreilles : *Ce soir, quand tu seras seule, avale le médaillon. Ça libérera les souvenirs piégés à l'intérieur, qui se retrouveront absorbés par ton corps. Mais fais attention, Aria, parce que après il n'y aura plus moyen de faire marche arrière. Tu te souviendras de tout ce que tu as perdu.*

Maintenant que je suis sur le point de l'avaler, le petit cœur me paraît énorme.

Je regarde Davida-sous-les-traits-de-Hunter qui n'essaie pas de m'arrêter. Au contraire, elle m'encourage d'un hochement de tête.

Oh, et puis zut ! me dis-je, inclinant la tête en arrière avant de mettre le médaillon dans ma bouche.

CHAPITRE 27

À peine le médaillon a-t-il touché ma langue que je m'embrase. J'ouvre la bouche pour crier, mais tout ce qui en sort, c'est de la vapeur, tandis que le petit cœur s'anime et se fraye un chemin dans mon gosier.

Puis il se produit une explosion, et tout disparaît autour de moi.

***

Le grondement des Bas-fonds m'emplit les oreilles.

C'est trop bête. Je pose la main sur le scanner du PDD pour la dixième fois. Comme les neuf fois précédentes, il ne se passe rien. Je n'aurais jamais dû relever le pari de Kiki : tenir quinze minutes toute seule dans les Bas-fonds. Voilà que cette saleté de PDD refuse de fonctionner. Et si je restais coincée ici, en bas, et que mes parents l'apprennent ?

Je renonce et tourne les talons.

— On se pousse ! me crie un jeune homme qui passe devant moi, les bras chargés de pain sec.

Pourquoi tant de hâte ? Nous sommes dans les Bas-fonds – qu'on ne me dise pas qu'il est pressé.

Plusieurs gondoliers me hèlent sur le canal que je longe dans l'espoir d'atteindre un autre PDD. L'un d'eux, un gros bonhomme ventripotent, m'adresse un sourire édenté. Je m'approche pour lui demander mon chemin.

— Pas besoin de PDD, ma jolie. (Même depuis le bord du quai, je sens son haleine fétide.) Je suis là, moi.

J'esquisse un mouvement de recul.

— Je veux juste rentrer chez moi.

— Viens plutôt chez moi, suggère-t-il avec un sourire salace. On va se payer du bon temps.

Puis il m'attrape le poignet. Les planches de l'embarcadère grincent tandis qu'il essaie de m'entraîner dans sa gondole. Personne ne paraît rien remarquer – à moins que tout le monde s'en moque.

— Arrêtez ! Au secours !

Ses doigts me serrent comme un étau et me tirent. Puis une silhouette surgit devant moi. J'entends un craquement sec, puis la pression se relâche autour de mon poignet. Deux bras vigoureux me ramènent en sécurité sur le trottoir.

Mon sauveur, semble-t-il, est un garçon. Un très joli garçon. Ses cheveux blonds crasseux lui tombent sur les yeux, mais malgré ça, on voit quand même qu'ils sont bleus. Et quasiment hypnotiques.

— Connard ! hurle le gondolier. Tu m'as cassé le bras !

— Estime-toi heureux que je ne t'aie rien cassé d'autre, réplique le garçon. Pauvre type !

D'une voix radoucie, il me demande :

— Ça va ?

Je fais oui de la tête.

— Où allais-tu comme ça ?

— Chez moi. Le PDD est tombé en panne, j'essayais d'en trouver un autre.

Il me sourit.

— Je vais t'accompagner.

— Tu m'as déjà beaucoup aidée…

— Pas la peine de me remercier. (Il me fait signe de passer devant.) Les dames d'abord.

On emprunte une rue bordée de façades minuscules.

— C'est très gentil de ta part, dis-je.

— Penses-tu. Ce n'est pas tous les jours qu'on tombe sur une belle jeune fille en détresse. (Il fait jouer ses biceps avec un grand sourire.) L'occasion ou jamais de mettre en valeur mes talents de superhéros.

Je ris.

— Un superhéros, carrément ?

— Carrément. Je m'appelle Hunter, au fait.

— Aria, dis-je.

— Oui, je sais... je veux dire, je t'avais reconnue.

Cela ne m'étonne pas. La plupart des habitants de Manhattan savent qui je suis.

— Eh bien, ravie de te connaître, Hunter. Merci de m'avoir sauvée.

— Normal. On est comme ça, nous, les superhéros.

Il me pousse gentiment dans le bas du dos pour me guider. Malgré la chaleur accablante, je frissonne.

— Alors, qu'est-ce qui t'amène en bas ?

Je jette un coup d'œil à ma tenue.

— J'imagine que je dois faire un peu tache dans le paysage.

— Une très jolie tache, m'assure-t-il. Mais... disons que tu sors du lot.

Je pousse un soupir.

— On m'a mise au défi de descendre. C'était stupide de ma part.

Il reste silencieux un moment.

— Pourquoi ?

— Pourquoi c'était stupide ? J'ai bien failli me faire enlever par un gondolier, pour commencer. Et puis, je ne sais pas trop quel était l'enjeu du défi. Il n'y a rien d'intéressant en bas, de toute façon.

Plus loin devant nous, j'aperçois une ligne de PDD. Aussitôt soulagée, j'accélère le pas.

— Eh bien, il y a moi.

— Hmm ? fais-je distraitement. Je te demande pardon ?

— Tu as dit qu'il n'y avait rien d'intéressant en bas. Alors j'ai dit : « Eh bien, il y a moi. »

Il rougit, puis baisse les yeux. Serait-il en train d'essayer de me séduire ?

Lentement, il relève la tête et croise mon regard. Sa façon de me dévisager me donne des frissons – de nervosité, d'excitation.

— On pourrait peut-être se revoir, à l'occasion. Tu sais, dans les Hauteurs.

Il est en train de me draguer !

— Écoute, Hunter, c'est adorable et je te trouve vraiment… très mignon, mais…

— Laisse tomber, me coupe-t-il. (La lumière qu'il a dans les yeux s'atténue un peu.) Je suis ridicule. Je n'avais encore jamais rencontré une fille aussi belle, ça m'est monté à la tête.

Il m'adresse un grand sourire ; ses dents sont d'une blancheur éclatante.

— Bon, te voilà arrivée. Au revoir, Aria.

Wouah ! Était-ce grossier de ma part de le décourager aussi vite ? Sans son intervention, qui sait ce qui me serait arrivé avec le gondolier. Il a l'air drôle, et il n'était pas obligé de me raccompagner. Il n'a même pas semblé se préoccuper de qui j'étais. Et il a dit que j'étais belle. C'est la première fois qu'on me dit ça.

— Hunter…, dis-je.

***

Mais ensuite le souvenir s'embrase, comme une marée de feu qui emporterait le monde et moi avec, comme si chaque particule de mon corps se séparait des autres. J'imagine un flot d'électricité m'illuminer la colonne vertébrale à la manière d'un tube au néon, me roussissant la peau par giclées de couleurs et de chaleur – des rouges ravageurs, des bleus insoutenables, des jaunes plus flamboyants que le soleil –, et toutes ces couleurs fusionnent et se dissolvent dans un vide incandescent.

***

Je réalise alors que je fixe un ciel chauffé à blanc par la chaleur estivale.

Je suis dans une barque, allongée sur le banc, avec Hunter qui rame en fredonnant une chanson absurde à propos d'un *Basset Volant*.

— C'est le *Hollandais Volant*, dis-je. Un bateau fantôme.

— Dans les Hauteurs, peut-être, reconnaît-il en guidant adroitement la barque sous des branches basses dont les ombres préservent quelques taches de fraîcheur sur l'eau. Mais ici dans le Bloc Somptueux, c'est un saucisson à pattes volant, et il n'apparaît qu'aux couples sincèrement amoureux.

— Tu racontes n'importe quoi, dis-je.

Hunter s'arrête de ramer. Il est en sueur, les joues rouges et luisantes. Il croise les rames en travers de ses cuisses.

— Ah oui ?

— Oui, dis-je en souriant.

Je le vois tendre la main et effleurer la surface de l'eau. Nous dérivons sur l'un des petits canaux paresseux qui sillonnent la Grande Pelouse. Je ne devrais pas être ici : on est samedi, et j'ai raconté à mes parents que j'allais voir Kiki. En fait, j'ai suivi les indications qu'il m'avait laissées dans un message sur mon balcon et je l'ai rejoint dans les Bas-fonds. C'est notre troisième rendez-vous. J'espère que personne ne m'a suivie. Si mes parents savaient où je traîne, ils me consigneraient dans ma chambre. Et s'ils savaient que je sors avec un Mystique rebelle non déclaré, ils me consigneraient à vie.

Hunter lève la main, projetant quelques gouttelettes dans ma direction.

— Hunter, beurk ! dis-je en m'essuyant les avant-bras.

Il se contente de rire, et se remet aux rames.

— *Et le clébard agite la queue dans les étoiiiiiles !*

— Tu as peut-être de nombreux talents, mais sûrement pas le chant. (Je me penche en arrière dans la barque et fixe le ciel.) Hunter, regarde !

Au-dessus de nous, une traînée de couleur a giclé d'un bosquet.

— C'est un feu d'artifice ?

Hunter se retourne et stabilise la barque. Les étincelles, rouges et violettes, se déploient en crépitant avant de retomber dans l'eau à quelques mètres de nous.

J'en reste bouche bée.

— J'adore les feux d'artifice.

— Tant mieux, se réjouit Hunter, parce que celui-ci est uniquement pour toi.

Puis je remarque que les cendres de la fusée dégagent une lueur orange vif, traçant une sorte de motif à la surface du canal. Elles deviennent de plus en plus brillantes, et je réalise qu'elles dessinent la silhouette d'un… basset.

Hunter part d'un grand rire.

— Qu'est-ce qui te prend ?

— Regarde, répond-il simplement.

Un instant plus tard, la silhouette du chien – avec ses pattes courtaudes, ses oreilles qui pendent et son long dos – commence à *bouger*.

— Oh, mince !

Le basset se dresse sur ses pattes arrière, bondit hors de l'eau et se met à tourner en rond en agitant la queue. Il ne s'agit pas d'un simple feu d'artifice. Je me tourne vers Hunter, en m'efforçant de comprendre comment il réussit ce tour-là.

— Qu'est-ce que… ?

Puis le chien bondit encore une fois, se roule en boule et commence à se lécher et à se mordiller. Au bout de quelques secondes, il trottine jusqu'au bord du canal et lève la patte contre un arbre.

— Turk! proteste Hunter. Il n'était pas censé faire ça!

J'entends un gros rire résonner dans le bosquet – puis une crête flamboyante apparaît.

— Je t'ai eu! lui crie le garçon à la crête, le dénommé Turk.

C'est sûrement un ami de Hunter.

— Ah d'accord, j'ai compris. (Je me penche et donne à Hunter une petite tape sur le bras.) Tu t'es bien fichu de moi.

Hunter ne peut plus s'arrêter de rire. Sa bonne humeur est contagieuse, et bientôt je me retrouve à glousser comme une folle.

Son rire se calme enfin. On reprend notre souffle, il entrelace ses doigts aux miens et m'attire contre lui. Son contact me fait tourner la tête, me rend aussi vulnérable qu'un bébé.

— Hunter, fais attention, la barque…

— Je me suis peut-être fichu de toi pour le basset, murmure-t-il, mais pas en ce qui concerne mes sentiments pour toi.

Il pose ses lèvres sur les miennes, et plus rien d'autre n'existe. Je suis dégoulinante de sueur, mes habits me collent à la peau, mais tout ça n'a plus d'importance quand Hunter me passe les mains dans le dos. Mon corps réagit à sa caresse comme si je l'avais attendue – comme si je l'avais attendu, lui – toute ma vie. Et tout ce qui m'importe, c'est d'en avoir plus, plus, plus…

***

— Non, non et *non*! déclare Turk. C'est une très mauvaise idée.

— Et alors? Ce ne sera pas la première, rétorque Hunter.

Nous sommes tous les trois dans le wagon de métro aménagé de Hunter. Turk fait les cent pas en secouant la tête.

— Oui mais là, tu me parles d'un truc illégal.

Hunter lui lance un regard amusé.

— Je veux dire, vraiment illégal. C'est contraire à toutes les règles, Hunter. (Turk se tourne vers moi.) Aria, je ne veux que votre bonheur, mais si Hunter se fait prendre, les autres rebelles seront sans pitié. Il sera rejeté par tout le monde. Et je ne te parle pas de la réaction de ta mère…

— D'accord, ne m'en parle pas, le coupe Hunter. Turk, je t'ai fait venir parce que j'ai confiance en toi. Tu sais à quel point on est amoureux. (Il me prend par la taille.) Mais si tu trouves la situation trop dangereuse, tire-toi. Je ne t'en voudrai pas. On te doit déjà beaucoup.

Turk se laisse tomber sur le canapé.

— Me tirer ? Hunter, je ne pourrais jamais faire ça. Tu es mon meilleur ami. Je vous adore, tous les deux, mais là vous allez trop loin.

Hunter hausse les épaules, puis s'approche de Turk et lui donne une tape affectueuse sur l'épaule.

— Il n'y aura pas de problème. Promis. (Puis il se tourne vers moi.) Voilà ce qui va se passer, Aria. Je vais créer un portail entre chez moi et ton balcon.

— Un portail ?

— Oui, une sorte de… passage secret. Sauf qu'il sera invisible, magique, et… enfin, peu importent les détails. L'important, c'est que ça me permettra d'arriver directement sur ton balcon. Plus besoin de descendre en douce dans les Bas-fonds ou de risquer de te faire surprendre.

— Je pourrai m'en servir pour te rejoindre ici ?

— Tu pourras l'emprunter avec moi, répond Hunter, mais il aura besoin d'énergie mystique pour être activé. Tu ne pourras pas le prendre toute seule.

— Et comment vas-tu procéder pour créer ce… portail ? C'est dangereux ?

Hunter examine la question.

— Un peu. Mais ne t'en fais pas. Regarde.

Je me recule, tandis que Hunter lève le bras droit et écarte les doigts. Au début, il ne se passe rien – je vois simplement qu'il se concentre très fort, les lèvres pincées, le front plissé. Puis sa main commence à émettre une lueur verte : des rayons électriques jaillissent de ses doigts avec un bourdonnement léger.

Ces rayons donnent l'impression qu'ils vont frapper la cloison. Mais ils s'arrêtent avant. Hunter laisse sa main battre en rythme un petit moment ; puis il replie les doigts et les rayons se désagrègent et commencent à fusionner. Ils cessent d'être longs et fins comme des sabres-laser pour devenir petits et diffus – en fait, le poing de Hunter ressemble maintenant à une boule de lumière verte. Des cercles d'énergie se mettent à tourner autour, comme des anneaux autour d'une planète, de plus en plus vite. Tout ce que j'entends, c'est un bourdonnement sourd. Tout ce que je vois, c'est ce poing magique animé de pulsations.

Le bruit continue à enfler jusqu'à devenir assourdissant. Puis Hunter frappe le vide devant lui avec un craquement sonore. L'air se crève comme s'il était solide, en dessinant une sorte de minuscule trou noir entouré de lumière verte.

Le silence revient dans le wagon. Je jette un coup d'œil à Hunter. Les rayons ont complètement disparu. Turk reste bouche bée, visiblement sous le choc.

— Bon, fait Hunter, un peu essoufflé. (Il indique le portail et sourit.) Qui veut essayer en premier ?

***

J'ai mal. La douleur est si intense que ma vision se trouble. La souffrance focalise toute mon attention. J'ai l'impression de brûler, de me déchirer de l'intérieur. Je ne vois plus que des points de couleurs de plus en plus aveuglants à mesure que la douleur augmente. Ces points se mettent à danser, à dessiner des cercles bleus, roses et jaunes. Il y a du feu, de la chaleur. Puis une vague de fraîcheur me submerge. Les points ébauchent un tableau. Un autre souvenir…

***

— Aria, il y a autre chose que tu dois savoir.

Hunter me prend les mains ; nous sommes debout dans ma chambre, sur le point de nous dire bonne nuit.

— Quoi donc ?

Il se renfrogne.

— J'aurais préféré que tu l'apprennes par un autre. Mais la Conflagration, tu sais, l'explosion terroriste qui a fait tellement de victimes innocentes et obligé les Mystiques à se cacher, il y a vingt ans ? Elle a été orchestrée par ta famille. Par ton père. Il a payé un groupe de Mystiques mercenaires pour fabriquer une arme. Au départ, il devait s'agir d'une arme défensive. Mais il l'a retournée contre eux et l'a fait exploser dans un lieu public pour que personne ne fasse plus jamais confiance aux Mystiques.

J'ai toujours su que mon père était un homme mauvais, mais ça…

— Tu veux dire que toute ma vie – et celle de chacun des habitants de cette ville – est basée sur un mensonge ?

— Je suis désolé, Aria.

Avant que je ne puisse réagir, j'entends la voix de mon père.

— Aria ! Ouvre-moi ! (Ses poings martèlent la porte de ma chambre.) Je sais que tu es là-dedans avec lui. C'est fini, Aria. Ouvre cette porte !

— Hunter, dis-je en hâte, il faut que tu files. Tout de suite !

Je cours à la fenêtre et l'ouvre en grand ; l'air chaud s'engouffre aussitôt dans la pièce.

Les lèvres de Hunter frémissent.

— Viens avec moi.

— Ça ne ferait qu'empirer les choses. (La porte de ma chambre paraît sur le point de céder. Nous avons quelques secondes devant nous, tout au plus.) Ne t'inquiète pas pour moi.

Je l'embrasse passionnément.

— Pars !

Hunter active le portail à l'instant où mon père enfonce la porte. Kyle se rue à travers la pièce et se jette sur Hunter, qui disparaît dans le vide en refermant le portail derrière lui.

— Où est-il passé ?

Mon père empoigne ma chemise de nuit et me soulève du sol. J'entends le tissu se déchirer.

— Je ne sais pas.

— On ne joue plus, Aria. Dis-moi où !

— Je te l'ai dit : je ne sais pas !

Il me lâche, et je me cogne les genoux contre le sol. Une douleur fulgurante me remonte dans les cuisses. L'homme que j'ai devant moi n'a plus rien de commun avec mon père. Son teint écarlate et ses yeux exhorbités lui donnent une allure de bête sauvage.

Puis il lève la main et m'assène une grande gifle – mes dents s'entrechoquent, et je me mords la langue. Un goût de sang m'emplit la bouche.

— Johnny, arrête ! crie ma mère qui se tient sur le seuil.

— Tu nous as trahis ! (Mon père me fixe avec une répugnance non feinte. J'aperçois un reflet argenté dans sa main – il tient un pistolet.) Ça ne peut plus continuer, Aria.

— Aria, me lance Kyle dans son coin, ne fais pas l'idiote. Dis-lui où se cache ton Mystique.

— Tue-moi si tu veux, dis-je. Je ne suis pas ta marionnette.

Mon père ôte le cran de sûreté de son arme. Et pointe le canon du pistolet sur ma tête.

— Non, Johnny ! s'écrie ma mère en s'avançant. Ne fais pas ça !

Elle se jette sur mon père, qui la repousse brutalement.

Je ferme les yeux. La messe est dite. Je suis sur le point de mourir.

Puis j'entends une autre voix :

— Johnny, attendez. (Je rouvre les yeux. Benedict est dans ma chambre, l'air soucieux, une seringue à la main.) J'ai une meilleure solution.

Mon père se tourne vers lui.

— Je vous écoute, Patrick.

— Nous pouvons effacer ce garçon de sa mémoire et remplacer tout ce qu'elle a vécu par d'autres souvenirs. (Benedict enlève le capuchon de l'aiguille.) C'est expérimental, mais ça pourrait permettre de la garder en vie.

Mon père nous dévisage tous – mon frère, ma mère, Benedict, et moi – puis hoche la tête.

— D'accord, dit-il en me fixant. Peut-être qu'avec ça tu feras une meilleure fille.

— Espérons surtout que tu seras un meilleur père, dis-je en crachant du sang.

Je vois qu'il brûle d'envie de me frapper, mais il se contient. Benedict s'approche – j'esquisse un mouvement de recul, mais Kyle surgit derrière moi et me tord les bras dans le dos.

Je hurle :

— Non !

— Tu vas dormir maintenant, Aria, m'annonce Benedict.

***

Peu à peu, les fragments épars de ma mémoire commencent à se remettre en place, comme des oiseaux de retour sur le perchoir. Des images de mes parents me reviennent ; mes sentiments pour Hunter resurgissent. Ainsi que les secrets, les mensonges, les trahisons. Davida. Thomas. Je récupère tout ce qu'on m'avait arraché, en plus clair. Et ça fait mal. Une fine résille blanche de douleur me recouvre entièrement, comme si on me lardait d'aiguilles, en me piquant dans chaque pore. Pourtant, il y a incontestablement quelque chose de réconfortant dans la douleur : elle m'appartient. C'est le prix de la connaissance.

***

Je suis dans le bureau du Dr May. Entièrement immobilisée. Je me trouve sur une civière, les bras le long du corps, sur le point d'être introduite dans une grande machine.

Benedict se penche au-dessus de moi.

— Aria, tu m'entends ?

J'essaie de répondre mais j'en suis incapable.

— Écoute-moi bien. Tu ne vas pas perdre Hunter pour toujours. Le cœur des Mystiques n'est pas comme celui des humains. Il peut prendre plusieurs formes – certains ont une couleur différente, d'autres ressemblent à une boîte fractale, d'autres ont l'air taillés dans du verre.

Benedict disparaît une seconde avant de réapparaître.

— Le cœur est le siège du pouvoir mystique, et l'énergie qu'il contient exerce sa magie sur l'œil de celui qui l'observe. Plonger son regard dedans, c'est contempler une réalité fluctuante, comme se regarder dans un miroir en mercure. Crois-moi, un jour, tu regarderas dans son cœur et c'est toi que tu verras, et ce jour-là tout sera débloqué.

J'essaie de comprendre ce qu'il me raconte – que je retrouverai Hunter, même si on efface la mémoire ? –, mais je commence à m'assoupir.

— Aria, tu as confiance en moi ?

Je n'ai plus la force de lui répondre. Je me contente de hocher la tête.

***

Et puis je me sens de nouveau moi-même, entière, consumée par une flamme qui n'est plus de la douleur mais autre chose – de l'amour, peut-être.

L'auteur des lettres, Roméo, le garçon sans visage de mes rêves, c'est Hunter.

C'était lui depuis le début. Il a toujours été là, en coulisses.

Et tout à coup, comme ça, me voilà de retour dans ma chambre, dans cette cage dorée qu'est l'appartement familial, en présence du garçon que j'aime, et qui me demande :

— Tu m'aimes ?

— Oui, dis-je. Mais est-ce que c'est vraiment toi ?

Il me prend dans ses bras et murmure :

— C'est bien moi, oui. Et c'est vraiment toi aussi, maintenant. Je t'ai enfin retrouvée.

Je me raccroche au bras de Hunter pour ne pas tomber. Je sens ses muscles rouler sous mes doigts. Comment peut-il être là ? Je l'ai vu mourir… non ?

Soudain, je m'étrangle et la peau me démange comme si je faisais une réaction allergique. La joie de me retrouver dans les bras de Hunter s'estompe, remplacée par de la colère – contre mes parents, contre mon frère, contre Thomas : contre tous ceux qui m'ont menti.

Je n'arrive plus à respirer.

— Aria ? s'inquiète Hunter.

Il se glisse dans mon dos et croise les mains juste sous mon plexus.

Puis il tire, fort, en m'enfonçant les poings dans l'estomac.

Je tousse et recrache le médaillon, qui vole à travers la pièce avant de rouler sous mon armoire avec un petit bruit.

Les larmes aux yeux, j'ouvre grand la bouche et me remplis les poumons. Et puis, sans crier gare, je vomis.

CHAPITRE 28

— Tout va bien là-dedans ? demande Stiggson derrière la porte, en frappant deux fois.

— Oui ! (Hunter me rapporte une serviette humide de la salle de bains. Je m'essuie la bouche et le menton, tandis que lui s'emploie à frotter la moquette.) Laissez-moi encore quelques minutes.

Je bois un peu d'eau. Je n'en reviens pas d'avoir vomi. Surtout devant Hunter, qui est en train de nettoyer mes bêtises – ce qui est trop mignon de sa part, mais affreusement gênant.

— Une minute.

Je fais signe à Hunter de s'arrêter. Il me regarde avec ses grands yeux bleus. Il est tellement beau que ça me donne envie de pleurer.

— Quoi ? dit-il.

Je le dévisage, bouche bée.

— Tu es vivant !

Il lâche la serviette, se relève et m'attire contre lui. Je me fiche d'avoir une haleine de pélican – Hunter est là, qui me serre dans ses bras. Le reste ne compte pas.

— Je te croyais mort !

Les mots sortent tout seuls ; il y a tant de choses que je

voudrais lui dire, maintenant que je me souviens de tout, que je connais la vérité.

— Je ne comprends pas. Je t'ai vu… je les ai vus te…

— Je sais, dit Hunter en m'embrassant dans le cou, juste sous l'oreille. C'est un peu compliqué, mais je suis là.

Je murmure :

— C'est vraiment toi ?

— Corps et âme.

Je sens son torse bombé et se coller au mien, je sens son souffle chaud sur ma joue.

— Comment as-tu réussi à te faire passer pour Davida ?

— C'est un peu compliqué, répète Hunter. Mais pour résumer, c'est grâce à elle. Elle m'a jeté un sort pour faire croire à tout le monde que j'étais mort. Mais ce soir, ç'a été plus fort que moi, j'ai voulu venir te voir… et je me suis fait prendre.

Je jette un coup d'œil vers la porte, sous laquelle on aperçoit l'ombre de Stiggson.

— Explique-moi ce que j'ai vu. Quand ils t'ont tiré dessus.

On se rassied sur le lit, et Hunter me prend les mains, en glissant ses doigts entre les miens. L'uniforme de Davida le boudine de partout maintenant qu'il a recouvré son apparence habituelle.

— Cette nuit-là, raconte Hunter en choisissant soigneusement ses mots, quand les gorilles de ton père me sont tombés dessus, ils m'ont passé des menottes en vif-argent. C'est comme ça qu'ils immobilisent les Mystiques. Je ne pouvais plus faire un geste. Ensuite, ils m'ont mis un sac sur la tête et m'ont balancé dans l'une de leurs vedettes.

Je grimace.

— Je m'en souviens.

— Il y avait trois hommes à bord avec moi, tous sur le pont. (Hunter se mord la lèvre.) C'est Davida qui me l'a dit après m'avoir retiré le sac. Elle avait embarqué en douce.

Je revois la scène. Davida était effectivement présente, cette nuit-là. Mais ensuite elle a disparu.

— Qu'est-ce qu'elle faisait là ?

Il prend une grande inspiration.

— Tu connais le talent de Davida ?

— Elle peut prendre l'apparence de quelqu'un d'autre, dis-je, me rappelant le jour où Davida a pris mes traits et où je me suis retrouvée face à mon double.

— Ce genre de pouvoir est extrêmement rare. Il se rencontre une fois sur cent mille, à peine.

Je me souviens alors de ce que j'ai appris dans son journal intime : que Hunter et elle étaient fiancés. Ils étaient promis l'un à l'autre depuis leur naissance.

— Oh non, dis-je dans un souffle, comprenant tout à coup ce qui s'est passé.

— Je ne pouvais pas bouger, continue Hunter d'un ton désespéré. J'étais à moitié assommé ; je n'avais même pas la force de parler. J'ai regardé Davida couper mes menottes, endosser mon visage et ma silhouette, et me donner son apparence. Ensuite, elle m'a poussé derrière des caisses où personne ne me verrait, et…

— Elle a pris ta place, conclus-je.

Je pose ma main contre sa joue. Il est chaud, brûlant.

— J'étais impuissant, Aria. J'étais allongé en bas et je les ai entendus la traîner sur le pont, la mettre debout et… lui mettre une balle dans le crâne.

Hunter se met à sangloter. J'essuie ses larmes avec mon pouce.

— Chut. Ce n'est pas ta faute.

— Bien sûr que si ! s'emporte Hunter à voix basse. Si je ne t'avais pas entraînée dans les Bas-fonds, si je n'avais pas…

— Tu n'as pas le droit de penser ça. Elle a donné sa vie pour toi. Le moins que tu puisses faire, c'est de t'assurer que son sacrifice n'aura pas été vain.

Il reste silencieux un moment, puis hoche la tête. La douleur que je lis dans ses yeux me fend le cœur. Il est clair qu'il avait une profonde affection pour elle.

— Tu as raison. Quand j'ai récupéré mes forces le lendemain matin, la vedette était à quai et il n'y avait plus personne à bord. J'en ai profité pour m'éclipser discrètement. Tout seul.

Soudain, je crois entendre la voix de Davida dans ma tête : *Est-ce que tu l'aimes ? Alors, je vous protégerai tous les deux. Aussi longtemps que je le pourrai.*

Davida ne s'est pas sacrifiée uniquement pour Hunter. Mais aussi pour moi. Elle a donné sa vie pour nous deux, pour ce que nous représentons ensemble. Mon père a raison sur un point : une union entre deux familles ennemies peut avoir de grandes conséquences. Au lieu d'un rapprochement entre les Rose et les Foster, quel serait l'impact sur Manhattan d'un mariage entre une Rose et un Brooks ?

Les joues de Hunter sont mouillées de larmes. Il s'essuie le nez avec sa manche, puis dégage ses cheveux en arrière. Je voudrais profiter de ce moment avec lui mais c'est impossible. On m'attend de l'autre côté de la porte. Avec Davida.

— Est-ce que tu l'aimais ? dis-je.

J'ignore pourquoi, mais j'ai besoin de le savoir.

Hunter acquiesce.

— Oui.

— Oh.

Je sens mon pouls s'accélérer. Ce n'était pas la réponse que j'attendais.

— Comme une amie, précise-t-il. J'étais censé me marier avec elle, mais c'était avant de te rencontrer. C'est de toi que je suis amoureux, Aria. Davida le savait. (Pour la première fois de la soirée, Hunter sourit.) Je t'ai aimée la première fois que je t'ai vue. Je t'aime encore plus que la première fois où je t'ai embrassée, ce jour-là, dans le Bloc.

— C'est avec toi que j'ai envie d'être Hunter, je déclare, en m'efforçant de lui transmettre tout ce que je ressens. Et moi aussi je t'aime.

Je ne peux m'empêcher de savourer cet instant de bonheur au milieu de tant de tristesse.

— Davida t'aimait, Aria, m'affirme Hunter en me massant les épaules. (Il me regarde droit dans les yeux, comme s'il pouvait lire en moi.) C'est pour ça qu'elle a fait ça.

Je sens monter les larmes.

— Même s'il y avait beaucoup de choses que j'ignorais à son sujet, je... je l'aimais, moi aussi. Et toi, j'ajoute en posant ma main contre sa joue, pendant tout ce temps tu connaissais notre histoire et tu n'as rien dit ?

Il hoche la tête en silence.

— Les lettres... Roméo et Juliette... c'était toi ?

Nouveau hochement de tête.

— Ce soir-là, quand tu m'as protégée de ces garçons et emmenée au Java River, comment as-tu pu rester assis devant moi en me laissant croire qu'on ne s'était jamais rencontrés ? Pourquoi ne pas m'avoir dit la vérité ?

— Qu'on avait eu une relation secrète, qu'on était follement amoureux et que tes parents m'avaient effacé de ta mémoire ?

À la manière dont Hunter présente ça, je me rends compte que je ne l'aurais jamais cru. Je l'aurais pris pour un dingue.

— Je savais que tu avais perdu la mémoire, continue-t-il. Davida me l'avait dit. Donc je ne m'attendais pas à ce que tu me reconnaisses. Ne rien dire a été la chose la plus pénible de toute ma vie, mais je savais que c'était la bonne décision. (Il me prend les mains pour m'attirer plus près.) Et maintenant, tu te souviens de tout. On s'est retrouvés, c'est la seule chose qui compte.

On entend du bruit dans le couloir, comme une chute, et Hunter se lève d'un bond pour courir à la fenêtre. Il jette un coup d'œil entre les rideaux.

— On sera bientôt ensemble, Aria, mais pas tout de suite.

— Quoi ? Pourquoi dis-tu ça ?

J'indique la fenêtre.

— On n'a qu'à emprunter la brèche, et se tirer d'ici…

— Trop dangereux, dit-il en faisant quelques pas vers moi. On va devoir attendre que les choses se tassent un peu, après les élections…

— Ils ont avancé la date du mariage, Hunter. C'est dans cinq jours.

— Quoi ? s'exclame Hunter, un peu trop fort.

On tambourine à ma porte ; puis j'entends un cliquetis métallique.

— Aria ! Ouvre tout de suite !

— Ils cherchent un moyen d'accéder aux tunnels, dis-je, pour éliminer les rebelles.

— Ils n'y arriveront jamais, rétorque Hunter avec une assurance surprenante. Ne t'en fais pas pour ça.

— Ils manigancent un truc affreux, je continue, saisie de frissons. Il faut qu'on descende là-dessous. Qu'on prévienne les rebelles et ta mère, et qu'on trouve un moyen de faire connaître la vérité à tout le monde. On se le doit à nous-mêmes… et à nos concitoyens.

Une lueur de soulagement brille dans les yeux de Hunter.

— J'espérais bien que tu dirais ça.

— La brèche ? je suggère.

Hunter secoue la tête.

— Désactivée, m'explique-t-il. Turk l'a refermée quand il a cru que j'étais mort. On va devoir passer par un autre endroit.

— L'entrée du Seaport ?

— Elle est surveillée. Il y en a une autre sur la 42e Rue, à Times Square.

— Parfait.

C'est seulement quand je m'arrête pour respirer que je réalise que la porte de ma chambre est ouverte : Stiggson, mon frère, mes parents et les Foster se tiennent sur le seuil, bouche bée.

Et derrière eux, cinq colosses armés de pistolets me mettent en joue.

CHAPITRE 29

— Encore toi ?

L'incrédulité est palpable dans la voix de mon père. Il ne crie même pas, ce qui me fait penser qu'il est vraiment fou de rage, même si ses joues ont perdu un peu de leur éclat. Ses sourcils épais se rapprochent au-dessus de ses yeux troublés. Une fine pellicule de sueur fait briller son front.

Il sort son pistolet.

— Combien de fois vais-je devoir te tuer ?

Hunter se tient immobile au centre de la pièce, les mains le long du corps. Le silence se prolonge ; puis il hausse les épaules et répond :

— Neuf ? J'imagine que je tiens davantage du chat que je voudrais bien l'admettre.

Personne ne rit. Les cinq gardes du corps s'avancent comme un seul homme. George et Erica Foster observent la scène avec un drôle d'air, tandis que ma mère donne l'impression d'avoir avalé de travers. Benedict et Kyle sont là également – Kyle, les bras croisés, Benedict m'adressant des signes discrets que je ne comprends pas – et derrière eux, j'aperçois encore Garland et Thomas dans le couloir.

La bande est au complet.

— Où est Davida ? demande ma mère. (Elle pointe un doigt accusateur sur Hunter.) Tu l'as tuée, Mystique ?

— Bien sûr que non. C'est vous, les assassins.

— Ne parle pas à ma femme sur ce ton, prévient papa, en pointant son arme sur Hunter. En fait, ne dis rien, c'est mieux. Comment oses-tu t'introduire chez moi, après tout le mal que tu as fait à ma famille…

— Et si on parlait du mal que vous m'avez fait à moi ? rétorque Hunter. (Il lève ses mains en l'air.) Laissez-moi partir avec Aria et vous n'entendrez plus jamais parler de nous.

— Je ne négocie pas avec les Mystiques, grogne mon père avec un rictus.

Hunter jette un coup d'œil en direction du balcon, comme s'il envisageait de sauter dans le vide.

— Non, je lui murmure. C'est trop risqué.

— Ça suffit ! s'emporte mon père. La comédie a assez duré. Tu nous as bien fait courir, je le reconnais. On a retourné toute la ville à ta recherche la première fois et on a fait chou blanc. J'étais convaincu de t'avoir enfin réglé ton compte cette nuit-là, dans les Bas-fonds. Je ne sais pas comment tu t'y es pris pour revenir d'entre les morts, mais cette fois, c'est la bonne. (Il ôte le cran de sûreté de son arme.) Adieu.

Je me jette devant Hunter.

— Non ! je crie en écartant les bras.

Maintenant que j'ai retrouvé Hunter, que j'ai fini par recouvrer les souvenirs qu'on m'avait volés, je ferai n'importe quoi pour le protéger. Il n'est pas question que je le perde encore une fois.

— Aria, pousse-toi ou je te promets que je tire.

— Alors tire.

Je sens le souffle de Hunter sur ma nuque.

— Aria, ne fais pas ça, ordonne-t-il. Écarte-toi. S'il te plaît. Je ne veux pas que tu sois blessée.

Je plonge mon regard dans celui de mon père.

— J'aime Hunter. Et je l'aimerai toujours.

Le doigt de papa se crispe sur la détente.

— Alors j'espère que tu vas mourir heureuse, Aria.

— Johnny, attendez.

C'est Benedict. Il a les yeux larmoyants, et il tripote les manches de sa chemise en passant devant George Foster. Au fond de la pièce, près de mon lit, je vois Klartino braquer son arme dans sa direction.

— Vous ne pouvez pas les tuer. Surtout Hunter.

Papa s'esclaffe, en inclinant la tête sur le côté ; une mèche brune tombe sur son front.

— Bien sûr que je le peux.

— Non, vous ne comprenez pas…

— Je crois plutôt que c'est vous qui ne comprenez pas, Patrick. (Mon père le fusille du regard.) Vous m'avez déjà fait le coup la dernière fois : en vous mêlant de mes affaires, en essayant de m'aider. « Nous pouvons lui effacer la mémoire », dit-il en imitant la voix de Benedict, et regardez le résultat ! J'ai accordé suffisamment de chances à ce garçon. Maintenant, c'est terminé.

— Il représente la clé des souterrains, bafouille Benedict.

Cette remarque semble piquer la curiosité de tout le monde.

— Que voulez-vous dire, Patrick ? demande George Foster.

— C'est un rebelle. Il n'a jamais été drainé. Son pouvoir nous permettra de briser le sceau des entrées secrètes. Une fois qu'il nous aura ouvert, nous n'aurons plus qu'à envahir les galeries. Et prendre tout le monde par surprise.

Mon père réfléchit à cette suggestion, comme le reste du groupe. Je sais que Benedict cherche à gagner du temps pour Hunter et moi, mais je sais aussi qu'il dit vrai. Hunter pourrait briser les sceaux. Sauf que, s'il le fait, tous les rebelles seront en danger. Je ne veux pas d'une responsabilité pareille sur mes épaules.

— Tue-nous une bonne fois pour toutes, dis-je à mon père.

Mais il ne m'écoute pas. La tentation d'éradiquer d'un coup l'ensemble des rebelles est trop forte.

— Il faut que le Mystique reste en vie, insiste Benedict. Sinon, on ne pourra rien ouvrir du tout.

George Foster se détache de sa femme et glisse quelques mots à l'oreille de papa. Je me tourne vers Hunter, qui affiche une expression inquiète. *Je t'aime,* formule-t-il du bout des lèvres.

Moi aussi, je t'aime.

George Foster bat en retraite, et papa fait un signe à Stiggson.

— Très bien. Passez-lui les menottes. (Puis il s'adresse à Hunter.) Tu vas nous conduire à l'une de vos entrées mystiques et nous faire entrer. Si on découvre que tu as prévenu tes amis de notre arrivée, Aria mourra. Si tu fais comme on a dit… nous ne lui ferons rien.

Hunter hoche la tête, comme s'il envisageait d'accepter ce plan ridicule. Mais il n'est pas sérieux ?

— Et en ce qui me concerne ?

— Tu mourras, bien sûr. Mais je te promets que ce sera le moins douloureux possible.

— Non ! Pas question, c'est complètement…

— Aria, me coupe Hunter, pas la peine de discuter. C'est la meilleure solution et la seule.

— Tu n'en crois pas un mot, dis-je, comme si nous étions seuls dans la pièce.

Nous venons à peine de nous retrouver ; je ne veux pas le perdre une nouvelle fois.

Je le regarde dans les yeux, et leur bleu adorable me submerge comme une vague et m'apaise. Je repense à cette soirée lors de ma fête de fiançailles. *J'ai toujours cru que le grand amour me brûlerait comme une flamme.* Eh bien, c'est vrai : je brûle, consumée par l'amour. J'ai l'impression qu'on m'a ouvert la poitrine et qu'on est sur le point de m'arracher le cœur, et de le broyer.

Sans que je ne puisse rien faire pour l'empêcher.

— Passez-lui les menottes, répète mon père.

Stiggson s'avance d'un pas lourd et inexorable, une paire de menottes en vif-argent à la main. Hunter tend ses poignets sans opposer de résistance. Stiggson le regarde de travers. Au moment d'ouvrir les menottes, il change d'avis et lui assène un grand coup de poing dans le ventre.

Je crie :

— Arrêtez !

Hunter reste muet. Klartino s'avance à son tour, lève son pistolet et l'abat sur la figure de Hunter.

— Arrêtez, je vous en supplie !

Hunter n'a toujours pas émis le moindre son. Un flot de sang écarlate s'écoule de son nez, se répand sur sa bouche et son menton, et macule sa chemise.

Stiggson se met derrière Hunter et lui ramène brutalement les bras dans le dos. Ses deux épaules se déboîtent avec un craquement qui soulève le cœur. Hunter garde un visage stoïque. Il ne veut pas montrer à mon père qu'il est en train de gagner.

Un reflet argenté, et Stiggson referme les menottes sur les poignets de Hunter. Ce dernier grimace au contact du métal, première indication qu'il a mal. Je me demande si ça le brûle.

Je suis révoltée. D'un regard, mon père me réduit au silence. Stiggson pousse Hunter devant lui, hors de ma chambre. Ils marchent lentement, comme dans une procession funèbre. Hunter me jette un coup d'œil en se retournant – je croise son regard un bref instant. *Je vais te sortir de là,* dis-je en moi-même le plus fort possible, en espérant qu'il puisse m'entendre.

Puis Klartino se poste devant moi. Il me repousse dans

mon fauteuil de bureau, me met les bras dans le dos et m'attache les poignets au moyen d'une espèce de câble qui me cisaille la chair.

— Qu'est-ce que vous faites ?

J'essaie de me dégager, mais c'est impossible.

Ma mère m'arrête d'un geste de la main.

— Tu restes ici, Aria.

— Hein ? Pourquoi ?

— Tu sais pourquoi, dit-elle. Je suis très déçue. Je te croyais guérie. Je pensais que sans ce Mystique nous serions de nouveau une famille. Mais rien n'a changé. Tu préfères risquer ta vie pour une folie romantique que te dévouer à ta famille, à cette ville…

— Je suis dévouée à cette ville, je proteste, beaucoup plus que papa ou toi.

Ma mère me gifle, si vite que je n'ai pas eu le temps de le voir venir. J'ai la joue en feu, mais ça ne me fait pas mal. En revanche, ça décuple ma colère.

— Très bien, enfermez-moi ! Ce n'est pas ça qui m'empêchera de m'échapper. Je l'ai déjà fait avant, je peux le refaire. Vous verrez !

Ma mère semble surprise par ce coup de sang. Ses yeux marron s'arrondissent, et elle rougit. Thomas me dévisage avec tristesse avant de sortir. La pièce se vide ; bientôt, il ne reste plus que ma mère et moi.

— Je sais ce que tu m'as fait, dis-je. Je me souviens de tout. Et je ne te pardonnerai jamais.

Ma mère fait « tss-tss » – le genre de marque de désapprobation que produit une mère quand sa fille lui ramène une mauvaise note, ou rentre à la maison après l'heure convenue. Mais nous n'en sommes plus là. Des vies sont en jeu.

— Bonne nuit, Aria, me fait-elle.

Et elle s'en va.

Je m'emploie aussitôt à tirer sur mes liens. On dirait que je ne réussis qu'à les resserrer, malheureusement, et je sens quelque chose de dur m'entailler la peau des deux côtés. Je balaye la pièce du regard à la recherche d'un objet avec lequel couper le câble, mais je ne vois rien, à part le bord de mon bureau.

Je remarque alors la poignée métallique de la fenêtre du balcon. Pourrait-elle faire l'affaire ?

En procédant par petits sauts, je déplace mon fauteuil dans cette direction. Si je parviens à desserrer le câble, je devrais pouvoir ouvrir la fenêtre et... peut-être... réactiver la brèche ?

Je rejette la tête en arrière avec un soupir. J'éprouve une frustration indescriptible. Je n'ai aucun moyen de rouvrir la brèche, surtout maintenant que j'ai vidé le médaillon, le seul objet magique que je possédais.

Je ne suis plus qu'à cinq ou six petits sauts de la fenêtre quand celle-ci explose vers l'intérieur. Les deux battants claquent violemment contre le mur, et mes cheveux volent, gonflés par le courant d'air chaud qui me frappe au visage. Au début, je ne distingue pas grand-chose – le balcon est baigné d'une lumière verte aveuglante. Mais en fermant à demi les paupières, je finis par le voir :

Turk.

Sur sa moto.

Qui plane juste devant la balustrade.

Des flammes vertes jaillissent de ses pots d'échappement ; ses jantes chromées se détachent sur le ciel noir. Trois lampes à diode rouge vif clignotent sous la selle en cuir.

— Turk !

Il pose lentement sa moto sur le balcon, coupe le contact et descend d'un bond. Sa crête est teinte en orange ce soir.

— Tu n'as rien ? s'inquiète-t-il en s'approchant. Certains rebelles, qui ne t'apprécient pas beaucoup, ont appris l'existence de la brèche, alors j'ai dû la refermer. Mais je gardais un œil sur toi. J'ai vu tout ce qui s'est passé. J'ai attendu qu'ils sortent de l'immeuble pour faire mon entrée.

— Ils l'ont emmené… ils ont l'intention de le…

— Chut, me coupe Turk, chaque chose en son temps, ma petite dame. Chaque chose en son temps. (Il examine la situation.) Tu es attachée ?

— Tu crois que je resterais assise là, sinon ? (Je lève les yeux au plafond.) Tu peux m'aider ?

Turk sourit.

— Ah ! Les mots magiques.

— Arrête, Turk, ce n'est pas le moment de rigoler. Ils vont le tuer !

— Je croyais qu'ils l'avaient déjà fait ? s'étonne Turk, avec un petit rire nerveux. D'accord. Je vais faire sauter tes liens. (Il se place dans mon dos.) Garde les mains immobiles – surtout pas un geste. Je ne voudrais pas te désintégrer un doigt par accident.

— Tu n'es pas drôle.

— Contente-toi de ne pas bouger.

Je fixe la moto de Turk. Je ne peux pas voir son énergie, mais je l'entends, tel un bourdonnement de frelons dans mes oreilles. Une décharge frappe le fauteuil. Je suis projetée sur le flanc. J'essaie de remuer les bras, et je m'aperçois que j'y arrive. Je mets mes mains devant moi : j'ai toujours les liens autour des poignets, comme d'affreux bracelets. Je me relève d'un bond.

— Merci, dis-je à Turk.

— Pas de problème.

D'un coup de tête, j'indique sa moto.

— Fichons le camp d'ici.

— Pour aller où ? demande Turk en se massant le front. Tu as une idée ?

— Ils comptent se servir de Hunter pour accéder au réseau souterrain. Il faut descendre prévenir les rebelles…

— Alors pour commencer, m'interrompt Turk, l'air catastrophé, à la vitesse du photorail, tes parents, les Foster et les renforts qu'ils ont emmenés avec eux sont sans doute déjà dans les Bas-fonds. Aucune chance de les rattraper. Et surtout, on n'a aucune idée de l'endroit où ils vont, de l'entrée qu'ils vont choisir. Il y en a des dizaines. On risque de courir partout sans les retrouver… et on ne le sauvera pas. On ne sauvera personne.

Turk cogne de toutes ses forces dans le mur.

— Merde !

Son poing crève la cloison avec un craquement, et de la poussière de plâtre se répand dans l'air.

— Ça, ce n'était pas malin, fais-je observer.

Il frotte ses phalanges ensanglantées.

— Non, tu as raison.

— Attends… Times Square. Il me semble que Hunter a parlé de Times Square… Est-ce qu'il y a une entrée, là-bas ?

Turk réfléchit un instant.

— Oui, il y en a une. (Il sourit.) Amène-toi. Je sais exactement où aller.

Il fouille dans sa poche, puis en sort une bague en argent.

— Tiens.

— Un cadeau ? C'est gentil.

— Pas n'importe quel cadeau, c'est un passe.

— Un quoi ?

J'examine la bague, perplexe. Elle a l'air tout à fait… normale. Je retire ma bague de fiançailles et j'enfile celle de Turk à la place. Mon doigt commence à palpiter légèrement.

— Pour briser un sceau mystique, il faut de l'énergie mystique. C'est le seul moyen. C'est comme ça que les rebelles accèdent aux souterrains, m'explique Turk. Mais comme tu n'es pas une Mystique, tu auras besoin de ce passe. Je l'ai chargé avec un peu de mon énergie, au cas où on serait séparés, pour que tu puisses te réfugier en bas.

— Merci, dis-je, sachant que ça risque de m'être utile.

Sa bague me fait penser au médaillon. J'éprouve subitement une grande envie de le récupérer.

— Une seconde.

Je tâtonne sous la commode et je récupère le bijou. Il est fendillé, tout sale, mais je le rattache à mon cou malgré tout comme un symbole de ce que m'ont infligé mes parents. Je ne me laisserai pas déstabiliser par leurs agissements. Je me servirai de mon passé pour bâtir mon avenir – avec Hunter.

Je rejoins Turk sur le balcon, où il prend son casque et me le pose sur la tête. J'empoigne ma jupe des deux mains pour enfourcher sa moto.

— Prête ? me demande Turk.

— Une dernière chose… tu as ton TactilEgo ?

Il hoche la tête et le sort de sa poche.

— Pourquoi ?

Je lui prends l'appareil des mains et compose un numéro.

— Parce que ma mère m'a confisqué le mien, et que j'ai un coup de fil à passer.

CHAPITRE 30

Le temps que nous descendions dans les Bas-fonds, le soleil a disparu et le ciel a pris une couleur d'ecchymose, tout en nuances de pourpre et de bleu.

— Je ne comprends toujours pas ce qu'elle fait là, grogne Turk pour couvrir le rugissement de sa moto.

Nous empruntons une succession de ponts le long du canal de Broadway. La plupart des boutiques sont fermées pour la nuit, mais quelques passants traînent encore dans les rues et s'écartent d'un bond sur notre passage – ce n'est pas le moment de conduire prudemment. Qui sait ce que mes parents sont en train de faire à Hunter, combien de temps il lui reste à vivre. Nous devons le sauver.

Elissa Genevieve se cramponne à ma taille.

Quand nous sommes passés la prendre, Turk a pratiquement refusé de lui parler.

— Elle travaille pour l'ennemi.

— Non, pas du tout, lui ai-je assuré. Elle s'efforce de vous aider de l'intérieur, comme Benedict.

Elissa a confirmé d'un hochement de tête.

— Oui, on travaille ensemble, lui et moi !

Ses longs cheveux sont coiffés en queue-de-cheval, et elle n'est pas maquillée. Je lui ai demandé par texto de nous retrouver au Cercle, dans les Hauteurs, en lui expliquant la situation. Et en l'invitant à nous accompagner. Pour nous aider.

— Je ne vous ai encore jamais vue dans le métro, a dit Turk d'un air sceptique.

— À cause du drainage, s'est justifiée Elissa. Je n'y ai plus accès.

Habillée tout en noir – pantalon en lycra et petit haut moulant –, elle a l'air prête au combat.

— Elle m'a aidée, ai-je dit à Turk. Elle m'a montré ce qui se passait dans la salle de drainage. Elle est de notre côté, Turk.

Turk s'est gratté le front.

— On n'a pas le temps d'en discuter. Si Aria a confiance en vous, ça me suffit.

Il a actionné un levier caché sous le guidon de sa moto, et la selle s'est allongée sans bruit, de manière à nous ménager de la place pour trois.

Enfin, presque. Je suis prise en sandwich entre Turk et Elissa. Une brume dense et lourde s'élève du canal et s'enroule autour de nous en volutes grises évoquant la fumée d'un cigare géant.

Quand nous atteignons la 50ᵉ Rue, Turk ralentit. Times Square n'est plus qu'à quelques blocs, et mieux vaut arriver sans faire trop de bruit.

Il commence à pleuvoir. D'abord quelques gouttelettes, puis des gouttes épaisses que je prends en pleine figure et qui pénètrent mes vêtements.

— Merde, bougonne Turk.

Le faisceau blanc du phare de sa moto transperce le brouillard, et nous permet de voir – mais uniquement ce qu'il touche. Autour de nous, la pluie, l'obscurité et la chaleur de la nuit me lèchent comme une grosse langue visqueuse ; je me sens sale et fatiguée.

Je repousse mes cheveux en arrière et m'essuie les joues.

Ce n'est pas le moment d'être fatiguée. Je ne dois penser qu'à Hunter.

Nous roulons encore le long d'un bloc ; puis Turk s'arrête devant une rangée d'immeubles décrépits et coupe le moteur.

— Mieux vaut continuer à pied. On attirera moins l'attention.

Elissa se laisse glisser de la selle, et je peux enfin recommencer à respirer. Elle me tend la main pour m'aider à descendre. Turk pousse sa moto jusqu'à une vieille bouche d'incendie, à laquelle il l'attache au moyen d'une grosse chaîne.

Quand il a fini, il nous cherche du regard – je ne vois pratiquement rien de lui à part le blanc de ses yeux.

— Il y a une flèche pas trop loin, lance-t-il. On y verra mieux si on avance.

Nous nous mettons en marche sans dire un mot. J'attrape le T-shirt de Turk et je le suis. J'espère qu'il sait où il va. J'écrase des gravats, je marche sur une cannette vide. Je ne vois plus le canal de Broadway mais je sais qu'il n'est pas loin : j'entends le clapotis de l'eau et je peux sentir sa puanteur iodée.

Après encore un bloc ou deux, on prend à droite, on passe un pont, puis j'aperçois la flèche au loin. Sa lumière baigne les environs d'une clarté irisée. L'énergie familière ondule et tourbillonne à l'intérieur, blanc-jaune-vert, blanc-jaune-vert. Je cherche des signes de Hunter, ou de mes parents, mais tout ce que j'entends ce sont les voix étouffées des passants, le bruit de nos pas et le battement affolé de mon cœur.

Le quartier ne paie pas de mine. Les rues sont jonchées de détritus, les vitrines, couvertes de graffitis, ou brisées. Les immeubles donnent l'impression d'être trop serrés, de se chevaucher. Quelques rats détalent ici et là, emportant dans leur gueule des papiers gras ou des aliments pourris. Au-dessus de nous, des affiches délavées pendent tristement au fronton de cinémas désaffectés, entourées d'ampoules claquées ou manquantes, sous des fenêtres aveugles.

— Dire que c'était le cœur de la ville autrefois, soupire Turk en nous faisant traverser un carrefour entre deux grandes avenues.

Un panneau vert indiquant la 42e Rue est accroché à un poteau sur l'un des ponts. J'aperçois l'entrée d'une ancienne station de métro – la plus imposante que j'ai vue jusqu'ici. Des cercles de couleurs différentes, rouge, jaune, bleu, chacun avec un numéro délavé à l'intérieur, sont peints au-dessus de l'entrée.

Je jette un coup d'œil derrière moi pour m'assurer qu'Elissa nous suit. Elle inspecte les alentours, comme si elle cherchait quelqu'un. Quand nos regards se croisent, elle prend un air coupable pendant un instant ; puis elle se détend et m'adresse un sourire crispé.

— C'est par là qu'on entre ?

J'indique la bouche de métro scellée par des blocs de béton armé. L'accès semble impossible. Je cherche du regard les poteaux verts, comme à proximité de South Street Seaport, mais je n'en vois aucun. Je me demande par où nous allons descendre.

Turk secoue la tête.

— Non. L'entrée est là-bas.

Il indique un point situé quelques blocs plus loin. Je ne vois rien, à l'exception d'une enseigne crasseuse qui s'étale sur la moitié d'un bloc. Elle devait probablement être blanche à l'origine, mais ça remonte à de nombreuses années. Désormais d'un beige douteux, elle est barrée de grosses lettres rouges : TKTS.

— Là ?

Turk acquiesce de la tête.

— Amenez-vous. Mais ne faites pas de bruit.

Il ouvre la marche en nous faisant signe de le suivre ; nous progressons en file indienne, collés à la façade des immeubles.

Un auvent nous procure un peu d'ombre bienvenue : Times Square est largement éclairé, beaucoup plus que je ne m'y attendais. Nous allons devoir rester au bord pour éviter de nous faire voir.

Turk tend l'oreille un moment, puis nous fait signe de continuer. Je prends bien garde de ne marcher sur rien qui risquerait de se casser et de trahir notre présence. À l'approche de l'enseigne TKTS, j'entends des voix. Je me tourne vers le centre de la place.

C'est là que je le vois. À un bloc de distance.

— Allez, mon gars, grommelle une voix.

Hunter a la tête baissée, les mains menottées dans le dos. Il avance voûté, traînant les pieds, comme s'il avait du mal à marcher. Il est encadré par deux gorilles, avec Stiggson et Klartino qui les suivent. Mon père et George Foster marchent devant, flanqués de leurs gardes du corps, avec Thomas, Garland, Kyle et Benedict. Les femmes ne sont pas là.

Je me couvre la bouche pour étouffer un cri.

J'alerte Turk d'une main sur l'épaule, et on s'arrête net. Elissa aussi.

— Que se passe-t-il ?

— Chut ! siffle Turk.

On se plaque contre le bâtiment, au point que je sens le motif des briques s'imprimer dans ma chair. Depuis notre cachette, nous distinguons parfaitement Hunter et les hommes de mon père. À moins qu'ils ne tournent à l'angle et ne tombent en plein sur nous, nous devrions rester hors de vue.

Nous les regardons entraîner Hunter vers un immeuble à la porte dorée et aux fenêtres noires de crasse.

— C'est là ?

Hunter examine la porte une seconde. Il est méconnaissable avec toutes ses ecchymoses. Il a le front ouvert, les joues rouges et enflées. Ses cheveux sont poissés de sang et de sueur. Je sens mon ventre se nouer. Je suis à deux doigts de vomir.

— 'me souviens pas, marmonne Hunter.

Mon père s'avance jusqu'à lui et lui soulève avec rudesse le menton. Il a remonté les manches de sa chemise, dévoilant des avant-bras épais, aux muscles noueux. Hunter essaie de tourner la tête, mais papa lui empoigne la mâchoire.

— Regarde-moi ! ordonne-t-il.

Un bref instant, ils s'affrontent du regard, puis Hunter crache au visage de mon père.

À peine le crachat a-t-il atteint son front que papa se déchaîne. Il lève le bras et assène à Hunter deux grands coups de poing, dans le ventre puis sur le côté droit du visage. Il le touche au menton, provoquant un craquement sourd.

Hunter, plié en deux, vomit sur le pavé du sang et de la bile.

— Tu préfères continuer tes conneries ou nous montrer où se trouve l'entrée ? s'enquiert mon père.

Hunter ne répond pas. Il a la lèvre fendue et le regard éteint, sans vie.

— Je n'y vois rien, murmure Elissa dans mon dos.

Elle se penche en avant et shoote accidentellement dans quelque chose – une bouteille vide ? En tout cas, le bruit est suffisant pour signaler notre présence à tout le monde.

Je me crispe et retiens mon souffle. Turk jette autour de lui des regards nerveux.

Les hommes de mon père pointent le nez en l'air comme des chiens de chasse, et je vois mon père redresser vivement la tête. Kyle, qui se tient quelques pas en retrait, son pistolet braqué sur Hunter, se retourne.

— Qui est là ? crie-t-il.

Elissa me prend la main et moi celle de Turk. Je suis terrifiée. Peut-être que si nous restons immobiles... parfaitement immobiles... ils ne nous verront pas.

À cet instant précis, quelqu'un débouche en titubant du

pont à l'autre bout de la place. Un ivrogne apparemment, une bouteille à la main. Il s'engage dans la rue où se trouvent mon père et les autres, et se fige.

Kyle tire.

La balle se loge au beau milieu du front du malheureux. Sa bouteille se fracasse par terre et l'homme s'écroule sur le bitume comme un pantin désarticulé.

— Juste un ivrogne, lance Kyle à la cantonade.

Soulagés d'avoir identifié la source du bruit, papa et ses gorilles emmènent Hunter vers une autre façade décrépite. Mais pendant une fraction de seconde, je vois celui-ci lancer un regard dans notre direction. Une lueur scintille dans ses prunelles.

Il sait que nous sommes là.

J'espère de tout mon cœur qu'il va entraîner mon père ailleurs.

Comme s'il m'avait entendue, il ouvre sa bouche ensanglantée et dit :

— C'est dans cette ruelle.

Il indique la direction opposée à l'enseigne et je comprends qu'il ment, qu'il s'efforce de gagner un peu de temps pour nous. Les gorilles lui collent leurs pistolets dans les reins et le poussent devant eux. Leurs silhouettes rapetissent dans le lointain.

Turk nous entraîne hors de vue et nous réunit en cercle. Puis il consent enfin à me lâcher la main.

— Pendant que Hunter les amuse, il faut qu'on descende et qu'on revienne avec des renforts. Ils ne sont pas si nombreux. (Il indique l'enseigne TKTS.) Vous voyez le bâtiment gris sous l'enseigne ?

Elissa et moi acquiesçons de la tête.

— C'est là que se trouve l'entrée, continue Turk. Quand on aura sauvé Hunter, on disparaîtra dans les souterrains et on pourra réfléchir à la suite.

— Ça me paraît un bon plan, dis-je, heureuse qu'on en ait un.

— Je ne suis jamais passée par là, annonce Elissa, indiquant d'un coup de tête les blocs de béton armé. (Elle ne s'excuse pas pour le bruit qu'elle a fait – pour avoir failli nous faire tous tuer. Les ombres et la lumière de Times Square jouent sur son visage et la vieillissent.) Comment je vais entrer ?

Turk lève les yeux au ciel ; on voit bien qu'il regrette qu'elle soit là. Il se passe une main dans les cheveux. La pluie a eu raison de sa crête, qui pend sur le côté.

— Aria a un passe.

Je fais voir ma main, et j'agite l'annulaire. C'est la seule partie du corps où je n'ai pas froid. Les yeux d'Elissa brillent devant ma bague.

— Il faudra lui tenir la main quand elle s'en servira, recommande Turk. Comme ça, vous devriez pouvoir entrer toutes les deux. Je vais rester ici pour m'assurer qu'ils ne l'abîment pas trop.

J'objecte :

— Je ne saurai pas où aller une fois en bas. Je ne suis même pas sûre de pouvoir retrouver le chemin de chez Hunter. Et si je me perds ? En plus, qui va m'écouter ? Allez-y tous les deux. C'est moi qui vais rester pour veiller sur Hunter.

Turk secoue la tête.

— Sûrement pas, Aria. Pas question que je te laisse ici. On va y aller tous les trois, en espérant qu'il n'arrivera rien à Hunter.

— Alors, ne perdons pas de temps, conclut d'un ton ferme Elissa en se redressant.

Nous guettons le moment idéal. Dès que le groupe de mon père disparaît, Turk lève la main et chuchote :

— En avant !

Nous fonçons à découvert, enjambons une pile de gravats

et passons au pas de charge le pont au-dessus du canal. L'entrée est là, devant nous, juste sous l'enseigne. Comme les anciennes bouches de métro, elle aussi est murée par des blocs de béton et des barres de fer.

Puis je remarque un poteau, très fin, presque caché derrière le mur de béton. Un poteau métallique, coiffé d'un petit globe vert. Il devait être décoratif autrefois, mais aujourd'hui il est soudé à l'armature en fer, tordu, à tel point qu'il faut vraiment le chercher pour le trouver.

— Le globe, dis-je. Il ressemble à ceux du Seaport, en plus petit.

Je tends la main vers le poteau quand j'entends un coup de feu.

Je regarde derrière moi et j'aperçois Turk par terre, qui se tient l'abdomen. Une tache de sang s'élargit sur son T-shirt et un filet coule entre ses doigts. Ses traits sont figés par le choc.

— Elissa, attention ! dis-je.

Mais je découvre alors l'expression de son visage. Elle sourit d'un air mauvais.

Puis je remarque le pistolet dans son poing.

C'est elle qui a tiré sur Turk.

Avant que je ne puisse réagir, Elissa m'attrape la main et m'arrache la bague que Turk m'avait donnée : le passe.

— Elissa, mais qu'est-ce que vous faites ? Je croyais...

— Tu t'es trompée, ricane-t-elle avec un rire triomphant. Je travaille pour tes parents et pour les Foster. Mon vrai job consiste à traquer les rebelles. Personne n'est au courant, pas même Patrick.

Elle respire profondément.

— Depuis combien de temps ? dis-je.

J'essaie de la faire parler dans l'espoir que quelqu'un, ou quelque chose, viendra à mon secours.

— Depuis la Conflagration, répond Elissa. La bombe, c'était mon bébé, fabriqué à partir de mon énergie.

Tout s'explique à présent : Elissa s'est vendue à ses ennemis contre une place dans les Hauteurs, et mes parents l'ont embauchée pour éliminer les Mystiques du paysage. Elle devait avoir une vingtaine d'années à l'époque, et depuis elle a toujours servi les intérêts de ma famille.

Elle s'élance dans la rue.

— J'ai le passe ! crie-t-elle en brandissant la bague comme un trophée. Et j'ai découvert l'entrée !

La consternation me tord les entrailles. J'ai été trahie. Turk a reçu une balle. Et maintenant je suis sur le point de mourir.

CHAPITRE 31

Tout à coup, Times Square fourmille d'activité.

Des hommes en armure jaillissent des immeubles et envahissent la rue comme des fourmis, grouillent sur les ponts, s'alignent pour donner l'assaut. Je reconnais plusieurs partisans de mon père et des Foster ; d'autres doivent appartenir aux forces de police, que mon père et George Foster ont dans leur poche.

Ce n'est plus le moment de tergiverser. Il faut agir.

J'attrape Turk sous les aisselles. Je le traîne sous l'enseigne, qui pend en diagonale et nous masque momentanément. J'ai les mains moites ; il est plus lourd que je ne m'y attendais. Ses yeux sont plissés par la douleur.

J'entends des ordres qui fusent, des bruits de pas qui se rapprochent. La pluie s'est interrompue et l'air est chaud et humide. Mon père va revenir avec Hunter d'une seconde à l'autre. Il ne me reste qu'une chose à faire.

Je laisse retomber Turk, puis j'empoigne le globe vert. Avec ma main libre, j'attrape le bras de Turk et le tire le plus haut possible de manière à lui faire toucher le globe lui aussi.

Le sol se liquéfie sous mes pieds.

Mon corps se met à vibrer, comme si des tambours résonnaient dans le sol et jusque dans mes os. J'éprouve la sensation étrange d'être enfoncée de force dans un tube étroit. Je ferme les yeux.

On tombe…

Et on atterrit sur du carrelage. Qui a dû être blanc, à une époque lointaine. Il en manque des plaques entières. Au plafond, on voit les mêmes cercles de couleurs qu'à l'entrée du métro. Je suppose qu'ils indiquaient les différentes lignes autrefois.

Un réseau de galeries s'enfonce devant moi dans plusieurs directions. On dirait que je suis sur une espèce de plateforme : à ma gauche, un vieil escalier mène à des tunnels inondés, bordés de passerelles comme dans la station du Seaport. À ma droite, il y a un mur couvert de graffitis et d'une vieille affiche publicitaire illisible. Devant, tout est noir.

En levant la tête j'aperçois des veilleuses encastrées dans les murs. Si elles ressemblent à celles du Seaport, elles sont probablement couplées à des détecteurs de mouvement. J'ai besoin d'éclairage, mais je ne veux pas laisser Turk qui n'est pas en état de marcher.

Je m'agenouille à côté de lui pour prendre son pouls… faible, mais c'est toujours mieux que rien. J'ai quand même peur que sa blessure ne lui soit fatale s'il se vide de son sang avant que je ne puisse trouver de l'aide.

Je mords le bout de ma manche, déchire un morceau de mon chemisier et le roule en boule avant de le poser contre la blessure de Turk. Au-dessus de nous, résonne le fracas d'un millier de bottes qui traversent la place.

— Turk ? Est-ce que tu m'entends ?

Pas de réaction.

Puis, un bref instant, ses paupières s'entrouvrent.

— Aria ?

Sa voix est faible, mais ça suffit pour me convaincre qu'il a une chance de s'en tirer.

— Turk ? Ça va ?

Il essaie de parler mais ne réussit à produire que des gargouillis.

— Là, parvient-il à bafouiller.

Il n'a pas la force de tendre le bras mais lève son doigt : plus loin, sur le mur, se trouve un disque rouge vif de la taille d'un œil. Je serais passée devant sans le voir.

À quoi sert-il ? Je ne perds pas de temps à me poser la question. Je fonce droit dessus : c'est un genre de bouton. Qui résiste, dans un premier temps, mais j'appuie avec plus de force et j'entends un déclic.

Puis j'ai le souffle coupé par une explosion d'infrasons que je ressens dans les muscles et jusque dans les entrailles. J'en ai à la fois le vertige et la nausée ; de la poussière dégringole du plafond et des poutres.

Au bout de quelques secondes, je peux de nouveau respirer normalement. Je ne comprends pas ce qui vient de se passer.

— Ne restons pas là, dis-je, me penchant pour soulever Turk.

Je le redresse contre ma poitrine en faisant bien attention à sa blessure et le traîne à reculons, pas à pas. Des veilleuses ambrées s'allument dans le mur à notre passage, et je distingue six grandes colonnes devant moi : trois de chaque côté de la plate-forme. Deux fois plus larges que moi, complètement décrépites, mais on doit pouvoir s'abriter derrière.

Une fois passée la première colonne je demande à Turk :

— Qu'est-ce que c'était ?

D'ici j'aperçois une minuscule alcôve sur le côté de la plate-forme et le traîne à l'intérieur. L'endroit sent le moisi, et le sol est maculé de crasse. J'adosse Turk contre le mur, puis je m'assieds à côté de lui pour examiner sa blessure et resserrer le bout de tissu imbibé de sang.

Il a les yeux ouverts et semble respirer normalement. Enfin, mieux que tout à l'heure.

— Un signal de détresse, m'explique-t-il. (Les mots lui

viennent laborieusement, mais au moins il parle.) Tous les Mystiques le… p-perçoivent. Peu importe la d-distance… on le sent jusque d-dans notre âme.

Alors j'ai tiré la sonnette d'alarme ? Bien joué, Turk. Maintenant, nous avons peut-être une chance de survivre.

— Chut, dis-je en lui épongeant le front. Économise tes forces.

Je lui tamponne les joues, le cou, avec un autre bout de tissu arraché à mon chemisier, quand j'entends les hommes de mon père traverser le plafond et atterrir bruyamment sur la plate-forme. Elissa a dû déverrouiller l'accès au moyen de la bague de Turk.

Il y a une symphonie de chocs sourds et de cliquetis : bruits de culasses qu'on actionne, de balles qu'on engage dans le canon, claquements, tintements, souffles d'armes qu'on dégaine et qu'on brandit pour se préparer au combat.

Et puis… des voix.

— On y va, les gars ! rugit quelqu'un.

Les hommes se mettent en branle, l'arme au poing.

— Surtout, faites bien attention aux pouvoirs de ces salopards. Tirez sur tout ce qui bouge !

Je jette un coup d'œil en direction des tunnels. Où sont les Mystiques ? N'ont-ils donc pas entendu l'alarme ? Pourquoi n'y a-t-il personne pour relever le défi ?

— Reste ici, Turk.

Je l'abandonne dans l'obscurité du renfoncement. Il essaie de me retenir, mais il est trop faible. Je m'avance prudemment, cachée par la colonne, et passe la tête de l'autre côté.

Des dizaines et des dizaines d'hommes s'enfoncent dans les tunnels, éclairés par les veilleuses murales au fur et à mesure de leur progression. Certains sont en uniforme, d'autres habillés en civil, mais ils ont un point commun : tous portent une arme.

— Aucun Mystique ne doit en réchapper ! crie une voix rauque.

On dirait celle de George Foster.

Je cherche mon père, les Foster, Hunter – quelqu'un que je connaisse. Mais les visages que je découvre me sont tous inconnus : rien que des citoyens anonymes, dévoués corps et âme à ma famille.

Pendant un instant, j'ai pitié d'eux. Puis je pense à Hunter. À Davida. À ce que mes parents m'ont fait, à tout ce qu'ils m'ont volé.

La pitié fait place à la colère.

Je maîtrise ma respiration, tâchant de me préparer à ce qui va suivre. Quelques secondes plus tard, j'aperçois les premières lueurs vertes.

Les Mystiques émergent de l'autre bout du tunnel. Ils sont plus maigres que les hommes des Hauteurs, moins vigoureux, avec les bras et les jambes décharnés qui vont de pair avec la malnutrition et la vie dans les Bas-fonds. Mon cœur se serre : les rebelles sont désarmés et inférieurs en nombre.

C'est alors qu'ils se mettent à luire.

Jusqu'à présent je n'avais encore vu que Turk, Hunter, Davida et Lyrica se servir de leurs pouvoirs, mais la scène à laquelle j'assiste maintenant est complètement différente. Ce qui se déroule sous mes yeux dépasse tout ce que j'ai jamais connu ou même imaginé en rêve.

Les Mystiques envahissent la plate-forme. Chaque centimètre carré de leur peau est devenu au vert.

Des rayons lumineux jaillissent de leurs mains, de toutes les tailles, si nombreux que, depuis ma cachette, on dirait qu'ils tissent un patchwork de couleurs électriques au-dessus de la plate-forme.

Leur lumière est vive, trop vive. Voilà ce qu'on doit éprouver à la surface du soleil, alors que l'univers s'embrase autour de vous avec une telle intensité qu'elle vous aveugle, même les yeux fermés, et que vous sentez brûler votre chair, vos os ainsi que la moindre cellule qui vous compose. Sachant que toute résistance est inutile, que vous allez vous calciner et vous transformer en un tas de cendres soufflées par le vent.

Je ressens un grand soulagement. Ils ont bien entendu l'alarme. Les rebelles sont là.

— À l'attaque !

La suite se déroule très vite, comme dans un film en accéléré. J'entends le crépitement régulier des mitraillettes et les balles qui ricochent sur les parois du tunnel.

Je me protège le visage et risque un coup d'œil : les Mystiques ont l'air en flammes. L'un d'eux passe devant moi, le corps étincelant, suivi de deux femmes qui font tournoyer des lassos de lumière au bout de leurs doigts.

Presque aussitôt, le sol se retrouve jonché de cadavres.

Plus loin devant, sous un cercle rouge délavé avec un *L* en son centre, une jeune Mystique aux cheveux bouclés lève les deux mains bien haut comme pour se rendre.

Sauf que c'est tout le contraire.

L'air commence à tournoyer autour de ses mains, soulevant un flot de poussière avant de se transformer en tornade miniature.

Deux policiers de la ville échangent un regard.

— Qu'est-ce que… ?

Mais la tornade noie leurs voix. Elle grossit de plus en plus, puis les avale avec une telle violence que je ne vois même plus ce qui se passe. J'entends bientôt des bruits qui me donnent la nausée : des cris, des craquements. Des morceaux de cadavres se mettent à voler dans toutes les directions.

Des mains. Des pieds. Des bras. Des jambes.

Et des têtes.

La tornade disparaît subitement, après avoir démembré ses proies. Un doigt atterrit près de mon pied, je détourne la tête pour ne pas vomir.

C'est alors que je vois un Mystique chevelu à la barbe soignée prolonger l'énergie qui s'échappe de ses doigts. Il fusionne les rayons de manière à former une sorte de sabre-laser, et s'en sert pour découper en deux l'un des hommes de mon père.

Derrière sa victime, un deuxième homme épaule un fusil – et je reste là, bouche bée, incapable de crier ou d'intervenir.

Le Mystique se retourne juste à temps et lui tranche la main avec son sabre.

La main tombe par terre, les doigts crispés sur la crosse du fusil.

L'homme pousse un hurlement terrible, mais le Mystique barbu fend l'air avec son sabre et met fin à ses souffrances en lui tranchant la tête.

Plus loin dans le tunnel, deux Mystiques se serrent l'un contre l'autre, bras dessus bras dessous. Ils étendent leurs bras libres et projettent dix rayons d'énergie verte, un au bout de chaque doigt, aussi aveuglants – et mortels – qu'un éclair de foudre.

— Tire ! crie l'un des hommes de mon père à son collègue. Descends-les tous les deux !

L'une des Mystiques prend une balle dans la jambe.

Je la vois fléchir le genou, mais ensuite elle adresse un hochement de tête à son compagnon.

Et ils se mettent à tourner sur eux-mêmes.

Les rayons de lumière fauchent les hommes et les découpent en rondelles. Leur chair brûle en grésillant, dégageant une fumée d'une blancheur aveuglante. Il y a du sang partout, et les morceaux de corps roulent sur le sol.

Une fois que les deux Mystiques ont accompli un tour complet, ils s'arrêtent. Les rayons se rétractent dans leurs doigts. La femme atteinte à la jambe touche sa plaie, se soigne, et les voilà prêts à remettre ça.

L'odeur de la chair brûlée et de la cordite est omniprésente. L'air est chargé de poussière de carrelage pulvérisé, et la puanteur métallique du sang rend la respiration difficile.

J'ai l'impression de suffoquer.

Je m'empresse de regagner l'alcôve. J'avale une grande bouffée d'air. Turk est toujours adossé au mur, les yeux vitreux mais ouverts. Au moins, il respire.

Soudain, je suis plaquée en arrière par un Mystique qui émerge du mur. Il me dévisage avec surprise. Il porte une moustache et semble avoir plus ou moins le même âge que mon père.

— Je ne pensais pas trouver une jeune fille ici, m'avoue-t-il, en reprenant son souffle.

— Je suppose que vous avez le pouvoir de traverser les murs ?

Il fait oui la tête.

— Bon, eh bien, j'y retourne, annonce-t-il au bout d'un moment.

Et il s'enfonce dans la paroi du tunnel, disparaissant sous mes yeux dans un nuage de fumée et de lumière verte.

L'air devient de plus en plus toxique dans l'alcôve. Encore quelques minutes et ce sera irrespirable.

Je jette un coup d'œil à Turk, qui me sourit.

— Tu vas pouvoir marcher ?

— Je crois, répond-il. (Ses joues ont retrouvé un peu de couleur, même si elles ruissellent de sueur.) Je guéris plutôt vite.

— Alors fichons le camp d'ici.

Je lui prends la main pour l'aider à se relever, et nous nous glissons hors de l'alcôve.

La bataille continue à faire rage sur la plate-forme et se poursuit dans les tunnels. Au loin, des lumières vertes zèbrent l'obscurité en se réfléchissant sur les parois des tunnels, au milieu du fracas assourdissant des coups de feu.

Devant moi, sur la droite, un escalier descend vers les galeries inondées. Je ne vois pas d'autre endroit où nous cacher.

Turk et moi descendons les marches en trébuchant. Au début, seuls nos pieds sont mouillés.

Puis nos chevilles.

On finit par patauger dans l'eau jusqu'aux cuisses.

— Attends, dis-je, scrutant le mur.

Il doit y avoir une échelle menant à une passerelle dans le coin. Il fait trop noir pour la voir.

Derrière nous, un Mystique darde brièvement son énergie au-dessus de nous, le temps de distinguer… là ! Une échelle en acier émerge à quelques pas.

Je pousse Turk devant moi et le fais grimper en premier. Puis je me hisse au sommet des barreaux, heureuse de pouvoir sortir de l'eau.

Je demande à Turk :

— Et maintenant ?

Il m'indique une direction, et nous nous éloignons dans le noir. Au début, le tunnel est silencieux, mais après deux ou trois minutes je commence à entendre des voix. Des cris, plutôt. Ce qui veut dire que la bataille s'est étendue jusqu'ici.

La passerelle descend et nous mène à une station de métro abandonnée, semblable à celle où vit Hunter, sauf qu'il n'y a aucune rame en vue. L'un des murs a été éventré par des explosifs, créant un nouveau tunnel.

Plus loin devant, j'aperçois des flashes de lumière verte – et les cris se renforcent.

— Tu ferais peut-être mieux d'attendre ici, dis-je, en retenant Turk par le bras. Tu es blessé.

Il se dégage d'un haussement d'épaules.

— Pas au point de m'empêcher de me battre. (Il me montre son torse, et je constate qu'il ne saigne plus.) Allons-y, Aria.

Nous nous engageons dans le passage et je réalise qu'il fait office de pont entre le tunnel d'où nous venons et un deuxième, parallèle.

Je m'élance en avant. De l'autre côté, je découvre des Mystiques sur les passerelles, qui tirent des rayons d'énergie ou même décrochent les échelles. Les policiers frappés par les rayons hurlent de douleur, réduits en cendres dans une explosion de chaleur et de lumière.

L'eau paraît moins profonde par ici. Le sol doit être plus haut : les combattants pataugent dans une eau brunâtre qui s'arrête au niveau des genoux.

Puis j'entends une respiration tout près – qui n'est pas celle de Turk, ni la mienne. Nous ne sommes pas seuls.

— Hum…, dis-je. Il y a quelqu'un ?

Une silhouette émerge de l'ombre. Je la reconnais immédiatement : des cheveux bruns tirés derrière les oreilles, un beau visage stoïque… et des yeux bleus familiers.

Violet Brooks.

Turk se rapproche de moi.

— Aria Rose ? demande-t-elle. C'est toi ?

J'acquiesce de la tête.

— Que fais-tu ici ?

En la voyant, j'ai presque envie de pleurer. Le fond de teint crayeux qu'elle utilise pour se donner un air maladif, dissout par la transpiration, lui coule sur le visage, dans le cou et le long des bras, dévoilant sa peau saine. Elle ressemble tellement à Hunter – même leur façon de parler est identique.

— Je… Hunter… il…

— C'est trop dangereux pour elle, ici, dit-elle en se tournant vers Turk. Protège-la. Assure-toi qu'elle remonte en sécurité.

Turk hoche la tête.

— D'accord, Violet.

Elle m'embrasse sur le front ; ses lèvres s'attardent un instant sur ma peau. Puis elle tourne les talons et s'élance dans le tunnel.

Elle élimine aussitôt trois des hommes de mon père, en projetant au bout de ses doigts des rayons souples qui s'enroulent autour d'eux. La peau et les muscles semblent littéralement fondre sur leurs os, ne laissant que des squelettes dénudés qui s'écroulent par terre en cliquetant.

Et puis, j'aperçois Elissa.

Elle est debout dans le tunnel inondé, de l'eau jusqu'aux genoux, le visage tendu par la concentration, et tire à la mitraillette sur les Mystiques à droite et à gauche. Elle ne repère pas Violet tout de suite, qui en profite et se met à courir.

À mesure qu'elle prend de la vitesse, sa peau commence à briller : du vert clair au vert foncé, en passant par une couleur si aveuglante qu'on ne peut pas la regarder directement.

Je me protège les yeux et regarde Violet courir sur le mur du tunnel.

Elle s'élève au-dessus de la passerelle, arrive au sommet de la voûte, bascule subitement et se précipite comme un boulet de canon en plein sur Elissa.

Boum !

Les deux femmes entrent en collision dans une grande gerbe d'éclaboussures ; Violet referme les bras autour du cou d'Elissa et tente de l'étrangler tandis qu'Elissa se débat, trébuche et tire à l'aveuglette avec sa mitraillette. Les balles ricochent sur la voûte, sur les murs, dans l'eau, jusqu'à ce qu'Elissa finisse par lâcher son arme et saisisse les bras de Violet.

Avec un hurlement féroce, Elissa se débarrasse de Violet et la pousse dans l'eau peu profonde. Avant que celle-ci ne puisse se relever, Elissa dégaine un pistolet de sa ceinture et lui tire une balle dans la poitrine.

J'entends une voix crier : « Non ! »

Une voix que je connais. Celle de la personne que j'aime.

Hunter bondit d'une des passerelles. Comment a-t-il réussi à échapper à mon père et à George Foster ? Il tend les bras et frappe Elissa au moyen d'un rayon d'énergie qui la tétanise.

Elle tombe en arrière.

— Maman ! hurle Hunter, en se précipitant auprès de Violet.

Il la soulève hors de l'eau comme si elle ne pesait rien, cherchant un endroit où la mettre à l'abri.

— Hunter ! lui crie Turk. Par ici !

Hunter lève la tête, et nos regards se croisent. Son visage s'illumine aussitôt, malgré son aspect tuméfié. Il commence à traîner sa mère vers notre cachette.

Elissa se relève alors.

La suite semble se dérouler au ralenti : la manière dont elle lève le bras, la bouche déformée par un rictus mauvais ; la lumière verte qui semble se concentrer autour de sa main – elle doit utiliser le peu d'énergie qui lui reste – ; sa façon d'armer le bras comme un lanceur de base-ball sur son monticule.

Hunter est penché sur sa mère et ne peut pas la voir ; il n'a aucune idée du danger.

Je m'élance sans réfléchir. Je ne suis qu'à quelques mètres, mais la distance me paraît infranchissable.

Je pose le pied droit. Je vois le bras d'Elissa se détendre, je vois la fureur empourprer son visage.

Mon pied gauche frappe le sol et je m'envole, littéralement, vers le garçon que j'aime.

Il lâche un grand « ouille ! » quand je lui tombe dessus, et on s'écroule pêle-mêle tandis qu'une détonation retentit dans le tunnel.

— Hunter, dis-je, passant les mains sur son torse pour m'assurer qu'il n'a rien.

Il a les yeux clos, mais je ne lui trouve aucune blessure apparente. Il a dû s'évanouir. Je l'embrasse sur les lèvres, avec l'assurance qu'il va bien, et puis, stupidement, je me redresse.

Et je sens tout mon corps s'embraser.

Une énergie verte explose autour de moi, aveuglante. Je brûle.

Un souvenir : notre vrai premier baiser avec Hunter. Ses lèvres contre les miennes sur la Grande Pelouse. D'abord, ç'a été comme un bourdonnement fulgurant qui m'a donné un goût de métal sur la langue et des frissons d'électricité dans tout le corps. J'en avais la chair de poule. Mais ensuite, c'était devenu une chaleur – non, une ardeur, qui circulait dans mes veines comme de la lave en fusion, apaisante. Et chaque couleur me paraissait nouvelle, comme si jusque-là j'avais considéré le monde à travers un filtre sépia. J'avais une vision claire, tous les sens en éveil : je percevais le chant des oiseaux dans les arbres, les stridulations des criquets qui frottaient leurs pattes en symphonies minuscules, et même les senteurs, l'eau de mer, la mousse sur les arbres, le parfum lourd de la terre. Pour la première fois, je me sentais débordante de promesses. Et ces promesses me semblaient donner un sens à la vie.

Enfin je savais pourquoi j'étais là, ce que j'étais censée faire : aimer Hunter. Ce savoir m'emplissait de joie et de reconnaissance. J'étais heureuse d'avoir rencontré une personne à aimer. Une personne qui avait envie de m'aimer, elle aussi. Ensemble, nous allions offrir au monde quelque chose de plus grand que la somme de nos individualités. Ensemble, nous serions plus forts ; nous allions rendre tout le monde meilleur autour de nous.

Car c'est bien là le but de la vie : aimer, créer, se mélanger, harmoniser.

Et mourir.

Là-dessus, je sombre dans un trou noir et soyeux.

CHAPITRE 32

Puis je me réveille, et on dirait que rien n'a changé. La bataille continue de faire rage autour de moi. Je peux l'entendre. Je n'ai pas envie de la voir.

Je suis allongée à plat ventre, entourée d'eau et de terre; j'ai même un goût de sable mouillé dans la bouche. Des gens passent près de moi en courant; ils doivent me croire morte.

Je devrais être morte.

J'ai été frappée de plein fouet par un éclair d'énergie mystique. C'est la même sensation qu'être touchée par un Mystique, multipliée par l'infini.

Le rayon lumineux qui se dirige droit sur moi.

Qui pénètre à l'intérieur de moi.

Qui m'éclaire par tous les pores, comme s'ils diffusaient une lueur verte mortelle.

Pourtant je ne suis pas morte… à moins que?

J'entends des voix crier: «Taylor, derrière toi!», «Elissa! Elissa!», «Nom de Dieu, Derek, tu m'entends?», «Tirez, tirez, tirez!». J'entrouvre les paupières; des bottes se précipitent devant moi, me passent dessus. Des relents de barbecue flottent dans l'air; je ne sais que trop bien d'où provient cette puanteur de viande grillée.

Lentement, je tourne la tête de manière à sortir la bouche de l'eau et j'inspire profondément. J'attends de voir si j'ai mal quelque part. J'ai mal aux bras, mais pour le reste, je vais bien. J'ouvre grand les yeux et je reconnais la boucle en argent d'une paire de chaussures à moins de trente centimètres.

Thomas. Posté au-dessus de moi.

Je me dévisse la tête et j'aperçois Thomas en train de se battre. Contre Hunter.

Hunter a le bras tendu et utilise son énergie pour détourner les balles que Thomas lui envoie. Les rayons minuscules qui s'échappent de ses doigts forment un bouclier translucide, qu'il tient devant lui à la manière d'un chevalier du Moyen Âge.

— Allez, Foster ! crie Hunter, la mèche en bataille, les joues empourprées. C'est tout ce que tu sais faire ?

Thomas regarde ses balles ricocher sur le bouclier et atteindre d'autres personnes derrière moi ou se perdre dans le mur du tunnel.

— Pas assez de tripes pour te battre comme un homme, hein ? réplique Thomas. Oh, j'oubliais, tu n'es pas un homme !

Hunter se met en colère, se crispe, fronce les sourcils. Heureusement, il se concentre sur son bouclier. *Tiens bon, Hunter. Ne te laisse pas déstabiliser.*

Frustré, Thomas lance une autre salve de projectiles.

Hunter plie les doigts puis son bouclier prend une coloration plus vive. Cette fois, quelques centimètres avant de l'atteindre, les balles se ramollissent, fondent et tombent à l'eau.

Thomas secoue la tête.

— Nom de…

— Trop chaud pour toi, Foster ? lui lance Hunter avec un sourire triomphant.

Pendant quelques minutes, ils continuent à se tourner autour, indifférents aux autres combattants.

— Amène-toi ! hurle Thomas.

Hunter bondit par-dessus un cadavre, et je vois son bouclier donner des signes de faiblesse.

La lumière verte clignote un moment, avant de disparaître.

Il affiche une expression stupéfaite. Thomas veut en profiter pour l'abattre, mais son chargeur est vide. Il l'éjecte calmement et en insère un autre.

Hunter ferme les yeux, tend les mains devant lui, et son bouclier réapparaît autour de lui, comme une bulle. Mais sa lumière pâlit.

Il se fatigue. Il ne va plus pouvoir tenir très longtemps.

— Alors, tu jettes l'éponge ? raille Thomas, la bouche tordue par un rictus méprisant.

Le bouclier de Hunter disparaît de nouveau ; il tente de le réactiver, en vain. Thomas lâche un rire tonitruant.

Plus loin, j'aperçois mon frère aux prises avec une Mystique. Je ne vois pas mon père, mais je l'imagine mal prendre part à la mêlée.

J'essaie de ne pas attirer l'attention sur moi tant que je ne sais pas quoi faire.

— Tu ne peux plus t'échapper, maintenant, Mystique, déclare Thomas à Hunter, livide.

Thomas l'a coincé contre le mur, le canon de son arme pointé sur son front. Mon beau Hunter, si courageux, il faut absolument que je l'aide. Je dois le sauver.

À côté de moi gît l'un des hommes de mon père, les yeux clos, mort. Il serre encore sa mitraillette. Si je fais vite, j'aurai une seconde – juste une – pour me saisir de l'arme et abattre Thomas. S'il m'aperçoit le premier, c'est lui qui me tuera. Et après, il tuera Hunter.

Je n'aurai qu'une seule chance.

Je prends ma respiration, en me préparant à ce que je vais devoir faire.

Un, deux, trois ! Je me jette à l'eau.

J'empoigne l'arme par le canon et l'arrache des mains du mort. Elle se cale facilement dans mes bras, comme si c'était naturel.

Je me relève d'un bond, braquant l'arme dans le dos de Thomas. Je n'ai pas envie de le tuer, mais il le faut. Je ne peux pas compter sur sa pitié, et si j'attends plus longtemps je perds Hunter.

Je hurle :

— Arrête !

Perplexe, Thomas se retourne et me découvre. Il ouvre la bouche pour parler, mais avant qu'il n'ait pu dire quoi que ce soit, je ferme les paupières et j'appuie sur la détente.

Le fracas est assourdissant.

Je continue à tirer jusqu'à ce que l'arme claque à vide et me tombe des mains. J'ai de l'eau plein les cheveux et la figure. Thomas s'est écroulé devant moi, les yeux écarquillés de stupeur.

Tout à coup, le sol semble se dérober sous mes pieds.

— Aria ! me dit Hunter. (Son visage est maculé de crasse et de sueur, mais je ne l'ai jamais trouvé aussi beau.) Il faut qu'on file d'ici. Ils vont faire sauter une bombe.

Je recrache un peu d'eau brunâtre.

— Qui ça ?

— Les hommes de ton père. Je l'ai entendu en parler. Viens !

Hunter me prend par le bras, et je parviens à me relever.

Mon regard tombe alors sur Patrick Benedict, ruisselant de sang, une mitraillette en bandoulière. Il se trouve un peu plus loin dans le tunnel, dans une partie émergée, les pieds sur le dernier barreau d'une échelle métallique.

Il se penche et pose les deux mains à plat sur le sol.

Aussitôt, la terre devient molle, comme des sables mouvants, et se met à bouillonner. Elle coule et tournoie sous ses paumes, émettant une lumière dorée.

Une douzaine d'hommes de mon père s'enfoncent jusqu'à la taille dans le sol liquéfié. Ils hurlent de terreur. Quand Benedict retire ses mains, le sol redevient dur.

Leurs hurlements s'interrompent tout à coup.

Parce qu'ils sont morts.

Il me lance un regard triomphant. Puis Elissa surgit derrière lui.

Elle braque son pistolet.

Et tire.

La balle frappe Benedict à l'arrière du crâne, et il chute de l'échelle.

Un flot trouble se déverse d'un tunnel secondaire, submerge les corps et emporte Benedict qui disparaît dans le courant.

Puis une explosion gigantesque se produit.

Le sol tremble.

Les parois du tunnel commencent à s'écrouler.

Les passerelles se tordent, se plient, se brisent, produisant des crissements. Les échelles tombent à l'eau. Des pans entiers de la voûte se décrochent en une pluie mortelle.

Tout le monde se met à hurler.

— Viens ! me lance Hunter.

Turk est là, lui aussi.

— Mais Benedict…

Hunter secoue la tête.

— Il faut partir, Aria. Maintenant !

Il m'entraîne dans le passage et nous repartons vers la plate-forme par laquelle nous sommes arrivés. Les passerelles sont devenues inutilisables et nous devons patauger dans l'eau, afin de nous mettre à l'abri avant que les tunnels ne s'effondrent sur nous.

Il n'y a pas de vainqueurs dans cette bataille.

J'ai de l'eau dans la bouche, dans les yeux.

Violet Brooks – l'espoir des Mystiques – est morte.

Hunter me prend la main, me traîne dans l'escalier qui monte à la plate-forme.

Patrick Benedict aussi.

Le sol est jonché de corps. Un bref instant, je crains de m'écrouler. Hunter et Turk m'attrapent chacun par un bras.

J'ai tué Thomas.

Je ferme les yeux et me laisse emporter par le mouvement.

***

Un fracas de sirènes envahit les rues. Avant que j'aie le temps de comprendre où nous sommes, Hunter m'entraîne dans une ruelle à l'abri des regards, sous un auvent. Nous tâchons de faire le point pendant que Turk s'occupe d'un groupe de blessés.

Mes vêtements sont trempés, déchirés ; quant à Hunter, sa peau est froide et moite. Il pose son front contre le mien, me prend dans ses bras et s'efforce de me réchauffer.

— Votre réseau de tunnels, parviens-je à dire. Il est fichu.

— Chut, me souffle Hunter. Ne t'en fais pas. On est en vie, Aria. (Il pose ses lèvres contre mon oreille.) Toi et moi. Ensemble. C'est la seule chose qui compte pour l'instant.

Je me tais ; on n'entend plus que le bruit de notre respiration. Il fait chaud, mais c'est un changement bienvenu après la froideur des tunnels. Je sens le médaillon au creux de mes seins et repense à tout ce que Hunter et moi avons traversé. Il a raison – nous allons devoir affronter les conséquences de ce qui vient de se passer pendant le restant de notre vie.

J'attire son visage près du mien. Même s'il a un goût de sang, de larmes et de sueur, je ne veux pas qu'il cesse de m'embrasser. Et puis je fonds en larmes – parce qu'il est là. Avec moi. Malgré tout, en dépit des combats qu'il a fallu mener pour ça, nous sommes encore là l'un pour l'autre.

Il se remet à pleuvoir, et les gouttes de pluie se mêlent à mes larmes au point que je n'arrive plus à les distinguer. Je n'ai peut-être plus de famille, mais j'ai recouvré la mémoire.

De nouveau je sens mes genoux se dérober sous moi.

— Hunter ! dis-je dans un souffle, tandis qu'une douleur fulgurante me traverse le flanc.

Il détache ses lèvres des miennes et me dévisage avec inquiétude.

— Aria ?

— Je t'aime.

Il me soulève dans ses bras tandis que le monde paraît se refermer autour de moi.

ÉPILOGUE

Je reprends connaissance dans un monde baigné de blancheur.

Mais ce n'est que le soleil sur les murs blancs, les draps et le carrelage au sol. Une poche en plastique remplie de liquide pend à un crochet en acier inoxydable ; un tube la relie à mon bras, auquel il est fixé par un bout de sparadrap.

À ma droite, il y a des fenêtres, et sous les fenêtres, un fauteuil. Et dans le fauteuil, Hunter.

Il dort, la tête penchée. Il a l'air éreinté, pourtant je le trouve toujours aussi beau malgré sa lèvre inférieure gonflée et les cernes vert et pourpre sous les yeux. Sa plaie au front a déjà commencé à se résorber. Pour le reste, on dirait qu'il va bien. Il a même pris le temps d'enfiler un T-shirt et un jean propres.

Je reste allongée un moment à le contempler. Il doit finir par sentir que je l'observe, car ses paupières frémissent, il ouvre les yeux et s'étire en bâillant.

Il me sourit.

— Tu ne dors plus.

Il se lève de son fauteuil et vient s'asseoir au bord du lit. Il me prend la main, très doucement.

Je lui demande :

— Où on est ?

— Au-dessus de New York. En dehors de la ville. Turk et moi t'avons amenée ici il y a trois jours.

— Trois jours ?

La dernière chose dont je me souviens c'est d'être sortie du tunnel, d'avoir embrassé Hunter, et puis… plus rien.

— Tu as été frappée par un rayon d'énergie mystique, me raconte Hunter. Ça aurait dû te tuer. Tu serais morte si tu n'avais pas porté ça.

Il tend la main vers le tiroir de ma table de chevet. Il en sort mon médaillon, qu'il me présente au creux de sa paume.

— Heureusement pour toi, m'explique-t-il en tapotant le petit cœur en argent avec un doigt, c'est un médaillon de capture. Il a absorbé le rayon et t'a sauvé la vie.

Le médaillon est terni, maintenant. Tout noir. Mais je m'en moque. Je lui dois tellement. Il paraît minuscule, et pourtant c'est grâce à lui si je suis encore là.

— Emmagasiner une telle décharge d'énergie si près du cœur, eh bien… ça laisse des traces, m'explique-t-il. Mais tu vas t'en remettre, ne t'en fais pas.

— Et les autres ? je demande. Je crois me souvenir que Benedict…

— Il est mort, m'interrompt Hunter d'une voix douce.

— Et Elissa ?

Hunter secoue la tête.

— Elle s'en est sortie.

Je me dis qu'il a dû y avoir beaucoup d'autres victimes, chez les Mystiques comme chez les humains. Dont Thomas, que j'ai tué. Je m'aperçois que je suis en train de pleurer quand Hunter me caresse la main.

— C'est une guerre de libération, Aria. Il y a un prix à payer.

— Ta mère… ? dis-je prudemment.

Hunter fait la grimace.

— Elle est morte, elle aussi.

— Oh, Hunter, je balbutie, m'asseyant dans le lit pour le serrer contre moi. Je suis désolée.

Il se laisse aller un moment entre mes bras, puis se dégage. La nouvelle de la mort de sa mère me fait penser à ma propre mère, à ma famille, et je me demande s'ils sont encore en vie.

— Maintenant que tu es réveillée et que je sais que tu vas bien, je vais retourner là-bas.

— À Manhattan ?

Il hoche la tête.

— C'est à moi de reprendre le flambeau. Il faut remplacer ma mère. Peu importe ce qui va se passer – si les élections vont se tenir malgré tout, ou si ta famille va exploiter l'explosion de Times Square pour serrer encore plus la vis aux Mystiques –, beaucoup de gens comptent sur moi maintenant.

— Je sais. Mais est-ce vraiment obligé que ce soit toi ?

— Aria, plaide Hunter d'une voix conciliante. Je ne veux pas t'inquiéter. Je t'aime. Mais c'est mon devoir, tu comprends ? Ça ne veut pas dire qu'on restera séparés longtemps. (Il me prend la main.) Juste pour le moment.

Je me détourne de lui pour fixer le goutte-à-goutte et son lent « ploc, ploc, ploc ».

— Non, dis-je enfin. Tu vas avoir besoin d'aide. Je crois que je vais retourner à Manhattan avec toi pour te soutenir… publiquement.

Il a beau s'efforcer de le cacher, un minuscule sourire creuse les coins de sa bouche.

— Pas une mauvaise idée.

— Je pourrais dévoiler l'imposture de ma relation avec Thomas, j'ajoute, en réfléchissant à voix haute. Je pourrais faire une déclaration à la télé pour raconter à tout le monde ce que mes parents ont voulu faire, et pourquoi il ne faut pas les maintenir au pouvoir.

— J'apprécie ta proposition, m'assure Hunter en effleurant ma joue avec son doigt, mais ce serait trop risqué. Et s'il t'arrivait quoi que ce soit ? Je ne me le pardonnerais jamais.

— Je suis née pour ça, lui dis-je.

Et pour la première fois, ça me paraît évident. Jusqu'à présent j'ignorais ce que j'allais faire de ma vie – je n'y avais même jamais réfléchi. Mais aujourd'hui, je le sais.

Avec Hunter à mes côtés, je pourrais réparer le mal causé par ma famille. Combattre pour l'amour, la vérité et la liberté.

Car mon père avait raison sur un point. Manhattan est ma ville.

REMERCIEMENTS

Un grand merci :

À toute l'équipe de Random House Children's Books, et en particulier à Françoise Bui, pour sa perspicacité et son soutien à toute épreuve, Colleen Fellingham, Kenny Holcom et l'incomparable Beverly Horowitz.

À mes parents, Elizabeth et Steven Malawer, ma famille et mes amis, tout spécialement Blair Bodine – qui m'a encouragé à écrire ce roman alors que ce n'était encore qu'une idée lancée dans un train pour Boston –, Kate Berthold, Julia Alexander, Anna Posner, Nic Cory et ma sœur, Abby, qui a toujours été ma plus grande fan. Merci également à Ruth Katcher, Paul Wright, Dan Kessler et Bronwen Durocher, qui ont bien voulu lire et commenter les premiers jets ; à Stephanie Elliott pour avoir vu une étincelle dans les ténèbres, et à Christopher Stengel pour ses ingénieuses suggestions.

À Michael Stearns, penseur infatigable, professeur brillant et merveilleux ami. C'est ta maîtrise de la langue et de la narration qui a permis l'accouchement de *Mystic City*. Ce livre n'aurait jamais pu exister sans toi.

Et enfin, à Josh Pultz, qui est – par-dessus tout – la crème des hommes.

Découvrez en avant-première
un extrait de

MYSTIC CITY

Livre Deux

de Theo Lawrence

PROLOGUE

TOUTE ROSE A SES ÉPINES

Pour Johnny et Melinda Rose, il semble que l'épine en question ait pris les traits de leur fille, la très célèbre Aria, et de son petit ami mystique, Hunter Brooks, fils de feu Violet Brooks qui devait se présenter aux élections municipales de New York contre le regretté Garland Foster.

Ce n'est pas la première fois que les Rose défraient la chronique. Ils ont déjà fait les gros titres cet été en annonçant le mariage de la jeune Aria, dix-sept ans, avec Thomas Foster, fils de George et Erica Foster et frère cadet de Garland. Les Rose et les Foster étaient pourtant des rivaux politiques depuis plusieurs générations. Le mariage d'Aria et Thomas aurait uni leurs deux familles à temps pour les élections municipales du mois d'août, où Garland Foster était donné gagnant face à Violet Brooks, la Mystique déclarée que beaucoup présentaient comme la voix des humbles des Bas-fonds, Mystiques et non-Mystiques confondus.

Bien sûr, après la découverte et la destruction consécutive des tunnels souterrains dans lesquels les Mystiques rebelles se terraient depuis des décennies, et le décès des deux candidats, les élections – ainsi que le mariage – ont dû être annulées. Hunter Brooks est désormais la nouvelle figure de proue des rebelles dans les Bas-fonds tandis que les Rose et les Foster dirigent conjointement les non-Mystiques dans les Hauteurs.

La surprise est venue du revirement d'Aria Rose. Ses fiançailles avec Thomas Foster semblent rompues, depuis qu'elle a publiquement déclaré son amour pour Hunter Brooks et son soutien à la cause mystique.

Alors que le moral de la population est au plus bas, l'engagement d'Aria Rose en faveur des Mystiques amène à se demander si d'autres habitants des Hauteurs ne risquent pas de changer de camp, et si la ville parviendra à se remettre de la guerre la plus terrible qu'elle a jamais connue.

Pendant ce temps, nous attendons avec impatience le prochain coup d'éclat de la jeune Rose…

— Article tiré du *Manhattan View*,
une e-gazette des Hauteurs, 19 septembre.

CHAPITRE 1

— Et… pare ! me dit Shannon.

Elle se tient à un mètre de moi, un long bâton de kendo entre les mains. Sans hésitation, elle brandit son arme et m'en assène un coup sur la tête.

Je lève mon coude droit pour parer, mais elle est trop rapide.

J'ai le temps de voir un éclair et je me retrouve par terre, à cligner des yeux sous le soleil chauffé à blanc, avec un violent mal de crâne. Il fait une chaleur accablante – au point que j'arrive à peine à réfléchir.

Au moins, l'herbe est douce.

— Debout ! me crie Shannon en se penchant sur moi. Bon sang, on croirait que c'est la première fois que tu te bats.

— C'est la première fois, dis-je.

Je me frotte la tête en m'assurant que je ne saigne pas. Il y a quelques semaines encore, je n'avais jamais pratiqué la moindre activité physique en dehors de quelques parties de squash à l'académie Florence. Et d'un peu de danse, bien sûr, à plusieurs bals des débutantes dans les Hauteurs.

— Ah bon ? s'étonne Shannon, qui me pique la jambe avec son bâton. Je crois me souvenir que tu as participé à une sacrée bataille il n'y a pas si longtemps. Bon, c'est vrai que tu as fini à l'hôpital…

Son ton sarcastique me porte sur les nerfs. Je garde de cette nuit-là un souvenir confus : les hommes de main de mes parents ont fait une descente dans le repaire souterrain des Mystiques rebelles, lesquels ont répliqué à grands renforts de magie. Le tout s'est terminé par la mort de Violet Brooks et par mon hospitalisation.

Shannon continue à m'asticoter avec son bâton.

— Que feras-tu si on t'attaque et que tu tombes ? Tu resteras allongée comme ça ? Allez, relève-toi et bats-toi !

Je grogne, et j'enfonce les mains dans l'herbe sèche pour me redresser en position assise. Nous sommes au beau milieu d'un champ, à découvert, même si on aperçoit un peu plus loin une douzaine d'arbres serrés, qui tendent leurs branches nues vers les nuages. Cet endroit – d'anciennes terres agricoles fertiles de l'État de New York – n'a rien à voir avec les gratte-ciel étincelants dont j'avais l'habitude à Manhattan.

Naturellement, la région n'a plus rien de fertile : le soleil écrasant a rendu l'herbe jaune et cassante. Je n'ai pas connu une minute de répit ces deux dernières semaines, depuis ma sortie de l'hôpital. Shannon m'entraîne tous les jours. D'après elle, je suis une élève lamentable.

J'essuie la sueur de mon front et sèche mes mains sur mon pantalon. Il est fait d'un tissu noir extensible censé réfléchir la chaleur. Je n'ai pas l'impression que ça marche ; je suis brûlante, comme si j'allais exploser.

— Maintenant, regarde-moi, dit Shannon.

Elle jette son bâton de kendo et lève les mains. Elle ferme les poings. Puis elle ressert les bras contre son torse jusqu'à avoir les deux poings alignés sous le menton.

— La position correcte, c'est ça.

Je l'imite.

— D'accord.

— Disons que je te fonce dessus, prête à t'en coller une.

Tu n'as pas le temps de te sauver, tu vas devoir te défendre. Donc, tu te mets en position… et ensuite ?

Je réfléchis une seconde.

— Je te cogne ?

Shannon secoue la tête. Sa queue-de-cheval rousse lui cingle les épaules. C'est à peine si elle transpire.

— Pourquoi non ?

Une lueur d'amusement pétille dans ses yeux.

— D'accord, essaie de me frapper.

Shannon se jette sur moi. Je lui balance un coup de poing qui me paraît correct, mais elle l'écarte d'un coup sec et m'enfonce son genou dans le ventre. Une douleur fulgurante – et je me retrouve par terre encore une fois.

— Aïe ! dis-je en me tenant le ventre à deux mains. C'est quoi, ton problème ? Ça t'amuse de me faire mal ?

Shannon m'adresse un grand sourire.

— Voilà pourquoi je te déconseille de cogner ton adversaire. Tu es trop faible, Aria. Qu'est-ce qu'on vous apprend là-haut ?

Elle lève le menton et contemple le ciel. D'ici, on ne voit pas les passerelles argentées et les gratte-ciel somptueux des Hauteurs, mais je sais de quoi elle parle.

— À ne pas nous battre.

Je roule sur le côté et me relève en m'époussetant les mains. Si Shannon savait à quoi se résumait ma vie il y a quelques mois encore – séances de shopping avec mes amies Kiki et Bennie, soirées, dîners mondains, domestiques prêts à satisfaire mes moindres caprices –, elle me détesterait encore plus.

— Pas physiquement, en tout cas.

Shannon s'esclaffe.

— Je vois ça !

Elle tend le bras et tire sur mon pendentif, le médaillon en forme de cœur que m'avait donné Patrick Benedict. Encore un allié mort lors de la bataille.

— Bof, commente-t-elle en frottant du bout du pouce l'argent terni. Je me serais attendu à quelque chose de plus tape-à-l'œil.

— Désolée de te décevoir. (Je commence à en avoir ma claque. J'ai mal aux mollets, dans le bas du dos. Partout.) Je ne savais pas qu'il s'agissait d'un défilé de mode.

Je jette un coup d'œil vers la ferme restaurée, une grande bâtisse blanche à deux étages. On ne devinerait jamais qu'une cinquantaine de Mystiques s'entassent à l'intérieur. C'est l'un des nombreux centres de commandement de l'armée rebelle en dehors de New York. Comme les autres, c'est à la fois un refuge et un endroit où préparer des provisions pour les Mystiques qui restent en ville – des hommes et des femmes qui se battent pour renverser les Hauteurs et rétablir l'égalité dans la ville. Même si nous ne recevons pas beaucoup d'informations sur la guerre en cours, je sais que des gens meurent tous les jours, que les Bas-fonds sont quasiment détruits. Manhattan n'est plus la ville que j'ai connue.

— On a fini pour aujourd'hui ?

— Sûrement pas, dit Shannon, ramassant son bâton de kendo comme s'il ne pesait rien. Passons aux parades aux jambes.

Je ne veux même pas savoir de quoi il s'agit.

— Je vais faire semblant de t'attaquer.

Shannon recule et brandit son bâton au-dessus de sa tête. Pendant un instant, le soleil miroite dans ses yeux, ses iris bruns scintillent et elle a presque un air… amical.

Dommage qu'elle ne le soit pas.

— Si tu arrives à anticiper mon attaque, dit-elle, tu dois pouvoir parer et repousser mon arme. Essayons.

Je lève le bras pour me protéger du soleil.

— Essayer quoi ?

Sans répondre, Shannon s'avance et me frappe au mollet gauche.

— Hé !

— Encore. (Elle plisse les paupières.) Trop lente. Si j'avais mis un peu plus de force dans mon coup, je t'aurais mise au tapis.

Shannon me regarde en inclinant la tête. C'est facile de la détester. En plus de sa suffisance permanente, elle est belle comme je ne pourrai jamais l'être : aussi dure que je suis tendre, aussi sombre que je suis claire. Je ne sais rien d'elle – d'où elle vient, qui sont ses parents, ce qu'elle aime, si elle a un petit ami. Elle s'est débrouillée pour éluder toutes mes questions personnelles ces dernières semaines.

Elle préfère passer son temps à me rouer de coup – *pour le bien de la rébellion.*

Je lui montre les ecchymoses jaunâtres sur mes bras, qui remontent à notre séance d'il y a quelques jours.

— Je ne suis pas sûre que c'était ça que Hunter avait en tête quand il m'a encouragée à m'entraîner.

— C'est *exactement* ça qu'il avait en tête, riposte Shannon d'un ton rageur. Hunter a une rébellion à conduire. Tu dois apprendre à te défendre toute seule. Tu as bien failli mourir à Manhattan, Aria. On ne rigole plus maintenant.

— Je sais tout ça, dis-je.

J'ai fait de mon mieux pour ne pas repenser à la bataille qui a vu mourir Violet Brooks, la mère de mon petit ami. Elle était le porte-parole des pauvres qui vivent dans les Bas-fonds, la championne des Mystiques opprimés. Elle défendait tout ce que détestent mes parents et les Foster.

J'ai essayé d'effacer de ma mémoire le poids du pistolet entre mes mains, quand j'ai pressé la détente et visé en plein sur mon ex-fiancé, Thomas Foster ; l'horreur qui m'a envahie en le voyant s'écrouler sur le sol boueux.

J'ai essayé et j'ai échoué. Et je n'ai pas besoin que Shannon, qui se prend pour je ne sais qui, me le balance encore une fois à la figure.

Je balaye du regard l'herbe morte, la peinture blanche écaillée de la ferme. Il y avait une pommeraie au bout du champ, autrefois. Mais les arbres ont tous succombé au réchauffement climatique. La canicule les a fait sécher sur place.

Je reporte mon attention sur Shannon. Qu'a-t-elle accompli pour la révolution, elle ?

— Qu'est-ce que tu fabriques ici, de toute manière ? lui dis-je. Tu n'as rien de plus important à faire ?

Shannon montre les crocs ; on dirait une bête sauvage.

— Tu crois que ça m'amuse de perdre mon temps ici ? À former une petite fille gâtée alors que je pourrais être en train de me battre avec les autres ? (Elle arrache l'élastique qui fixe sa queue-de-cheval, et ses cheveux roux tombent en cascade autour de son visage.) Je fais ça parce que Hunter me l'a demandé. Je ne suis pas née avec une cuillère en argent dans la bouche, moi. Je n'ai même jamais connu ma mère… Je n'ai plus que mon père, et il est retourné à Manhattan. Pour livrer une guerre que tu as déclenchée.

Elle me jette un regard qui me glace le sang. J'ai toujours su que Shannon ne m'aimait pas – je sais maintenant qu'elle me déteste pour de bon.

— C'est là bas que je devrais être, dit-elle, avant de cracher par terre. Maintenant, cours.

Le soleil flamboie, rouge et rose.

— On n'a toujours pas fini ?

— On aura fini quand je te le dirai, réplique Shannon. (Elle m'indique la direction opposée à la maison, où un bouquet d'arbres morts marque la limite de la ferme.) Là-bas, et retour. Allez.

— C'est bon, c'est bon. (Je lui lance un regard meurtrier.) J'y vais.

***

Ignorant mon cœur qui bat à tout rompre, je serre les dents et je cours. J'ai presque rejoint le terrain d'entraînement et je suis sur le point de tourner de l'œil quand je vois une silhouette s'approcher.

— Tiens, Aria, me dit une petite voix timide. De l'eau.

Je m'arrête, et me plie en deux pour reprendre mon souffle.

— On continue, Rose ! me crie Shannon. On continue !

Je jette un coup d'œil : c'est un gamin de neuf, dix ans maximum. Markus. Le seul du centre à être gentil avec moi depuis mon arrivée. Il me tend un verre d'eau.

Je l'embrasse sur la joue, puis je prends le verre et je bois. Je bois, je bois, je me renverse un peu d'eau sur le menton mais je m'en fiche.

Markus rit. Il a des cheveux bruns bouclés, des grands yeux et des taches de rousseur plein la figure. Il est adorable. Comme il n'a pas encore développé ses pouvoirs mystiques, il n'y a rien qui le distingue d'un petit garçon ordinaire, à part peut-être sa maigreur.

— Ah, merci Markus. J'en avais besoin.

— J'ai bien vu, dit-il, en reprenant le verre vide. Je t'observais depuis la cuisine. Tu avais l'air de mourir de soif.

Shannon s'approche en roulant des mécaniques.

— Oh, Aria s'est fait un nouvel ami. Trop mignon !

Markus s'enfuit déjà vers la ferme, en brandissant mon verre bien haut, comme un trophée.

— À bientôt, Aria ! crie-t-il.

— Au revoir !

J'agite le bras jusqu'à ce qu'il disparaisse. Puis je me retourne vers Shannon, qui me dévisage d'un air désapprobateur.

— Quoi ? dis-je. Il est gentil.

Shannon hausse les épaules.

— C'est un orphelin. Enfin, pas complètement. Son père est encore en vie. Mais en ville, à se battre. Comme le mien. Sa mère est morte dans la bataille des souterrains.

— C'est… terrible, dis-je, avec un coup d'œil en direction de la ferme.

— Tout le monde essaie de s'occuper de lui, continue Shannon. Ce n'est pas le seul gamin du centre qui n'a plus ses parents. On forme tous une grande famille. (Elle marque une pause.) Sauf toi.

— Hé, merci.

Elle fait la moue.

— Bah, c'est vrai. Enfin bref. Fatiguée ?

Je hoche la tête.

— Tant mieux, dit-elle. Alors recommence.

— Non. Je secoue la tête et je pars vers la ferme, en la repoussant hors de mon chemin. J'arrête là, Shannon.

— Aria ! me crie-t-elle. Reviens ici. Tout de suite ! Ou je le dirai à Hunter.

— Je le lui dirai moi-même.

J'entends un trottinement léger et Markus surgit à côté de moi. Le crépuscule assombrit le ciel en un mélange de noir, de bleu et de rouge foncé. Il fait encore très chaud mais c'est déjà plus supportable.

Je me tourne vers Markus.

— Tu as faim ?

— Ouais, répond-il en se frottant le ventre. Très.

— Moi aussi, dis-je. Allons manger un morceau.

***

Depuis deux semaines que j'habite au centre, nous n'avons pas encore pris un seul repas en commun – une chose à laquelle j'ai du mal à m'habituer. Mes parents raffolent des grands dîners : les invités en costume ou robes du soir, la table dressée à la perfection, l'argenterie rutilante, les domestiques qui apportent des plats confectionnés avec art. Toute la préparation se fait en cuisine, dans une aile séparée, et personne ne voit le travail que ça réclame, seulement le résultat somptueux.

Ici, c'est tout le contraire. Les gens vont et viennent, sans jamais rester à la même place plus de quelques heures. Le pain cuit le matin est transporté discrètement en ville dans l'après-midi. Des fois, il y a un arrivage de poulets ou de poissons, que l'une des Mystiques fait griller en grandes quantités, et des fois non – rien que des légumes et du bouillon.

Ce soir, nous avons droit à quelques gros morceaux de fromage de chèvre et à de la viande froide sur un buffet au milieu de la cuisine, ainsi qu'à des petits pains et à des saladiers de noix et de pommes de terre à l'eau. Markus se remplit une assiette énorme, puis l'emporte à côté pour manger.

Je me trouve une assiette moi aussi, et j'y glisse un peu de fromage. Puis j'attrape un petit pain pas trop sec. J'ai perdu quelques kilos ces derniers temps, et ce n'est pas uniquement à cause de l'entraînement et d'une alimentation moins riche. Je m'inquiète plus, aussi. Comme tout le monde.

Derrière la cuisine s'ouvre une salle à manger avec une table métallique ovale. Markus se trouve tout au bout avec deux autres gamins. Quelques femmes sont en train de dîner, mais elles ne lèvent pas les yeux en me voyant passer.

Je leur adresse un hochement de tête.

— Salut.

Pas de réponse. Ici, tout le monde soutient Hunter et la cause rebelle mais ça ne veut pas dire qu'ils me soutiennent, moi. Pour eux, c'est ma faute si leurs proches sont en train de mourir, s'ils ont dû quitter la ville que leurs pouvoirs avaient aidé à construire. La plupart ne sont pas là depuis beaucoup plus longtemps que moi. Ils portent encore les stigmates d'un drainage récent : les cernes vert foncé sous les yeux, la peau crayeuse, fine comme du papier de riz. Ils attendent dans ce refuge que leurs pouvoirs se régénèrent de manière à pouvoir combattre au côté des rebelles.

— Aria, viens t'asseoir ! s'écrie Markus, mais l'une des femmes le fait taire.

— Laisse tomber, dis-je. Je vais monter me détendre un peu. Je te verrai tout à l'heure.

Il acquiesce en silence et s'absorbe dans son repas.

J'emporte mon assiette et je quitte la salle, en faisant grincer le plancher à chaque pas. J'ai hâte de retrouver ma chambre. Il est presque sept heures et demie.

Cette ferme est vieille de plus d'un siècle, et son intérieur rappelle une vie et une époque dont j'ignore pratiquement tout. Les murs sont beiges, couverts de symboles mystiques pour apporter protection et santé : des bas-reliefs en métal et bois figurant des yeux ouverts, incrustés de turquoises et de rubis à l'emplacement des pupilles ; des dizaines de silhouettes féminines au fusain, aux longs cheveux qui tombent en cascade dans le dos, les paumes pressées l'une contre l'autre – *les Sœurs*, m'a répondu l'une des Mystiques les plus âgées quand je lui ai demandé ce qu'elles représentaient, mais c'est tout ce qu'elle a dit.

Le mobilier est rustique et réduit au strict minimum : des chaises et des tabourets en bois ; des lits de camp entassés contre les murs au cas où des visiteurs inattendus auraient besoin d'un endroit où dormir. Avant la guerre, cet endroit accueillait souvent des rebelles de passage qui s'y arrêtaient une nuit ou deux. Les rebelles sont des Mystiques qui refusent de se déclarer auprès du gouvernement et qu'on draine leurs pouvoirs, ils encourent la prison et la peine de mort s'ils se font prendre.

Il y a quand même quelques touches surprenantes, dans cette ferme : comme le plafond aux poutres apparentes, dont les nœuds et les fentes paraissent encore plus sombres à côté de la peinture blanche. L'exact opposé de la décoration à laquelle j'étais habituée dans les Hauteurs : couleurs exotiques intenses, splendides tapisseries importées, immeubles ultramodernes et passerelles argentées. Malgré tout, j'apprécie le charme désuet de l'endroit.

Je traverse une pièce où quelques vieux Mystiques mal en point sont allongés sur des lits de camp. Une Mystique aux cheveux très longs est agenouillée au chevet d'une femme, qu'elle nourrit à la cuillère. Je crois me souvenir que la blonde s'appelle Sylvia.

Elle lève les yeux vers moi. Je lui demande :

— Je peux t'aider ?

Elle secoue la tête. Je continue dans le couloir – je ne peux m'empêcher de me demander combien d'autres Mystiques blessés sont restés à Manhattan, trop faibles pour se battre ou pour s'enfuir.

À ma droite se trouve une porte cadenassée ; elle mène à une cave moisie, à ce qu'on m'a dit, d'où part un souterrain. *En cas d'attaque,* m'a expliqué Shannon le jour de mon arrivée. Elle n'en a plus jamais reparlé. L'énergie mystique étant détectable, les pensionnaires ne sont pas autorisés à se servir de leurs pouvoirs quand ils les récupèrent, de peur que ma famille ou les Foster ne parviennent à la ferme. S'il y a vraiment une attaque un jour, j'espère que le tunnel sera assez grand pour tout le monde.

Au bout du couloir, un escalier étroit monte vers les étages. Ma chambre est au dernier ; je la partage avec une fille du nom de Nelsa, qui doit avoir deux ou trois ans de moins que moi. Je ne sais pas exactement parce qu'elle ne m'a pas encore dit un mot. Pas même bonjour.

Arrivée devant la porte, je frappe doucement au cas où Nelsa serait là ; puis j'entre. La pièce est vide.

Je pose mon assiette sur le bureau à côté d'un vieil ordinateur. L'écran est deux fois plus grand que ma tête, peut-être même trois fois, massif, carré et gris. Je regrette mon TactilEgo.

J'appuie sur l'interrupteur à l'arrière et l'écran s'allume en grésillant. Il n'y a qu'une chose que j'attends tous les jours, une seule chose qui m'a rendu ces dernières semaines supportables : mon rendez-vous vidéo de sept heures et demie avec Hunter. Pendant quelques minutes, je peux voir son visage et lui demander comment ça va.

Et quand je pourrai retourner en ville.

Je trépigne pendant que l'ordinateur se met en route, grondant comme un dinosaure qui sortirait d'hibernation. Je tape mon nom d'utilisatrice et mon mot de passe, et j'attends.

Ding ! Hunter est en ligne. Et il m'a envoyé un message. Je clique dessus, et une fenêtre s'ouvre à l'écran. Il est là.

— Aria ? Tu m'entends ?

Il porte une chemise bleue au col ouvert, qui montre son cou et le haut de son torse bronzé. Ses cheveux blonds sont tout ébouriffés, comme d'habitude. Il les repousse en arrière et me sourit.

— Aria ?

— Oui, dis-je, avec des papillons dans l'estomac comme chaque fois que je le revois.

Ses yeux bleus s'illuminent et il se penche vers moi.

— Salut, toi, me dit-il.

— Salut, toi. Ça va ? Comment s'est passée ta journée ?

Il se renfrogne.

— Pas terrible. Mieux, maintenant que je vois ton sourire. Bon sang, ce que tu me manques !

J'aperçois derrière lui les mêmes objets qu'à chacune de nos discussions : une étagère chargée de livres à reliure en cuir, une table rectangulaire qui croule sous les cartes topographiques, les TactilEgo et les tasses de café.

Je me demande bien d'où il m'appelle.

— Toi aussi tu me manques. Beaucoup, dis-je. Tu ne veux toujours pas me dire où tu te trouves en ce moment ?

Il secoue la tête.

— C'est pour ta sécurité. Au cas où nos communications seraient espionnées.

Quand Hunter m'a déposée ici, à la ferme, il m'a promis de m'appeler tous les jours jusqu'à ce que je puisse retourner sans danger à Manhattan. Quand je repense à notre séparation – ses lèvres sur les miennes, notre dernière étreinte –, il me manque encore plus.

— Je sais qu'on n'est séparés que depuis deux semaines, dit Hunter, mais j'ai l'impression que ça fait deux ans.

— Je me disais exactement la même chose. Qu'est-ce qui t'a gâché la journée ?

— Ton père.

Mon père. Je me représente mentalement Johnny Rose : le visage dur, sévère, le sourire rare, les cheveux lissés en arrière, toujours tiré à quatre épingles. Une personnalité mondaine et un homme d'affaires compétent qui possède la moitié de la ville. Et aussi, un trafiquant de drogue et un assassin. Quand il a découvert que je voyais Hunter derrière son dos, il a embauché un médecin pour m'effacer la mémoire et m'implanter de faux souvenirs avec Thomas Foster, pour me faire croire que j'étais amoureuse de ce dernier.

J'ai retrouvé la mémoire. Et j'ai retrouvé Hunter. Mais dans l'affaire, j'ai perdu ma famille.

— Il n'arrête pas une seconde, continue Hunter. J'essaie de convaincre des Mystiques hors de New York de venir nous donner un coup de main, mais ils hésitent à s'impliquer. Ils me disent que c'est trop dangereux, que Manhattan est perdue pour les rebelles. Que je ferais mieux de tourner la page.

Hunter fait la grimace, les lèvres pincées, le front plissé, mais ça reste quand même le plus beau garçon que j'aie jamais vu. J'en ai le souffle coupé rien qu'à le regarder – même sur un vieil écran d'ordinateur. Dieu merci, j'ai réalisé que c'était lui que j'aimais depuis le début, et non Thomas.

Et maintenant, nous sommes réunis.

Et pourtant... toujours séparés.

— Quand vas-tu te décider à me laisser revenir ? dis-je.

— Je sais que tu as envie de nous aider, Aria. Et je trouve ça super. Mais tu es plus en sécurité où tu es. La ville n'est plus la même. Elle est devenue très dangereuse. Kyle est le porte-parole des Rose, maintenant – et on sait tous les deux ce qu'il pense de toi.

— Oui. Il me déteste.

— Ce n'est pas ce que je voulais dire. Il ne te comprend pas.

— Il n'en a pas envie, dis-je. Il préfère lécher les bottes de mon père. Mais quel rapport avec le fait que je ne puisse pas revenir à Manhattan ?

Hunter réfléchit une seconde. Au lieu de me répondre directement, il me demande :

— Crois-tu vraiment que les rebelles devraient remporter cette guerre, Aria ?

La question me prend au dépourvu.

— Bien sûr, dis-je. Tu sais bien que oui.

Depuis que j'ai découvert que les Mystiques ne sont pas ces criminels malfaisants qu'on m'a décrits toute ma vie, je ne soutiens plus la politique de mes parents.

Hunter écarte les mains et se penche en avant, le visage grave.

— Dis-le.

— Que je dise quoi ?

— Que tu voudrais que les rebelles gagnent la guerre. S'il te plaît. (Il inspire profondément.) J'ai besoin de savoir que tu crois en moi, que tu crois en ce que je fais. (Ses yeux bleus me donnent envie de fondre.) Tu veux bien ?

— D'accord, je veux que les rebelles gagnent la guerre.

Hunter change d'expression – il esquisse ce sourire tordu que j'ai appris à aimer.

— Et que tu renies tes parents.

— Pourquoi veux-tu que je dise un truc pareil ?

— S'il te plaît, insiste Hunter.

— C'est bon. Je renie mes parents. Hunter, tu es sûr que ça va ?

— J'avais juste besoin de t'entendre le dire, Aria. Je sais

que ça peut paraître bizarre, mais… avec toi, j'ai l'impression de pouvoir faire n'importe quoi.

Ce n'est pas la première fois qu'il me demande quelque chose de ce genre. Je suppose qu'il a tout simplement besoin du soutien de sa petite amie, ce qui peut se comprendre. Sa mère vient de mourir, et maintenant les rebelles comptent sur lui pour mener la bataille contre les habitants des Hauteurs. Si m'entendre dire que je déteste mes parents – ce qui est la stricte vérité – peut lui faire du bien, pourquoi pas ?

— Ce que mes parents ont infligé aux Mystiques et aux pauvres gens de Manhattan me dégoûte, dis-je. Tu le sais. Je ferais n'importe quoi pour t'aider à les vaincre.

Le visage de Hunter s'éclaire. Voilà le garçon pour lequel j'ai défié ma famille. Je me suis donnée tellement de mal pour retrouver les souvenirs effacés par mes parents – notre rencontre à Hunter et moi, notre premier baiser, ma main dans la sienne, la façon dont il me faisait rire, si fort que j'en avais mal aux côtes – qu'à présent, je chéris chaque seconde passée avec lui.

Mais ça ne me suffit pas.

— Il faut que je te voie, ou je vais devenir folle, dis-je.

Hunter rit.

— Je sais ce que tu ressens. (Il pose la main sur son cœur.) Tu me manques tellement que ça me fait mal. Mais maintenant que tout est clair, que tu connais la vérité sur moi, sur nous… maintenant que tu as retrouvé tes vrais sentiments, nous avons toute la vie devant nous. Je sais que ça n'est pas évident pour l'instant, Aria, mais c'est vrai. (Il marque une pause, et l'espace d'une seconde on dirait qu'il va se mettre à pleurer.) On a affronté tes parents, et on s'en est sortis. Mais il nous reste encore une bataille à livrer.

— Je suis bien d'accord avec toi. C'est pour ça que je veux revenir.

Il secoue la tête.

— Aria, on en a déjà discuté…

— Allez, Hunter. Personne ne veut de moi ici de toute manière. Shannon est une peste…

— Sois gentille avec Shannon, me dit Hunter. Tout ce qu'elle fait, c'est pour ton bien. Je sais qu'elle peut se montrer un peu…

— Insultante ? je suggère. Horrible ?

Hunter soupire.

— J'allais dire agaçante. Elle est comme ça. Ça n'est pas contre toi.

— Eh bien, on ne dirait pas !

— Elle essaie simplement de t'aider, m'assure Hunter. Je te jure. Et quand tu seras prête à venir me retrouver à Manhattan, on ne se quittera plus d'une semelle. Promis ! Mais en attendant, il faut que tu t'accroches. (Il souffle un baiser à l'écran.) Je dois te laisser, Aria. J'ai une autre réunion dans quelques minutes. Oh, et une bonne nouvelle : nous sommes en contact avec quelques Mystiques de Chicago. Ils sont prêts à nous aider.

— Ce serait super, dis-je. Mais… j'ai quand même envie d'être avec toi.

— Je sais. J'en ai envie, moi aussi. Seulement, après ma mère… s'il t'arrivait quoi que ce soit, je ne me le pardonnerais jamais. (Il reste silencieux un moment, et je vois bien qu'il souffre.) Tu me comprends, hein ?

Si je le comprends ? Oui. Mais ça n'enlève rien à ma frustration d'être coincée ici. Et il me manque toujours autant.

— Je t'aime, Hunter, dis-je. Je… je comprends.

— Je t'aime aussi. À demain, dit-il. Bonne nuit.

Mon écran devient noir. Je le fixe un moment, espérant que Hunter revienne, mais tout ce que je vois c'est le reflet de mon propre visage, seul.

***

Après une douche rapide, je me sèche et j'enfile un pantalon de jogging avec un T-shirt blanc. En sortant dans le couloir, j'entends des bruits dans toute la maison : des pleurs d'enfants que leurs mamans mettent au lit, et le sifflement de la bouilloire dans la cuisine. De grands ventilateurs ronflent le long des murs, peinant à brasser l'air humide.

Je passe devant plusieurs portes ouvertes et m'arrête en voyant une petite femme fluette sur le seuil de ma chambre.

Frieda.

Elle a l'air vieille, la peau pâle et toute fripée. Elle porte une robe informe qui lui tombe sur les chevilles : sans doute blanche à l'origine, elle est sale et déchirée aujourd'hui, et lui donne des allures de fantôme maladif. Elle me dévisage bouche bée, dévoilant ses gencives jaunâtres. Ses yeux sont si foncés qu'on ne voit pas la différence entre l'iris et la pupille – on dirait deux billes noires.

— Qui es-tu ?

Elle a une voix rocailleuse, comme si elle mâchait du gravier.

— C'est moi, Frieda, lui dis-je. C'est Aria. J'ai l'impression que vous vous êtes trompée de chambre. (Je lui indique une autre porte ouverte plus loin dans le couloir.) C'est celle-là, votre chambre.

Je crois qu'elle est un peu folle, même si c'est la moins sénile des anciens de la ferme. Elle ne bouge pas d'un centimètre.

— Tout va bien, Frieda ? je lui demande gentiment. Je peux vous aider à quelque chose ?

Frieda continue à me regarder fixement. Elle ouvre la bouche avec un petit craquement de la mâchoire.

— Qu'as-tu fait de son cœur ?

Je fais un pas dans sa direction. La pauvre est complètement maboule.

— Allez, Frieda. Je vais vous ramener au lit.

Je la prends par le bras, mais elle se dégage violemment et manque tomber à la renverse.

— Le cœur. Tu ne l'as pas laissé là-bas, j'espère ? s'inquiète Frieda, visiblement très angoissée. C'est la source de son pouvoir ! Et Davida était l'une des plus prometteuses de sa génération…

Je me raidis à la mention de Davida. Mon ancienne domestique. Une amie qui a donné sa vie pour que Hunter et moi puissions être ensemble.

Je scrute Frieda avec attention. Elle n'est peut-être pas aussi folle qu'elle en a l'air.

— Vous la connaissiez ? dis-je.

Pendant un moment, Frieda semble incroyablement lucide, puis son regard redevient vitreux.

— Le cœur, le cœur, marmonne-t-elle, un filet de bave à la commissure des lèvres. Où est le cœur ?

— Son cœur était dans son corps, dis-je, repensant à cette nuit où Davida a endossé l'apparence de Hunter juste avant de se laisser abattre par mon père. Et son corps a disparu. Au fond du canal.

— Non ! s'écrie Frieda. (Ses yeux noirs sont grands ouverts ; elle presse ses mains graciles contre ses joues.) Le cœur d'un Mystique n'est jamais perdu. Il faut que tu le retrouves.

Je suis sur le point de lui demander ce qu'elle entend par là quand le sol se met à trembler.

Je me bouche les oreilles tandis que la ferme s'embrase autour de moi dans une explosion de rouge.

Ouvrage composé par
PCA – 44400 Rezé

Cet ouvrage a été imprimé
en Allemagne par

GGP Media GmbH
à Pößneck

Dépôt légal : janvier 2014

MIXTE
Papier issu de sources responsables
FSC® C003309

Pocket Jeunesse, une marque d'Univers Poche,
est un éditeur qui s'engage pour
la préservation de son environnement
et qui utilise du papier fabriqué à partir
de bois provenant de forêts gérées
de manière responsable.

www.pocketjeunesse.fr
PKJ • POCKET JEUNESSE

12, avenue d'Italie - 75627 PARIS Cedex 13